세이렌의 항해

한국현대문학총서 · 16

세이렌의 항해

·

박진임 평론집

문학수첩

　어린 시절의 어느 날 밤이었다. 담벼락에 크레용으로 그림을 그린 적이 있다. 벽에 내린 달빛이 고와 그 달빛을 그리고자 했다. 달빛 비치는 공간의 테두리를 그렸다. 그 윤곽 속에 달빛이 고스란히 담겼다. 그림 주변의 모든 것들이 더불어 그윽했다. 자고 일어나 아침에 그 그림을 찾아보았다. 다시 가서 보니 전날 밤의 어여쁜 그림은 온데간데없었다. 거친 시멘트벽에 쓸쓸하고 황량한 선만 남아 있었다. 달빛이 거두어진 다음 남은 자취는 서글퍼 보였다. 삶을 살아가는 것도, 글을 써서 그 삶의 흔적을 남기는 것도 그날 밤의 달빛 그림 같은 것인가 여겨질 때 있다. 순간의 황홀, 문득 사라져 버릴 밝은 햇빛, 믿기지 않으리만치 눈부신 정경들…. 여성 시인의 시들은 그 달빛 그림을 떠오르게 만든다. 그들의 언어는 어린 시절의 벽화로 내게 다가왔다. 붙잡아 두려고 안간힘을 써 보는 일, 달빛이 머물러 있는 시간 동안만큼은 그럴듯한 재현으로 보이는 것, 그래서 잠시 흐뭇하게 만드는 것, 그러나 다음날 가 보면 다시 서글프고 엉성하게 보이는 것. 어떤 시간에는 기막히게 아름답다가 다음 순간이면 다시 아무것도 없는 듯한 것. 소멸하는 순간들을 향한 노스탤지어nostalgia의 언어들을 여성 시인들의 시에서 자주 발견한다. 그 말들은 곱고도 예리하다. 여성 시인들이 지녔던 숱한 꿈들, 그리고 고이 간직한 기억의 언어들이다.

오디세우스 이야기에는 선원을 노래로 유혹하는 세이렌Seiren들이 등장한다. 부질없을지 모르는 사랑을 갈망하며 머리를 늘어뜨리고 곱디고운 노래를 부른다. 오디세우스의 아내 페넬로페도 등장한다. 오디세우스를 향한 사랑을 지켜 내느라 페넬로페Penelope는 낮이면 베를 짜고 밤이면 도로 그 베를 푼다. 페넬로페의 오디세우스를 유혹하고자 세이렌은 머리를 늘어뜨리고 노래를 부른다. 페넬로페의 베 짜기도 세이렌의 노래도 사랑을 향한 것이다. 사랑을 얻고자 혹은 지키고자 하는 처절한 몸부림을 그들은 보여 준다. 대상을 온전한 몸과 마음으로 경험하는 것, 그 한결같음에 진정한 사랑이 있다고 마르틴 부버Martin Buber는 이른다. 페넬로페와 세이렌을 통해 구현되는 온전한 몸과 마음의 경험들이 여성 시인들의 텍스트를 구성한다. 세이렌이 부르는 간절한 사랑 노래를 들어 보자. 한편 우리 시대 여성 시인들은 사랑 너머 존재하는 여성의 삶을 그려 낸다. 귀를 막고 항해하는 오디세우스가 스쳐 지나간 후 세이렌이 불렀을 좌절과 고독의 노래들은 어디로 갔을까? 노래를 잃고 귀 막고 말조차 잃은 세이렌들의 침묵은 누가 지켜보고 기록하는가? 진은숙의 음악, 〈세이렌의 침묵〉에서 억눌려진 세이렌의 울음을 듣기도 한다. 우리 시대 여성 시인들의 시에서 세이렌은 차라리 침묵하거나 탄식한다. 혹은 스스로 목선을 지어 출항한다. 이정표도 나침반도 없이 배를 저어 가면서 함께 노래 부른다.

우리가 사용하는 언어는 남성의 것이라고 프랑스 페미니스트들은 주장한다. 그래서 여성이 글을 쓸 때에는 남성의 언어를 훔쳐서 쓰는 것이라고도 한다. 그렇다면 여성 시인들은 훔쳐 온 언어로 빛나는 말의 궁전을 지어 온 것이다. 여성에게 소유할 언어가 없듯이 세이렌에게는 항해 지도도 없다. 몸에 새긴 지도가 있어 여성 시인들은 몸이 이끄는 대로 배를 저어 간다. 북극성만 바라보며 앞으로 나아간다. 어디로 가는지 그 배가 어디에 가닿을지 알지 못하지만 파도에 흔들리며 그들은 간다. 그 용감한 항해를 축원하며 나는 선창에 나가 손을 흔든다. 그것이 여성 시인들을 위한 내 글쓰기의 의미이다. 해 저물녘 떠나는 우편선을 얻어 타고 미지의 영토를 향해 떠나는 아일랜드 사람들 같은 그녀들, 우리 시대 여성 시인들…. 한 번 더 보려고 난간에 기대어 고개 돌리는 세이렌이 있다면 감사할 따름이다.

평론을 쓸 수 있도록 이끌어 주신 은사, 오세영 교수님과 김성곤 교수님께 감사드린다. 이 책의 출간은 문학수첩 강봉자 사장님의 성원 없이는 불가능했을 것이다. 문화의 힘에 대한 그의 신념에 경의를 표하며 감사의 마음을 밝힌다.

2020년 2월 박진임

여성의 글쓰기는 늘 턱없이 부족하다.

여성이 충분히 글을 쓴 적은 한 번도 없었다.

_벨 훅스의 『황홀의 기억: 글 쓰는 작가』에서

Indeed, no woman writer can write "too much"···

No woman has ever written enough.

_Bell Hooks, *Remembered Rapture: The Writer at Work*

목
차

3. 세이렌의 합창

4. 몸에 새긴 지도

I.
세이렌의 탄식

여성, 그 '난독의 텍스트'?

: 한분순론

1. 세이렌의 노래

한분순 시인의 언어들은 맑은 소리로 우는 새 한 마리를 연상시킨다. 그 새는 누구 들으라는지 종일토록 울어 댄다. 날이 저물도록, 목에 피가 맺히도록 운다. 누군가가 간절히 그리운 모양이다.

손 끝에 피를 낸다.
세련된
이 외로움,

마음속 얹혀있던
꽃그늘
흘려내면

비릿한

찰나의 낙원.

스칠 듯이 닿을 듯.

_「나는 피가 고와」 전문

피, 꽃, 외로움, 낙원…. 또 동경, 별사, 저녁의 게임, 파로호…. 전자
는 한분순 시편들을 주도하는 이미지들이고 후자는 소설가 오정희의
단편 소설 제목들이다. 한분순 시인의 시편들은 1980년대를 생각나게
한다. 군부 독재 정권하에서 청춘기를 보내야 했던 시절의 기억으로 필
자를 이끈다. '투쟁'과 '민주화' 같은 어휘들이 뒤덮은 대자보를 조간신
문 대신 읽던 시절이었다. 광주의 주검 이미지에 영혼을 빼앗겼던 시절
이었다. 공적 검열망을 용케 빠져나와 캠퍼스에 유통되던 충격적인 영
상들에 충격받고 두려워하던 날들이었다. 그때 친구들은 농담처럼 새
해 인사를 제안했다. "새해, 복 많이 쟁취해!" 피 뚝뚝 흐르는, 날것의
언어 앞에 무방비로 노출되었던 80년대의 젊은이들…. 여린 영혼들에
게 80년대의 하루하루는 맞지 않는 나막신을 끌고 걷는 것처럼 힘든 나
날이었다. 인간의 발을 얻어 칼날 위를 걷는 아픔을 견디며 걸었던 인
어공주의 마음을 뉘라서 알 것인가? 그때 오정희 소설은 우러러본 밤
하늘의 북두칠성처럼 어두운 마음에 빛이 되어 주었다. 시원한 샘물처
럼 시친 발을 씻어 주었다. 오정희의 미문에서 위로받던 60년대생은
여럿이다. 그중에서도 물병자리 태생들이 더욱 힘들었을 것이다. 신경
숙 소설 「배에 실린 것을 강은 알지 못한다」에 그려지듯 소설가 신경숙

또한 물병자리이다. 소설 속에서 시인 허수경이 1인칭 화자인 신경숙에게 확인한다. 공지영 또한 물병자리이다. 시대와 불화할 운명을 지닌 물병자리들! 손가락 끝을 잘라 피를 내고 싶던 막연한 마음…. 유미주의라고, 18세 소녀의 낭만성이라고 지탄받을 그런 정서를 물병자리의 20대들은 그때 몰래 지녔었다. 동경에 묻힌 기억, 조각난 꿈, 한순간이나마 어둠이 이 세상을 다 덮어 버렸으면 하고 바랐던 은밀한 소망, 또는 호수물 깊이 수장시키고 싶었던 기대들…. 오정희 소설가의「동경」,「별사」,「저녁의 게임」,「파로호」는 그런 마음의 무늬를 정확히 읽고 그려 내고 있었다. 시대가 폭력적이었기에 더욱 걸맞지 않게 엉뚱하고 멀었던 서정의 무늬들이었다. 시대의 거센 물결 위에 표류하듯 흔들리면서도 오롯이 파스텔 빛 서정의 풍경화를 그려 낸 여성 문인들이 있었다. 그들은 자신들만의 고유한 방식으로 그렇게 그 시대의 암흑을 물리쳐 왔다.

한국 소설계에 오정희 소설가가 있었다면 현대 시단에는 한분순 시인이 있었다. 한분순 시인은 세월이 흘러도 근원적으로 사라지지 않는 여성 특유의 섬세한 심상의 지형도를 펼쳐 보인다. 한분순 시인 또한 물병자리 태생이리라. 머리를 풀어헤치고 다시 유혹한다. 오디세우스를 유혹하던 감미로운 목소리의 세이렌이다. '피'는 '마음속 꽃그늘'이 흘러나오는 것이라고, 찰나의 낙원을 맛보게 하리라고, 그 낙원에 잠시 닿을 수 있으리라고, 같이 거기에 날아가 닿지 않으려느냐고 속삭인다. 존재의 근원적인 외로움을 노래하고 다시 노래한다. 외롭고 넋이 맑은 존재만이 낙원을 꿈꿀 것이다. 훼손당하기 전에 먼저 자신을 훼손함으로써 기성 질서를 와해시키는 순교자의 영혼을 생각해 본다. 몸과 피를 두고 일탈의 작은 죽음을 명상하게 하는 시편이다. 아름다운 나르시시즘Narcissism의 시편이다. "나는 피가 고와…."

오디세우스가 세이렌의 유혹을 스스로 물리치지 못할 것을 알고 미리 갑판 돛대에 자신을 묶었듯이 애써 마음을 단속하여 묶어 본다. 접고 지나가 본다. 그러나 이미 핏빛 화인은 찍혔나 보다. 자꾸만 돌아다본다. 찰나의 낙원, 한 번도 가닿지 못한 그 언덕에 어쩌자고 저리 아름다운 세이렌이 앉았는지… 우리가 아는 세이렌은 오디세우스가 그려내어 들려주는 이야기의 주인공, 그 세이렌이다. 그래서 우리는 아름다운 목소리로 파멸을 향한 유혹의 노래를 부르는 여성, 즉 팜 파탈의 존재로 세이렌을 이해한다. 유혹하는 세이렌의 내면의 아픔, 그가 흘리는 눈물에 대해서는 알 길이 없다. 한분순 시인은 스스로 세이렌의 목소리를 낸다. 세이렌의 내면에서 울려 나오는 소리를 옮기며 그가 흘리는 눈물과 그의 탄식을 그린다. 남성 오디세우스가 필사코 저항했던 세이렌이 아니라 오디세우스를 바라보며 애태우는 세이렌을 그린다. 부질없는 노래를 부르며 귀 막은 오디세우스를 바라보고만 있었을 세이렌을 그려 보자. "열 손톱에 피가 맺힌다"고 한분순 시인은 노래한다.

그대 눈빛은
밤을 깁는 돗바늘

그 아픔에 눈을 뜨면
인연의 실끝이 여기 닿는가

끝없는

마음의 누비질

열 손톱에 피가 맺힌다.

_「그대 눈빛은」 전문

    세이렌의 절망, 그 탄식과 울음소리를 듣는 듯하다. 오디세우스를 태운 배가 세이렌이 올라앉은 바위 곁을 미끄러지듯 스쳐 지나가 버린 뒤 홀로 남겨진 외로운 모습을 보는 듯하다. 바늘은 남성성의 상징으로 자주 해석되는 이미지이다. 돗바늘은 전쟁에서 승리하고 귀환하는 유능한 장수, 오디세우스를 대표하기에 충분하다. 오디세우스는 밤과 돗바늘의 이미지를 통하여 그가 권위와 능력의 극한점에 위치해 있음을 보여 준다. 밤을 기워 내는 능력자의 눈길 앞에서 사랑에 눈을 뜬 부질없는 요정의 기원이 담긴 노래는 하염없기도 하다. 인연을 찾아 한낱 실 끝에 생을 거는 연약한 존재로서의 여성은 세이렌의 재현으로 볼 수 있다. 그 모습이 안쓰럽기만 하다.

    한편, 바느질은 여성이 스스로의 마음을 다스리는 장면을 드러낸다. 그리움과 외로움으로 누벼 가는 한 폭의 천, 그것은 여성의 내면 풍경의 등가물이다. 오디세우스의 집에서는 아내 페넬로페가 그를 기다리며 옷감을 짜고 있다. 구애자들을 물리치느라 낮에는 천을 짜고 밤에는 그 천을 다시 푼다. 오디세우스를 가운데 두고 페넬로페와 세이렌 사이에 욕망의 삼각형이 펼쳐진다. 승리는 필연적으로 페넬로페의 것이다. 세이렌은 어쩔 수 없이 응달의 사랑shadow love을 하는 패자의 위치에 선다. 그 아픈 마음의 피 흘림이 피 맺힌 손톱으로 전이된다. 피로 누빈 그 천 조각을 보고 싶다.

길쌈과 바느질이 구현하는 것은 여성 욕망의 현현 장면에 다름 아니다. 글을 모르는 여성들을 위로하고 구원한 것이 바로 베 짜고 바느질하고 수놓는 일이었다. 글쓰기가 아픔이 되는 상황에서 여성이 글 대신 마주하는 것도 길쌈이나 바느질이다. 강용흘의 『초당The Grassroof』에는 '옥동야'라는 이름의 여성이 등장한다. 주인공 한청파의 사촌이 옥동야다. 함께 어린 시절을 보낸, 준수한 용모와 재능을 지닌 두 남녀는 서로 다른 운명의 길을 걷게 된다. 사냥꾼hunter 여행자의 역할이 남성에게 주어진 것이었다면 알곡을 주워 담고gatherer 가족을 돌보는 일이 여성에게 주어진 삶의 길이었다. 주인공 한청파가 지구 끝까지 유랑할 때 옥동야는 혼자 조선 땅에 남겨져 자신에게 주어진 시대적 굴레를 받아들인다. 옥동야가 쓴 한시에는 길쌈을 하며 자신의 운명에 무력하게나마 저항해 보는 여성의 내면세계가 드러난다. 옥동야에게 있어 길쌈은 원치 않는 결혼에 저항하며 자신을 위로하는 유일한 장치이다.

장차 시집갈 준비를 위해 길쌈을 하지.
글을 쓰면 흐르는 눈물을 나는 멈출 수가 없네.
내 평생의 꿈을 생각하면 가슴이 아프지.
그대와 나 언제 다시 만날지 묻지만, 오…
하늘과 구름 사이 먼 곳에서 아리따운 열여섯을 보냈네.

_「초당」 부분

꿈과 길쌈과 글쓰기…. 열여섯 소녀의 삶을 요약하는 것들이다. 첫 줄의 원문은 "I weave against the future wedding"이므로 "나는 시집 가는 것을 늦추기 위해 베를 짜지"로 번역되어야 한다. 페넬로페가 옷 감을 짜면서 결혼을 지속적으로 연기한다는 모티프가 차용된 것을 번역자가 간과한 것 같다. 원하지 않는 결혼이 여성의 숙명적 굴레를 의미한다면 길쌈이 그 숙명에 저항하는, 무력해 보이지만 유일한 방법임에 유의해야 할 것이다. 한분순 시인은 페넬로페의 옷감 짜기에서 출발하여 옥동야의 길쌈으로 이어지는 여성의 삶과 운명의 메타포를 다시 쓴다. 손톱에 피 맺히게 만드는 누비질로 페넬로페의 탄식과 옥동야의 눈물을 받아쓰는 것이다.

이 도저한 물질과 자본의 시대에 한분순 시인은 변함없이 노래한다. 자신에게 주어진 운명과 시대가 요구하는 의무를 감당하는 여성들의 순수와 사랑, 내면의 탄식과 눈물을 그린다. 한숨 쉬고 눈물 흘리며 결국은 인내의 열매를 향해 한 발 또 한 발을 떼는 여성들을 대변한다. 영원히 사용해 본 적 없는 흰 손수건 한 장 깃발처럼 내걸고 바람에 휘날리게 한다. 참여와 역사! 그 이전에 인간의 순수가 있다고 노래하면서 연약한 영혼들을 위로한다.

2. 나는 발화한다, 고로 존재한다

'봉숭아 꽃물'은 초정 김상옥 시인에게 누님이 준 사랑의 상징물이다. 또한 누님과 함께 보낸 어린 날의 기억으로 시인을 이끄는 추억의 매개체일 것이다. 그러나 한분순 시인을 위시한 여성 시인들에겐 봉숭아 꽃물은 여성의 존재 이유에 값하는, 강렬한 어떤 것이다. 기억 이전의 존재 자체를 상징한다. 꿈꾸기 어려운 시간 속에서 힘들게 피어난 꿈, 혹은 작은 기대, 혹은 멀어져 간 옛 시간의 원형적 모티프와 관련된 것이다. 어린 남동생의 손톱에 실로 칭칭 매어 꽃물을 들여 주고 멀리 떠나간 누님은 '비오고 장독간에 봉숭아 반만 벌면' 두고두고 그리워하게 되는 그런 대상이다. 그리움에 눈물이 솟구쳐 올라 얼굴에 힘줄이 서게 만든다. 그런 그리움의 대상인 누님을 그리워하는 주체는 바로 남성들이다. 미당의 "내 누님같이 생긴 꽃"인 국화, 그 국화의 심상에서도 대상화된 꽃은 누님이고 대상을 바라보는 주체는 남성이다. 봉숭아도 대상으로서의 꽃이며 기억하는 주체의 타자로서의 누님이며 여성이다. 그리하여 독자들의 상상력 속 영토에는 그리워하는 남성 주체만 남고 '누님'은 늘 이미지로만 존재해 왔다. 필경 살결이 흴 것이고, 깨끗한 치마저고리를 차려입었을 것이고, 늘 미소 지으며, 맛있는 것은 손수건에 싸 두었다가 남동생에게 내밀었을 것이고, 봉숭아 꽃물을 들여 주었을 것이고, 그리고는 어느 날 먼 곳으로 시집 가 멀어져 갔을 것이다. 영원한 그리움의 대상이 되고 객체이며 타자가 되었을 것이다. 늙지 않고 거칠어지지 않은 채 영원한 구원의 여성상으로 남아 있을 것이다. 우리 시의 전통에서 '누님'이 서정시의 한 계보를 이루며 계속 등장하는 것은 그런 이유에서가 아닐까.

그렇다면 '누님'으로 재현되는 한국 여성들, 그들 자신의 마음에 일었던 물결과 무늬는 다 어디로 갔을까? 주체로서의 여성이 지녔을 꿈과 그리움과 기대와 절망과 후회는 어디에 어떤 모습으로 남아 재현되어 왔을까? 한분순 시인은 바위틈에 자라나는 야생화처럼 여성의 마음속 물무늬를 그려 내는 시적 발화를 계속해 왔다. 손톱에 꽃물 들이는 대접을 받는 존재가 아니라 직접 꽃물 들이는 이의 마음을 그려 낸다. 남동생의 응시의 대상이며 기억의 객체가 되기를 거부한다. 자신의 마음속에 이는 물결을 응시하며 꿈이 이끄는 풍경을 그려 낸다. 봉숭아 꽃물 들이는 일은 아름다운 일이다. 그 아름다운 역사歷史를 한분순 시인이 노래할 때 여성이 시적 발화의 주체가 된 모습은 이전 남성 시인들의 시편에서와는 매우 다르게 나타난다. 프랑스 철학자 들뢰즈Deleuze의 '탈주', '탈영토화', '재영토화'의 개념으로 설명하자면 한분순 시인은 봉숭아 꽃물을 탈영토화하고 여성의 영역 속으로 재영토화한다. 봉숭아 꽃물은 남동생의 기억이라는 공간에서 탈주한다. 그리하여 온전한 여성적 상상력의 세계로 되돌아온다. 봉숭아 꽃물 들이는 행위는 여성 시인인 한분순 시인에게 이르러서는 숙명적인 첫사랑을 기다리는 제의로 탈바꿈한다.

그믐달,
선지피 닿은
서늘한 입김 있어

짓이긴
핏물 머금고
첫사랑 기다린다

불그레 두근거리는

손톱 위의

봉숭아물.

_「손톱에 달이 뜬다」 전문

　혹자는 여성 특유의 서정을 평가절하할지 모른다. 역사성과 사회성
의 문제를 들어 여성 시인이 그려 낸 여성의 내면세계를 비판할 수도
있다. 사적이고 폐쇄된 공간에 들어앉은 가벼운 유미주의자라고 부를
수도 있다. 더군다나 시조라는 형식적 장치 속에서 이루어지는 글쓰기
에 대해서는 더욱 그러할 수 있다. 시조라는 고전적 시적 장치가 여성
의 폐쇄적 내면 공간과 조응한다고 말할 수도 있겠다. 그리하여, 시조
장르 자체의 속성을 들이대며 시조의 정형성과 여성적 시 쓰기를 함께
비판할지도 모른다. 변화하는 시대의 요구에 적극 대응하지 않고 여성
특유의 내면세계에 침잠해 있다고 비판할 것이다. 그러나 한분순 시인
은 어느 여성 작가가 지적한 것처럼 "만두를 잘 빚거나 자수를 잘하는
것이" 여성에게 가장 중요한 미덕이라고 가르치던 시대를 살아왔다. 자
신이 살아온 시대의 물결을 거스르지 않으면서도 그 속에서 자신의 내
면을 응시하는 작업을 부단히 계속해 왔다.
　한분순 시인은 이영도 시인이 대표하는 단아한 여성성과 우리 시대
젊은 여성 시인들이 보여 주는 개방적이고 역동적인 여성성이라는 세
대 간의 단절을 매개하는 시인이라고 보아야 할 것이다. 이를테면 한분
순 시인은 이영도 시인의 섬세하고 고운 시어의 전통을 이으면서도 사
회라는 공적 영역에 대담하게 나서기는 멈칫거리는 중간 세대, '끼인

세대'를 대변한다고 볼 수 있다. 이영도 시인은 자신의 시대를 보다 전
아하고 고전적인 방식으로 말한다. "아이는 책을 읽고/나는 수를 놓는"
것으로 그 시대 여성의 삶의 방식을 노래했다. 한분순 시인의 시대 이
후, 80년대 등단 여성 시인인 정수자, 홍성란, 박권숙, 이승은 시인에
이르면 그런 단아한 여성상은 약해지고 여성 특유의 섬세한 서정성 또
한 다양한 방식으로 분화되어 분출하고 있음을 볼 수 있다.

　　한분순 시인의 시적 제재 중에는 여성 고유의 것이 많다. 『손톱에 달
이 뜬다』 시집에만 한정해 보아도 그렇다. 립스틱이나 봉숭아 꽃물, 풀
잎, 이슬 등을 자주 제재로 취하고 있다. 「목련곡」에서는 소복 여인의
이미지를 먼저 본다. 신부의 이미지는 '이슬'이나 '순한 짐승'으로 드러
난다. 여성 시인의 섬세한 내면세계와 순수 지향의 서정성을 가장 아름
답게 드러내 주는 시편으로는 「네 몸엔 바다가 산다」를 꼽을 수 있다.

　　길눈 잊은
　　저기 어디쯤
　　무엇으로 피려나

　　너의 발자욱에선
　　늘 풀피리 울려 와

　　한 자락
　　이마에 닿으면
　　줄지어 일어서는 가락.

풀섶 헤치는

비둘기

꽃비늘 타고 내리면

파랗게 질리는

붉은 입술

붉은 마음

그곳에

네 몸에 식은

바다가 산다.

_「네 몸엔 바다가 산다」 전문

'너의 발자욱'에서 울려 나온 '풀피리 소리'가 '나'의 이마에 닿아 '줄지
어 일어서는 가락'으로 펼쳐지는 아름다운 이미지의 전개를 보자. 그것
은 훼손되지 않은 순수를 지향하면서도 동시에 그 순수가 시적 화자의
내면으로 유폐되는 것이 아니라 대상과의 관계 속에서 지켜 나가고 확
장시켜야 하는 어떤 것이라고 표현된다. 풀숲, 비둘기, 꽃비늘…. 단연
코 순결하고 아름다운 심상의 시어들이다. 시인의 등단 연도가 1970년
이다. 산업화시대 진입 이전에 성장기를 보낸 시인의 정서적 토양이 바
닥에 있어 그 흙에서 이러한 시어의 싹이 돋아났음은 두말할 나위가 없
다. 그런 순결하고 아름다운 정서는 행복한 결혼을 맞는 순수한 신부의

이미지에서 극대화되어 나타난다.

    희게 여밀수록
    더 흰 듯
    흔들리는 것

    목련인가
    순한 짐승인가
    이슬들이 그물에 걸린다

    품으로 쌓이는 아침
    빛보다
    새로운
    넋

    _「신부」전문

    한분순 시인이 경험하고 사색한 여성성, 여성의 몸과 마음의 고유성
은 순수성과 사랑의 체화일 것이다. 자유시단 김남조 시인의 한결같은
'사랑'의 시세계나 초기 문정희 시인의 시세계와 교차하는 영역이라 할
수 있다.
    흔들리고 떨리며 드러나는 여성의 꿈과 사랑과 욕망을 한분순 시인
은 지극히 정제된 시어로 표출한다. 여성의 사랑과 욕망은 주로 타자화

되고 대상화되어 왔다. 직접적이고 구체화되어 재현된 적이 드물었다. 어쩌면 남성적 발화와 표현과 언술의 틈새에 끼여서, 때로는 은밀하고 간접적인 은유로 재현되어 왔던 것이다. 세계를 향한 여성 주체의 작은 출항, 그 소박한 흥분과 기대는 「잔상초殘像抄」에 '설레는'이란 시어를 통해 집약적으로 드러난다.

　세상을 온통 물들게 하는
　어둠의 깊이에

　목선
　한 척이 되어

　설레는 바다를 간다

　돌아온
　포말泡沫의 소리
　푸른 날 서는
　바람.

　_「잔상초(殘像抄)」 전문

　'목선'은 '바다'로 재현된 세상을 향한 소박한 출항의 메타포이다. 어둠 속에서의 출항이기에 은밀한 여성 욕망의 발화로 볼 수 있다. 목선이 드러내는 목성의 질감은 기관선의 이미지와는 사뭇 다르다. 그래서 목성의 배는 여성성의 제재와 남성적 출항의 이미지를 겹쳐 보이고 있다. 어쩌면 거대한 어둠의 바다를 항해하기에는 턱없이 무력한 것이 "한 척 목선"일 것이다. 그러나 그 바다는 여성 주체에게 "설레는" 것으로 비쳐진다. 소박하지만 당찬 도전을 형상화하고 있다. "포말"과 "바람"이 그 목선의 출항에 반응한다. "푸른 날 선" 바람을 가르며 나아가는 목선의 순항을 기원해 볼 만하다.

「목숨」과 「사슬」은 여전히 은밀하면서도 한층 강렬한 욕망의 표현으로 읽히는 시편들이다.

햇빛
언저리에 달려
장다리는 춤네

눈먼 바람 넘나들면
꽃대는
서로 부딪치네

진종일
살을 비꼬아
푸른 멍이 들겠네

_「목숨」 전문

바람 한 줄기에 마구 설레며 흔들리는 장다리의 모습에서 발화할 길 없는 여성의 욕망을 읽는다. "햇빛"을 짐짓 불러들여 놓고서 시인은 장다리가 "춥다"고 노래한다. 엘리엇T.S. Eliot이 4월은 겨우내 얼어 있던 구근의 싹을 틔우고 욕망과 기억을 뒤섞으므로 "가장 잔인한 달"이라고 노래했던 대목이 생각난다. 차라리 욕망이 얼어붙고 억압되었을 때는 평화로울 것이다. 햇빛 속의 장다리는 통제되지 않는, 분출하는 욕망으로 인하여 추운 것이다. 햇빛의 "언저리", 즉 주변부에 위치하였으므로 장다리는 주체적으로 욕망을 발화하고 실현하기 어려운 존재이다. 바람을 통해 욕망을 실현하자면 꽃대들은 서로 부딪친다. 통제되지 않는 욕망의 크기에 비해 "바람"은 "눈먼 바람"이기에 이미 그 욕망을 충족시키기에는 부족한 대상일 것이다. "살을 비꼬아"라는 시구는 그래서 예사롭지 않다. 여전히 은밀하다. 그러나 매우 과감한 방식으로 시인은 여성의 욕망을 형상화하고 있는 것이다.

「사슬」은 한층 더 강렬한 욕망과 내면적 고통의 발화로 읽히는 시편이다.

이 즐거운 변신을 탓할 이 하나 없으리

처지고
엎어지고
종일
헐떡이는
유희

속 깊이 맺힌 응어리가

내 피보다

좀

무겁다

_「사슬」 전문

"응어리"와 "피"라는 강렬한 시어를 통하여 시인이 구사하려고 하는
것은 여성의 주체성과 욕망을 여전히 통제하고 억압하는 사회에 대한
강하고 직설적인 비판과 항거일 것이다. "무겁"게 내면에 쌓여서 뭉친
것들이 터져 나올 때 여성 시인들은 여성 자신을 충분히 그려 낼 수 있
을 것이다. 단수로 쓰였으며 응축된 메타포만 제시되었으므로 시인이
형상화해 내고자 한 여성 욕망의 모습이 구체적으로 어떠한지는 알기
가 어렵다. 그러나 "즐거운 변신", "엎어지고", "헐떡이는", "유희" 등의
시어가 암시하는 대로 혁명적이고 역동적인 어떤 변화를 준비하고 있
음은 충분히 감지할 수 있다. 어쩌면 그 "즐거운 변신"을 보여 줄 단초
를 여성의 몸을 그린 시편에서 찾을 수 있을지도 모르겠다.

3. 여성의 몸

한분순 시인의 여성성에 대한 탐구는 결국 몸의 재현에 이르게 된
다. 문학이론가 제인 갤럽Jane Gallop은 "몸을 통해 생각하기Thinking Through
the Body"를 업신여기지 말라고 당부한다. 독자를 눈물 흘리게 하는 텍스

트, 독자로 하여금 수음하게 만드는 텍스트가 분명히 존재한다고 갤럽은 주장한다. 텍스트에 반응하는 독자의 신체적 반응이야말로 텍스트의 의미가 현현하는 장면이라고 볼 수 있다. 한분순 시인에게 여성 몸의 텍스트를 생산해 달라는 기대를 보낸다. 독자로 하여금 육체를 통해 반응할 텍스트를 생산해 달라는 주문이다. 시인의 육체 탐구는 이미 시작된 것으로 보인다. 「살찐 우울」은 드물게 여성 시인이 여성의 육체를 관찰하고 묘사하여 생산한 텍스트이다.

켜켜이 살찐 우울
늘어지게 불어나

멋대로 뒤뚱대다
지쳐서 돌아온 길

마주친 뚱뚱한 몸매
언제부터 나였나.

갈수록 손에 잡히는
눌러앉은 살의 무게

뱉지 못한 말들 위에
기름 낀 노여움이

얼마나 더 보태려나

들러붙는 이 수다.

_「살찐 우울」 전문

  '살'로 드러난 육체의 의미에 대한 철학적 성찰을 보여 주는 단계는
아니지만 육체를 소재로 삼았다는 점에서 눈여겨보아야 할 텍스트이
다. '나이 들어 가는 여성의 육체'는 깊은 철학적 관심을 요구하는 대상
이 아니겠는가? 영국 극작가 오스카 와일드Oscar Wilde가 남긴 말을 상기
해 보자. "젊은이는 그 육체의 아름다움이, 늙은이는 지혜가 서로에게
매력적인 것"이라고 그는 말했다. 영혼과 지혜의 아름다움에 대한 찬미
의 시편은 드물지 않다. 이제 시인들은 육체를 읽고 써야 할 것이다. 한
분순 시인은 그 여성 육체의 초벌 스케치를 보여 준다. 숱한 스케치가
쌓인 다음 가능해질 한 폭 완성된 누드화를 보고 싶다.

쇠공과 발레, 형식과 시적 자유

: 정수자 시인의 시세계

1. 형식과 자유

정수자 시인은 한없이 섬세하고 여린 감수성을 보여 주는 다양하고도 풍부한 텍스트들을 생산하면서 한국 시단에 기여해 왔다. 그의 텍스트에 나타나는 시어들은 이미지와 음악성의 완벽한 조화를 보여 준다. 우리 시단에서 가히 타의 추종을 불허한다 할 수 있다. 그의 시세계는 참으로 넉넉하다. 그는 물의 이미지 속에 상처와 고통의 기억을 실어 나르기도 하고, 풍부한 포용성의 여성성을 구현하기도 한다. 단단하고 명징한 이미지의 시어를 부려 묘사의 한 경지를 이루고 있으며, 어떤 정경을 소묘해 내는 경우에도 그 풍경에 걸맞은 정서를 적절히 환기시킨다. 매우 개인적이고 일상적인 것을 소재로 삼을 때에는 그 텍스트를 통하여 독자로 하여금 고독과 허무를 뼈저리게 느끼게 만든다. 그러나 그 텍스트성은 더러 돌변하여 강인한 견인의 삶을 요구하기도 한다. 시인은 풍자를 통하여 문명 비판의 텍스트를 선보이기도 한다. 또한 서정성과 역사성을 텍스트 한 편에 능수능란하게 함께 부리기도 한다. 무엇보다도 시조라는 형식의 요체라 할 수 있는 언어의 음악성을 충분히 구현한다. 정형율의 특징을 간파하여 시조의 형식적 요건에 구속되기는커녕 형식의 제약을 통제한다. 그리하여 형식 속에서 오히려 시인은 더욱 자유로울 수 있다는 것을 보여 준다. 이미지와 전언의 정확성과 풍부한 함축성은 시의 요체이거니와 거기에 음악성까지 더하여 시적 완결성의 새로운 경지를 열어 보이는 것이다. 요컨대 정수자 시인의 텍스트는 현대 시조의 전범에 해당하며 정수자 시인은 현대 시조단의 대표적인 시인이라 불러도 좋을 것이다.

2. 자유로워라, 쫓겨나서 자유롭고 갖지 못해 자유로운

정수자 시인은 자유의 시인이다. 텍스트의 전언이 자유를 주제어로 삼은 것이어서 그러하다는 것이 아니다. 오히려 그는 자유의 정반대 지점, 즉 자유가 있을 수 없는 곳에서 자유를 노래하는 시인이라 할 수 있다. 시인은 『저물녘 길을 떠나다』에 수록된 시조 전편을 통해 자유가 아닌 구속과 결핍을 노래한다. 그 텍스트의 시적 화자들은 '틀 속의 캄캄한 생'(「틀 속의 생」), '혹을 평생 지고 가는 낙타'(「낙타 혹은 순례자」), '키보다 큰 슬픔'(「늙은 난쟁이의 꿈」)을 노래한다. 정수자 시인은 원하는 것을 손에 넣은 자들의 성취나 소유에서 자유를 찾고 있지 않다. 오히려 그는 그 정반대 지점에 놓인 존재들의 결핍과 소외를 형상화한다. '못 가진 자'의 언어들이 도란도란, 그리고 아늑히 모여 앉아 그의 시편들을 이루고 있다. 그렇다면 무엇이 자유롭다는 것인가? 정수자 시인을 자유의 시인이라고 부를 수 있다면 그것은 영국의 소설가, 버지니아 울프Virginia Woolf의 말을 상기할 때 가능한 것이다. "나는 잠긴 문 안으로 들어갈 수 없는 존재들the locked out에 대해 동정한다. 그러나 그 잠긴 문 안에 갇혀서 밖으로 나갈 수 없는 자들the locked in이 된다는 것은 더 끔찍한 일이다"라고 울프는 천명한 바 있다. 세상은 자주 이항대립 구조를 지닌 것들로 이루어져 있다. 가진 자와 못 가진 자, 권력자와 복종자, 지배자와 피지배자, 배운 자와 못 배운 자…. 그리고 그 양자들의 경계에는 좀처럼 타파하기 어려운 칸막이들이 존재해 왔다. 성취와 소유의 관점에서 볼 때 전자들과 후자들 사이에는 서로 넘나들 수 없는 분리의 벽이 놓여 있다. 전자들은 자신이 이룬 것을 지키기 위해 담을 쌓고 자물쇠를 채우며 타인들의 도전이나 침입으로부터 그것을 지켜 내고자 한다. 그래서 후자들이 자물쇠 채워진 문을 열고 담 안으로 들어가기는 어려운 것이었다. 권력으로부터, 자본으로부터 소외당한 자들, 울타리 바깥에 머물러야 하는 자들, 집 없는 자들은 그래서 비참한 자로 간주된다. 그들은 측은한 존재들Les Misérable인 것이다. 그러나 울프는 이미 지적한 바 있다. 자신들이 만들어 낸 자물쇠 채운 울타리 안에 갇힌 채, 자신이 갇혀 있다는 것도 깨닫지 못하고 밖으로 나올 꿈을 꾸지도 못하거나 나올 수조차 없는 존재들이야말로 더욱 불쌍하다는 것을 경고한 바 있다.

울프는 블룸즈버리 그룹Bloomsbury Group의 일원으로서 20세기 영국 문단을 빛낸 존재이다. 그러나 남성 중심의 영국 엘리트 사회에서 여자로 태어난 까닭에 주변인으로 살 수밖에 없는 운명의 소유자였다. 오빠들이 케임브리지 대학에서 교육을 받을 때 그는 여자라는 이유로 대학에 가지 못하고 오빠들 어깨너머로 공부를 했다. 울프가 오빠들이 누린 교육과 문화의 혜택을 누리는 기회를 가졌던 것은 오빠의 친구들이 집으로 놀러 와 토론할 때였다. 이를테면 울프는 소통과 자기표현의 매체인 문학에 접근할 기회를 부여받은 적이 없었다. 프랑스 페미니스트들이 주장한 바처럼 '훔쳐서' 가질 수밖에 없었던 존재였던 것이다. 울프는 또한 여자가 글을 쓰기 위해서는 '자기만의 방'과 '연간 3000파운드의 수입'이 필요하다는 말도 남겼다. 그 지적은 울프의 피맺힌 목소리에 해당하는 전언이다. 잠긴 울타리 바깥에 거하면서 울타리 안을 동경하고 화전민처럼 창조의 공간을 일구어 갔던 자의 경험에서 나온 외침인 것이다. 여성인 까닭에 예술가로서의 삶이 불가능했던 시절, 시대의 선구자로 살았던 이의 한이 담긴 토로라 할 수 있다. 그러나 삶은 때로는 아이러니로 가득 차 있어서 소외되고 불우하다는 것이 숨겨진 축복이 될 때도 있다. 울타리 바깥의 존재들, 쫓겨난 존재들은 울타리의 보호 안에서는 볼 수도 느낄 수도 없는 것들을 보고 느낄 수 있었다. 정수자 시인의 텍스트에 등장하는 존재들의 메타포를 보라! '거리의 부랑자', '키 작은 난쟁이', '짝 없는 외톨이들', '국물 없는 밥', '공복', '어둠', '빈 곳', '먼 길'(「저물녘 집을 놓치다」), '숲속의 샛길'…. 추방된 자들의 눈에 드는 존재요, 은유들이다. 권력과 지위와 명성과 풍요의 울타리 안쪽에서는 결코 볼 수 없는 것들을 시인은 본다. 시인이란 울타리 바깥에서 유형의 삶을 사는 존재이기에 이러한 소외된 주체들은 울타리 바깥에 나앉은 시인에게만 그들의 이야기를 들려준 것이다.

지구상에는 무사히 울타리 안으로 들어가 안주할 수 있는 처지에 놓인 자들보다는 경계를 넘지 못하고 바깥에서 떠도는 자들이 훨씬 많다. 프랑스의 사회학자 피에르 부르디외Pierre Bourdieu는 『세계의 비참』이라는 책을 통하여 프랑스 국민이 누리는 풍요와 문화로부터 차단된 아랍계 이민자들의 삶을 그려 내고 있다. 문학이론가 호미 바바Homi Bhabha는 더 나아가 지구상의 수많은 소외된 존재들을 '집 없는 자unhomed being'라는 이름으로 하나로 묶을 수 있다고 주장한다. 정치적 망명가들, 피란민들, 백인 지배 계층에 봉사하는 유색 인종들, 여성들, 이주 노동자들… 힘없고 외로운 이들 존재들이 경험하는 세계는 기본적으로 동질적이고 그래서 하나로 범주화할 수 있다고 바바는 본다. 그들은 한결같이 권력도 재화도 갖지 못한 자들이며 그래서 자신들을 주장할 기회도 없는 자들이다. 「저물녘 집을 놓치다」를 보자. 「저물녘 집을 놓치다」는 자신의 집에 안주하지 못하거나 아예 안주할 집이 없는 자들에게 바치는 헌시로 읽힌다. 그들의 외롭고도 고단한 발걸음을 시인은 소상히 그려 내고 있다.

식기들이 서둘러 몸 부딪는 소릴 듣고
별들도 서로 서로 몸을 끌어당긴다
분주한 저 인력 속에
빈 곳들이 훤하다

당기는 게 하나 없어 나는 내 소슬한 공복
빌수록 커지는 어둠만 끌어안다
못 떠난
바람 한 끝에

끝내 마음 잡히다

지상의 모든 창이 따뜻한 길이 되어
지친 밤들 당기며 안으로 빛나는 녘
오늘도
먼 길에만 끌리다
나, 또 집을 놓치다.

_「저물녘 집을 놓치다」 전문

  '빈 곳', '훤하다', '공복'은 지상에 발붙일 곳을 찾지 못하고 떠돌도록
운명 지어진 시인의 삶을 지칭하는 시어들일 것이다. '저물녘'은 돌아갈
집이 있는 존재와 그렇지 못한 존재들의 구분이 확연해지는 시간이다.
정오의 번잡과 밝은 햇빛과 활동성은 고독한 존재들의 고독을 가리어
준다. '식기들'의 부딪침은 일상과 실용성의 메타포일 것이고 '서로 몸
을 끌어당기는 별들'이나 '인력'은 갈래를 짓고 무리를 이루는 정치성의
표현일 것이다. 지상에서 끌리는 것이 없는 '공복'의 상태로, '바람 한
끝에' 마음 잡히는 떠돌이의 운명으로 '먼 길에만 끌리는' 구도자의 자
세로 저물녘의 늘어나는 불빛들을 굽어보는 시인의 모습이 이 시에 드
러나 있다. '나, 또 집을 놓친다'는 그리하여 '나는 놓칠 집이 원래 없었
다'거나 '나는 의식적, 무의식적으로 집으로부터 멀다'는 언술을 교묘히
감추어 놓고 있다. '나, 집을 놓친다'가 아니라 굳이 '나, 또 집을 놓친
다'라는 언술 속의 '또'가 구사하는 것을 정확히 다시 말하자면 '나는 늘

집을 놓쳐 왔고 앞으로도 그럴 것이다'에 다름 아니기 때문이다.

무리에서 벗어나 있어서, 집에는 한사코 들어가지 않기에 시인이 이를 수 있는 곳이 '아름다운 샛길'이다. 그 샛길은 아무에게나 존재를 드러내지 않고 '낯선 길을 꿈꾸는', '눈이 머언 이'를 기다린다. 그래서 그 샛길은 시인이 궁극적으로 이르고자 하는, 그리고 예사롭지 않은 감성의 소유자만이 찾을 수 있는 예술의 공간이며 그 기호일 것이다.

첫사랑을 만난 듯 눈이 활짝 빛나다
가쁜 숨 감춰도 가슴이 내내 뛰고
오, 저런
길이 있었네
덤덤한 저 숲에도

길은 산새같이 맑게 떨고 있었네
큰 길 벗어놓고
어서 성큼 들어와
만져 봐
인적 없는 시간을
순결한 나의 살을

낯선 길을 꿈꾸는 눈이 머언 이에게만
오롯이 몸을 여는 샛별 같은 샛길

아직 나,
발을 든 채로
꿈을 더 바라보네

_「아름다운 샛길」 전문

샛길은 큰 길을 갈 자유를 가진 자, 이미 훤히 드러난 큰 길만을 찾는 자에게는 보이지 않는다. 큰 길은 많은 사람들이 가는 길이다. 샛길을 찾는 사람은 드물고 그래서 귀하다. 샛길의 신선함과 순수는 '첫사랑', '순결한 살', '샛별', '꿈'의 이미지를 입고 드러난다. 그 샛길의 발견은 시인의 "눈이 활짝 빛나"게 하고 "가쁜 숨 감춰도 가슴이 내내 뛰"게 하고 "발을 든 채로/꿈을 더 바라보"게 한다. 삶의 충일성은 세월의 흐름에 나른하게 몸을 맡긴 채 세파에 떠가기를 허락하는 다수의 사람들은 맛볼 수 없는 것이다. 한순간에 불과할지라도 강렬한 경험은 기억 속에 살아남아 시인을 한없이 행복하게 살 수 있도록 해 준다.

시인이 자신에게 주어진 '편하지 않은 삶'을 보는 방식은 「틀 속의 생生」에서 가장 분명히 드러난다. '맞지 않는 구두'라는 표현이 바로 세상과 불화할 수밖에 없는 존재로서의 시인을 대변하고 있다.

맞지 않는 구두처럼 질질 끌고 가는

티눈 깊어 가는, 냄새 등천하는

틀 속의

캄캄한 생生이

나를

계속

신고 가네

_「틀 속의 생(生)」 전문

　시적 화자가 신을 신고 가는 것이 아니라 신이 화자를 신고 가고 있다는 인식은 의지와는 무관하게 세상에 던져진 자로서의 인간 존재의 근원성에 닿아 있다. 그 인간 존재는 하이데거Heidegger가 『존재와 시간 Being and Time』에서 탐구하는 바와 같이 의지와 인식을 바탕으로 하는 존재로서의 인간이 아니라 시간과의 관련 속에서 설명되는 존재로서의 인간이다. 이는 「낙타 혹은 순례자」에 나타난 것처럼 '한두 개의 혹은 짊어지고' 인생길을 가야 하는, 구속된 존재로서의 인간의 표현이기도 하다.

　그러나 경계선 밖에 내몰린 존재로서의 시인이 소외된 자의 외로움과 한탄만을 보여 준다면, 그리고 '샛길'이나 '난쟁이'로 대표되는 주변적인 존재에의 애정만을 드러낸다면 시인이 진정 자유로운가는 다시

의문의 대상이 될 것이다. 시인은 때로 사막에서 물 한 방울 없이 살아남는 선인장의 이미지를 통하여 쉬운 위로나 무력한 긍정을 경계하고 있다. 시적 화자의 목소리는 자못 단호하다. '…마라'라는 금지의 명령어가 시편의 도입과 종결에 반복되어 사용되고 있음이 이를 강조한다.

눈물 비치지 마라
단호한 햇볕 아래
한약처럼 삼키는 시간의 끈적한 즙
눈감고 목을 세우면 가시로 돋곤 했다

찌르면 흥건하니 눈물뿐인 무른 속
가시 앞세워 불모의 날을 견디다
섬이듯
멍멍해지면
늦은 꽃을 피웠다

삶이라는 형기는
결국 혼자 치르는 것
가시만 늘어가는 사막의 세상에서
속내를 보이지 마라
밤이 아직 멀었다

_「선인장」 전문

시인이 옹호하는 것은 견인의 삶이다. 소외도 고통도 상처도 다 삶의 일부로 받아들이며 단단히 자신을 다스리고 견뎌 나가는 삶을 그려내고 있다. 인생은 어차피 고독하다는 것을 받아들이는 겸허함, 앞으로 닥쳐올 더 큰 고통도 어림하여 알아차린 선지자의 예지조차 느껴지게 한다. 다시금 확인하는 것은 삶은 시인이 치러야 할 형기와 다르지 않다는 자각이다. 시인은 쉽게 희망을 말하지 않으려 하고 쉬운 위로를 노래하지 않는다. 그 대신 절망을 절망으로 담담히 받아들일 것을 요구하고 있다. '눈물 비칠' 일 많은 세상살이에서 '가시만 늘어가는 사막의 세상'에서 '견디어 가는' 견인의 삶이 선인장의 메타포에 적절히 드러나 있다. 선인장의 이미지는 온실 속의 난초나 시클라멘에 대조된다. 감상에 흐르는 여성 시인들의 시, 세상과 절연한 숭고 혹은 고고함을 찬양하는 시들은 노천명의 「사슴」에서 출발하여 한국 현대 여성 시인의 시에서 매우 자주 출현하였다. 시인의 선인장은 강인한 여성 주체의 표현이다. 온실의 보호를 받기는커녕 단호히 고문하는 태양 아래 그 고문을 참고 삼키며 안에서부터 자신을 보호할 가시를 만들어 내는 선인장으로 시적 화자인 여성 주체를 표현한 것이다. 자물쇠 잠긴 울타리 밖에서 의연히 살아가며 자유를 희구하는 여성상을 창출하고 있는 것이다. 시인의 시대는 울프의 시대로부터 얼마나 진보하였는가? 글을 읽고 쓸 수 있게 하는 교육의 기회는 확대되었지만 우리 시대 여성 시인이 울프 시대 시인보다 그다지 더 자유로운 것 같지는 않다. 차별은 은밀해지고 삶은 더욱 치열해진 시대, 울타리 밖 사막에 뿌리를 내리고 폭염을 견디는 여성 시인의 모습이 선인장의 가시처럼 단단한 이미지로 박힌다. 초국적 후기 자본주의의 시대라고 불리는 우리 시대, 재화가 그를 동반한 권력과 함께 국경을 넘나드는 혹독한 자본의 세상에서 시를 업으로 삼고 살아가는 한국 여성 시인의 삶이 선인장의 심상 속에 형상화되어 있다. 시인이 당면하는 일상의 자물쇠는 울프 시대의 자물쇠에 비하여 어쩌면 훨씬 육중하고 단단할 것이다. 진정한 자유로움을 위해서 기득권을 탐하지 않고 황폐한 현실을 직시하는 자세가 필요하다고 시인은 웅변하고 있는 듯하다. 아직 더 감내해야 할 고통 앞에서 의연하기를 촉구하며 시인은 황야의 지도자 모세처럼 외치고 있다. "밤이 아직 멀었다."

3. 흐린 날엔 상처가

영문학자 해럴드 블룸Harold Bloom은 시의 효용성the use of poetry이 '그 철저한 비효용성its utter uselessness'에 있다고 주장한 바 있다. 아무런 구체적이고 현실적인 목적에도 봉사하지 않는 것, 현실에서는 쓸모없기 그지없고 또 그래야 하는 것이 시라고 주장한다. 시란 숫자로 환산되지 않는 순전한 마음의 동요를 기록하는 것이고 시를 읽는다는 행위 또한 현실적인 욕망과는 무관한 마음의 소유자가 하는 소모적인 행위일 것이다. 그럼에도 불구하고 우리는 시는, 또는 문학은 상처받은 마음의 치유라는 역할만큼은 감당한다고 믿고 싶어 한다. 적어도 아직 철저한 비효용성의 수용에는 이르지 못한 일반 독자들은 그러할 것이다. 상처를 고백하는 것이 옷을 벗고 저잣거리에 나서는 행위에 비근한 것이라면 시인은 그렇게 발가벗기를 자처하는 존재일 것이다. 그러면 독자는 안도한다. 내 상처가 나만의 것이 아니었구나 하고. 수줍은 언어에 포장된 상처를 대면하는 것만으로도 독자의 상처는 이미 치유의 길에 들어서는 것인지도 모른다. 상처야말로 인생을 인생답게 만드는 것임을 시가 알려 줄 때, 독자는 이미 치유되고 있는지도 모른다. "낙백 한 번 없는 생이 인생을 어찌 알랴"(「느티나무 주막」) 하고 시인은 노래하고 있다. 그러나 인생을 알기 위해 거쳐야 하는 상처들은 깊고도 아리다. 흐린 날엔 그 상처가 더욱 에인다. 「세상의 흉터」는 상처받은 시인이 안으로 삭인 울음소리가 드러난 시편이다.

세상엔 왜 이렇게 우묵한 데 점점 많은지
맑은 날은 그저 웃고 지나치던 그곳들
비오니
먼저 울먹이는
죄다 흉터였네

팬 곳이 다시 패는 물정을 투덜대며
고인 물 건너뛰다 뒤꿈치를 물리며
궂은 날 유독 부푸는 상처들을 생각하네

도무지 메울 길 없는 삶의 구멍처럼
가는 길마다 움푹 젖은 눈을 만나
충혈된 마음 언저리로 깊어지는 물그늘

하루를 넘기느라 또 붉게 도진 하늘아

젖은 발을 끌고 가는 어둠이 너무 깊어

저 모든

흉터들마다

꽃씨를 심고 싶네

_「세상의 흉터」 전문

땅은 평평하지 않다. 울퉁불퉁하다. 맑은 날엔 그다지 드러나 보이지 않았던 땅의 파인 곳이 비가 오면 확연히 드러난다. 상처받은 사람들이 흐린 날엔 더 많이 우울해지듯, '궂은 날 유독 부푸는 상처들' 때문이다. 땅이 평평하게 고르지 않듯이 세상 또한 불공평하다. '팬 곳이 다시 패는 물정'의 세상이다. 고통은 설상가상으로 상처받은 사람들에게 더욱 집요하게 달려든다. 상처와 고통은 물, 불, 공기, 흙 중 물의 상상력에 닿아 있다. '도무지 메울 길 없는 삶의 구멍'에 흘러들어 고이는 물은 '눈을 움푹 젖게' 하고 '마음 언저리에 물그늘'을 만든다. 상처받은 사람들이 늪이나 소(沼)에 몸을 던지곤 하는 것, 셰익스피어 작품 속 오필리아가 강에 몸을 던진 것도 고통이 물의 이미지에 연결되어 있기 때문일 것이다.

「소록도 분교」는 상처와 고통이 물의 이미지와 어우러져 빚어내는 슬픔의 미학을 잘 보여 주고 있다. 젊음의 샘처럼 마시기만 하면 상처는 물론 흉터까지 '씻은 듯' 낫게 해 주는 물이 있어 인류의 옛이야기는 그 샘물의 이미지를 반복하여 왔다. 소록도의 환자들이 바다의 물을 두고 희구하는 바가 바로 재생의 샘물인 것이다. 땅의 파인 곳이 고통의 이미지로서의 물을 담는 그릇이라면 고통이나 상처는 더러 낙타의 혹처럼 돌출된 이미지로 드러나기도 한다.

잠잘 때도 못 벗는 누대의 업이 있어
일찍이 등 굽은 삶 길에 늘 부려진다
누구나 한둘쯤의 혹은
평생 지고 가듯

떠나는 그 즉시로 사라지는 길 위에서
오래 걷다 보면 말을 거는 모든 흔적들
길이란 수이 저무는
사랑처럼 덧없다고

그래도 닿아야 할
산이 아직 있는지
제 등에 산을 진 채 밤새 간다

퍽, 퍽, 퍽,

모래의 뒤척임들이
내 귀에 가득하디

_「낙타 혹은 순례자」 전문

시인은 샛길과 먼 길, 파인 땅에 고인 물과 낙타의 혹, 선인장의 이미지 속에 자신의 존재를 투사해 왔다. 큰 길을 벗어나 발견한 샛길, 그것은 순수성의 다른 이름이다. 시인의 상처는 세상의 큰 길과 가까운 길을 택하는 대신 샛길의 아름다움에 눈떴다는 것, 그리고 낙타와 선인장이 대표하는 '견딤'으로서의 삶을 선택한 데에서 연유한다고 볼 수 있다.

「간이역」에는 '한 방향만 바라보며' '피를 쏟듯 씨방을 터뜨리는' 인고와 기약의 미학을 지키는 시적 화자와 그 그리움의 대상 간의 거리가, 무심히 궤적을 따라 운행하는 기차와 그 무심함을 인내하는 간이역의 이미지의 대비를 통하여 드러나 있다.

한 방향만 바라보다 늙어버린 문처럼
침목 긴 행간에 그늘이 깊어지면
그 몸을
관통해가는
검은 기차가 있다

그리움은 헤어진 그 직후가 늘 격렬해
등을 만질 듯 마른 손을 뻗지만
제 길을
결코 안 벗는
그는 벌써 먼 기적

희미해진 이름 속을 꼭 한번 섰다 갈 뿐

그때마다 피를 쏟듯 씨방이 터지는 걸

기차는

알지 못한다

폐허 위에 피는 꽃도

_「간이역」 전문

4. 운율에 살고 가락에 살고

정수자 시인의 시세계에는 이른바 측은지심이라 할, 소외된 존재에
대한 연민과 사랑이 주로 나타나고 영원한 모성의 넉넉함과 역사의 내
면화 또는 서사의 서정화가 매우 뛰어난 모습으로 드러나 있다. 그것
은 무엇보다도 언어를 벼리고 다루는 시인의 능숙한 솜씨에서 오는 것
이다. 그러나 정수자 시인의 깊고도 넓은 시세계와 언어의 조탁에서 이
루어진 예술적 성취에 견줄 만한 당대 여성 시인이 전혀 없는 것은 아
니다. 그렇다면 굳이 정수자 시인의 시집을 손에서 놓지 못하고 단번에
읽어 버리게 만드는, 그만의 독창성과 고유성은 어디에 있는 것일까?
그것은 먼저 운율과 가락을 이미지와 더불어 능수능란하게 다루어 시
편 속에 녹여 낸다는 점에서 찾을 수 있다. 다른 누구도 감히 흉내 내지
못하는바, 그의 언어는 적확한 이미지의 옷을 찾아 입을 뿐만 아니라
함께 얼려 음악처럼 들릴, 이웃하는 언어를 적절히 찾아내어 동반시키
기에 능숙하다. 때로는 이웃하는 것이 언어가 아니라, 숨 멈추기, 즉 쉼

표라도 좋다.

많은 시인들이 이미지에 집착할 때 이미지를 시적 언어의 음악성과 함께 구사한다는 것으로 인하여 정수자 시인은 횃대에 올라앉아 새벽의 도래를 울음으로 알리는 수탉 같은 존재가 된다. 정수자 시인이 굳이 자유시가 아닌 시조를 선택한 시인이어야 하는 이유가 바로 여기에 있다. 이미지의 구사는 자유시에서도 충분히 가능하지만 운율까지 담아내기에는 시조만 한 양식이 없다. 시조의 시조다움은 바로 종장에 있다 할 것인데 초, 중장에서 충분히 완만하게 전개되던 시상이 종장에 이르러서는 가락의 급격한 변조와 함께 급상승과 하강을 동시에 이루어 내며 종결되어야 하는 것이다. 정수자 시인의 시조 종장은 시조가 보여 주는 마무리의 묘미를 절묘하게 구현하고 있다. 고시조 작가들은 "어즈버, 태평연월이 꿈이런가 하노라" 혹은 "님 계신 구중궁궐에 뿌려볼까 하노라" 하는 식으로 자못 구태의연하게 자신들의 넋두리를 마무리하곤 했다. 그 옛 선비들의 시조 결말 방식이 현대 한국어에 이르러 이토록 빛나는 시상을 담아내는 그릇으로 쓰이게 될 줄을 그들은 상상하지 못했을 것이다. 종장의 정수를 바늘로 꼭 찔러 시조 몸통 곳곳에 피를 돌게 하는 그런 시조 종장을 발견하면 독자는 시조를 떠나기 어렵다. 정수자 시인 이전의 시인 중 종장의 멋을 한껏 구현한 시조 시인을 들자면 정운 이영도가 아니었을까. "여울 소리 내 소리"라는 종장 마지막 부분이 바로 필자를 사로잡았던 부분인데 4.3자로 구성되는, 음악의 데크레센도 효과를 지닐뿐더러 '소리' 어휘가 반복되어 경쾌함을 느끼게 하기 때문이다. 그 절창을 다시 한번 구현하는 것으로 정수자 시인의 두 번째 시집, 『저녁의 뒷모습』에 수록된 「별먼지」를 들 수 있다.

거대한 우주 자궁 한 점 먼지였다가

못내는 서로 당겨 별이고 너였다가

한 세상 잠시 기대어

글썽이다

갈, 그 뿐…

_「별먼지」 전문

   시상의 아름다움과 이미지의 명료함에 대해서는 두말할 나위가 없다. 필자가 특히 주목하는 것은 그 시상과 이미지를 담아내는 시각적 텍스트성과 언어의 음악성이다. 초, 중, 종장 3장은 긴밀한 관련성을 갖고 서로를 지탱해 주고 있다. 몇몇의 어휘, 정확히 도려내어 제대로 텍스트에 부린 어휘들 몇이 짤막한 시행들 속에 수천, 수만의 이야기를 숨기고 있다. 가장 요긴한 어휘들이란 '한 점 먼지,' '못내는', '별', '너,' 그리고 '한 세상', '잠시 기대다', '글썽이다', '가다'일 것이다. 한편으론 짧은 사랑 시면서도 다른 한편으로는 인간 존재의 비의와 사람살이의 유한힘과 허무를 실어 내는 철학 시이기도 하다. 인간이란 광대한 우주 속에 던져진 존재, 한 점 먼지와도 같이 미미하며 그리하여 온 데도 그 가는 곳도 알 길이 없다. 그런 존재가 타자와 관계 맺는 것이 삶이다.

'당기고 별이고 너이다.' 그 당김의 근원적 힘, 그 동력이 어디에서 오는 것인지도 알 길이 없다. 운명적인 것이라고나 할까. 이를 시인이란 이름의 '언어의 경제학자'는 '못내는'이라는 부사 하나에 다 담아 넣는다.

'글썽이다'라는 어휘 또한 애매하고 다중적이다. '눈물 글썽이다'… 이는 틀림없이 온 데도 알 수 없고 가는 곳도 알 수 없는 먼지 같은 인간 존재에 대한 측은지심의 표현이다. 자아도 타자도 함께 글썽일 것이다. 둘 다 불쌍한 존재이므로. 혹은 자아는 타자를 위해 글썽이고 상대 또한 시적 화자로 보이는 자아를 향해 글썽일 수도 있다. 상대의 '별'이 되도록 운명 지어진 까닭에 글썽일지도 모른다. 그런데 글썽임은 별의 반짝임에 대한 은유일 수도 있다. 별이 글썽이다니…. 반짝이는 별이 동요적이고 클리셰cliché라면 글썽이는 별은 시다. 눈물 글썽이는 것은 반짝이기도 할 것이다. 압축적인 세 줄의 시행에 배열된 이미지와 어휘들은 서사화하자면 알퐁스 도데의 단편 소설, 「별」이 되기도 하고 서영은의 「먼 그대」가 되기도 한다. 오르페우스의 신화가 될 수도 있고 에우리디케의 목소리가 될 수도 있다. 그러나 시인은 그 모든 기성 텍스트가 환기시키는 과도한 감상성을 차단하는 종결을 선택한다. "갈, 그 뿐" 하고.

그러나 갑작스러운 종결은 그 뒤를 따르는 공백을 향하여 사실상 수천 가지 서사의 가능성을 열어 둔 것이다. 굳이 설명하지 않는다. 시가 늘어지고 처지기 때문이다. 동양화의 여백이 비어 있는 공간으로서 작동하며 상상력을 초대하듯 시조의 종장은 그런 여백을 가능하게 한다. 이 시는 그 텍스트성에도 유의해야 한다. 시 한 구절마다 한 줄 공백을 뒤따르게 하여 시상의 조심스러운 전개와 독자의 사색을 유도하기 때문이다. 한 줄 한 줄 충분한 휴지를 동반하게 되어 짧은 한 줄의 시구가 모두 제각각의 광범한 내포를 지니고 있음을 시 텍스트는 암시한다. 그 것은 던져진 유한자와 개별자로서의 시적 주체를 먼저 그리고, 시적 자 아와 타자의 관련으로 발전한 다음, 마침내 다시 돌아와 유한자, 개별 자로서 맞이하는 무無 혹은 죽음으로의 회귀를 담담히 서술해 내고 있 는 것이다.

3.5.4.3자로 구성되는 종장의 멋스러움이 아낌없이 구현되어 있는 시 편으로는 그 밖에도 「늙은 봄」, 「새벽 운문사를 엿보다」 등을 들 수 있 다. 「늙은 봄」에는 "골짝을 다 허물고도 못 떠나네, 저 소쩍!", 「새벽 운 문사를 엿보다」에는 "下弦도 산을 넘는다, 그 결에 발이 젖어" 하는 표 현이 흥미롭다. '그 사이'의 종장에는 다시 텍스트성의 실험이 드러 나 있다. 시니피앙의 '사이'를 시니피에에도 부여하고자 하는 시도이 다. "들끓는/말 · 과 · 말 · 사 · 이//피 비친다/서늘한"은 '말과 말 사이' 에 틈이 있음을 보여 주기 위하여 말과 말을 띄어쓰기하면서 동시에 점 을 찍어 사이를 시각적으로 드러내고자 한 시도이다. 「그리운 그 한때」 에는 "늦어서/다만 늦어서/더 그리운 그 한때"가 종장으로 사용되었다. 「제부도」의 종장은 또 어떤가? "그리워, 물로 나가면, 길로 뜬다, 그 상 처." 제부도와 육지를 연결하는 길이 밀물이면 잠겼다가 썰물에 드러나 는 것을 지시하면서도 시적 화자의 감정 이입이 효과적으로 수행되는 종장이다. 「동지 무렵」의 종장도 재미있다. "온 생을 잘못 쓴 걸까/에울 길만/수반리……."

「소나기」는 매우 특징적인 시조 작품이다. 사설시조의 본질을 잘 드 러내면서 사회 비판의 텍스트로나 이야기시로서의 사설시조의 가능성을 다분히 보여 주는 작품이기 때문이다. 소나기라는 시적 제재를 매개로 하여 발휘된 시인의 상상력과 통찰력도 놀랍다. 그런데 「소나기」 시편의 클라이맥스 또한 종장에서 드러나는 시적 상상력의 고조와 반전에 있다. 더구나 소나기의 뜻하지 않은 출현을 조선시대 암행어사의 출두에 비유한 것은 시인의 비범함이 유감없이 드러나는 부분이다. 현대시 독자로서는 드물게 조우하는 시 읽기의 즐거운 경험을 선사한다.

하루에도 몇 번씩 들러 엎어 후려치고 싶은
이 애물단지 세상 꼴이라니

시도 때도 없이 길바닥에 철퍼덕 들러붙는
자동차란 괴이쩍고 방자한 저 물건들
궁둥이 서로 대고 뿜어대는 고얀 냄새
밤낮없이 사방 온통 끓여대는 이 염천에
덩달아 빨래 삶듯 가마솥 끓이는 통에
풀 나무 생것 모두 넘어갈 듯 헐떡일 때
연일 치는 오존주의보 하늘 곳곳 멍 깊을 때
한 발짝도 떼지 않고 꼴만 보던 구름장이
천둥 번개 죄다 모아 꿈쩍 한번 눈짓하니
예서 번쩍! 제서 쿵쾅! 크게 한 번 구르것다!

출두야!
하늘로 머리 둔 것들

죄죄罪罪 비는 한순간!

_「소나기」 전문

소나기가 퍼붓기 직전의 염천의 한여름 풍경을 사설시조 가락 속에 거침없이 풀어낸 다음 갑자기 한 줄기 시원한 소나기가 퍼붓는 것을 재구성해 내는 시인의 능력에 감탄할 수밖에 없다. 더구나 종장에서 드러난 것처럼, 암행어사처럼 예고 없이 들이닥친 소나기 앞에서 그동안 기세등등하던 온갖 것들, 시인의 표현대로라면 "하늘로 머리 둔 것들"이 일시에 기가 죽어 태도를 돌변하는 모습이 재미있게 그려져 있다. 종장의 첫머리에 보이는 "출두야!" 하는 호령은 고시조에서 흔히 보였던 '아이야, 두어라. 어즈버' 등의 상투적 감탄사의 차원을 훌쩍 뛰어넘으면서 종장을 구성하는 새로운 수완을 보여 준다.

5. 역사를 두고 상처를 두고

고통도 상처도 수용하고 수긍하는 어머니의 이미지는 시인들, 특히 여성 시인들의 시에서 흔히 발견할 수 있는 메타포일 것이다. 정수자 시인의 시세계는 부족함 없이 꽉 차 있는 야무진 바늘땀 같다. 그것은 시인이 자연과 개인의 내면적 성찰과 어머니의 사랑으로 대표되는 수용의 미학을 충분히 보여 주면서도 동시에 개인적인 공간에서 멈추지 않기 때문이다. 정수자 시인은 조지훈 등의 청록파 시인들이 지녔던 시세계의 정결성을 간직하면서도, 그리고 이형기, 박재삼의 시에서 보이는 청빈과 해탈의 정조를 유지하면서도 보기 드물게 역사성을 함께 구현한다. 더 나아가 우리 전통 운율의 힘까지도 고루 물려받아 내재화하고 있다. 한때 문단에 '여류 시인'이라는 문제적 이름이 존재했었고 그 용어의 함축성이 바로 여성 시인들이 대체적으로 보여 준 '역사의식의 부재'라는 한계에 닿아 있음을 기억해 볼 수 있다. 그리고 '여류 시인'이라는 이름 대신에 '여성 시인'이 널리 쓰이게 된 이후에도 그 명칭 또한 유사한 종류의 의심으로부터 벗어나지 못한 듯하다. 그 점을 상기할 때 정수자 시인의 다양한 시세계는 여성 시인의 존재를 다시 정의하게 만든다. 그것은 단지 역사성을 도입한다거나 수사적 차원에서 덧바르기에 멈추는 것으로는 가능할 수 없다. 동시에 서정성으로 가장 빛날 수 있는 시인들에게는 더러는 역사성과 사회성을 요구하는 평론가의 주문이 독으로도 작용할 수 있다. 정수자 시인의 시편들이 증거하는 예술성과 역사성의 완벽한 조화는 이와 같은 정황 때문에 더욱 소중하고 빛나는 것이다. 필자는 '슬픔의 서정시인'으로 주로 알려진 박재삼 시인의 시세계에서 드러나는 은밀한 역사성의 메타포를 소중히 여긴다. 정수자 시인 또한 정갈한 시어들을 통하여 은밀한 역사성을 십분 구현해 내고 있는 몇 안 되는 시인 중 한 명이다. 6.25 전쟁이나 종군 위안부의 모티프를 취한 시편들이 그 예들이다. 정수자 시인의 풍부한 시적 역량과 텍스트의 다양성은 풍자와 문명 비판의 시에서도 십분 발휘되고 있다. 역사를 녹여 낸 그의 시편들과 풍자와 문명 비판의 시편들 또한 각각 한 편의 글들이 따로 필요할 만큼 다양하고 풍부하다.

시조라는 형식을 두고 혹자는 "발목에 쇠고랑을 차고 발레를 하라는 것" 같다고 비판하기도 한다. 시적 형식의 제약을 구속으로 받아들이는 경우이다. 반면 미국 시인 로버트 프로스트^{Robert Frost}는 형식이 없이 쓰는, 이른바 자유시는 "네트도 치지 않고 테니스를 치는 것과 같다"고 비판했다. 시적 형식의 제약을 불편한 구속이 아니라 즐길 만한 장치로 받아들인 경우이다. 정수자 시인의 다양한 시조 텍스트들은 네트가 드리워진 테니스장의 테니스공처럼 제약과 규칙 속에서 자유롭게 날아다닌다. 발레처럼 자유롭고 아름다운 테니스 경기를 즐기듯 독자들로 하여금 규칙 속의 자유로운 언어유희를 보게 한다.

전통傳統 과 전복顚覆의 시학

: 정수자의 『허공 우물』을 읽다

1.

정수자 시인의 시편들은 읽는 이의 마음에 잔잔한 파문을 일으키곤
한다. 그의 시어들은 가슴에 화인을 찍듯 선명한 흔적을 남긴다. 2009
년 출간된 시집 『허공 우물』은 증폭되는 파문과 더욱 강렬한 흔적을 독
자에게 선사한다. 『허공 우물』 간행 이전에 발표된 그의 시 중 가장 인
상적인 한 편을 들라면 「별먼지」가 떠오른다.

거대한 우주 자궁 한 점 먼지였다가

못내는 서로 당겨 별이고 너였다가

한 세상 잠시 기대어

글썽이다

갈, 그 뿐······

_「별먼지」 전문

「별먼지」는 단형의 시조 형식 속에 인간과 우주, 삶과 죽음, 인연과
이별, 고독과 허무 등을 모두 녹여 내고 있는 시이다. 존재의 기원과 관
계를 별과 먼지의 이미지를 통해 선명하게 그려 낸다.

『허공 우물』에서도 시인은 인간 존재의 근원에 대해 묻고 답하기를
계속한다. 「탁발」이나 「상강 무렵」, 「조금」 등의 시편에서는 존재가 지
니는 고독이 강조된다. 무리 지어 가는 삶을 비켜난 삶을 향한, 또 외로
이 달리 살아가는 생명을 향한 동정이 변주되어 나타난다. 이전의 「저
물녘 집을 놓치다」나 「아름다운 샛길」에서 보여 준 것과 유사한 시세계
가 드러난다.

바람의 흰 앞섶에 별들이 알을 슬 때

마음의 서쪽으로 생을 조금 숙이듯

조금 때
하현의 달처럼
네가 설핏 기대올 때

밀물엔 늘 물러서고 썰물이나 따라나서다

그 물무늬 받아 기른 조개껍질에 베이듯

조금 때
그리움에 갇혀
너를 조금 사윌 때

_「조금」 전문

한 걸음 더 나아가 시인은 '버리는 것이 얻는 것'이라는 해탈을 향한
구도자의 목소리에 이르기도 한다. 살아 내어야 하는 삶을 받아들이는
순응의 지혜와 한 발 한 발 걸으며 목숨의 의미를 찾아 가는 구도의 자
세를 그려 내고 있는 것이다.

1
묵묵히 산을 안고 산을 넘는 구름 바랑
바람을 짊어지고 한 생을 짊어지고
다 벗을 그 날을 향해
홀로 걷는 길 속의 길

2
탁발……

에는, 그리하여

모든 생이 걸려 있다.

한 끼 밥을 빌려고

허덕이고 조아리듯

삶이 곧

탁발인 것을

버리면서

얻는 것을

_「탁발」 부분

정수자 시인은 다양한 시적 소재를 다루면서 그만큼 독특한 주제들을 탐구한다. 그리고 그 주제를 효과적으로 드러낼 수 있는 적절한 접근법을 구사한다. 정수자 시인의 이전 시집들에서는 '여성 존재의 탐구'라는 주제를 자주 볼 수 있었다. 일상적인 삶의 면면을 통하여 드러나는 여성의 존재 방식을 시인은 효과적으로 재현해 내었다. 여성의 삶이 보여 주는 넉넉함과 배려의 자세를 텍스트에서 볼 수 있었고, 여성들이 스스로의 슬픔을 승화시키는 장치들을 발견할 수도 있었다. 여성이 경험하는 상처와 아픔을 그려 내는 말들은 그의 텍스트에 가장 자주 등장하는 시어였다. "바늘땀, 땅의 팬 곳, 우물, 따뜻한 국물"… 정수자 시인의 시적 언어들이 그려 내는 것은 여성에게 한결 가혹한 현실 속에서 자신의 존재 의미를 찾고 지켜 가는 오늘, 이 땅의 여성들의 삶인 것이다. 그 여성성은 기다림과 인고의 메타포를 지니기도 하고 식민지 현실이나 동족상잔의 비극이 깃든 전쟁 등의 역사적 소재에 연결되어 상처받은 민족의 메타포로 나타나기도 했다. 「간이역」에서는 여성 존재의 소외 양상을 재현하기도 했다. 한편으로는 고적함과 호젓함을 간이역의 모습으로 그려 내면서, 다른 한편으로는 역설적이게도 소외와 고독을 통하여 진정한 내적 자유를 찾아가는 여성 존재의 모습을 간이역의 이미지에 투사하였다.

물론 「선인장」에서 찾을 수 있듯이 고독을 받아들이는 결연한 자세를 요구하고 명령하기도 한다. 선인장 가시에서 확인할 수 있는 단단한 결기를 보여 주듯 "눈물 비치지 마라", "밤이 아직 멀었다"라고 시인은 단호히 명령한다. 그런 시인의 목소리는 그의 시적 소재로 사용된 여성성이 수동적이고 패배적인 여성성에서 분리되어 있는 것임을 명백하게 보여 준다. 현실의 제약에 맞서면서 오히려 여성에게 주어진 구속과 한계가 강인함의 모태가 될 수 있다고 시인은 절규하고 있다.

2.

『허공 우물』에 이르면 이전 텍스트에서 보이던 인고의 여성성이나 수난의 여성성은 제거되어 있음을 알 수 있다. 안으로 울음을 삼키는 여성의 존재가 사라진 다음 그 자리를 대신 채우는 것은 지조와 상승, 초월의 지향성을 지닌 주체들이다. 고독을 삶의 근거로 삼는 강한 자존심의 존재가 대신 등장한다. 자작나무, 금강송 등의 모티프들이 그런 강인한 존재를 드러내는 소재이다. 자작나무, 금강송이 시적 전통에서 남성성의 제유로 존재해 왔다는 데에서 짐작할 수 있듯이 『허공 우물』에서 시적 화자는 종종 남성적 목소리의 소유자로 드러난다. 「혼의 집 세한도를 엿보다」, 「백두산 자작」, 「수작酬酌」 등의 시적 화자 또한 남성적 목소리로 말한다. 한 획으로 만 획을 호령하는 능동적 주체, 지조 지키는 곧은 나무, 그리고 기생을 데리고 술과 봄을 희롱하는 양반 남성의 이미지가 텍스트를 형성하고 있다.

이와 같이 생生에 휘둘리지 않고 생을 담담히 대면하는 주체, 세상을 향해 명령을 내리고 상황을 주도해 나가는 주체를 정수자 시인은 그려낸다. 흔히 남성적 주체들의 권역에 속한다고 여겨지던 것들을 정수자 시인의 시적 화자들은 구현하고 있는 것이다. 그러한 변화는 시의 역사를 통해 볼 때 매우 중요한 의미를 지닌다고 할 수 있다. 흔히 여성적 목소리를 취하곤 하던 남성 시인들 중심의 시적 전통을 전복시키는 효과 때문이다. 낭만주의 시인들은 여성의 목소리를 통하여 여성의 위치에서 삶과 사랑을 노래해 왔다. "나는 인생의 가시밭길에 쓰러졌노라, 그리고 피 흘리노라" 하고 노래한 영국 시인 키츠Keats나 "말없이 고이 보내드리우리다" 하던 소월은 여성 목소리의 복화술사들에 다름 아니었다. 『영국인 환자The English Patient』의 작가이자 시인이기도 한 마이클 온다체Micahael Ondaatje 또한 자신의 대표적인 사랑 시 「시나몬 껍질 벗기는 사람Cinnamon Peeler」에서 "나는 시나몬 껍질 벗기는 남자의 아내예요 / 냄새 맡아 보세요" 하고 여성적 목소리로 노래했다. 그런 낭만적 사랑의 서술을 배경으로 삼아 정수자 시인의 사랑 노래에 동원된 거칠고 동물적인 언어들을 보라. 그 언어들은 '표범, 누, 뜯어 물기, 붉게 울기' 등으로 드러난다. 「황홀한 질식」을 보자.

표범이
누 한 마리를
꽉 끌어안고 서 있다

격렬한 헐떡임에 햇살이 부르르 떨고

잠시 후
포옹을 풀자
누가 덜컥 쓰러졌다

사랑도 저러하여
포옹을 푸는 순간

살점을 뜯어 물고 붉게 우는 밤이 있지

황홀한
질식을 찾아
길게 우는 밤도 있지

_「황홀한 질식」 전문

"묏버들 가려 꺾어" 보내는, "이화우 흩뿌릴 제" 이별하는, 또는 "진달래 꽃잎 뿌리는" 곳은 식물성 사랑 이미지와 결별한 곳이다. 그곳에서 "헐떡이고", "살점을 뜯어" 무는 새로운 동물성 이미지가 등장한다. 그 이미지를 통해 정수자 시인은 사랑을 새로이 해석하며 재현하고 있다. 그렇게 전통을 전복시키는 장면은 「수작酬酌」에서도 다시 드러난다.

너를 안고 한 번쯤은 시를 먹여보리
끓다 넘다 식혀진 광 속의 밀주 같은

내 생의 내출혈들을
오래오래 먹이리

부푼 시편으로 발긋발긋 상기된 밤
수상한 수유 따라 산수유 더욱 붉어

뒷산도 언 섶을 열고
골바람을 누이리니

벌건 시 수작에 우수절[寺] 다 젖어도
늦은 눈 푹푹 쌓여 밤은 하냥 희리니

창밖엔 이른 수선화가
하마 벌곤 하리라

위의 텍스트에 드러나는 풍경을 그림으로 그려 낸다면 산수유 피는 봄날, 기생에게 술을 먹이며 그와 더불어 시를 나누는 양반 남성의 모습을 그린 그림이 탄생할 것이다. 계절의 객관 상관물로서의 꽃, 그리고 술과 시라는 소재는 우리 시의 전통에서 흔히 발견되는 모티프들이었다. 이 텍스트의 새로움은 현대 여성 시인이 시조라는 전통적 양식과 더불어 이제 진부하다고 여겨질 정도로 반복되어 오던 전통적 시적 모티프들을 해체하여 재구성해 낸다는 데에 있다. "하마 벌곤 하리라" 하는 종장은 고시조에서 흔히 발견되던 구절이었다. 그러한 상투적 종장을 의도적으로 반복하면서 시인은 전혀 새로운 시도를 보여 준다. 한편으로는 고시조 전통의 상투성을, 다른 한편으로는 '수작'이라는 남성 고유 영역의 사건을 흉내 내면서 교란시키고 있는 것이다. 전통의 모티프를 빌려 와 살짝 '비틀면서' 시의 재미를 더한 또 다른 시편으로 「시집을 읽는 시간」을 들 수 있다.

지금은 무릎 개켜 시집을 읽는 시간
시정의 말 갈피를 온몸으로 닦아낸

으늑한 내통의 길에
혼을 깊이 들이듯

그가 걸은 우주에 나를 포개는 시간

바닥을 길어온 듯 피 비치는 자리마다

말들의 음핵을 찾아
살뜰히 헤매는 밤

우주의 오솔길에 시의 알을 슬 동안
그 안팎 온 말들이 다시 붙어 노닐고

내 안도 저와 같아야
밤새 붉어 뛰놋다

_「시집을 읽는 시간」 전문

종장의 "내 안도 저와 같아야/밤새 붉어 뛰놋다"는 왕방연의 "천만
리 머나먼 길에/고흔 님 여희압고"의 가락을 의도적으로 흉내 내고 있
다. 왕방연의 「병가」 종장, "져 물도 내 안과 갓틔여/우러 밤길 예놋다"
를 끌어들이고 조금 비틀어 사용함으로써 시인이 말하고자 하는 바를
효과적으로 드러내고 있는 것이다. 고시조와의 상호텍스트성 속에서
시 읽기의 재미와 전복의 힘이 증폭되는 것을 확인하게 만드는 텍스트
라 할 수 있다. 그러나 시의 전반적인 정조는 왕방연 시조에 깔려 있는
고전적인 이별과 희한의 정조와는 사뭇 대조된다. '말'이라는 원석을 갈
고 닦는 시인의 노동을 다루고 있어 우아하거나 감상적이지 않다. 매우
개인적이고 고독한 시집 읽기의 노동, 그리하여 시간과 공간의 분할과

고립된 개인이라는 현대성의 특징이 가장 강렬하게 드러나는 장면에서 시인은 사뭇 고시조의 종결을 흉내 내어 비틀기를 시도해 보는 것이다.

특히 타인의 시어에 접촉하고 그 맛을 느껴 보는 고독한 작업이 성적인 메타포를 통하여 구현된다는 점에 주목할 필요가 있다. "으늑한 내통의 길에/혼을 깊이 들이듯"이라거나 "말들의 음핵을 찾아/살뜰히 헤매는 밤"이라는 구절에서 보듯 시 읽기는 매우 성적인 행위로 재현된다. 그러므로 그와 같은 현대적 시상 전개의 말미에 고시조의 종장을 짐짓 끌어들인 것은 통쾌한 아이러니라 아니할 수 없다. 현대 시조의 절묘한 색깔을 찾아 소재와 주제, 시간과 공간의 칸막이들을 마구 넘나들며 속속들이 탐색하는 시인의 자세가 텍스트에 드러나 있다. 그것은 조각보나 누비이불처럼 이질성의 소재들을 꿰매어 펼치는 여성들의 바느질 작업에 비견할 만하다. 이질적인 요소들을 억지로 결합시킬 때 놀랍게도 가장 화려한 색깔의 조각보가 탄생하는 것을 볼 수 있듯, 시인은 일견 모순되게 보이는 것들로 하여금 조화를 이루도록 만들고 있는 것이다. 전통과 현대성을 혼합하고 숭고한 예술 행위를 단순한 육체성에 결합시킴으로써 매우 독특하면서도 매력적인 텍스트를 생성해 내었다고 이를 수 있다.

시인이 이별의 정서를 재현하는 방식 또한 그처럼 독특하다. 시인이 이별을 노래하는 장면은 「너, 이후」에서 확인할 수 있다.

숨죽여 불렀을 때
너는
갓 핀 꽃이었다

힘주어 안았을 때

너는

안개고 물이었다

그 너머,

여위는 천지간

천적인 양

생이 온다

_「너, 이후」 전문

시인은 한껏 서정성의 풍선을 부풀린 다음, 종장에서 단호히 매듭을
짓는다. 서정성의 연장, 그 늘어짐을 잘라 버린다. 대신 건조하고 비정
한 현실을 직면하게 만든다. 「너, 이후」는 텍스트 전편을 통하여 꽃과
물, 안개의 이미지에 실어 사랑을 노래한다. 많은 시인들이 오래도록
흔히 그래 왔듯이 서정적인 소재들을 동원한다. 그러나 종장에 이르
면 "천적"이라는 이질적인 현실성의 메타포로 '사랑'의 정조를 갈무리
하는 흔치 않은 솜씨를 보여 준다. 꽃이라든지 안개와 물이라든지 하는
서정적이고 낭만적인 어휘에 매몰되어 있었다면 독자는 문득 튀어나온
"천적"이란 어휘 앞에 망연사실할 수밖에 없다. 기起와 승承의 단계에서
독자로 하여금 난만히 낭만성에 도취되기를 허여하였다가 전轉의 머뭇
거림도 없이 곧장 종장의 결結로 몰아가는 단호함이야말로 시인이 자신

의 창조적 기량을 아낌없이 발휘한 요소라고 볼 수 있다. 시조의 형식
성을 시인의 의도에 맞게 적절히 부린 좋은 예이다. "꽃"이 드러내는 아
름다움의 시간을 거치고 "안개"와 "물"이라는 확장의 이미지를 거쳐 마
침내 다다른 곳에서 천지는 여위고 결국 기다리는 것은 살아 내어야 할
생生일 뿐이라는 것이 시편의 전언이다, 그 전언이 시조의 초중장이라
는 형식적 특징에 맞물려 있다. 사랑은 생을 갉아먹고 생은 사랑을 갉
아먹는다. 그러니 그들은 천적이다. 어찌할 수 없는 생을 넘어서는 곳에
사랑이 있지만 그 사랑이 지나가는 곳에서 천지는 여위어지게 마련이고
사랑은 결국 생에 삼키어질 따름이라고 시인은 갈파하고 있다.

3.

삶과 사랑이 천적의 관계로 설정되어 있듯이, 그리하여 서로 원심력
으로 작용하는 이질적인 존재이지만 동시에 결코 분리될 수 없이 쌍을
이루고 있듯이 시인은 "독"이 "약"이나 "꽃"과 긴밀히 관련되어 있음을
지적한다. 날카롭게 서로 대립된 상태로 존재하다가 문득 서로에게 귀
환하는, 분리 불가능한 것들을 시인은 주목한다. 「아름다운 독」을 보자.

기꺼이 문드러질 씨감자의 길이지만
독으로 저를 지켜 약이 되는 풀처럼
독 품은 사랑이 있어 해마다 꽃이 핀다

_「아름다운 독」 부분

꽃의 아름다움이 그저 아름다움에 그치지 않고, 그 아름다움을 지키는 데에는 '봄 감자의 씨눈' 같은 독이 필요하듯이 해마다 꽃을 피우는 힘은 독에서 나온다고 시인은 이른다. 그것은 역설적이지만 부인할 수 없는 진실이기도 하다. '독'의 아름다움을 인정하는 자리에서 시인은 감자의 씨눈에 든 독을 두고 "돌잡이 배냇니처럼 반짝이는 어린 눈!"이라고 노래할 수 있는 것이다. 감자 씨눈에서도 삶의 이치를 읽어 내는 시인의 독법은 늙은 세탁기를 시적 소재로 삼아 또 하나의 인생을 노래하는 텍스트를 만들어 낸다. 끽끽거리며 자주 멈추고 빨래가 엉기게 만드는 오래된 세탁기를 그리면서 그 세탁기 속에서 재연되는 인간 삶을 시인은 또한 그려 낸다.

무에 그리 그리운지 떼면 또 들러붙고
무에 저리 막막한지 목을 서로 부여잡고
다 늙은 세탁기 따라 봄이 꺽, 꺽, 엉긴다

_「늙은 세탁기와 춤을」 부분

낡아 빠진 세탁기 또한 인간 존재의 모습을 그려 내는 매개체로 시인에게 다가온다. 외로움과 그리움에 몸을 떠는 인생들이 세탁기 속의 세탁물로 시인의 눈에 비친 것이다. 그토록 신선한 상상력을 구현하는 정수자 시인이기에 외국인 이주노동자를 향한 동정의 눈길을 보여 주는 텍스트는 오히려 낯설기가 덜하다. 「공치는 남자」를 보자.

고개 하나 넘자고 팔 하나 잘라주면

몸통까지 먹고 마는 호랑이 전설처럼

체불로 먹고 사는지 공장들은 잘 돌아가고

_「공치는 남자」 부분

시인의 상상력이 유감없이 발휘되는 장면은 기계에 치여 팔을 잃은 노동자의 이야기가 우리 전설의 모티프와 맞물리는 지점에서 등장한다. 우리 옛이야기 속, 호랑이에게 팔을 잘라 주는 어머니의 모습에 불구가 된 노동자의 애환이 겹쳐져 나타나고 있음을 볼 수 있다.

시가 사람과 사회에 대하여 변혁의 힘을 지닐 수 있다면 그것은 바로 의외성의 메타포가 드러날 때일 것이다. 바늘로 콕 찔러 한 방울 피를 보듯, 독자를 소스라치게 만드는 이미지의 힘이 발휘될 때일 것이다. 「공치는 남자」에는 전설과 현실, 전통과 현대성이 교묘히 맞물려 드러나 있다. '우리 안의 타인'인 외국인 이주노동자들의 고단한 삶이 전설 속의 어머니의 삶과 다르지 않다고 시인은 외치고 있다. 호랑이에게 몸의 일부를 떼어 주면서도 고개를 넘어가야 하는 어머니처럼 기계에게 신체를 던져 주는 삶을 사는 것이 외국인 노동자의 현실임을 증언한다.

추락하는 것, 힘을 잃은 존재에게 보내는 동정의 눈길은 더러 극히 매운 전언을 담은 현실 참여시의 면모로 드러나기도 한다. 「그리운 저녁」과 「촛불의 기억」에서는 2009년의 정치적 변화에 민감하게 반응하는 모습을 보여 준다.

요즘은 부엉이가 안 운다고, 왠지 통 안 보인다고,

그렇게 말하다가 오염 탓인가 했다더니, 친친한 홍진 송진 올가미를 사루고자 하 어두운 세상을 온몸으로 밝히고자 치를 떨다 그렇게 치욕을 확 던졌나, 황혼이 짙어지면 부엉이가 난다는데 부엉이들 깨우려고 생을 훌쩍 던졌나, 죽음보다 외로웠을 절명 직전 그 순간을 피 한 방울 못 뱉은 채 안고 간 그 절벽을, 망연자실 짚어보다 다시 곰곰 씹어보다 얼굴이 뻘겋도록 가슴이 터지도록 슬픔의 불 회한의 불 바람의 불 켜들고 으헝으헝 출렁이는 노란 강물 물결을, 다시 보네 어화어화 알 수 없는 그 운명을 퉁퉁 불어나는 마지막 행간들을

어디쯤 젖은 날개를 터는지
문득 부엉이가 그리운 저녁

_「그리운 저녁」 전문

1
건물들은 안 꺼지는 자본의 촛불을 들고
우리는 잘 꺼지는 바람의 촛불을 들고

숭례문 불·태운 혼을
돌고 또 돌았다

그 사이로 부르르 손을 떨며 건네 오면

몸을 떨며 건네던 불의 씨앗, 불의 꽃말

어둠을 타넘고 넘어 어느 별에 닿았을까

2
그 불길의 씨를 캐는 쇠꼬챙이 날 끝에서
취소되는 면허증과 말소되는 희망 사이

엄동 속 캐럴을 타고
시궁쥐만 놀곤 했다

_「촛불의 기억」 전문

    매우 수위가 높은 댐의 물이 찰랑거리는 듯, 분노와 저항의 물결을 시인은 시편에 담아내고 있다. 시조가 현대 사회의 복잡다단한 사회상을 담기에는 지나치게 고답적이라는 편견이 여전히 존재한다. 그런 선입관에 강력하게 저항하는 효과를 지닌 것이 위의 두 텍스트라 할 수 있다.

    정수자 시인의 시세계는 다채로우며 그의 감수성은 우리 시간의 흐름과 함께 더욱 예리해진다 이전 시집들에 나타났던 역사적 감수성과 문명 비판의 시편들이 『허공 우물』에서는 더욱 확장되고 심화된 형태로 나타나면서 시인의 목소리 또한 격앙된 것을 보여 준다. 동시에 개별자로서의 인간 존재의 근원을 묻는 시편들은 더욱 깊이를 더하여 다음 시집을 설레며 기대하게 한다. "마음이 풍덩 풍덩 빠지는" 그의 허공 우물, 그 우물 뒤에 오는 것은 무엇일까 하고 기다리게 만든다.

★『유심』 41호. 2009년 11월 발표

동음을 반복하여 주제를 변주하며

: 정수자 시인의 『탐하다』를 읽다

1. 기다리며, 역사를 노래하며

　정수자 시인의 초기 시조집에서 일관되게 드러나던 주제는 기다림의 정서와 역사의식이라 할 수 있다. 텍스트 전편에 물의 이미지가 주도적으로 나타나며 기다림의 정서와 사상을 담아내는 역할을 하곤 했다. 2000년에 발간된 『저물녘 길을 떠나다』는 1984년 『시조문학』 추천으로부터 시작된 정수자 시인의 시력 15년을 결산하는 작품집이다. 그 시집에 수록된 「문설주」, 「국」, 「우물을 꿈꾸다」, 「도라지」는 기다림의 정서에 바탕을 둔 채 전개되는 역사의식을 잘 보여 준다. 시인이 보여 주는 강한 역사의식, 굴곡의 한국사가 민족에게 가져다 준 상처를 어루만지는 동정심, 그리고 뚜렷하지 않은 대상을 향한 하염없는 기다림의 정을 그 텍스트들에서 자주 발견하게 된다.

　「도라지」는 종군 위안부의 넋을 기리는 시편이다. 역사의 질곡에 의

해 유실되거나 훼손된 식민지 한국 여성의 넋을 그렸다. 그들의 슬픈 넋을 도라지꽃에 대입하였다.

　　나직한 산을 닮아 순한 바람들아
　　설움이 너무 깊어 꽃씨로나 가리니
　　그중에 가장 순결한 새 향을 넣어주오

　　_「도라지—어느 위안부의 노래」셋째 수

　힘없는 나라에 태어나 짓밟힌 젊음과 순정을 대하는 측은지심으로 쓰인 시편이기에 그가 다루는 시어들은 연약한 육체들을 재현한다. 주권을 상실한 무력한 국가는 남성성의 메타포로 형상화되지 못하고 자주 여성성과 여성 목소리로 드러나곤 한다. 탈식민주의postcolonialism 담론이 공통적으로 지적하는 바이다. 미국 흑인 여성 작가 토니 모리슨 Toni Morrison의『빌러브드Beloved』에 등장하는 흑인 남성의 모습이 그 대표적인 예일 것이다. 남성성을 잃어버린, 이른바 거세된 남성성은 식민화된 남성의 가장 구체적인 표상이다. 웅장함과 용맹성을 잃어버린 한국의 지형은 곧 그처럼 무력한 식민지 남성의 상징이 된다. 식민의 역사 속에서 자국 여성이 식민국의 성적 노예로 끌려가는 것을 막을 힘도 없었던 존재가 한국 남성들이다. 그 거세된 남성성이 '나직한 산'의 표상으로 나타나 있다.

　그러나 시인은 그런 한반도의 산과 바람을 '나직한 산'과 '순한 바람'이라 이르며 측은지심으로 쓰다듬고 위로한다. 그리하여 도라지에 투영된 넋의 주인공들로 하여금 설움을 넘어 순결한 새 생명을 염원하게 만든다. 이 시편을 읽으면 낮아서 순한 생명체끼리 서로 손을 맞잡고 나누어 갖는 설움이 느껴진다. 산은 나직하고 바람은 순하고 그런 산과 바람 속에서는 어느 산 모서리, 바람결에 은은한 향을 풍기는 도라지 꽃이 보임 직하다. 상처받고 훼손된 생명을 거두어 다시 태어나게 하는 것이 사랑과 용서의 힘이라면 시인은 그 힘으로 텍스트를 빚고 있다. 순결한 향을 풍기는 도라지로 환생하려는 가련한 여성들의 염원을 그려 내고 있는 것이다. 위의 텍스트는 역사의 폭력에 맞서는 시인의 유일한 방법이 곧 시 쓰기임을 보여 준다. 또한 개인의 힘으로는 어찌할 수 없는 역사의 현실 속에서 상처 입은 존재들을 위로하는 것이 시의 능력이기도 하다는 것을 드러낸다.

2. 더욱 죄어 깊어진 뜻

정수자 시의 매력은 시인이 그가 부리는 모든 시어들에게 한 가지 은유의 옷만을 입히지 않는다는 데에 있다. 정수자 시인은 소박하고 쉬운, 그래서 단순하고도 삼키기 쉬운 당의정 같은 은유를 사용한 적이 거의 없다. 그러므로 그의 시편들은 훈련되지 않은 독자에게는 매우 난해한 텍스트로 여겨진다. 우리 전래의 '구렁덩덩 신선비' 설화에 등장하는 지어미 같은 독자들만이 그의 시를 제대로 음미할 수 있을 것이다. 그 옛이야기에서 지아비를 찾아가는 지어미는 몇 겹의 고개를 넘고 다시 몇 개의 물을 건너야 한다. 그런 다음 다시 몇 개의 수수께끼를 맞히고 잠자는 호랑이 눈썹을 뽑아 와야 한다. 그때에야 비로소 지아비는 그가 정실부인이라는 것을 인정할 것이고 지어미는 그에게 받아들여지게 된다. 그렇듯 정수자 시인의 시적 세계로 들어가기 위해서 독자는 여러 겹으로 이루어진 은유의 성문을 통과해야 한다.

2013년 정수자 시인은 시집 『탐하다』를 상재하였다. 『탐하다』에 이르면 시인은 그동안 견지해 오던 정제된 정조는 그대로 유지하면서도 더욱 조여 단아해진 면모를 보여 준다. 사라지는 것들에 대한 동정과 연민, 가질 수 없는 것에 대한 갈망은 많은 시인들이 공유하는 바이다. 그러나 정수자 시인은 그러한 정조를 드러냄에 있어 잉여와 과잉을 경계하고 긴장과 축약을 견지해 왔다. 혹은 가장 단단한 이미지로 의미를 제시하거나 시어가 내포한 의미의 겹들 속에 진정한 뜻을 숨기어 두곤 했다. 저녁비가 환기시키는 우울과 막연한 그리움을 그린 「저녁비」를 보자.

다 저녁때 오는 비는 술추렴 문자 같다

골목길 들창마냥 마음 추녀 죄 들추고

투둑, 툭, 젖은 섶마다 솔기를 못내 트는

누추한 추억의 처마 추근추근 불러내는

못 지운 눈빛 같다 다 저녁때 드는 비는

내 건너, 부연 등피燈皮를 여직 닦는 그대여

이 시편에서도 들창에 와 부딪치는 빗방울 소리를 곧바로 옷의 솔기 터지는 소리와 연결 짓는 뛰어난 상상력이 먼저 눈에 띈다. 밝은 낮 내리는 비가 아니라 하필이면 저녁때 내려서 하강의 정조를 강조하게 되는 저녁 비는 시인을 추억과 '못 지운 눈빛' 속에 끌어들인다. 저고리 섶을 바느질로 꿰매어 여며 두는 것은 여성이 추억을 결박하는 방식으로 해석된다. 시적 화자의 현실 속 삶은 참으로 외롭게 그려져 있다. 눈빛을 지우고 추억은 누추한 처마 밑으로 밀어 두는 것으로 간신히 유지해 오던 것이 시적 화자의 삶이었다. 단단히 단속해 오던 추억이 저녁 비 앞에서 속절없이 무너진다. '추근추근' 내리는 저녁 비, 그 '추근추근'이라는 의태어는 두 겹의 말이다. 저녁 비가 내리는 모습의 묘사이면서 동시에 그 말은 추억이 다시 추근거리는 것으로 시를 읽게 만든다. '투둑, 툭' 이라는 의성어 또한 두 겹의 의미를 지닌다. 그것은 들창을 두드리는 빗방울 소리이면서 동시에 옷섶 바늘땀 뜯어지는 소리이기도 하여 이중성을 견지하고 있다.

종장에서 시인은 매듭을 지어 주어야 한다. 이미지와 소리의 화려한 변주가 마침내 도달하는 꼭대기를 준비해야 한다. 그 절정에 이르기 위해서는 하나의 물을 건너야 한다. 그것은 현실의 물, 물리적 물이기도 하고 또한 시편을 통해 전개되어 오던 은유의 순간적 단절이기도 하다. 시를 읽는 독자들은 그 단절의 지점에서 한 번 숨을 몰아쉬고 끊어 읽기를 해야 한다. "내 건너, 부연 등피를 여직 닦는 그대여"는 그래서 절창이 된다. 시인은 물리적 '내'를 지시하면서 그 지점에 이르러 그동안 서술했던 일인칭 내면세계의 묘사를 그친다. 그리곤 홀연히 돌아서서 대상을 호출한다, "그대여" 하고 호명한다. 못 지운 눈빛은 그리움을 담은 대상의 눈빛일 터이지만 비 내리는 저녁, 천지가 부옇게 변한 순간에 그 눈빛은 저녁 이내, 또는 저녁 비가 초래하는 안개 같은 습기 찬 대기로 연장된다. '술추렴'과 '추근추근'이 '누추한 추억의 처마', '부연 등피'와 '못 지운 눈빛'과 어울려 저녁 비가 불러온 서정을 한껏 풀어내고 있다. 그리고 그 이미지는 다시 변주되며 '부연 등피 닦기'와 연결된다. 세상이 부연 것을 다시 축소시켜 부연 등피로 치환하는 솜씨를 시인은 보여 준다.

시적 화자가 "내"의 이 녘에서 "부연 등피" 같은, 저녁 비 내리는 공간에 처했듯이 "내" 건너, 저 녘에선 "그대" 또한 아직도 그렇게 "부연 등피" 같은 세상에 머물고 있다. 텍스트 속의 그대는 "여직 닦는" 그대로 등장한다. 그러므로 "그대" 또한 시적 화자와 마찬가지로 추억에서 풀려나지 못하고 있음을 알 수 있다. '나'의 추억에서 '그대'의 추억으로 넘어가는 고개가 완만하고도 자연스러운 경사를 이루고 있다. 들뢰즈가 이야기하는 부드러운 공간, 즉 '층진 공간'에 맞서는 '부드러운 공간'을 정수자 시인은 자유자재로 구현해 낸다. 모든 것이 구근처럼 서로서로 연결된 공간, '너'와 '나' 사이의 경계가 흐려지고 서로 '부드럽게' 넘나드는 공산의 장조가 우리 시대가 지향해야 할 삶의 철학이라고 들뢰즈는 제시한 바 있다. 그렇게 시인이 창조하는 부드러운 공간은 심상의 차원에서만 가능한 것이 아니다. 시적 주제에서도 시인은 끊임없이 '부드러운 공간'을 찾아내고 이를 찬양한다. 나무의 체위에 이르면 시멘트 담을 타고 넘는 나무가 등장한다. 시인은 그 나무를 보며 무생물과 생물 사이의 구별을 없애고 단단한 것들 사이에 '스미는' 생명력이 이루어내는 '부드러운 공간'을 노래한다. 들뢰즈의 '부드러운 공간'에 가장 걸맞은 우리말의 시적 표현이 곧 '스밈'의 공간이 아닐까. 스밈은 곧 '남의 살을 품는 것'이고 '딴 몸'들이 '담을 넘는' 행위이다. 시멘트나 쇠기둥같이 생명 없는, 굳어진 대상에게도 '안고' '허리통을 풀어먹이는' 나무의 팔짓이 보여 주는 넉넉한 포용성을 시인은 숭상한다. 그러한 포용성은 「도라지」 시편을 다루며 언급한 것처럼 시인의 다른 텍스트들에 이미 충분히 구사된 바 있다. 여성적 혹은 모성적 너그러움이 드러난 그의 시들이 포용성의 철학에 기초를 두고 있기 때문이다. 시인은 「나무의 체위」에서는 '스밈' 혹은 부드러운 공간 창조의 구체적인 방법론을 제시한다. "곁 주고 그늘 주고 노래도 얻다 보면" 마침내 "덜커덕 한 몸이" 된다고 시인은 노래한다. '꽃짓'이 따로 없고 '뻘짓'이 곧 꽃짓이라 하여 '뻘짓'과 '꽃짓' 사이의 경계 또한 지운다. 스밈의 구체적인 방법은 이처럼 어이없는 '뻘짓'을 계속하는 데에 있다고 이르는 듯하다.

시멘트도 삼십 년쯤 피붙인 양 안다보면

곁 주고 그늘 주고 노래도 얻다 보면

덜커덕 한 몸이 되는

나무들의 체위라니!

남의 살을 품는 것은 체액일까 체념일까

쇠기둥도 끌어안고 허리통을 풀어먹이는
나무들 푸른 팔짓은 저를 거기 스미는 짓

눈물 콧물 주고받다 특종 또한 키우는 것
오늘도 제 팔 끼고 밤을 넘는 딴 몸들아
뻘짓이 곧 꽃짓이란 듯
나무들 또 팔을 뻗네

*보통 나무도 시멘트 같은 물체를 삼십 년쯤 붙안고 있으면 한 몸이 됨.
_「나무의 체위」 전문

이러한 부드러운 공간에서는 수많은 도치와 전복이 생겨난다. 긍정
적인 것과 부정적인 것에 대한 기존의 상식이 번복되고 앞과 뒤가 뒤
바뀌며 방향성과 위계질서가 함께 소멸된다. 원인이 결과가 되고 다양
한 시각과 가치관이 동등한 비중으로 병존하기도 한다. 들뢰즈와 가타
리Guattari가 극찬하는 문학 텍스트가 루이스 캐럴Lewis Carrol의 『이상한 나
라의 앨리스Alice in Wonderland』이다. 주인공 앨리스는 땅 밑 세계에서 온갖
불합리한 일들을 경험한다. 그와 같은 어이없는 사건들은 무심히 일어
나는 것이 아니다. 그 사건들의 배후에는 색다른 철학이 놓여 있고 그
철학이 새로운 삶의 이정표 구실을 하기 때문에 사건들은 발생한다. 앨
리스의 나라에서 파이pie는 자르기도 전에 접시에 놓이고 죄인은 재판
을 받기도 전에 구형된다. 이성, 혹은 합리성이란 잣대가 가져다준 질
서를 근원적으로 부정하는 곳이 바로 앨리스의 나라인 것이다.

그렇듯 시인은 우리의 굳어진 상식에 도전하여 균열을 일으킨다. 「그것은」을 보자.

뾰루지가 안 나는 건 품은 게 없다는 것
잡을 것 줄이란 듯 흐물대는 팔뚝처럼

그것은
늙음의 일이어니
살이 먼저
알아채는

곪은 게 없다는 건 터뜨릴 게 없다는 것
맹독의 그리움도 맹물마냥 묽어지듯

그것은
저묾의 일이어니
피가 먼저
짚어주는

_「그것은」 전문

「그것은」에서 시인은 육체가 정신에 앞선다고 노래한다. 더 나아가 외형상의 무탈함이 내면적인 쇠퇴에 다름 아니라고 지적하기도 한다.

'뾰루지'와 '곪음'은 일상의 질서 속에서는 불편한 대상, 기피의 대상이다. 그러나 시인은 뾰루지와 곪음이 없다는 것은 이미 삶이 소멸해 가는 과정 중에 있다는 것을 말해 준다고 꼬집는다. 그것은 달리 말해 멈추어 가는 삶의 표식이라고 뒤집어 설명한다. "살이 먼저/알아채는", "피가 먼저/짚어주는"이라 하여 정신보다 더욱 영민한 육체를 부각시킨다. 데카르트Descartes의 "나는 생각한다, 고로 나는 존재한다"는 정언은 이 시대에 와서 더 이상 합당하게 받아들여지지 않는다. 데카르트와 더불어 시인 또한 단호히 주장하고 있다. 육체는 정신의 명령에 수동적으로 응하기는커녕 '먼저 알아채고', '짚어주는' 역할을 하며 따라서 정신은 육체에 비해 매우 아둔하다는 것을 강조한다. '살'과 '피'로 대표되는 육체성은 삶과 젊음의 등가물이 되고 곪음은 젊음의 역동성이 유발하는 것으로 번역된다. 젊은 삶을 상징하는 액체가 '맹독'이라 하며 고통을 달게 받으라고 가만히 권하고 있다. '맹독'의 한자어 '맹猛'과 우리말 '맹물'의 '맹'이 이루는 조화와 대조가 빛 받은 얼음 조각처럼 날카롭다. 그 예리함이 우리의 무디어져 가는 감수성을 일깨운다. 써도 읽어도 똑같은 글자이고 소리인데 전자는 생生의 속성을 드러내고, 후자는 사死의 속성에 근접해 있다. 하나의 '맹猛'은 독처럼 치열하여 몸을 떨게 하는 것이고 또 하나의 '맹'은 아무것도 없는, 텅 빈 '맹'이어서 지극히 밋밋하다. 맹독의 그리움이 그치면 맹물의 권태로운 여생이 남는다니… 맹하게 무심하게 따라 읊다가 화들짝 놀란다.

3. 동음을 반복하여 주제를 변주하며

필자는 미국 시인 로버트 프로스트와 견주며 정수자 시인의 시를 다루는 능숙한 솜씨를 칭송한 바 있다. 프로스트가 칭송한 형식의 필요성을 정수자 시인이 효과적으로 증명하고 있기 때문이었다. 현대 시조가 요구하는 형식적인 기준이 있다. 즉 초, 중, 종 각 장마다 네 율마디를 갖출 것이며 한 율마디는 종장의 두 번째 율마디를 제외하고는 대체로 서너 글자로 이루어질 것이며 줄어들거나 늘어나 한 글자나 두 글자, 다섯 자, 여섯 자 혹은 그 이상이 되더라도 일정한 호흡을 유지하여 시의 리듬감이 손상되지 않아야 한다는 것 등이 그것이다. 이러한 형식적 기준을 제약으로 받아들이고 구속으로 생각하는 사람들은 자유시를 선호하게 된다. 프로스트는 아무런 제약도, 형식도 없이 시를 쓴다는 것은 마치 가운데 네트도 드리우지 않고 테니스를 치는 것과 같다고 반박한다. 그는 시가 요구하는 정형성은 즐길 만한 제약이라고 했다. 영어로 된 영미 시에서의 제약이란 각운이라 할 수 있다. 소네트^{sonnet}에서 보이던 약강오음보 등의 강세는 현대 시에 이르러 더 이상 의미가 없지만 몇몇 성공적인 영미 시에서는 여전히 각운의 흔적을 찾는 것이 어렵지 않다.

영미 시의 각운에 비견할 만한 우리 시의 요소는 무엇일까? 읽었을 때 독자로 하여금 경쾌함을 느끼게 하고 시의 내면 구조를 쉽게 파악하게 만드는 각운과 같은 요소를 우리 시에서는 어디에서 찾을 수 있을까? 시조에서는 동일하거나 유사한 음의 반복이 각운과 비슷한 효과를 지니지 않을까 생각된다. 반복되는 음이 가져다주는 경쾌함은 현대 시조의 매력과 생명력을 위하여 거듭 강조되어야 할 요소라고 생각한다. 시조는 간결한 삼장육구三章六句의 형식으로 인하여 우리말의 속성을 가장 잘 살리는 민족시라 할 수 있다. 정병욱은 주장하기를 한국어의 낱말에는 2음절 또는 3음절로 구성된 것이 절대 다수를 차지하고 있고 그 2, 3음절의 단어에 조사가 결합되어 의미의 단위를 이루게 된다고 했다. 그 주장을 고려하면 3음절 혹은 4음절로 구성된 율마디의 시조가 우리 시의 가장 자연스러우면서도 기본적인 시적 장치가 될 것이다. 그처럼 말의 길이를 조절하는 것에 더하여 비슷하거나 동일한 음가를 지닌 음절을 반복한다면 그것은 음악성을 증대시키고 시 읽기의 즐거움을 한결 도모하게 될 것이다.

정수자 시인의 텍스트에 보이는 음절의 반복은 유심히 지켜볼 만하다. 말이 소통의 도구일 뿐만 아니라 그 자체로 심미성을 지니고 '유희하는 인간'의 유희성을 드러낸다는 사실에 유의하면 더욱 그렇다. 그러한 맥락에서 제일 먼저 주목한 시편은 「꽃답」이다. 맹독과 맹물의 반복된 '맹' 음절에 더하여 「꽃답」에서는 '살' 음절의 반복을 본다.

꽃샘에 더친 상심
하마 또 깊으신지요

안부가 하, 꽃이네요
살이가 다, 그러하지요

살바람

살 저미는 끝에

잎 세우듯…
꽃 세우듯…

_「꽃답」전문

반복되는 음절들은 '살이', '살바람', '살 저미다'의 '살'만이 아니다. '하', '다'가 절묘하게 자리를 찾아 앉았음을 볼 수 있다. 감탄사 '하'와 모두를 뜻하는 '다'가 우연처럼 짝을 이루며 읽는 사람에게 쾌감을 가져다준다. '살바람'은 어디에나 파고들기 마련이지만 하필 '살을 저민다'는 점에 착안하여 살바람과 살, 그 동일한 음가를 의미의 마주 보기 속에 배치시킨 솜씨가 예사롭지 않다. 같은 음가를 지녔으나 의미에서 서로 맞서거나 분리되고 그러다가 다시 엉겨 각각의 말이 지닌 내포의 동류항과 차이를 탐색하게 만든다. 같은 듯 서로 다른 말들이 빚어내는 대조와 호응의 말잔치는 「꽃답」에서만 발견되는 것이 아니다. 앞서 든 「나무의 체위」에서도 '체액일까 체념일까' 하여 동일한 '체' 자와 결합된 '액'과 '념' 자를 찾아볼 수 있다. '액' 음절이 내포하는 구체적 물질성과 '념' 음절이 내포하는 추상적 관념성을 동시에 제시하며 독자로 하여금 실제계the real와 상징계the symbolic를 명상하게 한다. 또 '뻘짓'과 '꽃짓'이라는 두 유행어를 병치하며 뻘짓의 부정성과 꽃짓의 긍정성을 대비시키지만 다시 '뻘짓이 곧 꽃짓'이라 하여 둘 사이의 경계를 무화시킨다. 앞서 든 「그것은」에서는 "맹독의 그리움도 맹물마냥 묽어지듯"이라 노래하여 맹독과 맹물이라는 두 극단적인 대립물을 제시한 다음, 두 말의 의미항 사이에 놓인 커다란 간극을 채워 줄 또 다른 부드러운 공간을 형성해 낸다.

언어의 속성에 예민한 시인이 골라낸 말들을 다시금 훑어보며 그 말들이 벌이는 잔치에 참여해 보자. 그 잔치에 초대받은 하객, 즉 정수자 시인의 시를 읽는 독자들은 모국어의 나라에서 나그네가 되는 경험을 하게 된다. 시인이 새로이 배열한 말들은 서로 얼려 들며 독자로 하여금 친숙했던 것들이 문득 낯설고 새롭게 느껴지도록 한다.

그녀는 비非의 나라 유민이자 난민이니
비몽사몽 비혼족非婚族에 비주류의 비정규족

난분분 비 속에 서면
비상이 필요하지

비상을 나눠먹듯 알코올들과 비약할 때
비로소 주류 문턱 발을 걸친 주민으로

난분분 빛 속에 서면
비애가 또 응시하지

응시하면 어둠길도 조금은 환해진다고
메마른 혀끝으로 굴려본 적 있었지

한번은 비장의 칼을

날리리라, 난분분

_「비의 나그네」 전문

수년 전 판소리 〈흥보가〉를 송순섭 명창의 완창으로 들은 적이 있다. 강남 갔던 제비 돌아오는 장면이 필자를 사로잡았던 대목이다. "남대문 밖 썩 내다라 칠패七牌 팔패八牌 청패靑牌 배다리" 하는 부분이나 "당상당하堂上堂下 비거비래非去非來" 같은 부분에 쓰인 반복어도 재미있지만 가장 흥미로운 부분은 제비가 문안 인사하는 장면이다.

사람말로 하면

나 강남 갔다 왔소 할 것인데

제비말로 하느라

지지지지知之知之 주지주지主之主之

거지년지去之年之 우지배又之拜요

낙지각지落之却之 절지연지絶之連之

은지덕지恩之德之 수지차酬之次로

함지표지含之瓢之 내지배來之拜요

다리 부러졌던 제비가 은혜 갚으러 돌아왔노라고 읊조리는 장면을 자세히 살펴보자. '지지배배'라는 제비의 울음소리를 흉내 내기 위하여 반복적으로 '지' 자가 사용되고 있다. 또한 '지'와 결합되는 다양한 한자어들의 변주에서 말과 노래와 뜻이 얼려 빚어내는 신명은 무어라 표현할 길이 없을 정도로 강하다. 판소리가 그 고유의 매력을 십분 발휘하는 장면이라 아니할 수 없다. 정수자 시인은 그 판소리가 갖는 흥의 원천을 찾아 판소리의 신명을 복원하면서 우리 시대의 모순을 그려 내고 있다. 풍자 속에 비판을 감추고 말의 유희 속에 고통을 감싸 안으며…

비혼족, 비주류, 비정규직… 이 시대의 우리 문화 속에서 일상어가 되어 버린 말들, '아니다'의 의미를 지닌 '비非'를 접두사로 가진 말이 이렇게 많았던가? 어쩌면 '비'와 결합되지 않은 말들을 수적으로 능가할 것 같기도 하다. '비' 접두사를 지닌 말들을 찾아 늘어놓는 것 자체가 소외된 존재들을 위한 시위라 할 만하다. 이토록 수많은 '비'의 존재들을 환기시키면서 시인은 그들로 하여금 텍스트 내부에서 현실에 저항하는 시위를 하게 만들고 있다. '비'를 접두어로 지닌 말들은 중심이 아닌 변경에 놓인 경계인들을 지칭한다. 사회의 기존 질서가 승인하는, 규격에 맞는 삶의 방식을 사는 존재들은 도식화하기 쉬운 존재들이다. 그들은 결혼하고 정규직 직장을 갖고 있으며 경제적으로든 사회적으로든 주류에 속한다. 그 보호받는 영토의 가장자리에 속한 이들을 지칭하기 위하여 붙여진 접두사 '비'는 우리 시대의 주홍글씨에 다름 아닐 것이다. 그것은 차이의 표지이다, 그러나 그 표지는 '주류'에 속하는 존재들로 하여금 '차별'을 자주 반복하게 만든다. 그것은 또한 '비주류' 자신들로 하여금 자신이 속한 시공간 안에서 귀양살이를 하게 만드는 표지이기도 하다.

이들 '비'의 부족들의 존재 방식은 동일한 '비' 음가를 지닌 무수히 다양한 어휘들을 통하여 드러난다. 삶은 '비몽사몽', 즉 꿈이 아니지만 마치도 꿈과 같은 삶이며 그 삶은 알코올을 마실 때에만 '비로소' 주류에의 '비약'이 가능해지는 삶이다. 그러나 그 찰나적인 비약 또한 '비' 맞으며 '비상' 먹듯 할 때에나 가능한 것일 뿐이다. '비'에서 벗어나 '빛' 속에 들면 '비약'은 온데간데없이 사라지고 '비애'가 다시 찾아든다. '비약' 마저도 순간의 것, 깨어 다시 현실에 돌아와 빛 속에서 자신을 바라보면 비누거품 터지듯 비약의 환상은 제거된다. 그러나 시인은 비주류 존재들로 하여금 마지막까지 견고하고 강퍅한 현실과의 대결을 중단하지 말라고 격려한다. "응시하면 어둠길도 조금은 환해진다"는 타이름으로 시편의 종결을 대비한다. 그러나 이런 직설적 교술敎述이 대미에 위치하면 시조의 탄력성이 상실될 것이다. 그래서 시조 매듭에 능숙한 시인은 가장 보편적인 종장의 리듬을 찾아 느슨해지려는 주제를 결박한다. 친숙한 3.5.4.3 자수에 완벽하게 들어맞는 종장을 보라! "한번은/비장의 칼을//날리리라, 난분분". 예비해 두었던 또 하나의 '비' 음절을 비장하게 꺼내어 '비장의 칼'이라는 은유를 날려 보는 것이다.

「해금을 혀라」도 주목해야 할 텍스트이다. 「해금을 혀라」에서는 "해금을!/해금을 혀라!//모든 금이/터지도록…" 하고 노래한다. 한반도의 남과 북을 나눈 금의 존재를 두고 탄식하면서 해금을 화해의 상징으로 도입한다. 해금을 연주하여 교통을 가로막고 단절을 초래하는 모든 금들이 사라지기를 바라는 시인의 염원이 '해금奚琴'의 '금琴' 자와 또 다른 '금' 자 사이의 긴장과 조화 사이에서 드러나고 있다.

형식적 제약에 어긋나지 않는 범위 내에서 심상을 구현하기 위해서는 필요조건이 하나 있다. 영시의 각운이든 우리 시조의 율마디든 그 제약의 조건이 무엇이든 간에 마찬가지일 것이다. 그 조건은 시인이 다양하고 풍부한 말들을 저장해 두어야 한다는 것이다. 자신의 어휘 창고에 든 것이 가득할 때, 시인은 리듬감을 잃지 않으면서도 심상이 선명하고 전언 또한 명확한 좋은 시편을 빚을 수 있을 것이다. 정수자 시인은 어휘의 알곡을 넉넉히 저장해 둔 시인이라 할 만하다. 마지막 한 줄까지 '비' 음절의 반복 또한 놓치지 않으면서 그렇게 리듬감 있게 마무리하는 솜씨를 보면 분명 그러하다.

4. 노옹老翁, 누워서 하늘을 긋다

세상의 경계 밖에 놓인 자의 고독은 정수자 시인의 특징적인 시적 소재였다. 고독은 시인의 특성이지만 정수자 시인의 텍스트에서 더욱 예민하게 탐지되는 요소였다. 『탐하다』 이전, 『저물녘 길을 떠나다』에서 흔히 발견되던 것은 '우묵 파인 곳'과 '공복'과 '혼자 밥 먹기'라는 반복적인 심상들이었다. 「금강송」 시편에 이르러서는 직립과 자존의 기상으로 시인의 고독이 승화됨을 볼 수 있었다. 『탐하다』에 이르면 그동안 시인이 견지해 오던 소외와 고독, 그 절망감을 다스리는 상승에의 의지가 더욱 견고하고 절제된 이미지로 재탄생하고 있음을 볼 수 있다. 「세한도」 시편들이 특히 그러하다. 시대를 넘어 성별의 경계를 넘어 세상살이를 귀양살이와 같이 여기는 존재들은 역사상에 무수히 존재한다. 삶의 저변에 놓인 유한사의 절대적 고독을 떠나서는 문학도 신앙도 존재 가치를 상실할 것이다. '절해고도 위리안치'의 귀양살이는 지금도 한결같이 진행되고 있을 것이다. 마찬가지로 세한도를 그리며 그 고독을 달래는 자의 보편성은 시대를 넘어 만연해 있을 것이다. 시인의 공감을 기다리는 것은 이해받기 어려운 그들의 고독이라 할 수 있다.

특히 「언송偃松—세한도 시편」을 유심히 살펴볼 필요가 있다. 우리 시사에서는 소월과 미당이 여성의 복화술사 노릇을 하면서 식민지 시대를 거쳐 온 한국인의 애조를 대변해 왔다. 그리고 그 전통이 민족시의 중요한 한 주류를 형성하고 있다. 그 점을 고려하면 여성으로서의 정수자 시인이 남성 목소리를 차용하는 것의 의미는 두고두고 짚어 보아야 할 성격의 것이다. 「언송偃松—세한도 시편」은 '노옹'의 목소리를 차용하여 "눕거라" 하고 명령하는 남성을 시적 화자로 삼았다.

언 소나무 아니란다

노옹老翁이지
꽃을 아는

삭풍 장히 칠수록
흰 눈썹 펄펄 치솟는

밤이다

깊이 눕거라

언 하늘쯤

쩡!

굿게

_「언송(偃松)─세한도 시편」 전문

　'늙음'의 슬픔을 다룬 예술은 인류 문화유산 속에서 매우 중요한 위치를 차지한다. 젊은 날에 지녔던 용기, 열정, 기력을 상실하고 쇠약해 가는 존재로 노인을 본다면 노인이 된다는 것은 비극 그 자체이다. 그리스 로마 시대극에서 시작한 비극과 희극의 개념을 살펴보자면 비극은 영웅적인 존재, 혹은 위대한 주체가 몰락하고 소멸하는 것을 재현하는 것을 필수 요건으로 삼는다. 그래서 리어왕의 삶은 비극의 전형이다. 권력이며 영토를 다 갖고 원하는 사랑 또한 다 얻을 수 있을 것 같던 리어왕은 영웅의 대명사이다. 그 위대한 주체가 늙고 초라해진 모습으로 딸들에게 버림받아 폭풍우 속을 헤맨다. 몰락과 소멸의 장면이다. 영웅성과 몰락이 구현되어 있으므로 그의 생애를 다룬 문학작품은 충분히 비극적이라 할 수 있다. 그러나 비극의 정의에서 멀리 떨어져서 보더라도 노인을 주제로 삼았다는 것, 그 자체로 셰익스피어의 『리어왕King Lear』은 이미 비극적으로 보인다. '열정passion의 젊음'과 '동정compassion의 대상인 늙음'의 관계에 주목한 것은 괴테의 「노인은 리어왕Ein alter Mann ist ein König Lear」이라는 시이나. 시그넷 고전Signet Classic 문고판 『리어왕』에 수록된 레빈Harry Levine의 영어 번역을 필자가 한글로 번역한 것을 통하여 살펴보자.

An aged man is always like King Lear.

Effort and struggle long have passed him by;

And love and leadership are pledged elsewhere;

And youth must work out its own destiny.

Come on, old fellow, come along with me.(280면)

나이 들면 다 리어왕 같은 것,

분투도 모색도 다 스쳐 지나갔고,

사랑의 맹세도 충성의 서약도 그를 떠나 다른 곳에서 이루어지나니.

청춘은 제 운명 개척에 힘써야 하나니.

자, 나이 든 자여, 나와 함께 가시게나.

리어왕이 그러했듯이 노인은 이제 무엇인가를 성취하려는 노력을 할 시기도 지나와 버렸다. 삶의 정점을 지났기에 누가 와서 그에게 사랑을 고백하거나 충성을 바치려 들지도 않는다. 그러나 정수자 시인의 시세계에 나타난 노인은 초라하여 비극적인 노인이 아니다. 그는 젊은 날의 영광을 상실하고 소외당하고 탄식하는 노인의 모습을 지니고 있지 않다. 언송이 대표하는 노옹은 안으로 더욱 깊어진 지혜와 심미안과 열정의 생명체로 나타난다. 아일랜드 시인 예이츠W.B. Yeats가 「비잔티움으로의 항해Sailing to Byzantium」에서 읊은 대로 '영혼의 노래'를 부를 줄 아는 노인의 모습을 지닌다. 예이츠는 "노인은 보잘것없는 것일 뿐, 작대기에 걸친 다 낡아 빠진 외투"라고 노래한 다음, "영혼이 손뼉 치며 노래하지 않는다면, 더 크게 노래하지 않는다면…" 하고 이어받아 노래한 바 있다. 안으로 충만하여 영혼의 노래를 부를 수 있는 노인만이 초라하지 않을 수 있을 터인데 정수자 시인은 언송이 부르는 영혼의 노래를 채록하여 노래하는 음유 시인bard의 모습을 보이고 있다.

언송은 누운잣나무를 이른다. 눈잣나무, 만년송萬年松, 왜송倭松, 천리송千里松, 혈송血松이라고도 부르고 높은 산꼭대기에 서식한다고 한다. 말의 재미를 놓치지 않는 시인의 특징은 이 시편에서도 발휘된다. "언 소나무 아니란다"라고 시편을 시작함으로써 '얼다'의 '언'과 '언덕'의 '언壟'을 대비시킨다. 어쩌면 정수자 시인의 모습은 이 언송의 이미지에서 가장 잘 드러난다고 볼 수도 있다. 이전 「금강송」 시편에서도 시인은 자존감을 강조했다. "꽃다발 따위는 너럭바위나 받는 것" 하고 노래함으로써 현세의 부질없는 찬양과 분별력 없는 무리의 현란한 갈채에 대해 코웃음 치는 예술가의 자존감을 보인 바 있다. "하늘이 움찔 놀라"도록 꼿꼿이 직립하는 소나무의 도도하고도 고고한 기상을 시로 승화시킨 것이다. 「금강송」보다 더욱 노련하고 승화된 모습으로 등장하는 것이 언송이다. 언송의 이미지는 여러 겹으로 펼쳐진다. 언송은 "삭풍 장히 칠수록/흰 눈썹 펄펄 치솟는" 기상과 정정함, 그리고 단호한 의지를 다 구비하고 있다. 그뿐만 아니라 "언 하늘"에 쩡하고 금이 가게 그어 버릴 수도 있는 힘을 지녔으면서도 오히려 '깊이 드러누운' 존재이다. 그런 언송 이미지는 여러 가지 해석의 가능성을 제기한다. 누워서 하늘을 긋는 역설을 청춘이 어찌 알랴? 노옹, 그것도 득도한 노옹이나 가늠할 수 있는 신비한 이치를 시인은 그리고 있는 것이다. 누워서 하늘에 금 그을 수 있다면 굳이 팔 높이 들고 직립할 이유 어디 있으리? "밤이다//깊이 눕거라" 또한 다양한 해석이 가능하다. 밤이면 눕는 것이 자연스러우련만 굳이 서서 기상을 과시하는 것 또한 아직 어린 것, 어리석은 것이다. 시대가 어두우므로 깊이 눕는 것이 자연스러울 수도 있다. 또는 이미 노옹의 이미지를 제시했으므로 노옹의 생의 여로가 마지막 지점에 가까워지는 것으로 볼 수도 있다. 즉 삶의 시계가 이미 늦은 시간을 가리키는데 서 있다는 것이 노옹답지 못하다고 볼 수 있는데 그런 성숙한 자세의 표현으로 읽을 수도 있다.

그냥 사라져 갈 노옹이 아니라 "꽃을 아는" 노옹이라 하였으므로 아름다움이 무엇인지 아는 슬기로운 노옹임을 보여 준다. 꽃을 안다는 것은 이미 꽃 피는 것 겪어 보았다는 언술이 될 수도 있고 자신이 눕는 것은 꽃이 필 자리를 마련해 주는 배려의 자세를 보이는 것이라고 볼 수도 있다. "꽃을 아는/노옹이지" 하고 노래하지 않고 "노옹이지/꽃을 아는"이라고 도치하는 것에서 시의 긴장이 발생한다. 시가 느슨하게 되는 것을 내버려 두지 않고 탄탄한 시가 되게 하는 것이 그 구절이다. "꽃을 아는 노옹이지"와 같은 순치의 문장에서는 드러나지 않는, 보다 복합적인 서술이 거기에는 응축되어 있다. "노옹은 노옹인데 꽃을 아는 노옹이지"라는 의미로 풀어 볼 수 있는 것이다. 그냥 야위고 사라져 갈 무기력한 늙은 존재가 아니라 진정한 삶의 비밀을 품은 채 조용히 때를 알고 물러서는 현자의 이미지를 보게 만든다.

'세한도' 부제를 단 일련의 시편들에서 돋보이는 것 또한 원숙한 생의 자각이다. 그 시편들에서도 위리안치된 자의 고독과 갈망이 고양되고 승화되어 나타난다. 그리움의 대상이 지적 영혼의 교류자인 제자로 나타나며(「장무상망長毋相忘─세한도 시편」) "파도 높고" "뭍은 먼 날" 그리움의 대상이 되는 것도 사람이 아니라 "그리운 서권기書卷氣"이다(「홑집─

세한도 시편」). 고독에 동반하는 그리움은 「세한도 시편」 전편을 관통하지만 그 그리움은 청춘의 난만한 그리움도 아니고 중년의 부질없는 그리움도 아니다. 삶의 격렬한 고비는 다 거쳐 나온 자만이 가질 수 있는 그윽하고 아득한 그리움이다. 정현종의 시에 "당신이 삶의 기미를 아신다면 나는 당신을 사랑합니다"라는 구절이 있다. 삶의 기미를 아는 자, 곧 인생이 무엇인지 어렴풋이나마 알 것 같은 자만이 감지할 수 있는 배타적 서정이다. 삶의 신산을 다 겪어 생의 유한성과 예술의 영원성을 알 만도 한 자가 그리워할 대상이 서권기書卷氣 외에 무엇이겠는가? 서권기가 제시하는 지혜 밖에 현자가 구할 것 또한 무엇이 있겠는가? 「세한도 시편」들은 선비를 시적 화자로 삼아 평생 먹을 갈고 서책에 묻혀 사는 이의 드높고 맑은 정신을 그려 내고 있다. 이렇듯 자유롭게 여성의 목소리와 남성 목소리를 치환하여 구사하는 정수자 시인은 독자로 하여금 영국 소설가 버지니아 울프가 보여 주었던 양성적 주체를 생각나게 한다. 「세한도 시편」들은 정수자 시인이 견지하는 시세계의 양성성androgyny을 드러내는 텍스트들이다. 한편으로는 극도로 섬세한 여성의 정서를 정갈한 언어로 펼치면서도 다른 한편으로는 '흰 눈썹 펄펄 나는' 기상의 남성, 그것도 노옹의 목소리로 노래할 수 있는 시인이 정수자 시인이다.

「우물 치던 날」은 「세한도 시편」과는 대조적인 장면을 열어 보인다. 텍스트에 반영된 감수성의 결 또한 매우 다르다. 전통과 풍속에서 소재를 찾으면서 여성 특유의 감성으로 삶의 한 풍경을 그려 낸다. 그리하여 정수자 시인은 전통적인 한국 여성의 서정에도 깊이 닿아 있음을 보여 준다. 규방가사나 여성 시조에서 찾아지던 정서를 그의 시편에서 다시금 확인할 수 있는 것이다.

여름내 들끓던 물 텃밭으로 푸는 날은

재당숙 두루막에 문간이 문득 훤하듯

진솔의 흰 동정 같은 바람들이 훤칠 섰다

휘영청, 수수목들 저도 몰래 휘는 사이

새로 받은 우물엔 별이 낭창 다녀가고

풀 먹인 달빛 호청이 낭자했다 풀벌레랑

_「우물 치던 날」 전문

위의 텍스트를 여성성의 텍스트로 읽을 수 있는 것은 시적 소재 때문일 것이다. '진솔 동정'이나 '풀 먹이기', 그리고 '재당숙의 두루마기' 등 옷을 준비하고 동정 달고 풀 먹이는 여성들의 손길을 제시하는 시상들이 구현되어 있기 때문일 것이다. 물은 주로 갱생의 이미지를 지닌다. 그런데 그 물을 푸고 다시 새 물을 받는다는 것은 필경 신성성에 한 걸음 다가가는 일일 것이다. 간절하고 소박한 기원의 표현일 것이다. 정화수를 떠 놓고 달에 비는 한국 어머니의 성스러운 소망이 텍스트 구절

구절에 배어 있다. '풀 먹인 호청'이며 '흰 동정'은 지아비나 자식의 입성을 잘 손질해 내어 놓는 여인의 정성을 형상화하고 있다. '새로 받은 우물'에 괴는 물은 맑고 성스럽기조차하여 "별이 낭창" 다녀가는 것을 매우 자연스럽게 만든다. 맑은 우물물에 드리운 별빛과 '휘영청' 달빛과 풀벌레까지 더하여 독자들 또한 그 우물물에 목욕한 듯 청량감을 느끼게 될 것이다. 새로 친 우물가에서 가을을 맞는 달밤의 신성한 제의가 텍스트에 펼쳐진다. 그 제의에 동참하도록 초대받은 독자는 행복한 독자이다.

「세한도 시편」과 「비의 나그네」, 그리고 「음독」 등을 비롯하여 사뭇 다르면서도 한결같이 빼어난 정수자 시인의 시편들을 다시금 음미해 보자. 정수자 시인의 텍스트의 다양성은 독자로 하여금 그 시세계의 폭을 재기 어렵게 한다. 정수자 시의 스펙트럼에 나타나는 다양한 색채는 현대 시조단을 밝고도 화사하게 변모시킬 것이다. 정수자 시인은 현대성의 모색을 통하여 시조의 폭을 넓혀 왔다. 그러면서도 그는 시조의 고전적 격조를 유지하며 철학적 깊이를 더하고자 노력해 온 시인이다. 현대 시조가 필요로 하는 전통과 현대성의 조화와 균형을 그를 통해 확인할 수 있다.

*참고한 책: Harry Levine, *King Lear*, Signet Classic, 1997

순한 꿈, 속삭인 흔적,
풀빛 물빛 언어들

: 전연희 시인의 시세계

1. 순하고 연한 꿈

순수한 자연 속에서 꿈을 키운 한 소녀가 있었다. 단련된 언어들로 그 기억들을 재구성하는 자, 그는 전연희 시인이다. 전연희 시인의 시세계는 고운 기억의 조각들로 이루어져 있다. "자갈밭 미루나무 꽃창포 뺄기 언덕"(「달빛」) 구절에서 보듯 전연희 시인의 눈길 앞에서는 어린 시절의 돌멩이나 나무 한 그루, 혹은 언덕도 모두 시어로 되살아난다. 제빛을 잃지 않고 남아 있던 모든 물상들이 한꺼번에 일어서며 텍스트 속으로 뛰어든다. 가슴속에는 섬 한 채 가두어둔 채 출렁이는 물결 같은 세월을 거스르며 전연희 시인은 시 한 편을 위한 여정을 계속한다.

수십 년 창작 경력 이후에 등장한 한 편의 단시조 「봄 저녁」은 전연희 시인의 시세계를 전체적으로 조망할 수 있게 해 준다. 명료하고 맑은 이미지, 서로 조화롭게 맞물린 언어들, 그 언어들이 어울려 빚어내는 통합적 소우주, 자연의 질서를 긍정하며 순응하는 시인의 삶… 그 모든 것이 간결한 텍스트 안에 응축되어 있다.

차마 터진 매화가지 속살 몰래 마알갛다
향기로 설레는지 목어에도 바람소리
노스님 먼 산 보시네
경을 외는 물소리

_「봄 저녁」 전문

　우리 시사에서 매화는 시조 양식의 발생 이후 가장 흔한 시적 소재로 등장한 대상일 것이다. 춥고 오랜 겨울을 견디며 봄을 기다리는 시간, 눈보라 속에서도 혼자 먼저 망울을 터뜨리며 그 봄의 전령 구실을 해 왔기 때문일 것이다. 그런 매화가 다시 피어나는 시간, 어느 봄 저녁의 풍경을 시인은 단아하고 고즈넉하게 그려 내고 있다. 매화의 개화, 향기, 목어, 바람, 노스님, 그리고 물소리…. 몇 안 되는 이미지를 동원하여 봄의 한 장면을 언어로 탁본한다. 그러나 그 한 줌의 이미지들이 빚어내는 시적 효과는 예사롭지 않다. 매화가 꽃 피는 모양을 두고 "차마 터진 매화가지"라고 시인은 노래한다. '차마'는 부정문을 이끄는 부사이다. '부끄럽거나 안타까워서 감히'라는 뜻을 지닌 말로서 '못하다'나 '않다'와 어울려야 하는 말이다. 이육사의 시, 「교목」의 한 구절, "차마 바람도 흔들지 못해라"처럼 말이다. 그런데 그 "차마"를 "터진"이라는 긍정의 동사에 결부시킴으로써 시인은 흥미로운 반전을 보여 준다.

차마 터지지 못할 매화 꽃망울인데 그만 터지고 말았다는 것을 표현한 것으로 읽게 한다. 그리하여 계절을 앞서가는 매화의 도발적인 개화를 효과적으로 드러낸다.

기존의 말의 질서를 어기면서 자의적으로 새로운 질서를 만들어 내는 것은 시인의 권리이며 어떤 면에서는 역할이기도 하다. 시인이 이질적인 요소들을 억지로 결합시켜 새로운 표현을 만들 때 언어의 영역이 확장되고 함축하는 바가 풍부해지기 때문이다. 그래서 '시적 자유poetic license'라는 말로 우리는 그런 문법적 일탈을 허용한다. 시적 자유가 지나치게 되면 그것은 시를 비시非詩로 만들뿐더러 언어의 영역을 확장하기는커녕 파괴하기도 한다. 우리 현대 시의 폐단 중의 하나로 지적받기도 하는 것이 바로 그러한 과도한 시적 자유이다. 그러나 전연희 시인의 이러한 표현은 수용 가능한 범위 내에서의 자유라고 판단된다. 매화의 개화는 "마알"간 "속살"로 더욱 구체화되는데 이는 곧이어 올 "향기"의 도입을 준비하는 장치이기도 하다. 그 "향기"는 "목어"와 "바람"도 "설레"게 한다고 시인은 노래한다. 매화 향기 그윽하여 설렌 바람이 목어를 건드리는 것인지, 혹은 그 향기에 설렌 목어가 스스로 바람을 유혹하여 불러들인 것인지는 알 길이 없다. 알아야 할 필요도 없을 것이다. 둘이 서로 어울려야만 목어는 소리를 내게 마련이지 않은가? 꽃이 피고 그 향기 그윽하고 목어도 바람도 설레어 아름다운 풍경 소리를 빚어내는 이른 봄의 어느 저녁 무렵이다. 이윽고 그 절의 공간에 스님, 그것도 평생 불도를 닦아 왔을 "노스님"이 등장한다. "노스님"도 그런 시간 목어처럼 설렐까? 시인은 "먼 산"을 노스님 눈앞에 제시함으로써 시적 애매성을 십분 구현한다. 그가 먼 산을 보는 것은 설렌 까닭일까?

설렘을 이겨 보려는 몸짓일까? 설렘도 느끼지 못할 만큼 무심한 구도
자일까? 설렘조차 구도의 요소로 끌어안고자 하는 시도일까? "먼 산"으
로 상징되는 것은 또 무엇일까? 불심이 마침내 이르는 곳일까? 인간 사
는 사바세계 어느 한 곳, 아직도 끊지 못한 인연의 어느 지점일까? 종
장에 이르면 다시 자연의 일부인 "물소리"가 등장한다. 물소리가 스님
을 대신하여 "경"을 '왼다'. "노스님"만 남겨 둔 채 자연은 그들만의 합
창을 완성하고 있다. 매화가 촉발한 봄의 교향악이 "경을 외는" 물소리
의 합류로 절정에 이른 것이다. 맞물려 전개되는 이미지의 변화와 그
이미지들이 제시하는 숨은 서사가 짧은 텍스트로 충분하다. 단시조의
매력을 십분 구현하는 시편이다. 꽃과 바람과 물소리가 얼려 빚어내는,
고요로 충만한 삶의 한 아름다운 공간으로 시인은 우리를 초대한다.

「연하다」에 이르면 그 순조로운 삶의 공간을 이루는 이미지들이 확장
되어 나타난다.

들녘도 이맘때는 순한 꿈을 꾸는 게지
미나리꽝 두렁에는 언 몸을 녹이는지
낮은 물 흐르는 소리 베갯잇에 닿는다

보리밭 딛고 가는 연한 바람 속옷자락
속삭인 흔적인지 그저 환한 풀빛 물빛
빈 나무 금이 간 자국 새순 돋아 깊고 있다

까슬한 손끝마디 비단에도 금이 간다

굳은 살 단단해진 내 오래고 낡은 말문

물처럼 낮게 흐르자 얼음을 벗고 있다

_「연하다」 전문

  봄의 정경을 그려 내기에 앞서 시인은 이를 "연하다"는 한마디에 집약하여 제목으로 제시하고 있다. 봄에는 만물이 다 연하다. 연하고도 연한 것이 자연일진대 그런 봄의 자연처럼 시인은 스스로의 언어도 그리 연해지기를 희구한다. "굳은 살 단단해진 내 오래고 낡은 말문"이라고 자신의 시편들을 살피는 낮은 모습을 보여 준다. 그런 겸손한 자세를 취하면서 봄의 "환한 풀빛 물빛"을 닮은 그런 언어를 꿈꾼다. "물처럼 낮게 흐르자"라고 스스로 타이르는 모습에서 우리는 이미 시인의 시어들 또한 그리 연한 것들임을 알아볼 수 있다. "순한 꿈", "보리밭 딛고 가는 연한 바람", "속옷자락", "속삭인 흔적", "그저 환한 풀빛 물빛", "새순 돋아"…. 그의 시어들은 빛깔로는 이미 "풀빛 물빛"이다, 그렇듯 시인의 꿈 또한 "순한 꿈"임이 틀림없다. "비단에도 금이 가"게 만드는 "까슬한 손끝마디"가 우리 삶의 척박함이라면, 그래서 "얼음"의 이미지로 드러나는 것이라면, 그 얼음 밑을 흐르는 물처럼 "연"한 삶이 전연희 시인이 지향하는 바이다. 시인이 한결같이 지녀 온 삶의 자세이다. "빈 나무 금이 간 자국"을 기워 내는 "새순"은 그와 같은 연한 삶의 또 다른 표현 방식이다. 고목의 틈새를 "금이 간 자국"이라고 노래하고 그 틈을 뚫고 솟아나는 생명의 부드러움을 "새순"이라고 부른다. "새순" 같은 연한 삶, 혹은 그런 시에 대한 갈망은 「그대에게—시를 만날 때」에 이르면 "맨가슴"의 시로 변주되어 드러난다.

　　남루도 괜찮아요
　　그대 내게 오실 때엔

　　갈라진 뒤꿈치에
　　여릿여릿 핏자국들

　　덧칠한
　　수식어 지운
　　맨가슴으로 오시길

　　_「그대에게—시를 만날 때」 전문

　"수식"의 대척점에 시인은 "남루"를, 더 나아가 "맨가슴"을 두고 있다. "맨가슴"으로 대표되는 솔직하고 담백한 시를 꿈꾸는 시인의 태도는 만물을 향해 "연하다" 하고 노래하면서 봄의 정경을 경이의 눈으로 바라보는 것과 다르지 않다. 연하고 순하고 맑은 것들에 대한 무한한 긍정과 사랑을 보여 주는 시편들이 전연희 시인의 주된 텍스트이다. 반면, 「그대에게—시를 만날 때」는 특이하게 단순하고 직설적인 어법으로 빚어서 있다. 창작의 영감을 "그대"로 의인화하여 "맨가슴으로 오"는 그대를 기다린다는 것은 그다지 낯설지 않은 표현이다. 그럼에도 불구하고 위 시편을 눈여겨보는 이유는 무엇일까? 그것은 수식 없는 순수에의 지향성이 전연희 시세계의 한 축을 이루고 있다는 것을 「그대에게—시를 만날 때」가 명확하게 보여 주기 때문이다.

　소박하지만 참된 것의 가치를 기리는 정은 소외된 존재들을 향한 동정지심으로 확대된다. 「달빛」은 가난한 이웃들의 창가를 지키는 달빛의 모습을 재현한 시편이다. 달빛은 잃어버린 유년의 기억으로 시적 화자를 초대하는 매개체이면서 이웃의 아픔을 함께 노래로써 나누고자 하는 시인의 마음을 대변하는 존재이다.

　내 마음 깊이까지 곧잘 다 솎아낸다
　자갈밭 미루나무 꽃창포 뻘기 언덕
　엮어낸 고운 날들이 파르스름 젖어 있다

　숲으로 물가로만 물끄러미 다녀갈 뿐
　네 고향은 아무래도 산 번지 그편이다
　저물어 돌아오는 길 빈 어깨에 기울이는

　늦도록 뒤척이는 창가를 못 떠난다
　하마 잠들레나 실직한 가장 곁을
　달무리 글썽한 눈빛 밤새도록 젖어 있다

　_「달빛」 전문

"저물어 돌아오는 길 빈 어깨에 기울이는" 달빛은 시적 화자의 기억을 고향으로 이끈다. 고향에서의 어린 시절, 그 고운 날들을 엮어 내는 것이 달빛인데 달빛에 물들어 그날들은 "파르스름 젖"은 채 눈앞에 떠오른다. 빛이 매개하여 "파르스름"하므로 더욱 곱다. 늘 말없이 떠 있는 달의 존재를 두고 시인은 "물끄러미 다녀"간다고 노래한다. 숲에서도 물가에서도 늘 시적 화자와 함께했던 달이다. 안데르센 동화집, 『그림 없는 그림책Billedbog uden Billeder』을 읽는 듯하다. 그 동화 속의 달은 가난하고 힘든 영혼들이 깃들어 사는 곳을 비추며 그들을 위로한다. 그렇듯 전연희 시인의 달빛 또한 "늦도록 뒤척이는 창가"를 지키고 "실직한 가장 곁"에 오래 머문다. 그 달빛의 "글썽한 눈빛", "밤새도록 젖어 있"는 눈빛은, 오늘 이 땅의 지친 영혼들을 위로하는 눈빛이다. 더러는 어린 시절의 고운 날들을 엮어 내어 주기도 하고 다시금 오늘 숲이며 물가에 머물며 집으로 돌아가는 이의 "빈 어깨"에 드리운다.

2. "모르고 살아 보낸 그래 고운 젊은 날"

「느리게 가는 길」은 처음엔 예사롭게 보일 수도 있는 시편이다. 완행열차와 시골의 간이역은 한국 시의 매우 흔한 소재가 되어 왔고 전연희 시인 또한 완행열차의 익숙한 이미지가 매개하는 삶의 회상을 노래하기 때문이다. 그러나 다시 읽으면 흔하지 않은 삶의 통찰 앞에 멈추게된다. "사는 일 그러지 않았나 절반은 그냥 허무는" 구절과 "모르고 살아 보낸 그래 고운 젊은 날"을 다시 읽어 보자. 삶의 여러 고비를 넘어온 이의 지혜가, 원숙한 목소리로만 발화될 수 있는 깊은 삶의 속내가거기 있다.

눈길 가는 풍경 두고 마음만 흘러가네
담으려다 놓친 일이 어디 사람뿐이리
사는 일 그러지 않았나 절반은 그냥 허무는

모르고 살아 보낸 그래 고운 젊은 날
먹먹히 눈시울에 그렁그렁 맺혀 오네
역마다 꽃은 저토록 붉게 타고 있는지

_「느리게 가는 길」 2, 3연

'붉게 타는 꽃'은 '눈길 가는 풍경'을 배경으로 삼으면서 시적 화자가
느끼는 상실감을 강조하는 구실을 한다. 간이역의 풍경은 한결같이 고
즈넉했을 터이고 꽃은 보는 이의 심정은 아랑곳 않고 홀로 붉게 피고
그리 지고 했으리라. 그 풍경을 스쳐 가는, 꽃을 바라보는 이의 삶만이
변화한 것일 터이다. 무심했던 젊은 날의 회상에 소스라치는 것은 문득
조용한 간이역에 들어서의 일이다. 그 순간, 회한의 정, 혹은 탄식의 염
念이 도드라지게 나타났다면 이 시편을 오래 읽으며 아름답게 기억하
지 않았을지도 모를 일이다. "오호라… 꿈이런가 하노라"라는 너무도
익숙한 정서는 독자를 불편하게 할 것이다. 시인은 "담으려다 놓친"으
로 나타나는 유사한 상실의 정서를 다르게 그려 낸다. 지난날의 아쉬움
들을 곱게 받아들이는 자세를 보여 준다. "사는 일 그러지 않았나" 하고
자문하며 "절반은 그냥 허무는" 것이라고 다시금 스스로를 타이른다.
"모르고", "살아 보"내고, "놓"치고, "그냥 허무는" 것. 그것이 삶이라고

위로한다. 그렇다고 아쉬움이 가시겠는가? "그래 고운 젊은 날"이 더욱 사무칠 뿐이리라. 그래도 그렇게 다스리며 가자고 권하고 있다. "역마다 꽃은 저토록 붉게 타고 있는지" 이르며 하릴없이 꽃을 탓하는 시늉을 해 볼 뿐이다. "그리 고운"이 표준어의 표현일 터이다. 그러나 시인이 선택한 "그래 고운"이라는 말은 묘하게 그 고움을 강조하는 효과를 지닌다. 어쩌면 정격을 살짝 벗어난 까닭에 곱게 나이 든 이웃 부인 한 분이 독자의 손을 부여잡고 나지막이 이르는 듯한 정경을 그 표현은 보여 준다.

느린 기차가 매개한, 지난날들에 대한 회상이 결국은 자신에 대한 따뜻한 위로로 연결되듯이 「솔숲에 들다」에서 발견하는 것 또한 그만큼 강한 긍정과 위무의 정이다.

들끓던 지난 일을 부끄럽게 털어낸다
미풍에도 꽃 떨구던 가벼움에 대하여
어쩌랴 겨운 사랑을
담아 두지 못한 죄

정수리에 쏟아지는 따가운 눈총 같은
팔랑이던 잎새에도 바늘귀로 누벼오는
네 푸른 죽비소리를
소름 돋아 듣는다

꽃잎의 날은 가고 붉디붉은 유서 몇 장

짓무른 잎들끼리 기대며 흐르는 길
그랬다 참 아름다웠다
더러 찢긴 가슴속

_「솔숲에 들다」 전문

"푸른 죽비소리"로 소나무의 지조를 일컬으면서 시인은 "소름 돋아
든는다"고 이르며 자신의 "죄"를 돌아본다. 소나무의 절개와 대비되는
"미풍에도 꽃 떨구던 가벼움"으로 자신의 삶을 드러낸다. 그러나 그 또
한 "아름다웠다"로 마무리하여 긍정하는 자세를 보여 준다. "더러 찢긴
가슴속" 또한 "그랬다 참 아름다웠다"라고 노래하는 것은 그런 까닭이
다. 곧음 앞에서 부끄러울 수밖에 없는 날들이었어도 산다는 것은 "겨
운 사랑"을 "담아 두지" 못하는 것에 다름 아니다. 한결같이 곧기만 하
다면 그것이 어찌 삶이랴? 나타니엘 호손이 쓴 『주홍글씨The Scarlet Letter』
의 주인공, 헤스터 프린의 고백적 노래처럼 들리는 시편이다. "겨운 사
랑"과 "죽비소리" 더불어 "붉디붉은 유서 몇 장"… 그리고 결국은 "찢
긴 가슴속"을 제시하며 "참 아름다웠다"고 마무리 짓는 것까지…. 시인
은 엄격한 청교도 사회의 기독교적 윤리를 대변하는 것으로 솔숲의 솔
을 읽는다. 그 솔잎의 죽비소리 또한 그렇게 듣는다. "꽃잎"으로 드러난
"겨운 사랑" 앞에 "담아 두지 못"하고 삶을 송두리째 바친, 주홍글씨의
여인…. 그가 부르는 "찢긴 가슴"의 노래가 회개의 슬픈 노래가 아니라
서 기쁘다. 아름다워서 기쁠 터이다.
"그래 고운 젊은 날"은 그 물길의 연원을 어린 시절의 꿈에 두고 있

다. 그리고 그 어린 꿈은 섬의 이미지로 통합된다. 시인은 마음속에 "가두어진 섬" 하나를 오래전부터 두고 있었다. 기쁜 날의 노래는 밀물의 이미지에 실려 "꽃그늘"로 이어지고 외로운 노래는 썰물의 이미지로 "혼자 모랫벌을 옮"키는 달랑게의 모습으로 드러난다. 그 섬은 보름달과 동백꽃도 거느린 섬이다. "뒤채는 물결" 더불어 거기 있다. 그런 설렘, 그 섬을 품은 마음은 고립을 넘어 공유를 지향한다. 물기 없는 "가문 땅"도 "초록"으로 지치게 할 그런 넉넉함, 그런 풍요로움, 그런 너그러움으로 모두를 품어 안고 함께 흔들릴 만한 그런 섬을 그린다. "자라는 섬"이란 그런 것이다.

내 속에 가두어진 섬이 하나 있습니다
밀물이면 남실남실 꽃그늘에 흔들리고
썰물엔 달랑게 혼자 모랫벌을 옮킵니다

지나버린 일이 모두 떠난 것이 아니던 게
울컥울컥 살아나는 보름날 눈뜬 밤엔
뒤채는 물결 달래어 동백꽃이 붉습니다

섬 하나 품고 사는 설레는 마음 동안
가문 땅 어디라도 짙어오는 초록 천지
툭 건져 나누고 싶은 자라는 섬 있습니다

_「푸른 고백」 전문

홀로 완결된, 자족적이며 고립된 세계를 넘어 자라는 공간과 나눔의 삶을 지향하는 시인의 눈길이 궁극에 이르는 곳은 어디일까? 홀로 부르는 시인의 노래가 결국은 우리 모두의 노래일 수밖에 없다. 유전자의 개체 발전 과정이 집단의 발전 과정을 반복한다고 했던가? 어린 시절의 꿈, 그 개인적 기억의 시적 표현이 궁극적으로는 민족의 역사, 그 마디마디를 기록하고 집단적 꿈의 서사를 채록하는 일일 수 있음을 전연희 시인은 보여 주고 있다. 개인적 기억을 노래하면서 민족 공동체의 삶을 재현하는 「산수유 필 때」 시편을 살펴보자.

　손등 발등 부르트게 몇 고비 돌아왔다

　--우리 집이 어디고
　아직 아직 멀었다아--

　어머니 등에 엎디어
　얼음장도 넘었다

　몰래 흘린 눈물 첩첩 살점이 뭉개졌다

　--두껍아 두껍아
　헌집 줄게 새집 다오--

　바스스 마른 주름에

봄을 감아 웃는다

_「산수유 필 때」 전문

한국의 산업화 시대 이전, 이 땅의 어린이들이 함께 불렀던 동요 노랫말이 삽입되어 있는 시편이다. 이 시편을 통하여 시인은 자신의 어린 날들을 기억의 모습으로 불러들이면서 함께 놀던 동무들의 목소리를 복원하고 있다. 시적 화자의 개인적 기억을 넘나드는 작은 디테일들이 동요가 환기시키는 서정과 절묘하게 맞아떨어지고 있음에 주목해야 할 것이다. 인생의 길을 가는 동안, "손등 발등 부르트게" "몇 고비"를 돌아가면서 한결같이 시인의 귀에 울렸을 노래이며 노랫말이 아니던가? "우리 집이 어디고/아직 아직 멀었다아" 어쩌면 영원히 이르지 못할 그곳, 우리 집! 아직 아직 멀었다고 재차 타이르며 그래도 집을 그리는 일을 포기하지 않는 것! 어쩌면 이제는 부재할지도 모르는 우리 집, 어쩌면 결코 도달할 수 없는 집, 우리 집···. 그래도 어린 시절부터 불러 오던 그 노래를 부르고 또 부르며 집을 향해 돌아간다고 믿으며 그저 걷는 길···. 그것이 인생의 길은 또 아닐런가. 스콧 피츠제럴드의 『위대한 개츠비』에서 주인공 개츠비는 끝없이 물결을 거슬러 저어 나간다. 그 물결은 뒤로만 그를 실어 나르고 있다는 것을 아는지 모르는지···. "두껍아 두껍아/헌집 줄게 새집 다오"를 부르며 몰래 눈물 흘리고 살점 뭉개져 가는 것···. 그렇게 인생은 가는 깃인시도 모른다. 그래도 문득 눈을 들면 그래도 다시 산수유 피는 봄이 다가와 있듯 그렇게···.

3. 생명과 절제의 시학

삶의 여러 고비들을 돌아오면서 문득 성숙에 이른 시간, 지나간 날들의 아름다움을 눈물겹게 바라보는 시인의 모습은 다양한 시편에서 다시 등장한다. 헌 옷을 앞에 두고 부르는 다정한 노래가 있다. 헌 옷의 보풀과 터진 올을 곱게 쓰다듬으며 세월의 흐름을 되새기는 시인의 모습을 보자.

보풀은 잘라내고 터진 올 감침하면
저 잘린 시간 축을 꽃부리 돌아오랴
다정히 쓸어본 자국 잠시 피는 꽃그늘

_「헌 옷에 대한」

낡은 것들은 아름다웠던 시간들의 기억을 하나하나 간직하고 있다. 낡은 앨범의 페이지를 넘기듯 시인은 헌 옷에서 그 기억들을 불러낸다. "꽃부리 돌아오랴"는 시적 모호성을 십분 발휘하는 구절이다. 돌아올 리 있겠느냐는 반문을 스스로에게 보내는 것이기도 하고 그래도 돌아올지도 모른다는 서글픈 희구를 반영하는 것이기도 하다. 터지고 낡아진 것들을 다듬는 시인의 손길을 통해 헌 옷은 곱게 여위어진 빛을 머금은 한 송이 꽃으로 다시 피어난다. "꽃부리"와 "꽃그늘"…. 물빛 풀빛 시어들이 확장된 곳에 그 꽃의 언어들이 놓여 있다.

어린 시절의 기억은 맑고 고와서 시가 되고 지나온 시간에의 그리움은 낡은 것도 곱게 쓰다듬게 만든다. 삶의 모든 순간을 긍정하고 찬양하는 시인의 자세는 정직하고 순수한 것을 기리고 간직하는 마음에서 비롯된다. 「소래 포구」 등의 시편에서 시인이 가난한 가정의 소박한 저녁 시간을 따뜻이 그려 내는 것이 낯설지 않은 것은 그런 이유에서이다. 「쌀 한 톨」에서 보여 주는 것 또한 한 알 곡식이 내부에 품고 있는 우주의 호흡에 대한 찬양이며 가꾸는 이의 수고에 대한 감사이다. 이전 시편에서 보이던 "맨가슴"으로 표현된 순수한 마음은 「씀바귀 아내」에 이르면 "질긴 잎 쓴 뿌리"의 "씀바귀"의 이미지를 통하여 다시 드러난다.

살진 텃밭 없이도 빈 들녘을 달려오는
부르튼 맨발로도 꽁꽁 언 땅 딛고 서는
푸릇한 여윈 손등이 꽃샘바람에 아리다

치커리 브로콜리 그럴싸한 이름 앞에
무명옷 엉킨 머리 수줍은 듯 비켜서도
속뿌리 다듬어 얽어 봄 둘레가 선하다

연하고 달콤함에 지쳐온 그대 앞에
온전히 드릴 것은 질긴 잎 쓴 뿌리뿐
견디다 하얗게 삭은 등이 굽은 꽃대까지

_「씀바귀 아내」

시인은 '씀바귀'라는 제목 대신 '씀바귀 아내'라는 제목을 선택했다. 씀바귀의 모습과 특징에서 아내라는 존재의 속성을 그대로 찾을 수 있음에 유념한 까닭이다. 가공되지 않은 순수, 삶을 감당하는 인내, 그리고 그 강인함의 상징으로 시인은 아내라는 이름을 고른 것이다. 아내의 모습은 "빈 들녘을 달려오는", "부르튼 맨발로도 꽁꽁 언 땅 딛고 서는" 강인한 삶의 담당자로 그려진다. 또 "무명옷 엉킨 머리"와 "견디다 하얗게 삭은 등이 굽은 꽃대"의 외양을 지닌 볼품없는 존재로 그려진다. 아내의 이미지에 맞서는 것으로 "치커리 브로콜리"라는 "그럴싸한 이름"의 것들을 든다. 그들은 "연하고 달콤함"을 대변하는 존재들이다. 씀바귀의 쓴맛과 수입된 채소들의 달콤함을 대비시키고 있다. 꾸미지 않는 아내의 투박함과 "연하고 달콤"한 존재들이라는 이항대립적 구도는 한편으로는 시조라는 전통 양식과 수입된 자유시의 양식의 대조로도 확대하여 해석해 볼 수 있다. 소박한 진정성의 가치를 추구하는 자세는 곧 잉여와 과잉을 견제하는 시조 미학으로 연결되는 것이다.

어린 꿈을 "물빛 풀빛"으로 곱게 맑게 보존하는 시어를 전연희 시인은 이미 충분히 보여 주었다. 인생의 여러 고개를 넘어 이제 시인은 더욱 맑고 밝아진 눈으로 생명 가진 존재들을 따뜻하게 바라보고 있다. 시인이 그리는 삶은 더러는 참았다 터뜨리는 울음처럼 절절하다. 또 더러는 단호한 승화의 태도를 보여 준다. 모두에게 인생은 한 번 주어진다. 준비 없이 연습도 없이 단 한 번 가는 인생의 길에는 모든 것이 처음이고 낯설다. 익숙하던 물에서 나와 낯선 뭍을 기어가는 거북이의 형상으로 시인은 인생길의 아득함을 노래한다.

뭍으로 굼뜬 걸음 돌길을 지나왔다

긴 목이 석 자에다 뼈로 짠 거북등짐

어둠 속 붙들고 설 것은 저 열사흘 달밖에

잠시 비껴가는 햇살 바라 목을 빼면

끌려온 바닷물이 하얗게 넋을 놓고

운석이 쏟아진 지붕 별이 몇 개 내리고

_「산란기」 1연, 3연

혼자서만 가는, 암중모색의 인생길! 누구에겐들 삶이 고달프지 않으랴, 누구에겐들 막막하지 않으랴…. 혼자 헤쳐 가는 삶, 그 무게와 외로움이 열사흘 달 아래 엉금엉금 기어가는 거북을 통해 고스란히 드러난다. "어둠 속 붙들고 설 것은 저 열사흘 달밖에" 구절이 절창이다. 사무치는 고독과 절망감이 오롯이 실려 있다. "햇살 바라 목을 빼" 보지만 "넋" 놓은 바닷물과 지붕의 "별"밖에는 주변에 없는 풍경 속에서 시적 주체의 고독이 절절히 드러난다. 그 시간대가 하필이면 '산란기'임도 절묘하다. 다음 세대를 통하여 생이 연속될 수 있도록 육체를 통하여 삶을 복제하는 예술이 생명의 잉태라거나 산란이라거나 출산이라는 여성적 사역이다. 그 숭고한 창조의 시간 속에 유독 생의 고독을 온몸으로 느끼는 거북의 형상! 시인이 우리 시대 여성들을 위해 지어 부르는 서글프면서도 아름다운 찬가가 울린다.

그러나 시인은 섬세한 서정에만 매달리지는 않는다. 한편으로는 삶의 고달픔을 탄식하고 지나온 시간들을 눈물겹게 그려 내면서도 강인한 삶을 동시에 지향한다. 매몰차듯 단호한 자세도 삶에는 필요하다는 것을 보여 주는 시편이 「겨울 폭포」이다. "오롯한 뼈대"는 목숨 가진 존재가 세상을 살아가는 데 필요한 자존감의 상징으로 읽힌다. "호령"을 대신하는 "가부좌"는 언어를 넘어서는 묵언의 철학을 보여 준다. 우람하고 당당하게 직방으로 쏟아지던 물이라야 그렇듯 단호하게 얼어붙는 폭포가 될 수 있으리니…. 그 겨울 폭포의 장엄함을 "가부좌한/아버지"로 읽는 시인의 눈길이 예리하다. 「봄 저녁」의 그윽하고 고요한 시공간의 철학과 「겨울 폭포」의 결연하고 단호한 의지의 은유가 극단적인 대조를 이루면서도 묘하게 서로 겹치듯 닮아 있다. "물빛 풀빛" 고운 언어의 처음과 끝은 결국 「봄 저녁」과 「겨울 폭포」의 절제와 승화에 연결되어 있는 것이다. 전연희 시인은 "어둠 속 붙들고 설 것은 저 열사흘 달밤에" 하고 사무쳐 한이 될 만한 삶의 적막을 노래하기도 하고 "설레는", "꽃부리"의 고운 시어로 삶을 토닥거리기도 한다. 그러다 문득 돌아서 호령도 접은 강인한 침묵의 자세를 보이기도 한다. '겨울 폭포'가 상징하는 절제의 시간들이 어떤 모습의 시편을 빚어낼지 궁금하다.

들끓던 날은 가고 불꽃은 지워졌다
깎아내어 솟기까지
오롯한 뼈대 하나

천 마디
호령을 접고

가부좌한

아버지

_「겨울 폭포」 전문

산다는 건 애오라지 나를 견디는 일

: 하순희 시인의 공간

1. 사람아, 먼 사람아

　존재, 관계, 견인, 지향, 전통… 하순희 시인의 텍스트들을 처음 접했을 때 뇌리에 떠오른 어휘들이다. 인간이란 어떤 존재일까? 어디서 와서 어디까지 가는 것이 인생이라는 이름의 여정일까? 우주의 어느 변방에서 흘러들어 왔는지도 알지 못한 채 우리는 목숨을 이어 간다. 바람결에 실리어 가는 먼지처럼 사라져 갈 것이 또한 우리 모두의 운명이기도 하다. 유성이 별안간 절규하듯 스러지지만 아무 소리도 내지 못하듯, 그렇게 조용히 한목숨도 저물어 갈 것이다. 그렇다면 생은 참으로 막막하기만 하다.

　하순희 시인은 그런 막막한 인간 존재의 의미를 탐색한다. 그러나 그가 존재의 근원적 고독을 노래할 때 그 시적 공간에서는 상승 지향의 기운이 감지된다. 그는 고독한 존재가 타자를 향해 손을 내미는 순간에 대해 명상한다. 그 관계 맺음의 공간에 머물며 예비해야 할 견인의 시간을 미리 감지한다. 그래서 하순희 시인의 시조세계는 오랫동안 우리 곁에 남을 것이다. 오래고도 기나긴 시간의 풍화 작용을 견뎌 낼 하순희 시조의 저력은 시인이 지닌 승화의 꿈과 숭고미 지향성에서 찾을 수 있다. 그리고 모든 것을 아우르며 지하의 수맥처럼 하순희 시편을 관통하는 것은 전통이라는 이름의 큰 물줄기이다. 그의 텍스트에서 감지되는 전통의 수심은 여간 깊지 않다. 물이 깊어야 배가 쏠리거나 치우치지 않고 중심을 잡은 채 실릴 수 있다. 하순희 시편들의 저변에 흐르는 전통의 물은 언어 미학의 결정체인 시를 부드럽게 실어 나를 만큼 충분히 넉넉하다. 굵직굵직하고 튼튼한 상상력의 결과물인 돛단배들을 둥실 떠올리고 지탱하기에 부족함이 없다.

먼저 「으아리꽃」을 보자. 하순희 시인이 주목한 으아리꽃 한 송이는 인간의 존재론적 고독을 표현한다.

사람아 먼 사람아 비바람 세찬 이 밤
아득한 은하계를 홀로이 건너 와서
두 손에 움켜쥔 적막을 차마 펼 수 없구나

바람 부는 들길을 한참을 서성이다
온 길을 지우고 가는 시간의 젖은 행방
숲속을 찰방거리는 물소리도 하마 깊다

산다는 건 애오라지 나를 견디는 일

으아리 목울대를 하얗게 뽑아 올려
풀무질 담금질 끝에 열린 날을 들어 올린다.

_「으아리꽃」 전문

으아리꽃은 존재론적 고독을 상징하며 피어 있다. 홀로이, 적막, 아득한 은하계, 바람 부는 들길···. 으아리꽃이 환기시키는 고독의 이미지들은 이러한 어휘들을 통해 생성된다. 근원을 알 길 없이 던져진 존재의 당황스러움이 으아리꽃의 이미지와 그 이미지가 환기하는 시어들을 통해 드러난다. 그런 존재의 고독을 강조하듯 물소리조차 텍스트에 스며 있다. 시인이 호명하는 '사람'은 필경 '먼 사람'일 수밖에 없다. 존재의 고독을 강조하기 위해 그는 멀리 떨어져 있어야 하는 것이다. 홀로 있는 먼 사람의 모습이 은하계와 바람과 들길과 물소리라는 시각적, 청각적 이미지들의 부축으로 또렷이 떠오르게 된다. 시인이 그려 내는 인생 여정이 하필이면 '비바람 세찬 밤'의 이미지 속에서 전개되어야 하는 것은 무슨 까닭일까? 그것은 삶이 고통으로 점철되어 있음을 일러 주기 위함이다. 그러므로 삶이란 견디는 일에 다름 아니라고 말할 수 있다. 미국 시인, 앨런 긴스버그Allen Ginsburg는 시를 쓰는 이유가 "살아간다는 것의 고통을 덜어 주는 것to ease the pain of living"에 있다고 했다. 살아 있는 한 산다는 일, 그 고통을 조금이라도 덜어 보려는 노력을 멈추지 않을 것이라고 했다. 삶은 행복과는 무관한 곳에서 시작하고 끝맺는 것임을 그는 말하고 있다. 긴스버그를 위시한 시인들만이 아니라 작가들, 특히 여성 작가들도 삶은 그 자체로 이유이고 목적임을 자각하고 그 깨달은 바를 문학으로 표현하였다. 여성 작가들 중에는 세상이 규정해 둔 행복이라는 것의 의미를 새로이 규명하고자 시도한 이가 많다. 행복이 인생에 있어서 지고의 가치인지에 대해 의문을 제기하고 오히려 자신의 내적 목소리에 더 귀 기울인 작가들도 있다. 고유한 영혼의 내적 울림을 거스르며 주어진 현실 속의 행복을 오히려 삶의 멍에로 자각한 경우가 허다하다. 버지니아 울프의 경우를 생각해 볼 수 있다. 울프의『댈러웨이 부인Mrs. Dalloway』에서 댈러웨이 부인은 현실을 거부하고 삶의 고유한 의미를 찾는 여정을 시작한다. 외부에서 주어진 행복을 그저 수용하고 그 편안한 현실에 안주하는 대신 자신만의 고유한 삶의 의미와 가치를 찾아 나선다. 여성 주체의 삶과 그 문화적 재현의 방식에 문학이론가 사라 아메드Sara Ahmed 역시 주목했다. 그는 행복이 삶의 목표라는 생각이 온 세상을 휩쓸고 있는 시대에 행복을 맹목적으로 추종하는 것은 죽음과도 같다고 말한다. 아메드는 여성은 "행복을 위해 삶을 버리는 것이 아니라 삶을 위해 행복을 버리고 떠난다"고 읽는다.(77면) 또한 외부 현실이 인가하는 평범한 행복을 벗어난 곳에서도 주체적이고 의미 있는 삶은 가능하다고 이른다. 오히려 주어진 행복의 개념에 의문을 제기하면서 삶에 대한 고찰을 계속할 때 그것이 더욱 진정한 삶을 열어 가는 방식이라고 본다.

여성, 여성 주체, 여성의 삶이라는 주제어들은 하순희 시인의 텍스트에서 더욱 새롭고 깊어진 방식으로 드러난다. 하순희 시인은 여성 고유의 시선과 목소리로 주어진 현실을 다시금 들여다보며 여성의 삶에 대한 탐구를 계속한다. 자신에게 주어진 현실이 고달플지라도 오히려 그 고통과 시련을 감내하는 자세를 보여 준다. 그리하여 인고의 삶이 지니는 의미를 새롭게 부각시킨다. 고통이 고통에 머물지 않고 시련이 좌절과 상실을 잉태하지 않는다는 것을 그는 보여 준다. 고난 속에서 더욱 심화되고 확대되는 삶이 있다고 믿으며 더욱 깊어진 삶의 의미를 탐구한다. "산다는 건 애오라지 나를 견디는 일"이라고 시인은 천명한다.

밝고 따뜻하고 고운 것으로만 충만한 세상에서라면 먼 하늘의 별이나 겨울 화롯불이 소중할 이유가 어디 있으랴? 사위는 어둡고 암담하기에, 공기는 차고 매섭기에 또한 바람은 드세게 몰려와 두 볼을 때리기에 우리는 별과 온기와 햇살을 그리워하게 되는 것이다. 그리고 견뎌야 하는 것은 궁극적으로는 '나'를 에워싼 세상이 아니라 '나' 자신일 뿐이다. 그런 연유로 "애오라지 나를 견디는" 것은 시인이 스스로 맺는 약속이며 장엄한 맹세의 표현이기도 하다.

텍스트에 구현된 이미지들을 더욱 자세히 살펴보자. 먼저 등장한 비바람 세찬 밤의 이미지는 마지막 연에 준비된 "풀무질 담금질"이라는 장치와 적절히 맞물리게 된다. "견디는" 삶이 진정한 삶이라면 고단한 삶은 어쩌면 더욱 참된 삶일지도 모른다. 그 고단한 삶은 궁극적으로 승화의 장면을 바라보며 전개된다. "열린 날을 들어 올린다"에 드러나는 "들어 올리"는 것의 의미와 "하얗게 뽑아 올려"의 이미지에 주목해 보자. 상승과 초월을 향한 시인의 기원을 거기에서 다시 확인할 수 있다.

하순희 시인이 그려 내는 인생길은 다시 한번 참고 견딤으로써 더 숭고한 것에 이르는 노정에 다름 아니다. '지금'과 '이곳'의 행복과는 견줄 수 없는 것이 그 길의 끝에는 놓여 있을 것이다. 시인이 그리는 인고의 날들로 채워진 인생길은 세 편의 텍스트에서 그 의미가 더욱 확연해지고 구체화된다. '어머니'께 바치는 헌시로 읽히는 시편들이 그 세 편의 텍스트이다. 먼저 「어머니 설법」을 보자.

　내 몸에 상처진 것들 뜨락에 꽃으로 핀다
　발목 걸고 넘어지던 무수한 일들도
　생명을 실어 나르는 나뭇가지 물관이 되어

　"한세상 살다보믄 상처도 꽃인기라
　이 앙다물고 견뎌내믄 다 지나가는기라
　세상일 어려븐 것이 니 꽃피게 하는기라

　그라모 니도 모르게 다아 나사서
　더께져 아물어진 헌디가 보일기다
　마당가 매화꽃처럼 웃을 날이 있을기다"

　_「어머니 설법」 전문

　"세상일 어려븐 것이 니 꽃피게 하는기라" 구절에서는 시인의 깨달음이 집약되어 나타난다. 어머니의 그 말씀 한마디가 바로 시편 전체를 가로지르는 주제이며 교훈인 것이다. 그리고 그 주제를 형상화해 내는 방식으로 상처와 꽃의 변증법적 결합이 등장한다. '내 몸의 상처'가 '뜨락의 꽃'으로 변신하는 구절을 주목해 볼 수 있다. 1연의 초장은 느닷없이 들릴지도 모르겠다. 이호우 시조의 "살구꽃 핀 마을은 어디나 고향 같다" 구절을 상기시킨다. 즉 시인은 시침 떼듯이 결어를 먼저 던져 둔 채 시편을 열어 가기로 한 것이다. 상처와 넘어짐이 "생명"의 "물관"으로 연결된다. 도전과 고통, 그리고 상처가 있는 곳에서 진정한 삶의 꽃송이가 피어난다. 진흙 속에서 연꽃이 피어나는 것이 참으로 예사롭지 않은 일이듯 상처에서 꽃을 피우는 일은 삶의 이유이며 목적이라고 이르는 듯하다.

이 텍스트는 대화적 상상력으로 충만하다. 어머니가 들려준 삶의 지혜가 먼저 시인의 목소리를 통해 표준어로 등장한다. "내 몸에 상처진 것들 뜨락에 꽃으로 핀다" 구절은 시인의 분신인 시적 화자의 목소리이다. 그 목소리를 통해 독자 혹은 청자는 시편 전체를 받아들일 준비를 할 수 있다. 그런 다음 시인은 어머니의 고유한 목소리로 앞의 언술을 반복한다. 상처가 변하여 결국은 꽃이 되고 생명을 운반하는 나뭇가지 물관이 되는 사연을 어머니의 육성으로 다시금 들려준다. "상처도 꽃인 기라"로 시작하는 어머니의 목소리는 더욱 구체적이고 그러므로 더 절실하고 생생하다. "견뎌내몬 다 지나가는기라", "더께져 아물어진 헌디가 보일기다" 텍스트의 구조를 다시 한번 면밀히 살펴보자. 어머니의 목소리가 되새김질되어 시적 화자의 목소리로 먼저 드러난다. 그런 다음 그 뒤를 이어 어머니 고유한 목소리가 다시 메아리쳐 온다. 두 겹의 목소리가 함께 어울려 들려올 때 그 소리는 더욱 견고한 전언을 형성하게 된다. 그 교훈과 전언을 내재화하는 것은 어머니에게서 딸에게로 전해지는 문화적 유산이 될 것이고 더 나아가 그 유산은 전통의 이름을 이룰 것이다. 두 목소리는 서로 어울려 더 효과적이면서도 강력한 방식으로 집안의 전통을 유구히 노래하게 될 것을 짐작할 수 있겠다. 그러므로 「어머니 설법」의 매우 중요한 모티프 중 하나는 어머니의 목소리와 그 목소리를 반복하고 재현하는 딸의 복화술이라 할 수 있다. 「어머니의 유산」에서는 심상의 시각화가 도드라져 보인다. 「어머니 설법」에드러난 목소리라는 청각적 소재 대신 유품들의 이미지라는 시각적 이미지가 텍스트에서 핵심적인 역할을 맡는다.

아흔 셋 길 떠나신 초계 정씨 내 어머니
자 하나 가위 하나 버선 한 켤레로 남으시다
바르게
선하게 살아라
그른 길은 자르거라

차운 발을 데우는 버선처럼 살거라
꽃다지 피는 봄날 여린 쑥을 캐면서
바람결
날아서 오는
환청 같은 그리움

떨어지는 꽃그늘로 더디 오는 후회 앞에
나뭇가지 적시며 빗줄기에 스미는
청매화
향기로라도
가닿고 싶습니다.

「어머니 설법」이 견인의 삶을 교훈으로 삼고 있다면 「어머니의 유산」
에서는 자와 가위와 버선이라는 상호 이질적인 물상들이 등장한다. 그
자와 가위와 버선은 속성에 있어서 상호 충돌하는 것들이라 볼 수 있
다. 자는 규범과 질서를, 가위는 처벌과 추방을, 그리고 버선은 수용과
봉사를 각각 상징한다. 자는 재고 가위는 잘라 내고 버선은 감싸는 것
이 각각의 기능이다. 반듯하고도 넉넉한 삶을 이룬다는 것은 어쩌면 모
순 속에서 끝없이 타협과 절충을 추구한다는, 일견 불가능해 보이는 업
을 이루는 것일지도 모르겠다. 때로는 재단해야 하고 더러는 가위로 베
듯 과감하고도 단호하게 잘라 내고 물리쳐야 하고, 그러나 궁극에는 한
켤레 버선처럼 누군가의 고단하고도 시린 발을 감싸 주어야 하는 것,
그 지난한 과정이 바로 인생의 길인지도 모르겠다. 어머니의 유물은 그
러므로 어머니가 딸에게 넘겨준 유업의 제유^{metonymy}라 할 수 있다. 그
유물을 받드는 딸의 모습이 시적 화자의 목소리로 드러난다. 빗줄기와
청매화 향기의 이미지를 텍스트에 부림으로써 시인은 어머니의 삶을
공손히 떠받드는 자세를 보여 준다. 빗줄기는 생명의 근원이므로 재
생의 염원을 반영한다고 볼 수 있다. 또한 향기, 그것도 청매화 향기
를 텍스트에 덧입힘으로써 승화된 삶을 향한 시인의 결의를 느끼게
만든다.

　세 번째 텍스트인 「조장—어머니」는 적멸의 의미와 어머니의 가르침
을 되새기는 텍스트이다.

마음 쓸쓸히 헐벗은 날

그 목소리 들린다.

잘 있제? 잘 하제?

푸른 울타리로 살거라

핑 도는 눈시울 너머

떠오는 맑은 하늘

내 죽으믄 무덤 만들지 말거라

말짱 태워서 곱게 가루 내어

찹쌀밥 고루 버무려 새한테 주거라

때 없이 헛헛해 오는 저린 손을 비비면

바람소리 물소리 선연한 풍경소리

깊은 뜻 새소리로 남아

젖은 길 날아 오른다

_「조장—어머니」 전문

　시적 화자에게 있어서 어머니는 부재의 대상이면서도 동시에 여전
히 곁에 존재하는 대상이다. 적멸에 든 어머니의 몸은 가루가 되어 새
의 몸에 깃들어 있다. 조장이란 혼이 떠난 육체를 불에 태우고 가루로
만들어 새의 먹이로 만드는 장례 형태이다. 망자의 혼백과 육체가 모두
새의 몸으로 스며들게 하는 장례이다. 맑은 하늘을 나는 새가 어머니의

목소리로 시적 화자에게 삶을 가르치고 있다. "잘 있제? 잘 하제?" 하고 물어 오는 목소리는 시인에게 대화를 청하는 어머니의 목소리, 바로 그 것이다. 시인은 천지간에 만연한 소리들에 에워싸여 있다. "바람소리 물소리 선연한 풍경소리"는 하늘과 땅 사이를 가득 채우는데 그 소리들에서 시적 화자는 어머니의 목소리를 가려듣는다. 바람소리, 물소리, 풍경소리를 배경으로 거느렸기에 하늘로 날아오르는 새의 소리는 "깊은 뜻" 새소리로 자연스럽게 변환된다. 하늘을 나는 새가 어머니의 몸과 동일시되어 새소리는 어머니의 "깊은 뜻"을 전하고 있기 때문이다. 그렇듯 하순희 시인의 시조세계에서 어머니의 의미는 여러 겹이다. 그것은 먼저 딸의 삶이 정결하고도 넉넉하기를 바라는, 가장 친밀한 혈육의 어머니를 지칭하는 말이다. 동시에 누대에 걸쳐 이어지는 전통을 상징하는 것도 바로 어머니이다. 그 어머니는 때로 할머니나 시할머니의 모습과 겹쳐서 등장하기도 한다. 「종가의 불빛」은 전통을 받드는 삶과 그 삶을 통해 스스로 전통의 일부가 되어 가는 시인 자신의 모습을 그린 자화상 같은 텍스트이다.

압정 같은 시간의 켜 연꽃으로 피워내며
막새기와 징검다리 품어 안고 건넜다
돌아서 되새겨 보면 탱자꽃빛 은은한데

누군가는 가야 할 피할 수 없는 길 위에
지고 피는 패랭이처럼 하늘을 이고 서서
추녀 끝 울리던 풍경 그 소리에 기대었다

아흔일곱 질긴 명줄 놓으시던 시할머니

담 넘는 칼바람에도 꼿꼿하던 관절 새로

한 생애 붉디붉은 손금 배롱꽃잎 흩날리고

어느새 종가가 되어 있는 나를 보며

대를 이어 밝혀주는 화롯불씨 환히 지펴

마음을 따뜻이 데우는 등불을 내다 건다

_「종가의 불빛」 전문

    종가의 전통을 지켜 나가는 여성의 삶, 그 삶의 과정들을 시인은 그
려 낸다. 그 재현의 과정에서 시인이 유난히 꽃의 이미지를 다양하게
시편에 부리는 것에 주목할 필요가 있다. 탱자꽃, 패랭이, 그리고 배롱
꽃은 꽃 피고 지는 일에서 삶의 환희를 느끼고 위로로 삼았던 여성의
삶을 강조하기 위함일 것이다. 고되어도 값진 삶에 바치는 헌사가 꽃의
이미지로 등장하는 것일 터이다. 어머니에게서 딸에게로 이어지는 여
성의 삶, 그 삶은 우리가 아는 행복이라는 이름의 일상과는 거리가 먼
곳에 있는 듯하다. 견디고 또 참는 삶, 자와 가위처럼 잘라 내어 분별하
는 삶, 버선처럼 품고 수용하는 삶, 그리고 물소리, 바람소리, 새소리에
스미어 "잘 있제? 잘 하제?" 하고 물으며 챙기고 위로하는 삶…. 진정
살아 볼 만한 삶은 행복에 포위된 삶이 아니라 행복을 떠난 자리에서
그 의미가 분명해지는 것들, 그런 것들을 중심에 놓고 또 추구하는 삶
은 아닐까?

2. 내 삶이 네게 가닿아

고통을 견디어 가는 것이 삶이라면, 그리고 한 줄의 시를 쓰는 것이 그 고통을 조금이나마 덜어 보려는 안간힘 쓰기라면 '나'의 삶에서 '너'의 존재는 무슨 의미를 지닌 것일까? 하순희 시인은 여름철에 퍼붓는 장맛비같이 앞을 분간하기 힘든 현실 속에서 한 줄기 햇빛처럼 나타나 "젖은 손 말리"는 것을 관계라고 부른다.

나뭇가지 흔들며 푸른 바람이 인다
물동이 들이붓듯 내리는 빗줄기
갑자기
쨍쨍 내리쬐며
흐린 날 지우는 햇빛

매미소리 사이로 다시 돋는 대나무 잎새
장마를 건너듯이 살아가는 날들 속에
내 삶이
네게 가닿아
젖은 손 말리기를

_「내 삶이 네게 가닿아」 전문

'나'와 '너'의 만남, 그 관계 맺음을 통하여 "물동이 들이붓듯 내리는 빗줄기" 속에서 갑자기 햇빛이 나타난다고 본다. "내 삶이 네게 가닿아" 이루어지는 변화들, 그것이 만남과 관계가 이루어 내는 힘이다. 아득하고 감당하기 힘든 삶의 길을 그래도 걸어갈 수 있게 만드는 것, 그것이 '나'에게 있어서의 '너'의 존재이다. 철학자 마르틴 부버는 이른다. "신을 찾는다는 일은 있을 수 없다. 왜냐하면 어떤 것이든 그 속에 신이 깃들지 않은 것은 하나도 없기 때문이다."(116면) 그렇다면 '너'라는 존재는 당연히 '나'의 앞에 현현한 나의 신일 수밖에 없다. 신을 경배하듯 자신의 영혼을 온전히 바쳐 이루어 가야 할 관계의 소중함을 노래하는 텍스트가 「연가」이다.

> 그리움은 칼이다.
> 온몸을 난도질하는
> 영혼의 그 깊은 뜰
> 한 치 틈도 허여 않고
> 저미고
> 소금간 배이어
> 남김없이 침범하는
>
> 온전히 그대에게
> 가 닿기 위하여
> 바람이 되어 비가 되어
> 물이 되어 스밀 뿐
> 뜨거운

시간의 항아리

끝없이 차오른다.

_「연가」 전문

하순희 시인의 다른 텍스트들과 달리 「연가」는 폭력적인 이미지를 거느린 언어들로 구성되어 있다. 칼의 이미지를 동원하며 그 칼의 베는 행위 또한 "난도질"과 "저미고"에서 보듯 격렬하게 묘사된다. "남김없이 침범하는"에서 보듯 그리움은 절절하고도 진지하다. 그토록 간절할 때에만 관계는 비로소 가능해지는 모양이다. 그러나 그리움이 무사가 휘두르는 칼처럼 막무가내인 데에 반하여 막상 그리움이 추동하는 관계는 고요하고 그윽한 모습으로 형상화된다. 타자를 압도하지 않는, 바람직한 관계의 필요조건은 승화의 과정이라고 시인은 보고 있다. 사무치는 그리움이 평온한 관계로 변환되는 과정에 매개체로 놓인 것이 바로 승화 작용인 것이다. 그리움이 누룩처럼 끓는다면 고요한 술이 거기에서 빚어지듯 "스밀 뿐"인 것이 관계의 본질인 것이다. 마침내 "끝없이 차오"르는 "시간의 항아리"가 마지막에 놓인다. 어두운 저녁 하늘 둥실 솟아오른 달의 형상을 닮은 달 항아리를 "시간의 항아리"는 제시하고 있다. 폭력적일 만큼 강렬한 욕망조차 거르고 걸러 항아리처럼 고요하게 만드는 시인! 시인이 일관되게 추구하는 승화와 초월 지향성을 이 텍스트에서 다시금 확인할 수 있다.

3. 다시 내일을 기다리며

　여리고도 정결한 시어들이 자주 등장하는 하순희 시인의 시세계는 결코 감상주의에 함몰되어 있지 않다. 사막에서 불어오는 모래바람 속에 서더라도 그 바람에 쓰러지고 무너지는 약한 모습을 보이지 않는다. 「황사 속에서」를 보자.

　그대 이런 날 가슴으로 운 적 있나요
　바람 속에 홀로 서서 눈시울을 비벼도
　편도선 달뜬 고열로
　아려오는 목울대

　금생에 고비사막 가본 적은 없지만
　광막한 모랫벌에 물길 내어 나무 심고
　울창한 푸른 숲으로
　노래하며 가고픈 길

　이런 날 차마 아무도 못 보내요.
　부연 대기 속에 그대 얼굴 흐려져
　가슴 안 깊은 창고에
　등 하ㅏ켤 때까지

　_「황사 속에서」 전문

시인은 바람 속에 홀로 서서 눈시울을 비비면서도 그 현실에서 도피하려 들지 않는다. 무엇이 그토록 거친 바람을 불러일으키는지 스스로 질문한다. 가슴속에서 솟는 눈물을 다스리며 사막이 변하여 "울창한 푸른 숲"이 될 때까지 살아 내자고 다짐한다. 황사가 흐려 놓은 현실 너머를 보려는 자세를 가다듬는다. 그런 결의는 시인 자신만을 위한 것이 아니다. 더불어 함께 그러하자고 타이른다. "이런 날 차마 아무도 못 보내요" 하고 노래한다. 일견 '공무도하가公無渡河歌'를 부르는 백수 광부의 아내가 연상되기도 한다. 물을 건너는 님의 모습 대신 거친 모래바람 속에 소멸을 향해 가는 길을 나선 님의 모습이 그려지기도 한다. 그러나 하순희 시인은 단순한 사랑 노래를 넘어서는 텍스트를 구현하고 있다. '내 님'만 못 보낸다는 사랑 노래를 부르지 않는다. 이런 험한 날에는 "아무도" 보내지 않겠노라는 시인의 결연한 의지가 텍스트에 드러나 있다. 텍스트에 구현된 등불의 이미지는 하순희 시조 전편을 통하여 거듭 등장하는 중요한 모티프이다. 「누대의 전설」에서도 "마음을 따뜻이 데우는 등불을 내다 건다"는 구절을 발견할 수 있다. 세상은 창고 안처럼 어둡고 암담하지만 어딘가에서 빛을 발하는 등불이 존재하는 한 삶은 중단할 수 없는 것이라고 이르는 듯하다. 누군가의 등불이 되는 존재가 되자고 스스로 다짐하는 것이기도 할 테다. 한 치 앞을 볼 수 없도록 하늘과 땅을 메워 버린 모래바람을 텍스트에서 읽는다. 그 바람 속을 뚫고 가는 시인의 모습이 보인다. 그의 손에 들린 등불조차 보인다.

하순희 시인은 텍스트 전편을 통하여 자신 앞에 주어진 삶의 근원을 들여다보는 자세를 보여 주었다. 반듯하고도 포용력 있는 삶을 부단히 추구하는 모습을 그려 내었다. 그런 그의 노래들은 궁극적으로는 미래를 향한 희망에 가닿는다. 새날을 살아갈 힘을 찾아내는 그만의 제의가 깊은 밤 이루어진다. 「독백」을 보자.

밤마다 자정이면
내게로 향한 주문

열려라 참깨
열려라 참깨

내일은 더 나으리라
하늘 문을 여닫는다

_「독백」 전문

독백은 혼자 하는 말이다. 자기 자신을 청중으로 삼아 이르는 말이다. 독백하는 시인은 스스로 아라비아 옛이야기의 알리바바가 된다. 그가 바위로 된 동굴 문 안에 숨겨 둔 것은 금은보화가 아니어도 좋으리라. "내일은 더 나으리라" 하는 희망의 노래를 부르며 고달팠던 하루를 접어 가는 시인의 모습을 발견할 수 있다. 에밀리 디킨슨Emily Dickinson 시의 한 구절 중에 "희망은 날개를 지닌 것이다Hope is a thing with feathers"가 있다. 현실에서 좌절하는 모든 이들로 하여금 날개 단 듯 하늘로 날아오르게 만드는 것이 희망이다. 그 희망을 찾아 시인은 밤마다 자정에 주문을 왼다. 자정이란 하루가 끝나고 새로운 하루가 열리는 시간이다.

그리고 '열려라 참깨' 이야기는 삶의 지혜를 가르쳐 주는 현자의 교훈이다. 인류의 오래된 주문이 새로운 시어의 육체를 통해 다시 등장한다. 하늘을 향해 외치는 주문이다. 그 주문을 외는 시간, '더 나은 내일'은 반드시 하늘에서 새로이 열릴 것이다.

존재론적 고독의 근원을 탐색하고 관계의 본질을 묻고 답하며 시인은 시조 텍스트를 빚고 또 빚는다. 그 텍스트에는 물소리, 바람소리, 풍경소리 스며들어 고요하고 으아리꽃, 패랭이꽃도 얼려 피어 조화롭다. 하늘을 나는 새소리에서 어머니가 남기신 유산을 찾아내고 시인은 다시금 삶의 자세를 가다듬는다. 그리고 밤이면 밤마다 주문을 왼다. 삶을 무한히 긍정하므로 견인하는 삶이 가능하고 내일에의 희망을 버리지 않음으로 인하여 더욱 값있는 삶을 기릴 수 있다. 인내와 긍정의 인생길에서 하순희 시인이 다시금 발견하게 되는 것이 무엇일지 궁금하다.

*참고한 책: 마르틴 부버, 표재명 역, 『나와 너』, 문예출판사, 2018.
Sara Ahmed, *Promise of Happiness*, Duke University Press, 2010.

2.

세이렌의 출항

새 경전의 첫 장처럼
새 말로 시작하는 사랑
: 정현숙 시인의 시세계

1. 어쩌면 삶은 경전의 한 페이지를 넘기는 일

"이 세상에 사는 동안 나는 그 일을 할 것이다. 그 일이 무엇이냐고? 살아간다는 것의 고통을 누그러뜨리는 것(While I am here, I will do the work. What's the work? To ease the pain of living)." 미국 시인 앨런 긴스버그가 한 말이다. 살아간다는 것은 모순 속을 통과해 나가는 일인지도 모르겠다. 고통과 환희가 순서도 없이 다가왔다가 물러가는 과정이 삶인지도 모를 일이다. 삶이란 "해결해야 할 문제가 아니라 경험해야 할 축복이다"라고 어떤 이는 말했다. 삶의 순간순간 불현듯 환희를 경험할 때가 있다. 그런 순간들은 문득 다가왔다가 연기처럼 사라지곤 한다. 이를테면 문득 눈에 든 달의 아름다움을 깨닫는 순간이 그러하다. 강가를 걷다가 올려 본 하늘 아래 이파리를 가득 달고 나뭇가지가 벋어 있었다. 그 가지 끝에 반달이 어렴풋이 모습을 드러낸 채 걸려 있었다. 무심한 듯 넘기곤 하던 풍경이었다. 그런데 어느 한순간 갑자기 그 정경이 더없이 소중하게 느껴졌다. 어떤 풍경을 볼 수 있다는 것, 내 눈에 든 그 모습을 느낄 수 있다는 것, 그리고 그 느낌이 소중하게 인식된다는 것. 그것은 모두 축복이 아닌가 한다. 살아 있는 이들에게 주어진 자연의 축복이 아니라면 그 달이 우리에게 무엇이란 말인가?

긴스버그는 또한 말했다. "그 밖의 다른 것들은? 술에 취한 무언극이다(Everything else: drunken dumbshow)." 삶을 견디고 유지하기 위해서 우리는 무언극을 수없이 행연하곤 한다. 그리고 그 무언극의 장면들을 일상이라고 부른다. 목소리가 없기에 개성이 없다. 누가 대신해도 크게 다르지 않을 것이다. 그러나 삶의 고통 속에서 누군가는 노래를 짓고 또 다른 누군가는 춤을 춘다. 시인에게 가장 소중한 것은 언어이다. 그래서 삶의 고통을 누그러뜨리느라 시인은 언어를 사용한다. 이스라엘에 살고 있는 팔레스타인 시인 타하 무하마드 알리[Taha Muhammad Ali]는 세상에는 두 종류의 언어가 있다고 말했다. 한 종류의 언어는 일상에서 사용되는, 소통을 위한 언어이고 다른 하나는 시인이 사용하는 언어라고 했다. 후자는 아름다움과 묘사를 위한 언어라고 그는 또한 말했다. 시인의 언어가 아름답지 않을 때 삶은 더욱 고통스럽게 느껴질 것이다. 연마되지 못한 언어가 삶의 고통을 오히려 강조하기 때문이다. 시인의 묘사가 정확하지 않을 때 그 부정확한 시어 또한 독자를 고문한다. 정현숙 시인의 시어는 잘 벼리고 담금질된 연장 같다. 그의 텍스트는 오랜 연마 과정을 거쳐 온 듯한 인어들로 가득 차 있다. 독자 또한 그 연장들을 빌려 한 채 아름다운 언어의 궁전을 지을 수 있을 것 같다. 시詩란 언어言의 궁전宮이라고 했으니 말이다. 시인이 부리는 언어의 아름다움과 섬세한 묘사의 광채 앞에서 홀연 영靈이 맑아지는 것을 느낀다. 「행복 씨앗」을 보자.

봄비가 다녀 간 뒤 찰진 흙 텃밭에는
지렁이 꿈틀대고 상추 잎 풋풋하다
발 붉은 텃새 한 마리 내 옷깃을 흔드니

마당가 민들레가 반만 뜬 참한 눈짓
아이가 풋사과를 깨문 듯 웃는 아침
함초롬 낮은 자리서 낡은 구두 닦는 일

한때의 초록 물도 섭섭잖이 젖어들고
멀찍이 손차양에 꺾어서는 그리움
빙그레 은목서 향기 함께 맡는 저녁답

_「행복 씨앗」 전문

독자로 하여금 정갈한 시어에 매료된 채 황홀감으로 삶의 고통을 잠시 망각하게 하는 텍스트이다. 사랑의 물약같이 감성의 혈관에 은밀히 스며드는 언어의 향기에 취하게 만든다. 독일어의 '라우쉬Rausch'가 바로 이와 같은 순간을 위해 준비된 개념어인가 보다 생각한다. 공감, 감응, 감동 혹은 도취와 유사한 의미항을 거느리지만 그렇다고 그 말들의 뜻과 정확히 일치하는 것도 아닌 것이 라우쉬라고 한다. 예술품 앞에서 강하게 느낄 수 있는 독특한 몰입의 정과 흔하지 않은 일치감을 뜻하는 것이 라우쉬라고 한다. 환각에 가까운 정서적 고양감 같은 것 말이다. 정현숙 시인의 시어가 환기하는 신생과 약동의 이미지들, 또 그 뒤를 잇는 은밀한 부재와 그리움의 정서들, 그리고 마침내 3장씩의 3연이 함께 얼려 이루는 신선하고도 아련한 성숙의 느낌…. 그의 시는 향기롭다.

　소나기가 문득 그치고 무지개 선 어느 날, 작은 마을의 뒷동산에 올라 본 적이 있다. 기억 속에 머물러 있는, 어린 시절의 무지개 빛깔, 비에 씻긴 채 빗방울을 물고 그 흔적을 기념하던 나뭇잎들, 공기조차 투명한 유리처럼 맑게 느껴졌었다. 그리고 그때 이후로 그 무지개와 이파리의 빛깔들은 조금씩 뇌리에서 퇴색해 갈 뿐이었다. 색깔들은 그때의 선명함으로 돌아가지 못했다. 정현숙 시인의 텍스트에 구현된 "낮은 자리", "낡은 구두", "손차양", "꺾어서는 그리움"이 그와 같은 상실의 과정을 다시 체험하게 한다. 그 시어의 자력이 라우쉬의 공간을 생성해 내는 힘일 터이다. 그리고 시인은 끝내 모든 것을 조화롭게 공그른다. "한 때의"와 "멀찍이"가 생동하는 힘과 상실의 기운을 제시한다. 반면 3연 종장의 "빙그레"는 두 시어의 변증법적 결합과 초월을 보여 준다. 약동하는 기운도 쇠퇴하는 것을 향한 그리움도 끝내는 따뜻한 미소로 수렴되고 말리라는 것을 시인은 보여 준다.

　시간상으로는 "저녁답"이다. "은목서 향기"조차 은은히 퍼져 나오는 공간이다. 그런 시공간에서 그 향기 "함께 맡는"다. 누가 함께하는지는 밝히지 않는다. 그러므로 시가 진정 '시적'인 것이 된다. 시의 품위가 절로 드러난다. 맑은 언어가 정서를 순화시키고 정갈한 시어의 배치가 참으로 적절하게 느껴진다. 지나침도 없고 부족함은 더욱 없다. 은은한 향기에 휩싸여 누군가와 저녁답의 시간을 함께하고 있다는 것, 우리는 그것을 행복이라고 불러도 좋을 것이다. 은목서 향기 속에 누군가와 함께 맞는 저녁 시간이라면 그때만큼은 삶의 고통이 기운을 잃고 멀찍이 물러나 앉을 것 같다.

영화 『아녜스가 말하는 바르다Varda by Agnes』에서 영화감독인 아녜스 바르다Agnes Varda는 신과 인간의 관계를 기계 작동의 이미지로 나타내었다. 헌 옷을 집어 올리는 손가락 같은 집게 기계의 이미지를 통하여 신의 존재를 표현하였다. 인형 뽑기 기구의 집게처럼 생긴 것이 두세 가닥을 이루어 내려와 무더기로 쌓여 있는 헌 옷 더미 속에서 일부를 집어 올린다. 그리고는 그것들을 옆으로 이동한다. 그 과정에서 몇 점은 떨어지고 몇 점은 옮겨진다. 헌 옷들이 인간 존재의 상징이라면 그 옷을 집어 올리는 기계의 손은 바로 신의 손길이라 할 수 있다. 그렇듯 인간은 어느 날 신의 집게손가락이 집어 올리면 들리어 옮겨질 존재에 불과할지도 모른다. 그러나 그날이 올 때까지는 맑고 곱게 살자고 정현숙 시인은 달래고 있는 듯하다. 매일매일 새로이 주어지는 삶의 신비를 느끼고 경험하자고 이르는 것 같다. 다 익은 사과보다는 "풋사과"가 더욱 보배롭다고 그린다. 높은 자리가 아니라 "낮은 자리"에서 새 구두 아닌 "낡은 구두"를 공들여 닦는 모습을 시인은 또한 그린다. 시인이 예감하는 행복의 지점이 바로 풋사과와 낮은 자리와 낡은 구두에 있다. 그 아늑하고도 복된 공간에서는 지렁이도 더불어 촉촉이 젖은 흙 속에서 닉넉하게 머문다. 상춧잎도 함께 풋풋하다. 악다구니 같은 세상살이의 속박을 풀고 만물이 서로 어울리고 스미며 보살피는 공간이 텍스트에 펼쳐져 있다.

문정희 시인의 「화살 노래」의 한 구절이 생각난다. "새 경전의 첫 장처럼/새 말로 시작하는 사랑을 보면/목젖을 떨며 조금 울게 된다". 시조 시인이라면 "목젖을 떨며 조금 울게 된다" 구절은 생략했을 것이다. 앞의 두 구절만 남긴 채 새로운 말과 사랑의 힘을 노래했을 것이다. 정현숙 시인의 언어는 사랑을 시작하게 하는 "새 말"의 언어이다. 그 새말들이 "새 경전의 첫 장처럼" 신선하다. 그 신선함은 경건함을 환기한다. 그러므로 그가 부리는 신선한 언어는 삶의 경건에 바쳐지는 것이라 볼 수 있다. 시를 통해 삶의 고통이 누그러지기만 하는 것이 아니다. 그것은 숭고한 삶을 우러르게 만드는 변혁적 힘조차 지니고 있다. 정현숙 시인의 고운 시어들이 내포한 힘의 크기를 가늠하는 일은 그러므로 결코 쉽지 않다.

정현숙 시인의 언어는 사물이나 정경의 묘사에서도 빛을 발한다. 대금 산조의 가락이 속속들이 시어에 스미었다 독자를 위한 라우쉬의 공간을 형성해 보이는 텍스트로 「대금산조─이생강 연주」를 들 수 있다.

고토를 물들이는 신명은 짙푸르다
젓대의 깊은 득음 허공 층층 일으키다
저 대양 망망대해를 길어 올린 쪽빛 하늘

만유萬有가 보낸 응답 달빛이 묻었는지
회오리 자진가락 흘리시 유장하다
우리네 가슴냉기를 어루만져 녹인다

북천의 깊은 정한 종성鐘聲처럼 흔들릴 때

넘어야 할 영과 재를 어스름에 기대두면

오는 봄 풀꽃더미가 까치발로 세우느니

_「대금산조—이생강 연주」 전문

"득음"의 경지와 예술가의 신명을 그려 내는 것으로 텍스트는 시작된다. 대금 산조의 선율이 이루어 내는 미학적 공간의 깊이와 넓이는 "저 대양 망망대해"와 "쪽빛 하늘"로 가늠할 수 있다. 즉 대금 산조의 선율이 바다와도 같이 깊고 하늘과 같이 넓은 음역을 창조하고 있음을 볼 수 있다. 그 음악의 공간은 망망대해가 쪽빛 하늘과 서로 맞물리고 넘나드는 열린 공간이다. "허공 층층 일으키다"는 표현도 예사롭지 않다. 젓대를 통해 나오는 음악의 신이 비어 있던 공간에 생명력과 힘을 불어넣어 그 공간으로 하여금 돌연 활기를 띠게 만들고 있음을 보여 준다. 2연은 대금 산조의 변주를 반영하는 듯하다. 깊은 울림과 신명의 힘을 보여 주던 가락이 잦아들며 조용히 개인의 내면에 깃든 서글픔을 위로하는 선율로 변모한다. 거기에서는 은은한 "달빛"이 "유장"한 아름다움을 매개하고 있다.

그리고 마지막 3연에 이르면 시인은 죽음의 이미지를 끌어들이며 장엄미와 숭고미를 지향한다. "북천"이라는 시어가 막막한 죽음의 길을 적절히 제시한다. "넘어야 할 영과 재" 또한 북천길 가는 이의 행로를 보여 주기에 적합하다. "어스름"이 제시하는 어둠의 공간도 조화롭게 얼려 든다. 그러나 그 북천길이 제시하는 죽음의 이미지는 단지 암울하기만 한 것이 아니다. 시인은 변화와 생성을 긍정하고 찬양하는 자세를 함께 보여 준다. "오는 봄 풀꽃더미"의 이미지를 제시함으로써 한 생애 다음에 다시 찾아올 또 다른 생명에 대한 기대와 축복을 보여 준다. 정현숙 시인이 그리는 죽음의 이미지는 그리 자연스럽다. 영을 넘고 재를 넘어가는 나그네의 뒷모습처럼 무심한 듯 허허롭다.

아랍어에서는 죽음을 지칭하는 언어가 두 가지일 것이라고 추측해 본다. 앞에 든 타하 무하마드 알리의 시 「복수Revenge」에 '죽음의 고문The Torment of Death'과 '소멸의 슬픔Sorrow of Passing Away'이라는 서로 다른 두 가지 방식으로 죽음이 묘사되기 때문이다. 삶의 마감을 뜻하는 두 아랍어 어휘의 어감의 차이가 분명하여 죽음이 그리 영역되었으리라 짐작한다. 정현숙 시인이 그리는 죽음은 그런 아랍어의 두 가지 죽음 중 후자의 것이리라 추측한다. 그가 그리는 죽음은 슬픔을 동반하는 소멸의 등가물일 것이다. "어스름" 더불어 바람 속에 소멸하는 것, 그러기에 그 뒤를 이어 "오는 봄 풀꽃더미"를 다시 기쁘게 예감하는 것 아니겠는가?

대금 산조에서도 스치듯 지나는 죽음을 예감하는 시인이기에 시인의 눈길은 사라지는 것들을 자주 향해 있다. 한때는 어린 생명체들이 몰려들어 뛰놀고 웃고 떠들던 곳, 그러나 이제는 문을 닫은 학교를 그린 텍스트가 있다. 폐교의 마당을 유심히 살피는 시인의 시선을 좇아가 보자.

그리움의 색실을 풀고 있는 꽃밭에

별 닮은 채송화와 달 닮은 다알리아

두고 간 웃음을 물고 아롱다롱 피었다

_「폐교에서」 전문

종장에 등장하는 "두고 간 웃음"은 초장의 "그리움"과 짝을 이룬다. 텅 빈 교정에 꽃은 피어나 떠나간 이들의 존재 혹은 그들의 부재를 방문자에게 호소하고 있다. 배움을 찾던 어린 꿈들의 자취가 학교 마당에 꽃으로 피어난 것이다. 시인은 "별"과 "달"의 이미지를 도입하여 초장의 "색실"이 제시한 고운 빛깔의 영토를 확장한다. 그래서 종장의 "아롱다롱"이라는 묘사가 난데없는 형용사가 되는 것을 막는다. 꼭꼭 씨방에 들어앉은 씨앗처럼 텍스트에 삽입된 언어들의 자리가 합당하고도 적절해진다. 황지우 시인은 "내가 사랑했던 자리마다 모두 폐허다" 하고 노래한 적 있다. 정현숙 시인은 황지우 시인의 대척점에 서서 존재와 부재의 의미를 반추한다. 「폐교에서」에는 폐허라는 막연한 흔적의 공간이 제시되어 있지 않다. 폐허가 "폐교"라는 구체적인 공간으로 변모하여 드러난다. 폐허가 아니라 폐교이기에 별이나 달, 채송화와 다알리아라는 시어가 적절한 구체성을 지니게 된다. 색실도 웃음도, 그리고 "아롱다롱"도 폐교를 배경으로 하여 더욱 선명한 이미지가 된다. 한때는 학교였던 곳, 맑은 웃음들이 가득 채웠던 공간이기에 그 언어들이 어색하지 않은 것이다. 정현숙 시인은 이렇게 말하는 듯하다. "내겐 모든 폐허가 사랑의 자리이다." 사랑했던 것이 황폐해졌다는 발화는 주체의 내면을 대상에게 투사하는 것으로 한정된다. 과장된 낭만성의 구절로 들릴 만하다. 그러나 폐교에서 "그리움"을 기억하고 "두고 간 웃음"

을 간직하는 꽃들의 존재를 찾는 정현숙 시인은 사랑의 전통을 지켜 내는 존재이다.

　사라져 가는 것들을 받아들이는 것, 어쩌면 그것이야말로 바로 인생을 긍정하고 운명에 순응하는 유일한 방법일 터이다. 병도 죽음도 손님처럼 공손히 받들어야 할 것이다. 사랑했던 것들이 떠나갈 것임을 미리 알면서도 정성을 다해 사랑하는 것, 그리고 그 사랑의 대상이 떠나갈 때 가장 아름다운 옷감으로 그 육체를 감싸 주는 것, 흐르는 강물에 꽃을 띄워 애도하는 것이 삶을 소중히 다루는 자세일 것이다. 「설운 봄」은 그런 사라짐의 공간을 묘사하고 있는 텍스트이다. 쇠락해 가는 육체의 공간에서 그 육체와 더불어 함께 사위어 가는 영혼과 끝내는 스스로의 몸을 떠나 함께 사라져 갈 운명을 시인은 동정 어린 눈길로 그려 낸다. 「설운 봄」을 보자.

　자주 가는 요양병원 복도서 마주치는

　치매를 앓는 노인 공손히 손 내민다

　손 전화 빌려달라는 울음 맺힌 눈빛으로

　달포 전 이승 떠난 아내를 기다린다는

　쓸쓸한 희망 앞에 안타까운 간병인

물새알 둥지 같은 공간 설운 봄만 피었다

_「설운 봄」 전문

  "물새알 둥지 같은 공간"은 상실과 소멸의 정서를 집약적으로 드러내는 은유이다. 봄이라는 시간성을 배경으로 삼아 물새알 둥지의 빈자리가 더욱 도드라지는 효과를 지닌다. 한 둥지 안에 때로 부딪치며 오순도순 함께 담겨 있었을 것이 그 둥지 속의 물새알들이다. 그 물새알의 이미지가 짝을 잃고 홀로 남겨진 치매 노인의 기다림에 적절히 대응한다. 최영미 시인의 「과일가게에서」의 한 구절과 나란히 읽는다면 "물새알"처럼 기대고 살아오던 부부의 정이 더욱 선명히 살아날지도 모르겠다. "어느 가을날 오후/부부처럼 만만하게 등을 댄 채 밀고 당기며/붉으락 푸르락한 세상이 아름다워지려는구나" 하고 최 시인은 노래했다. 과일가게의 과일들이 차곡차곡 쟁여져 함께 지내는 장면에서 등을 댄 채 서로를 부축하는 부부의 이미지를 읽은 것이다. 한평생 "만만하게 등을 댄"다는 것, 그것이야말로 가장 담대하고 강렬한 사랑의 장면이 아닐까? 그리고 그렇기 때문에 알 하나를 잃은 "물새알 둥지 같은 공간"의 서러움이 속속들이 독자의 가슴에 스미는 것이 아닐까? 미국 여성 운동가 벨 훅스Bell Hooks는 진정한 사랑을 구성하는 것들에 대해 말한다. 관심care, 헌신commitment, 책임감responsibility, 신뢰trust 등이 사랑의 구성 요소들이라고 그는 강조한다. 낭만적 사랑을 넘어선 곳에 놓이는 헌신과 신뢰의 사랑, 그 사랑의 상실 앞에 "설운 봄"의 설움이 "피었다". 요양원이라는 물리적 공간에도, 언어가 이루는 텍스트의 공간에도, 그리고 마침내 라우쉬를 체험하는 독자들의 가슴에도 설움이 가득하다. 진정한 사랑을 실현하고 그 상실을 아쉬워하는 인생의 저물녘이 한 폭 수채화처럼 펼쳐져 있다.

상실을 예감하고 소멸에 대해 분명히 자각하면서도 그 상실과 소멸의 시간대를 향해 천천히 옮겨 가는 발걸음이 삶의 과정이라고 하자. 「향기 한 줌」은 삶의 작은 것들을 소중히 받들고 챙기고 간직하는 시인의 태도를 보여 준다.

한평생 가까이 둔 낡은 물건 챙겨서
제 도리 다한 것들 쓰다듬는 어머니
그윽한 염화미소가 해거름에 벙근다

아흔 해 둘레마다 산화한 잿빛 비늘
아궁이에 사주단자 반짇고리 작은 경대
툭, 다닥 몸통이 터져 이승 먼저 떠난다

무늬진 환한 일월 정한수 치성으로
씨방도 튼실한 생을 짓던 빈손으로
어머니 오늘 붉어져 향기 한 줌 품는다

_「향기 한 줌」 전문

텍스트 속의 "어머니"는 일상의 소도구들을 정성 들여 챙기고 쓰다

듣는다. 제사장이 제기를 섬기듯 그렇게 섬긴다. "낡은 물건"은 어머니의 한평생을 대변하는 것이므로 어머니의 삶 그 자체라고도 할 수 있다. 끝내는 종장의 "향기 한 줌"으로 수렴되면서 삶이라는 제의의 도구들은 사라져 간다. 어머니의 몸을 통해 이루어지는 삶의 거룩한 수행의식 또한 그렇게 완성된다. 바늘과 반짇고리와 작은 경대…. 어머니가 아흔 해 생애 동안 간직했던 삶의 도구들이 "산화", "정한수", "치성"이라는 낱말에서 보이듯 성스러운 종교적 제의의 매개체가 된다. 삶의 숭고하고 거룩한 것은 어쩌면 마음이나 생각보다도 삶의 순간들에 사용된 소품들을 통해서 드러나고 기억되는 것일지도 모른다. 혼인에 사용하는 족두리와 사모관대가 그리 화려한 자수로 이루어지는 것도 그런 까닭에서일 것이다. 선인들은 소품들이 강렬한 기억의 매개체가 된다는 것을 미리 알고 있었으리라. 그래서 그 작은 것들에 그토록 공을 들였으리라. 이제 그 도구들은 소명을 다하고 불에 타서 재가 된다. 그러한 소멸의 방식은 자신의 아흔 해 삶을 정결히 갈무리하려는 어머니의 삶의 자세를 반영한다. 그런 경건한 자세는 인생의 불회귀성을 시인하고 긍정하는 태도에서 가능해진다. 체코 소설가 밀란 쿤데라^{Milan Kundera}는 『농담^{La Plaisanterie}』에서 결혼식에서 신부가 쓴 화관의 의미를 그려 낸 바 있다. 인생길을 동반하는 작은 물상들이 함축적으로 내포하는 삶의 의미를 다시 새겨보게 만드는 구절이다.

아, 우리가 실제로 나눈 최초의 사랑 행위보다도, 처녀인 블라스타가 실제로 흘린 피보다도 로즈마리 화관에 대한 추억이 보다 강하게 내 마음을 흔드는 것은 웬일까? 알 수 없지만 사실이 그렇다. 나는 그 화관이 결코 돌아오지 않는다는 것을 잘 알고 있었다. 이것은 저 불회귀성 속에 있었다. 인생의 기본적인 상황은 모두 돌아오지 않는다. 인간이 인간이기 위해서는, 충분한 의식을 가지고 이 다시는 돌아오지 않는다는 진리 속을 통과하지 않으면 안 된다.(217면)

결혼식의 기억을 강렬하게 만드는 것은 다른 무엇보다도 신부의 머리에 얹혔던 화관이었다고 쿤데라는 쓴다. 회귀할 수 없는 것이 삶의 순간들이다. 반복된다면 무의미해지는 것이 바로 그 순간이다. '돌아오지 않는다'는 것을 알고 있기에 그 삶의 순간을 위한 상징물은 한껏 정성스럽게 만들어져야 한다. 한없이 아름다워야 한다. 삶은 일회성으로 보배로운 것 혹은 일회성이어서 소중한 것이므로. 쿤데라의 화관이 회귀하여 「향기 한 줌」의 사주단자, 반짇고리, 그리고 작은 경대가 되었다. 한 여인의 삶의 상징이면서 그 인생 여로를 밝혀 주던 것들이 사라지는 순간이다. 그 사라지는 것들과 사라져 감을 준비하는 한 생애에 바치는 경건한 시인의 마음이 한 편의 시로 남았다.

「여름, 남새밭」은 「향기 한 줌」과 짝을 이룰 때 그 의미가 더욱 부각되는 텍스트이다.

어머니 남새밭에 후두둑 지는 이슬

텃새가 물고 가다 내 발등 씻어준다

토란잎 카시오페아가 저리 맑게 닦일 때

내 발소리 잦아진 남새밭 가장자리

총총한 이야기를 어머니 두고 가셨나

은하수 긴 강물 저 쪽 여울여울 눈부셔

_「여름, 남새밭」전문

남새밭은 어머니의 부재 증명의 공간으로 텍스트에 등장한다. 토란 잎이 어머니의 흔적처럼 남아 있고 텃새가 이슬을 물어 와 시적 화자의 방문에 답례한다. 마치 견우와 직녀가 오작교에서 만나듯 그리움의 대상과 그리움의 주체가 서로를 맞아들이는 공간이 바로 남새밭인 것이다. "지는 이슬"이 먼저 등장하고 마지막에 "은하수 긴 강물"이 그 이슬 이미지를 뒤따른다. 이슬은 어머니를 향한 승화된 그리움을 준비하는 이미지라고 볼 수 있다. 그 이슬이 "내 발등 씻어" 주니 더욱 그러하다. 마침내 "은하수 긴 강물 저 쪽"을 바라보며 "여울여울 눈부셔" 하는 것으로 그 사랑의 감정은 마무리된다. 어머니의 삶을 기리고 물려 주신 유산을 소중히 받드는 유순한 딸의 모습을 본다. 선행구의 "총총한 이야기"는 어머니와 딸을 연결한 인연의 끈이 아직도 실하다는 것을 보여 준다. '여름, 남새밭'의 싱그러움은 하나의 풍경이기를 멈춘다. 한 여인의 생애가 자취만 남기고 멀어져 간 자리, 또 한 여인의 생애가 거기에서 매무새를 가다듬으며 다시 시작된다. 기억을 통해 완성하는 맑은 삶의 현장으로 '여름, 남새밭'이 새롭게 다가온다.

2. 어진 바람은 꽃 봉인을 뜯고

삶이 경전의 한 장을 넘기는 일과 같은 것이라면 정현숙 시인의 경전은 연밭의 이미지를 닮은 경전일 터이다. 연밭은 곧 정현숙 시인의 시적 공간이다. 그 연밭에서는 맑은 하늘에 구름 고요히 떠다니고 순한 바람이 천년을 넘는 시간 동안 한결같이 조용히 불어온다. 그 바람은 연못의 고요를 살짝 흔들어 보고 무심한 듯 지나갈 뿐이지만 그 바람결에 꽃잎이 눈을 뜬다. 바람결에 꽃이 피는 어여쁜 사건이 발생하는 칠월의 연밭을 가자. 연밭의 사연을 그린 「연밭」은 정현숙 시인의 자화상 격인 시라고 보아도 좋겠다.

내 한 생 넓이만한 초록 우산 뒤에 숨어

옛 가야 어진 바람 꽃 봉인封印 뜯나보다

칠월의 풀빛 하늘이 목 늘이는 정오에

_「연밭」 전문

바람이 "꽃 봉인 뜯나보다"고 시인은 이른다. 고요 속에 싹트는 아름다움이 신연히 느러나는 구절이다. 소설가 김훈은 "남해안 마을마다 꽃은 피었다"와 "남해안 마을마다 꽃이 피었다"라는 두 문장을 두고 오래 고민했다고 한다. '꽃이 피는 것'과 '꽃은 피는 것'의 차이가 얼마나 큰

지 느낄 수 있을 때 그는 비로소 우리말의 연금술사가 될 수 있을 것이다. 정현숙 시인에겐 연꽃은 절로 피는 것으로 보이지 않는다. 꽃이 피기 위해서는 "봉인"을 뜯어야 한다. 그렇다면 꽃의 사연이 궁금해진다. 편지 봉투 속에 숨긴 사연처럼 꽃의 속내에는 한없이 정겹거나 슬픈 이야기가 가득한 모양이다. 꽃의 비밀에 다가가는 손길은 바람으로 형상화되어 있다. 예사로운 바람이어서는 안 되고 "어진 바람"이어야 한다. 그것도 "옛 가야 어진 바람"처럼 오랜 전통을 지닌 반듯한 존재여야 한다. 그런 대상을 향하여서만 꽃은 비로소 말문을 열 것이다. 시적 화자로 등장한 시인은 그 연꽃의 사연을 가려 주고 보호해 주는 연잎의 역할을 맡기로 마음먹은 듯하다. "초록 우산"은 연잎의 다른 이름일 터이고 "내 한 생 넓이만한" 우산이라 했으니 시인은 자신의 삶을 고스란히 바쳐 연꽃의 개화를 예비해 온 듯하다. 시간은 정오이다. 햇살이 가장 밝을 시간이다. "풀빛 하늘이 목 늘이는" 정오이다. 하늘도 개화의 순간을 기다리는 모양이다. 그 사연 들으러 연밭으로 가고 싶다.

칠월 연밭에서는 "어진 바람"이 "꽃 봉인"을 여는 사이, 시인은 신록의 시간대를 거쳐 가뭄 끝에 단비가 대지를 적시는 여름날로 옮아간다. 삶의 모든 시간과 공간을 경전의 한 페이지처럼 경건히 읽어 내는 시인이기에 주위의 작은 것들에서도 맑음과 아름다움을 읽는다. 사소한 변화도 예사롭지 않게 여기며 지켜본다. 「신록에」를 보자.

하늘 안 빈 마당에 파도소리 쏟아 놓고

설익은 개암 열매 봉긋이 밀어올린

눈부신 푸른 말씀이 열애처럼 희맑다

_「신록에」 전문

하늘은 안마당의 이미지로 등장하는데 안마당, 그것도 빈 안마당이
되어 하늘의 고요함을 강조한다. 그런 시각적 요소와 더불어 "파도소
리"라는 청각적 요소가 함께 등장한다. 온 세상에 생명의 기운을 새로
이 불어 넣을 신록의 시간대가 도래했음을 알리기에 적절하다. 생명의
징표처럼 "설익은 개암 열매"가 이어 등장한다. 그런데 그 등장은 "밀
어올린" 힘으로 인해 가능하다는 것을 시인은 암시하고 있다. 마침내
그 힘의 근원이 종장에 나타난다. "눈부신 푸른 말씀"이라는 초월적 존
재가 신록의 시간대를 열어젖힌 것이다. 열매는 "봉긋"하고 말씀은 "희
맑다". 봉긋하고 희맑은 것이 바로 신록의 봄이다. 아직 무성한 녹음에
이르기 전, 여리게 맑게 생애를 시작하는 생명체들이 신록의 때에 가득
하다. 그 모두를 옷깃 여미며 경외의 눈으로 바라보게 된다. 그 뒤를 이
어 오는 계절의 신비가 드러난 텍스트가 「비, 가뭄 끝에」이다.

오도송 밑줄 그어 사색하던 석류꽃이

개선장군 눈빛 같은 잘 여문 조롱박이

천진한 다둥이네의 아이처럼 맑아졌다

무성한 숲을 괴고 살이 타게 울던 매미

쨍쨍한 그 울음도 물기만 머금은 채

버짐 핀 가락지나물 파릇파릇 일으켜

　＿「비, 가뭄 끝에」 전문

　가뭄 끝에 내리는 비를 가리켜 사람들은 그저 '단비'라고 부른다. 시인은 그 비가 왜 단비일 수밖에 없는지 자세히 그려 낸다. "오도송"과 "사색"은 늘어진 채 힘을 잃은 석류꽃을 묘사한 것이다. 가뭄 끝의 단비, 그것은 조롱박의 "개선장군 눈빛"이 "천진한 다둥이네의 아이처럼 맑아"지게 만든다. 비 내리자 만물이 순식간에 맑고 밝고 행복해지는 것이다. "파릇파릇 일으켜"라는 종장의 결구에서 그 단비의 힘을 다시금 확인할 수 있다. 가뭄 끝의 비가 불러오는 생명의 기운이 힘차고도 밝게 텍스트 전체에 스며 있다. 「다시, 가을에」에 이르면 결실의 시간대를 만나게 된다. 신생의 기운과 여름비의 생기가 어울려 완성한 가을의 정경을 읽어 보자.

　채송화 꽃담 위에 까만 씨방 소담하다

　땀 흘린 신역 삽질 호흡을 가다듬다

맑은 볕 깃든 목숨이 반석 위에 놓이다

흐르는 물살소리 살 부비는 갈대소리

시누대 윤기 마냥 수수한 산과 들에

밤하늘 은하를 풀어 물비늘을 새긴다

_「다시, 가을에」 전문

    가을에 이르러서도 정현숙 시인에게는 온 세상이 다시금 한 편의 거룩한 경전이다. 새로이 약동하고 힘껏 생장하고 "소담"하게 "까만 씨방" 이루는 것들이 함께 모여 가을이라는 경전의 한 페이지를 채운다. 매우 조화로운 공간이 가을에도 다시 탄생한다. 은하가 흐르는 밤하늘이 머리 위를 지켜 주고 "흐르는 물살소리 살 부비는 갈대소리" 또한 그 공간에 가득하다. 하늘에서 파도 소리를 듣기도 한다. 가야 적부터 천년을 두고 조용조용 불어오던 어진 바람이 꽃의 사연을 부추기던 봄이 지났다. 시원한 빗줄기가 천지 만물의 갈증을 풀어 주던 여름도 지났다. 그리고 이제 가을이다. 고요한 설렘을 경험하게 한다. 순환하는 모든 계절의 장면들이 모여 한 장 한 장 채워 가며 이루는 삶의 경전이 아름답다.

3. 그대, 삶의 아취^{雅趣}를 아신다면

 그렇듯 정현숙 시인이 읽고 있는 경전의 한 페이지에는 자연이 숨겨둔 사연들이 펼쳐진다. 그리고 또 다른 페이지에는 사람살이의 소박한 정과 인연의 아름다움이 그려져 있다. 「토우-K 시인」은 사람을 향한 그리움을 노래한다. 마음 맞는 사람들끼리 챙기고 부축하며 삶의 고통을 함께 견뎌 가는 모습을 보여준다. 누군가와 손잡고 나아갈 때 삶은 더러 유희처럼 어여쁘고 즐길 만한 것이라고 이른다. 지금 여기의 삶이 남루하고 쓸쓸할지라도 마음을 함께하면 넉넉해질 것이라고 말한다.

 지인이 선물해준 나를 닮은 토우를
 윗목에 모셔두고 인정 없어 살았어
 불현듯 붉어지는 고독 무음^{無音}으로 건네며

 흐릿한 남포 한 등 파랗게 닦아내듯
 깊숙이 바라보며 해진 사랑 꿰매듯
 곁 주며 다시 꾸미는 동짓달 신방같이

 산새들 노랫소리 풀씨처럼 흩어진 곳
 백운산 기슭에서 솔바람 흠뻑 젖어
 창연한 하늘 아래서 평온하시길 빕니다

 _「토우─K 시인」 전문

시인은 토우에게서 자신의 모습을 보고 있는 것일까? 마치도 거울을 들여다보듯 토우에게서 흙으로 빚어진 또 하나의 생애를 읽고 있는 것일까? "나를 닮은 토우"라 했으니 필경 그 토우는 거울의 역할을 맡은 존재일 것이다. "불현듯 붉어지는 고독" 구절에 이르면 그 고독이 퍽은 깊은 것임을 알 것 같다. "불현듯 붉어지는" 것은 필경 눈시울일 것이다. 눈시울을 붉힐 정도의 고독이라면 혹자는 '뼛속 깊이 사무치는' 고독이라 이름 붙였을지도 모른다. 그러나 원숙한 삶은 그런 잉여의 감정을 물리친다. 시인은 고독을 "무음無音으로 건네"었다고 이른다. 토우를 바라보며 그의 고독과 자신의 고독을 공유하고 서로 달래며 세월을 보내었으리라. 소리 내지 않는 것, 침묵하는 것, 그것은 고독에 저항하지 않고 받아들이며 고독을 손님처럼 모시는 일일 것이다. 기다리지 않았던 손님이라면 더욱 공손히 모셔서 고이 물러나 주기를 기다려야 할 것이다. "무음"은 그런 순응의 자세를 보여 준다.

1연의 두 번째 수에서는 '낡은 것'들을 소중히 돌보는 이의 명철이 감지된다. "남포 한 등", "해진 사랑"이라는 구절에서 오랜 인연을 기리고 곱게 간직하는 태도를 볼 수 있다. 그리고 종장의 "다시 꾸미는"에 이르러서는 낡은 것을 다듬어 가며 삶의 아취를 지키는 경건한 자세를 본다. 남루해지도록 버려 두는 것이 아니라 가능한 것들로 해진 곳을 메꾸듯 관계를 살피는 모습을 본다. 오래된 관계를 깁고 누비며 가다듬어 간직하려는 마음가짐을 시인은 노래하고 있다.

2연에 이르면 그 토우를 보내온 소중한 대상의 부재를 읽을 수 있다. 그 대상은 이미 이 세상 인연을 다하고 시적 화자를 떠나간 상태이다. 산기슭에 솔바람 소리 가득한 곳에 그가 머물러 있다고 한다. 산새 소리 흩어진 곳에 그가 산다고 한다. "창연한 하늘 아래서 평온하시길" 빈다고 시인은 노래한다. 아마도 하늘과 솔 사이에 그가 누운 듯하다. 부재의 대상을 향한 경건한 기도의 자세가 조촐하게 드러나서 더욱 보배로운 텍스트이다.

정현숙 시인에겐 세상 전체가 그야말로 거대한 경전의 텍스트인 듯하다. 「고흥 생각」에는 고흥 바닷가 마을 사람들의 고적한 삶의 모습이 오롯이 드러나 있다. 외로운 아이들의 삶을 향하는 시인의 고운 시선도 드러나 있다. 「광양만」에서는 제철소와 더불어 자본주의 경제의 시장으로 변모하는 바다를 읽는다. 그러나 동시에 그 바다가 간직한 고유의 서정을 함께 건져 낸다. 「곰소항의 염부」에서 시인의 눈에 든 소금은 한편으로는 바다의 풍경을 완성하는 질료로 다가온다. 그러면서 다른 한편으로 시인은 그 소금이 세상의 부패를 막는 소중한 존재로 다시 태어나 주기를 바란다. 소금은 시인의 그런 염원을 담아내기에 하얗게 눈부시다. 지하도에서 채소를 파는 여인의 삶을 그릴 때면 고단한 삶의 이면도 함께 그려 낸다. 그 내면의 순수에 더욱 주목한다. 「눈빛 목례」를 보자.

몇 뿌리 야채 펼친 부전동 지하도에
단정한 매무새로 젊은 여인 앉아있다
땀으로 흘러내린 모성 소맷자락 훔치고

시장길 오가면서 주고받는 눈빛 목례
가볍게 스쳐가다 돌아서서 바라보면

어깨에 매달린 식솔 시린 손도 보인다

봄비가 편지 쓰듯 나직나직 내린 저녁
떨이 못한 푸성귀를 어설프게 건네면서
장사 물 덜 묻어서인지 눈 맞춤도 수줍다

_「눈빛 목례」 전문

　거친 세파 속에서도 훼손되지 않은 순수를 찾고 기리며 사람과 사람 사이 마음과 마음을 이어 가는 일을 멈추지 않는다. "눈 맞춤"에서 드러나듯 눈을 맞춘다는 것은 자신의 마음을 먼저 건네며 상대의 마음에 다가가는 일이다. 마음과 마음이 만나 두 마음을 얽는 일에 다름 아니다. 그렇듯 바다의 물빛이거나 염전의 하얀 소금꽃이거나 지하도에 주저앉아 채소를 파는 여인의 손에 들린 푸성귀이거나 시인의 눈길이 닿는 모든 것은 시가 된다. 그 눈길 앞에서 세상 온갖 사물들과 모든 사람들이 자신의 숨은 이야기들을 풀어 낸다. 고유한 사랑의 사연으로 삶이라는 경건한 경전의 페이지를 채워 간다.
　삶에 대한 끝없는 찬탄과 경배, 삶을 사랑하는 자에게만 선명한 모습으로 다가오는 자연의 아름다움, 그리고 그 아름다움 이면에 깃든 갖가지 사연들…. 경건한 삶의 태도, 그런 태도를 뒤따르는 영원을 향한 그리움, 그리고 그런 마음의 승화가 다다른 예술의 숭고미에 이르기까지 정현숙 시인은 그 모든 것을 시어에 담아낸다. 세밀화 그리듯 하나하나 치밀하게 그려 낸다. 「울산 십리대밭」에서는 시인이 부르는 삶의 찬양 노래가 힘찬 합창으로 터져 나오는 듯하다. 흘러간 세월과는 무관하게 오늘 더욱 맑고 싱그럽고 새로운 삶의 모습이 펼쳐진다. 햇살은 합죽선 펼치듯 일시에 확 번져 나가고 텃새들 그 빛에 놀라 함께 지저귀며 날아오른다. 떨쳐 일어나 솟구치고 날아오르는 새들과 더불어 강가의 모든 생물들이 함께 숨 가쁘게 부르는 찬양가를 들어 보자.

오늘은 푸른 미로 강 따라 흔들린다
차르르 생을 짓는 십리대밭 걸어들면
표류도 속수무책인 비늘 같은 댓잎소리

때로는 뒷걸음질 새가슴 혈을 짚어
수만 장 축전 받듯 풋마음 귀를 열고
세상과 맞닥뜨리며 풀어보는 중무장

가벼운 깃털 떨궈 미풍 따라 날아보자
텃새들 지저귐에 몇 장 악보 들춰가며
합죽선 펼친 햇살로 물이 드는 양지꽃

_「울산 십리대밭」 전문

＊이 글의 제목은 문정희 시 「화살 노래」에서 딴 것임.
참고한 책: 밀란 쿤데라, 정인용 역, 「농담」, 문학사상사, 1996.

빙산 속의 꽃잎

: 박명숙 시인의 시세계

1. 달빛과 동백과 찔레꽃

그의 시어들이 절절한 외로움의 어휘들인 것을 어찌 알았으랴? 처음 만났을 때 그의 시에서 선비의 이미지를 보았다. 저물녘 길 떠나는 선비의 그림자를 그의 시 몇 편에서 보았다고 생각했다. 하얀 두루마기 단정히 차려입고 꼿꼿이 대숲 바람을 가르며 걸어가는 이의 뒷모습이 보이는 듯했다. 「해인 백중」을 보자.

달빛이 칼날 들고 해인 계곡 건너간다.

청솔 숲 베어내고
선바위 내리치며

백중날 해인 계곡을 소나기 달빛 건너간다
밤이 깊을수록 달빛은 불어나고

건널 수 없는 대명천지
사나운 그 물살을

백중날 해인 계곡이 알몸으로 굽이친다

_「해인 백중」 전문

   청솔 숲과 선바위와 소나기 달빛이라! 다 맑고 명징한 것을 추구하는
물상들이다. 물과 달빛과 바람이 서로 얼려 넘나드는 조화롭고도 초월
적인 세계가 박명숙 시의 공간이라 할 수 있다. 해인 계곡에 "불어나"는
것이 "달빛"이며 그 달빛이 "소나기" 달빛인 것은 그런 이유에서이다.
달빛이 물이 되어 낙수처럼 내리다가 계곡을 차고 흘러 "불어나" 마침
내 "굽이"치고 있음을 볼 수 있다. 박명숙 시인의 시편들에는 지사적인
단호함의 어휘들이 주도적으로 드러난다. 곱고 아름다운 속삭임의 언
어를 넘어서면서도 여전히 맑고도 단아한 시어들이 그의 언어들이다.
박명숙 시인은 그런 언어를 통하여 여성 주체의 내면을 폭넓고도 섬세
하게 그려 왔다.
   한편, 박명숙 시인은 오승철 시인의 「셔?」와 상호텍스트성을 형성하
는 시편을 발표한 바 있다. 「꼬리지느러미의 말: 오승철의 "셔?"」가 그
것이다. 그 텍스트 또한 정서적 잉여를 경계하고 정제된 언어를 추구하

는 박명숙 시인의 철학을 보여 주는 시편으로 이해할 수 있다. 말을 아껴 쓰는 것이 시의 특징 중의 하나이다. 시조는 특히 운율을 염두에 두고 형식적 한계 내에서 언어를 부려야 하는 장르이다. 「꼬리지느러미의 말: 오승철의 "셔?"」는 오승철 시인의 「"셔?"」가 보여 주는, 제주 말의 절제된 언어 미학을 기리는 텍스트이다. 박명숙 시인의 시어와 시세계가 이르고자 하는 지점을 보여 주는 텍스트이기도 하다. 오승철 시인과 박명숙 시인의 텍스트를 나란히 두고 함께 읽어 보자.

솥뚜껑 손잡이 같네
오름 위에 돋은 무덤
노루귀 너도바람꽃 얼음새꽃 까치무릇
솥뚜껑
여닫는 사이
쇳물 끓는 봄이 오네

그런 봄 그런 오후
바람 안 나면 사람이랴
장다리꽃 담 넘어 수작하는 어느 올레
지나다 바람결에도 슬쩍 한 번
묻는 말
"셔?"

그러네 제주에선 소리보다 바람이 빨라

'안에 계셔?' 그 말조차 다 흘리고 지워져

마지막 겨우 당도한

고백 같은

그 말

"셔?"

_오승철, 「"셔?"」 전문

날렵한 지느러미

한순간 물을 치듯

몸통은 가라앉고

꼬리만 남아서는

바람도 잡지 못한 말

한순간 획을 치듯

_박명숙, 「꼬리지느러미의 말: 오승철의 "셔?"」 전문

박명숙 시인의 시어들은 "날렵한"과 "한순간"이라는 어휘에 의해 포착되는, 간결성과 정확함의 미학을 추구한다. 박명숙 시인에게 있어서 시 쓰기는 "한순간 물을 치듯" 한 행위여야 하며 "몸통은 가라앉고/꼬리만 남아"야 하는 것이고, 마침내 "바람도 잡지 못할 말"을 향해 가야

하는 그런 것이다. 그림이라면 "한순간 획을 치듯" 단숨에 긋는 선이어야 하는 것이다. 구상을 제거하고 추상을 지향하는 그의 시학이 현대 시조단의 새로운 장을 열어 가고 있음이 명백하다. 박명숙 시인이 위의 텍스트에서 천명한 바는 미국 소설가 어니스트 헤밍웨이Ernest Hemingway의 '빙산 이론Iceberg Theory'을 연상케 한다. "몸통은 가라앉고 꼬리만 남아서는" 구절이 특히 그러하다. 헤밍웨이는 소설가는 자신이 하고자 하는 이야기를 다 말해서는 안 된다고 했다. 물 위에 드러나는 빙산의 일각처럼 사실의 단면만을 제시해야 한다고 했다. 빙산의 6/7은 물속에 잠겨 있어야 하고 1/7만이 수면에 보여야 한다고 주장했다. 설명하려 들지 말고 제시하라는 것이 요지이다. 소설의 서사조차 절제된 것이어야 성공적이고 소설의 언어조차 정제될 때에만 효과적으로 구사될 수 있을진대 시에 있어서랴? 박명숙 시인은 헤밍웨이의 사도처럼 시를 쓴다. 해석을 제시하는 시어들을 자유자재로 부린다. 몇 마디 말만을 빙산처럼 물 위에 떠오르게 하면서 시인의 의도를 수면 아래에 감추고 있다. 박명숙 시인은 자유시를 쓰다가 시조로 장르를 바꾸어 다시 등단한 시인이다. 그런 변모는 어쩌면 필연적인 일이었는지도 모른다. 운율을 위하여 말의 잔가지를 무수히 쳐 내어야 하는 것이 시조 작법의 기본이다. 과잉된 언어들을 다 생략한 다음에 뚜렷이 드러나는 선명한 이미지와 사상을 시인은 생래적으로 파악하고 있었던 듯하다. 그처럼 '아껴 쓴' 말들로 이루어진 아름다운 서정시 한 편이 「찔레꽃 수제비」이다.

1
수제비를 먹을거나 찔레꽃을 따다가

갓맑은 멸치 국물에 꽃잎을 띄울거나
수제비, 각시가 있어 꽃 같은 각시 있어

2
거먹구름 아래서 밀반죽을 할거나
장대비 맞으면서 솥물을 잡을거나

수제비, 각시가 있어 누이 같은 각시 있어

한소끔 끓어오르면 당신을 부를거나
쥐도 새도 눈 감기고 당신을 먹일거나

수제비, 각시가 있어 엄마 같은 각시 있어

_「찔레꽃 수제비」 전문

　무엇 하나 버리거나 더할 것이 없는, 추리고 추린 언어가 알맞게 시
편에 들어앉아 있음을 볼 수 있다. "갓맑은 멸치 국물"처럼 담백하다.
밀가루 반죽으로 빚은 수제비라는 소박한 우리 음식이 내포하는 조촐
하고도 어여쁜 정이 "찔레꽃"의 이미지를 통해 증폭됨을 볼 수 있다. 수
제비만큼이나 우리에게 친숙하면서도 그지없이 소박한 꽃이 찔레꽃이
다. 수제비에 찔레꽃을 얹어 먹는 장면을 그려 보노라면 진달래 꽃잎으
로 화전을 부쳐 먹는 우리 토속 정서가 고스란히 느껴진다. 찻잔에 매

화 꽃잎을 띄우거나 술잔에 배꽃 한 점을 띄워 돌리는 풍류의 전통도 그려진다. 그렇듯 일상이 예술로 승화되는 몇 장면들을 후경으로 거느린 채, 시인은 새로이 거기 '우렁 각시'의 이미지도 곁들이고 있다. 몰래 밥상을 차려 놓고 모습을 감추는 수줍은 색시가 있어 삶은 한결 넉넉해지고 일은 신나는 놀이가 될 터이다. 수제비 신랑과 찔레꽃 각시가 또하나의 우리 설화로 기억되기를 바라 볼 수도 있겠다.

그처럼 투명하고 맑으며 절제된 시세계를 보여 주는 시인이 박명숙 시인이다. 그러나 그의 시편들을 다시 마주쳤을 때엔 정제된 언어들의 이면을 보는 듯했다. 시어들이 내보내는 고독의 낮은 신음 소리가 들려왔다. 맑고 단아해서 차갑게 보이는 언어들, 그 이미지들, 그리고 그 사연들…. 향기 머금은 채 그대로 빙벽에 갇혀 화석처럼 굳어진 고독의 꽃 이파리들이 거기 있었다. 사무쳐도, 아니 어쩌면 사무쳐서 꽁꽁 다져 쟁여 넣은 아픔이 거기 갇혀 있었다. 영혼의 내적 출혈을 시인은 독자의 어두운 눈에 바로 드러내 보이지 않는다. 책갈피에 몇 겹으로 여며 묶은 흔적들, 그 매듭들의 마디를 그의 시편들은 안고 있었다.

그의 시어들의 속성은 그러하다. 다시 넘기는 책장마다 배어나는 출혈의 흔적들에 섬찟하며 손길을 멈췄다. 박명숙 시인은 '지심 동백'과 '무인도의 염소'와 '아침 나절의 까치'와 '찔레꽃 띄운 수제비'와 '도랑 치마 쥐고 물을 건너는 어머니'를 그린다. 색칠도 하지 않고 데생하듯 4B 연필로 실루엣만 그려 낸 담백한 흑백 그림을 그의 시편에서 본다. 한숨을 쉬며 다시 읽는다. 동백이 피와 애모와 한의 상징이라고 노래했다면 시는 쉬웠을지도 모른다. 클리셰가 된 동백의 이미지는 대중문화 속의 '동백 아가씨'처럼 이미 우리 모두에게 익숙한 것이기 때문이다.

혈서 쓰듯,
날마다
그립다고만 못하겠네

목을 놓듯,
사랑한다고
나뒹굴지도 못하겠네

마음뿐
겨울과 봄 사이
애오라지 마음뿐

다만, 두고 온
아침 햇살 탱탱하여

키 작은 섬, 먹먹하던
꽃 비린내를 못 잊겠네

건너온
밤과 낮 사이
마음만 탱탱하여

_「지심 동백」 전문

한국 문학의 전통에서 동백은 오랫동안 간절한 그리움의 객관 상관물로 존재해 왔다. 박명숙 시인은 동백이라는 대상이 함축하는 의미들을 충분히 인정하면서도 동시에 그것을 부정하고 극복한다. "꽃 비린내"라는 형용 모순적 언어로 동백을 새로이 탄생시킨다. 피어난 동백꽃에서 그리움을 읽고 송두리째 낙화한 꽃송이 "나뒹"구는 것을 보고 "목을 놓"아 "사랑한다"고 울부짖는 이미지를 본다. 그러나 박명숙 시인은 보면서도 애써 외면한다. 반복되는 "못하겠네" 종결 어미는 클리셰를 부정하면서 넘어서고자 하는 시인의 의도를 효과적으로 드러낸다. 영국 시인 엘리엇의 말이 생각난다. 엘리엇은 시인은 "이질적인 어휘들을 폭력적으로 결합"시킴으로써 감각의 새로움을 보여 주어야 한다고 언급한 바 있다. '감수성의 통합' 혹은 '감각의 결합'으로 번역할 수 있는 'association of sensibility'를 시와 시인이 지녀야 할 중요한 덕목으로 지목한 것이다. "꽃 비린내"라는 표현은 "꽃"과 "비린내"라는 이질적인 두 어휘의 원심력을 파괴하면서 강압적으로 둘을 결합시킨다. 그 결합을 통하여 시인은 현대 시조의 모더니즘을 구현해 내고 있다. 한 계절이 끝나고 새로운 계절이 오는 시간의 중간 지점에서 동백은 피고 진다. 그 어느 계절에도 제대로 속하지 못한 동백의 존재처럼, 시인의 정념 또한 시공간의 어느 애매한 중간 지대를 서성일 뿐이었나 보다. "겨울과 봄 사이"를 굳이 강조하는 것은 그런 이유에서일 것이다. "혈서 쓰듯" 한번 장렬히 토로하지도 못했던 것, "목을 놓"아 울며 "나뒹굴지도 못"했던 것이 시인의 "마음"이다. 안으로 다스리고 또 다스리며 삭인 "애오라지 마음" 한 조각이 숱한 "밤과 낮"을 건너 아침 햇살 속에 스스로를 드러낸다. "꽃 비린내"로 기억되는 사연을 시인은 시편의 행간에 은밀히 접어 넣어 두었다. "혈서"로도 고백 못할, "목을 놓"아 울지도 못할, 몸째 던져 "나뒹굴지도" 못할 간절함을 뜻밖의 "꽃 비린내"가 문득 뿜어내고 있음이 아닌가….

2. 버려진 신발과 흘러간 시간

박명숙 시인이 2015년에 발표한 「서천」은 그의 시세계를 압축적으로 보여 주는 수작이다. 여성 내면에 자리 잡은 기억과 욕망의 모티프를 흐르는 물의 이미지에 실어 낸 매우 상징적이고 함축적인 시편이다. 「서천」은 '지난여름'이라는 시간대가 현재의 빨래하는 여성 주체를 다시 찾아오는 장면에서 시작한다.

누군가 냇가에서 빨래를 하나 보다
주저앉아 몸 깊은 곳 소식을 씻나 보다
콸콸콸, 노을 쪽으로 여름날이 넘어가는데

그 여름날 살 속 깊이 칼집이 들어선 듯
쓰라린 소식들을 저물도록 치대나 보다
적막한 서천 물소리 대숲을 구르나 보다

_「서천」 전문

날이 저물어 해가 서편으로 완전히 넘어갈 때까지 빨래를 치대고 있는 여성의 모습이 텍스트의 중심에 놓여 있다. 그 주인공의 모습은 수륙제를 행연하는 사제를 연상하게 한다. 삶의 한 고비를 지나며 구천에 떠도는 영혼을 위로함으로써 스스로를 위로하는 종교의식이 수륙제라고 할 수 있다. 텍스트의 여성 주인공은 빨래라는 일상의 가사 행위로 그 의식을 대신하고 있다. 옷가지를 손으로 치대고 물에 얼룩을 씻으며 과거를 수장水葬하고 있는 것이다. 물에 흘려보냄으로써 위로를 구해야 하는 과거의 기억이란 필경 사랑의 역사에 관한 것이리라. 사랑은 상처를 남기고 상처는 다시 흉터를 남긴다. 상처를 갈망하고 흉터를 자원하는 모순의 반복이 사랑이라는 사건이라 할 수 있다. 그 사랑에의 욕망과 사랑의 좌절, 그 상처와 회복으로 우리 삶은 이루어지는 것이리라. 캐나다 시인이며 소설가인 마이클 온다체의 「시나몬 껍질 벗기는 사람」이 생각난다. 텍스트의 여성 목소리가 메아리처럼 울려오고 그 서정이 「서편」에 겹쳐진다.

라임 태우는 사람의 딸이 된다는 건
무슨 의미가 있겠어요?
흔적이 남지 않으니
속삭임도 없이 몸을 섞는 것 같겠죠
흉터라는 쾌락도 못 남기는 상처나 입는 것이겠죠.

what good is it
to be the lime burner's daughter?
left with no trace

as if not spoken to in the act of love

as if wounded without the pleasure of a scar.

_마이클 온다체, 「시나몬 껍질 벗기는 사람」 부분, 졸역

라임을 불에 태우는 일이라거나 꽃의 꿀을 따는 일은 강한 향기를 자취로 남기지 않는 작업이다. 그러나, 시나몬, 혹은 계피 나무의 껍질을 벗기는 일을 하다 보면 계피의 강한 향기가 몸속 깊이 배게 마련이다. 그러므로 계피 나무 껍질 벗기는 일은 지우기 어려운 강한 흔적을 자청하는 일이라 할 수 있다. 그래서 온다체는 다시 이른다. "나는 사프론에 손을 묻었지. 열대우림 장마철, 처마 물고랑 아래 서곤 했지!(I buried my hands in saffron, stood under the rain gutters, monsoon!)" 그렇다면 계피 나무 껍질 벗기는 이를 사랑한다는 것은 무엇을 말하는가? 그를 사랑하는 것은 계피, 그 강한 향기를 함께 몸으로 나누어 갖는 일이다. 지울 수 없는 기억을 자원하는 용기가 필요한 일이다. 계피 향기의 강렬함은 소경도 알아차리고 한 발 물러서게 만드는 것이니 말이다.

당신이 시장에서 걸어갈 때에도
내 손길의 자취는 당신 머리 위를 떠돌 거요
소경도 움찔 놀라 물러서겠지요
누가 앞에 왔는지 알아차리고선.
세상 모든 사람들이
당신을 계피 껍질 벗기는 사내의 여자라고 부르게 될 거요.

You will never walk in the market

without the profession of my fingers

floating over you,

The blind would stumble

certain of whom he approached.

You will be known among strangers

as the cinnamon peeler's wife!

_마이클 온다체, 「시나몬 껍질 벗기는 사람」 부분, 졸역

온다체의 시적 화자에게는 몸에 밴 계피 향기가 그 향만큼 강렬한 사랑의 자취이며 지울 수 없는 시간의 증거이다. 박명숙 시인의 「서천」에서 "여름날" 사랑의 강한 자취는 살을 저미고 들어선 칼집의 이미지로 드러난다. "그 여름날 살 속 깊이 칼집이 들어선 듯"하다고 시인은 읊고 있다. "몸 깊은 곳 소식"을 "서천 물소리"에 흘려보내고 있다. 그와 같은 시적 화자의 모습은 우리 사회에서 여성 주체가 욕망과 기억을 다스리는 모습의 등가물이라 할 수 있다. 어디에도 이를 수 없는 막막한 심경, 소리조차 멈추어 버린 적막함으로 시인은 "그 여름날"을 떠올린다.

서천 물소리가 대숲을 구르는 장면은 억압된 발화의 욕망을 재현하는 빼어난 서술 장치이다. 왜 하필이면 대숲일까? 우리 설화의 모티프 중에도 대숲에서 홀로 외칠 수밖에 없는 비밀이 존재한다. "임금님 귀는 당나귀 귀!"라고 숲을 향해서만 외칠 수 있었던 자는 세계 여러 곳의 옛이야기에 나타난다. 다양하게 변주된 모습으로 그들은 등장하여

전통을 이어 간다. 홍콩 영화 〈화양연화〉의 사연을 연상해 볼 수도 있을 것이다. 다가가지 못한 대상, 은밀하게 교류되던 감정의 흔적들…. 오랜 시간이 흐른 다음에 이끼 낀 돌 틈에서 묵은 사연을 찾아 회상하는 장면이 기억 속에 남아 있다. 그 장면은 박명숙 시인의 여섯 줄짜리 시편의 행간을 흐르는 음악으로 읽힐 수도 있을 것이다. 유치환 시인은 노래한 적 있다. "뉘는 사랑을 위해 나라도 버린다더니 나는 한 개 사람살이의 분별을 찾아 슬픔은 지녔으되 회한은 사지 않았노라." 소속된 사회에서, 주어진 질서에서 "한 개 사람살이의 분별"을 찾는 이들의 존재는 세계 곳곳에 편재해 있다. 검열되고 단속된 욕망의 흔적은 그처럼 다양한 문화적 시공간을 떠돌며 여행하고 있다. 가즈오 이시구로Kazuo Ishiguro의 『남아 있는 나날The Remains of the Day』 또한 "대숲을 구르"는 "적막한 서천 물소리"가 새로운 모습으로 다시 빚어진 텍스트라 할 수 있다. 직분을 위하여 마음이 이끄는 바를 억압해 온 까닭에 단정하고 충직한 직업인으로 남은 영국인 집사가 있다. 그가 지닌 기억의 파편, 그것은 영국적인 것도 지난 세기의 것도 아니다. 박명숙 시인의 「서천」과 나란히 놓일 때 두 텍스트는 서로 손을 맞잡는다. 온다체의 시에서 여성 시적 화자가 기꺼이 타자와의 동일시로 나아가는 것과는 사뭇 대조적이다. 온다체 시편의 종결을 보자. "나는 계피 껍질 벗기는 사람의 아내예요. 냄새 맡아 보세요!(I am a cinnamon peeler's wife, smell me!)" 몸에 밴 향기와 몸에 새긴 칼집 사이의 거리는 아득히 멀다. 몸의 향기를 통해 자신의 정체성을 주장하고자 결심하는 주체와, 칼집의 기억을 물에 씻으며 "대숲을 구르"는 소리에 그 사연을 묻는 주체 사이의 거리와도 맞물려 있다. 그처럼 「서천」은 우리의 21세기 여성 시인이 "그날의 흔적"을 기록하는 방식이라 할 수 있다. "적막한 서천 물소리"의 방식….

2017년 발표작, 「신발이거나 아니거나」 또한 「서천」과 연결하여 읽을 수 있는 시편이다. 「서천」에 형상화된 사건과 고통의 기억이 숙성과 발효 혹은 증류된 텍스트로 「신발이거나 아니거나」를 읽을 수 있다. 「서천」에서는 "대숲을 구르는" 물소리와 더불어 흐르는 물의 이미지에 욕망과 기억과 꿈을 흘려보내는 것을 볼 수 있었다. 이제 그 시인이 한결 담담하게, 그러나 사뭇 깊어진 회한의 정으로 부르는 노래가 「신발이거나 아니거나」라고 할 수 있다. 하늘의 구름으로 처음 나타난 기억의 조각이 1연의 종장에 이르면 "흐르는 만경창파에 사로잡힌 나막신"으로 변모하여 나타난다. 우연히 출현하는 심상이라고 보기 어렵다. 서천 물이 실어 간 기억의 편린이 바닷물 만경창파에 드디어 이른 다음, 다시 수증기 타고 하늘에 올라 한 조각 먹구름으로 나타난 것은 아닐까? 빨래를 통하여 내면에서 그렇게 씻어 내고자 했던 아픈 기억은 그처럼 천지간에 만연해 있다가 문득 시인을 엄습한다. "칼집이 들어선 듯"에서 보듯 「서천」은 직접적이고 강렬한 기억의 색채를 보여 주었다. 동일한 사건을 두고 이제 시인은 "저것은 구름이라, 한 켤레 먹구름이라" 하고 담담한 노래를 부른다. 그사이 2년이라는 시간이 흘렀다. "흐르는 만경창파"에 두둥실 뜬 나막신처럼 물길을 따라 기억이 회귀하는 데 걸린 시간이 그 2년이다.

저것은 구름이리, 한 켤레 먹구름이라
허둥지둥 달아나다 벗겨진 시간이라
흐르는 만경창파에 사로잡힌 나막신이라

혼비백산 내던져진, 다시는 신지 못할

문수도 잴 수 없는 헌신짝 같은 섬이라

누구도 닿을 수 없는 한 켤레 먹구름이라

_「신발이거나 아니거나」 전문

「서천」이 환기하는 정서가 온다체의 시편을 연상시키는 반면, 「신발
이거나 아니거나」는 프랑스 소설가 마르그리트 뒤라스^{Marguerite Duras}의
「히로시마 내 사랑^{Hiroshima, Mon Amour}」의 잿빛 세계를 생각나게 한다. "한
켤레 먹구름"이 환기하는 잿빛의 공간이 히로시마의 정경을 떠올리기
때문일까? 먹구름도 잿빛이고 원자탄 투하 이후 삽시간에 회색의 연옥
으로 변해 버린 히로시마도 잿빛이다. "허둥지둥 달아나다"에서 보이
는 "벗겨진 시간"이 폭격에 벗겨진 인간의 살갗을 생각하게 만들기 때
문일까? "혼비백산 내던져진", "다시는 신지 못할" 구절이 내포하는 회
복 불가능의 처절한 트라우마^{trauma}의 흔적 때문일까? 아니, 어쩌면 그
것은 2연의 종장이 환기하는 인간 존재의 절대 고독이라는 주제 때문
일지도 모른다. "누구도 닿을 수 없는 한 켤레" 신발이 갖는 고립과 단
절과 소외의 이미지, 그 강렬함으로 인한 것인지도 모른다.

『히로시마 내 사랑』의 남녀 주인공은 모두 존재론적 고독을 상징하
는 인물들이다. 타자는 결코 이해할 수도 없고 위로해 줄 수도 없는 고
통을 그들은 안고 있다. 그 두 인물이 만나고 서로 엉기고 다시 헤어진
다. 서사 속의 프랑스 여성은 제2차 세계대전 중에 첫사랑을 잃었고 일
본 남성은 히로시마 원자 폭격을 목격한 인물이다. 각자의 트라우마로

인해 외상 후 증후군을 앓으면서 두 주체는 소통의 가능성을 위해 몸부림친다. 고독과 짧은 연대 사이의 파편화된 소통의 장면들은 그들이 지닌 외로움을 더욱 강조하는 역할을 할 뿐이다. 그들의 언어는 짧고 만남 또한 그만큼 짧다. 단 하루의 만남 뒤에 헤어져 각자의 길을 가게 되어 있는 상황에서 만남이 주는 짧은 이해와 위로의 순간은 더욱 소중해진다. 그녀, 즉 영역본에서 'she'라는 이름으로 등장하는 여성 주인공은 말한다. "아름다운 양심으로, 선의를 지닌 채, 우리는 사라져 간 날들을 애도하게 될 거예요.(In good conscience, with good will, we'll mourn the departed days.)"(77면)

『히로시마 내 사랑』의 여주인공이 예측하는 애도의 날, 그 애도의 시간과 장면이 박명숙 시인의 「신발이거나 아니거나」에 투사되어 있다. 애도의 대상이 무엇이면 어떠하리? 우리는 지나간 것, 잃어버린 것, 다시는 함께하지 못하게 된 것을 애도한다. 문득 하늘에 나타난 검은 먹구름이 그 애도의 매개체이다. 먹구름은 신발의 이미지로, 신발은 시간으로, 시간은 다시 나막신으로 연결되는데 그 나막신은 곧 고독한 섬으로 치환된다. 그리고 마침내 그 신발은 처음의 먹구름으로 되돌아온다. 자신의 꼬리를 물고 있는 우로보로스Uroboros 뱀의 형상처럼 먹구름에서 출발하여 다시 먹구름으로 돌아오는 이미지의 연상 작용 속에서 시적 화자의 기억이 순환하고 있다.

박명숙 시인은 이질적인 이미지들을 나열하며, 기억이 형태를 바꾸며 스스로를 드러내듯 삼추고 감추듯 드러내는 장면들을 포착해 낸다. 계속되는 이미지의 연결을 열어 놓으면서도 각각의 이미지들이 분리되지 않도록 준비해 둔 장치가 강한 결속력을 발휘하고 있다. 처음 막연히 구름으로 호명된 것은 곧 먹구름으로 변화한다. 그냥 먹구름이 아니라 "한 켤레 먹구름"이므로 독자에게 신발 이미지의 등장을 준비시킨다. 그 신발은 곧바로 "시간"으로 변화한다. "허둥지둥 달아나다 벗겨진" 구절에 이르기까지 독자가 기대한 신발의 이미지는 갑자기 중단된다. 신발은 머뭇거리지 않고 시간의 이미지로 돌변한다. 이제 그 시간, 혹은 신발은 "나막신"으로 구체화된다. 볼품없기도 하고 의지할 데 없기도 한 것이 나막신이다. "흐르는 만경창파"에 휩쓸리면 오갈 데 없이 "사로잡힌" 존재가 되는 것이 바로 나막신이다. "흐르는 만경창파"는 앞서 등장한 "시간" 이미지의 변주로도 읽힐 수 있다. 물도 파도와 물결을 이루며 흐르는 것이고 시간 또한 그처럼 흘러가는 것이니 말이다. 파도에 쓸려 떠내려가는 나막신처럼, 경황없는 인생살이에 밀려 "허둥지둥 달아나다" 신발 벗겨진 줄도 모르고 지나온 나날처럼, 어쩔 수 없이 등 떠밀리듯 '지금 여기'에 이른 시적 화자의 눈에 먹구름 한 조각이 든다.

무엇을 애도해야 할지도 모른 채 시적 화자는 애도의 정을 드러낸다. "저것은 구름이라"로 시작하여 "먹구름이라", "시간이라", "나막신이라"로 변주하며 반복되는 "~이라"의 종결 어미가 그런 애도와 탄식의 장치가 되기에 충분하다. 시인이 경험한 트라우마의 실체는 알 길이 없지만 애도의 정서는 2연에서 더욱 강하게 느껴진다. "혼비백산 내던져진"과 "다시는 신지 못할"은 이제 신발로서의 효능을 더 이상 기대할 수 없는 버려진 나막신 같은 어떤 존재를 생생히 그려 낸다. 그 나막신은 더욱 구체적으로 "헌신짝"과 "섬"으로 형상을 바꾼다. 쓸모를 다하고 버려진 신발과 물로부터 분리되어 고독하기만 한 섬으로 그 애도의 시선을 확장시킨다. 이제는 "문수도 잴 수 없는" 헌신짝은 신발의 기능을 모두 상실하고 신발로서 존재했던 기억만 가진 존재이다. 또한 "섬"은 "누구도 닿을 수 없는" 소외와 단절을 강조한다. 닿을 수 없는 것은 외로운 섬이면서 동시에 결국 처음으로 돌아와 먹구름이기도 하다. 그 먹구름은 "벗겨진 시간"이며 "사로잡힌 나막신"이며 "헌신짝 같은 섬"이기도 하다. 먹구름이 "한 켤레 먹구름"으로 등장하여 다시 "한 켤레 먹구름"인 것을 확인하기에 이르기까지 먹구름이 매개한 시인의 기억과 흘러간 시간과 애도의 정서가 언어의 음악성에 실려 시편 전편에 메아리처럼 울려 퍼진다. 잿빛의 먹구름, 그 구름이 감춘 것은 기억 속의 사건과 흘러가 버린 시간대의 아름다움일 것이다.

히로시마에 원자탄이 투하된 후 온통 잿빛으로 변해 버린 세상에서도 삶은 다시 시작된다. 폐허에서 생명 가진 꽃들이 맹렬한 아름다움으로 피어났다고 뒤라스는 쓰고 있다.

그녀: … 15일에도 마찬가지였어요.
히로시마는 꽃들로 장막을 친 것 같았지요. 수레국화, 글라디올러스가 곳곳에 만발했어요. 나팔꽃과 원추리도…. 꽃들이 유례를 찾기 어려운 맹렬함으로 잿더미에서 피어올랐지요. 꽃이 그토록 힘차게 피어난 적은 이전에는 없었어요.
아무것도 지어 낸 이야기가 아니에요.
그: 전부 지어 낸 이야기지요.
그녀: 아뇨. 모두 사실이에요.

She: … on the fifteenth day too.

Hiroshima was blanked with flowers. There were cornflowers and gladiolas and day lilies that rose again from the ashes with an extraordinary vigor, quite unheard of for flowers till then.

I did not make anything up.

He: You made it all up.

She: Nothing.

_마르그리트 뒤라스, 「히로시마 내 사랑」(19면), 졸역.

폐허 속에 피어난 꽃의 빛깔이 유독 화려하고 강렬하듯이 사랑이 불가능한 시간과 장소에서 단 하루 이루어진 사랑도 오래도록 사람들의 목숨을 지탱해 줄 것이다. "히로시마"가 "내 사랑"이 되는 것은 그런 이유에서일 것이다. 폭격에도 아랑곳하지 않고 피어나는 꽃과 같이 불가능해 보이는 사랑의 기억이 오래도록 인생을 지켜 주는 기억의 조각이 될 것이다. 여자 주인공이 말하는 것을 남자 주인공은 받아들이지 않고 바로 거부한다. 그렇듯 트라우마의 기억은 공유하기 어려운 성격의 것이다. 회상하고 발화하고 기록하지만 타인은 이해하기가 어려운, 그래서 온전히 개인만이 독자적으로 안고 가야 하는 것이다. 그 기억은 먹구름에서 포착될 수도 있고 만경창파에 떠오른 나막신의 모습일 수도 있고 헌신짝처럼 형태도 없이 헤어진 채 나타날 수도 있을 것이다.

구름이 신발이 아니면 또 어떠랴? 시인은 문득 나타난 먹구름에서 버려진 신발 같은 지나간 시간을 다시 읽고 있는데…. "문수도 잴 수 없는" 헌신짝같이 찢기고 바랜 기억의 조각을 먹구름에서 찾고 있는데….
"허둥지둥 달아나"고 "혼비백산"하여 내던져진 삶의 한 고비를 회상하
고 있는데…. 그래서 시인은 제목을 통하여 그런 파편화된 일순간의 정
서를 마무리한다. "신발이거나 아니거나"… 공유할 수 없는 기억이지
만 불러내어 술회하는 것, 발화하지만 수용되지 못하는 내러티브, 수용
되지 못하고 즉시 반박되지만 다시금 혼자 넋두리하듯 그래도 다시 확
인하는 것…. 『히로시마 내 사랑』 두 인물의 대화는 소통 불가능성을 전
제로 한다. 소통이 불가능한 것을 알고 있으면서도 그것이 가능하기라
도 하듯 인물들은 대화를 시도한다. 시도하고 거부되고 다시 시도하는
대화로 그 텍스트는 이루어져 있다. 첫 페이지에 등장하는 두 사람의
최초의 대화도 그러하다.

그: 당신은 히로시마에서 아무것도 보지 않았어. 아무것도.
그녀: 난 모든 것을 보았어요. 모든 것을.

He: You saw nothing in Hiroshima. Nothing.
She: I saw everything. Everything.

_마르그리트 뒤라스, 「히로시마 내 사랑」(15면), 졸역.

한 사람은 아무것도 보지 않았다고 말한다. 아무것도 보지 않았기를
바라는 기원의 발화일 수도 있고 본 것을 모두 부정해 버리라는 주문
일 수도 있다. 어찌할 수 없는 트라우마의 기억을 두고 그 기억과 화해

하는 유일한 방법은 어쩌면 그 기억 속의 사건을 부정하고 지워 버리는 것일 터이다. 다른 한 사람은 모든 것을 보았다고 말한다. 트라우마의 기억을 기억 속의 모습 그대로 간직함으로써 과거를 현재에 연결하려는 모습이다. 두 사람의 상반된 언술과 서로에게 이해되지 못하는 일방적인 대화는 트라우마 이후의 삶을 거울처럼 비추어 준다. 트라우마 이후의 삶에서도 타자와의 소통이 가능한가? 소통에의 부단한 시도와 소통의 불가능성이 교차되는 모습이 암담하다 못해 처절하기까지 하다.

박명숙 시인의 먹구름은 먹구름이면서 벗겨진 신발이고 떠나보낸 과거의 시간이고 파도에 뜬 나막신이며 닿을 수 없는 섬이다. 신발이 아니라고, 흘러간 시간도 아니고 외딴 섬 또한 아니라고 시적 화자의 '타자'는 즉각 부정할지도 모른다. 모든 것을 보았다는 것과 아무것도 보지 않았다는 것, 그 사이의 거리는 한 뼘이다. 보는 것과 보지 않는 것 사이, 지어 낸 이야기와 모두 사실인 이야기, 그 간격 또한 숨 닿을 거리만큼 좁다. 구름에서 신발, 시간, 섬을 돌아 다시 신발로 돌아오는 세계! 그 순환하는 이미지의 공간을 마감하기 위하여 시인은 텍스트의 제목을 이렇게 열어 둔다. "신발이거나 아니거나"….

3. 여미기와 열어 두기

박명숙 시인의 시세계는 초기의 「찔레꽃 수제비」와 「지심 동백」에서 살펴본 바와 같이 절제를 지향하는 모습을 보여 주었다. 빙산의 일각만을 보여 주는 정제된 시어와 명징한 이미지의 시편들이 그의 시세계를 특징지었다. 그 빙산 속에 꽃잎이 화석으로 박혀 있듯 그의 시어가 함축하는 이미지는 곱고도 선명하다. 삼장육구 간결한 형식 속의 간추린 언어들에 시인은 욕망과 정념을 접어 넣고 느슨하지 않게 꼭꼭 여며 두었다. 최근의 「신발이거나 아니거나」에 이르면 시인은 여미기보다는 열어 두기의 시학을 모색하고 있는 듯하다. 이미지의 연상 작용을 주제에 적절히 연결시키고 있으며 다양한 해석을 가능하게 하는 열려 있는 텍스트를 보여 준다. 시인의 의도를 고정시키고 이미지가 정합적으로 모여들며 수렴하게 하기보다는 스쳐 가는 상념의 한 자락을 포착하려는 시도를 보여 준다. 그러면서도 후렴 같은 언어의 반복적 요소를 통하여 음악성을 추구하는 작업은 일관되게 지속해 오고 있다.

시조단에서는 시조의 양식이 통합적인 이미지를 통하여 대상과 주체의 합일을 보여 주기에 적합한 장르라고 믿는 경향이 있다. 그래서 시인의 내적 독백이 '여미기'의 방식으로 드러나는 텍스트를 자주 보게 된다. 박명숙 시인은 그 대척점에서의 글쓰기를 시도하고 있다. 「신발이거나 아니거나」가 대표적으로 보여 주듯 그의 최근 시들은 연상과 해석을 풍부하게 허용하는 '열어 두기'의 미학을 드러내는 텍스트들로 보인다.

우리의 삶이 길어지면서 그 삶의 사연도 깊어질 것이다. 지극한 축복의 순간도 늘어날 터이지만 견디기 힘든 트라우마와 회한의 시간도 함께 늘어날 것이다. 여위어 가는 날들에 대한 명상이 더욱 필요해지는 시점이다. 이시구로의 『남아 있는 나날』에서처럼, 지나간 날들을 회상하며 현재의 시간을 묵상하는 일이 더욱 애틋해질 것이다. 박명숙 시인의 2017년 발표작 「쪽잠」은 그런 맥락에서 새겨 읽어 볼 만한 텍스트이다. 박기섭 시인은 '이후'라는 어휘를 거듭 사용하면서 중년 이후의 인생을 그려 낸 바 있다. 박명숙 시인의 「쪽잠」은 박기섭 시인의 「이후」 시편들과 짝을 이루며 한국 문단에서 충분히 답사되지 못한 노년의 삶과 그 의미를 그리고 있다. 「쪽잠」의 시세계가 보여 주는 신선한 시도가 계속 이어져 한국 문단의 다양성과 깊이를 더욱 확대하고 심화하리라 믿는다. 「쪽잠」을 인용하는 것으로 이 글을 맺는다.

쪽잠을 자는 것은
쪽삶을 사는 것

잠이 자꾸 쪼개지면
삶도 그리 쪼개지나

살얼음
건너는 하룻밤을
잠자리마다 금이 가나

서너 시간 죽었다가
서너 시간 깨어 보면
들고나는 잔 목숨이
처마를 잇대는 듯

절반쯤
열린 창문이
반쪽 달을 물고 있다

_「쪽잠」 전문

*참고한 책: Michael Ondaatje. *Running in the Family*, New York: Vinatge. 1993.
Marguerite Duras and Alain Resnais. *Hiroshima Mon Amour*, New York: Grove
Weidnefeld. 1961.

파도와 외등과 '흘러가는 생'

: 문순자 시인의 시세계

1. 제주 여성의 특수성과 그 문학적 재현

시집을 선물로 받아 읽는 일은 즐거운 일이다. 수록된 시가 읽는 이를 놀라게 하여 눈을 크게 뜨게 만들 때에는 더욱 그러하다. 미국의 대표적인 시인 월트 휘트먼Walt Whitman이 자신의 시집 『풀잎Leaves of Grass』을 랄프 에머슨Ralph Waldo Emerson에게 보내었을 때 에머슨은 눈을 크게 뜨면서 놀랐다고 한다. "이 햇빛이 설마 환상은 아닌가 확인해 보려고 눈을 비볐다"고 전해진다. "위대한 시인으로서의 당신의 출발을 축하한다"고 에머슨은 덧붙여 말했다고 한다. 문순자 시인의 시집 『왼손도 손이다』를 일독하면서 에머슨의 심경을 그려 보았다. 문순자 시인의 시편들은 놀라울만치 풍성한 소재와 주제로 채워져 있다. 그 시세계는 독특하며 시어들은 정확하고도 아름답다.

'여성 시인들은 무엇을 꿈꾸고 어떻게 사랑하는가? 제주처럼 아름다운 곳에서는 어떤 시심이 자라나는가? 제주의 여성들은 저 검은 돌 틈에서, 저 거친 바람 속에서 무슨 전설을 먹고 하루를 사는가?' 필자는 제주의 맑은 풍광을 떠올리며 그와 같은 질문들을 가슴에 품고 있었다. 그런 호기심 때문에 그의 시편들을 펼쳐 들었을 때에 이미 조금 설레고 있었다. 그의 시편들을 읽는 과정은 그 잔잔한 설렘의 물결이 파도처럼 거칠게 변하는 것과도 같았다. 비바람 부는 날, 그 제주 밤바다에 이는 파도처럼 독자를 덮쳐 오는 심상들이 가득했다. 문순자 시인은 가슴을 저미는 슬픔을 읊다가(「어떤 비문」), 부당한 역사 앞에 거칠게 항거하다가(「파랑주의보」 연작) 따가운 햇살 아래 염전을 일구는 힘든 삶의 장면을 펼쳐 보이다가(「엄쟁이」, 「돌염전」) 굼벗 사발 한 그릇을 두고 서로 용서하고 아끼는 내외의 정을 읊다가(「굼벗냉국―친정바다 5」), 지상의 마지막 파종을 하는 이의 서글픔과 희망이 뒤섞인 한숨을 그려 낸다(「허벅장단―친정바다 4」, 「파종」). 시인의 언어가 주술사처럼 불러들이는 바람 앞에서 독자는 파랑주의보가 내리기라도 한 듯 마음 문을 단속해 가며 그의 시편들을 읽어야 할 것이다. 시편들에 내재되었던 서정의 물결이 집채만 한 파도가 되어 몰려오는 것을 경험할 것이다.

문순자 시인은 여성이면서 시인이면서 여성 시인이면서 제주 여성 시인이다. 문순자 시인의 시편들은 그와 같은 다양한 호명에 당당히 마주 서고 있다. 여성이란 무엇인가? 제주 사람의 삶은 어떤 것인가? 제주의 여성은 또 어떤 특수성으로 특징지어지는가? 문순자 시인은 "여자로 날 것이면 차라리 쉐로 나주"(「허벅장단―친정바다 4」) 하고 노래한다. 오랜 탄식 같고 민요 가락 같은 언어들을 동원하여 제주 여성의 삶을 압축적으로 보여 준다. 일하는 제주 여성의 삶을 그리며 억척스럽고 강한 여성상을 재현한다. 유산으로 물려받은 소금밭을 보살피는 '엄쟁이' 여성을 그려 내면서 삶의 긍정을 보여 준다. 생명을 품고 가꾸고 애틋이 여기는 사랑의 여성성을 재현하기도 한다. 그들은 서러운 역사의 시간대에서도 꿋꿋이 살아남는다. 살아 있는 눈길과 생기 넘치는 목소리로 삶의 아름다움을 다시 다듬고 돌본다. 그러다 문득 돌아서서 삶의 이면을 들추어 내보이기도 한다. 아이러니irony와 패러디parody를 동원하여 삶의 아픔들을 웃음으로 털며 마무리하는 모습도 보여 준다(「왼손도 손이다」).

　문순자 시인은 제주 섬의 역사를 다시 쓰는 역사가로서의 사명을 또한 기꺼이 담당한다. 제주 역사를 시적 언어로 재현하고 고유의 전설을 보존한다. 쓰라린 제주 4.3의 기억을 시편 곳곳에 스며 넣는다. 인류학이나 역사학의 서술이 놓쳐 버린 기억의 섬세한 장면들을 서정시의 형태로 부활시킨다. 그리하여 그 틈새를 메운다. 그런 의미에서 그의 텍스트는 '증언으로서의 시 쓰기' 작업에 해당한다고 할 수 있다. 더러 그의 시적 증언은 외부자의 시선이 거칠게 구축한 이론적 틀을 거스르기도 한다. 그 틀에 흠집을 내기도 한다. 문학을 통해 이루어지는 그런 저항과 수정의 작업은 매우 값진 것이다. 문학 텍스트 속의 새로운 서사는 문학이 사회과학보다 삶의 진실에 더 가까이 밀착해 있음을 증명하는 역할을 담당하기도 한다. 조한혜정 교수의 『한국의 여성과 남성』에는 제주 사회가 특이한 인류학적 연구 가치를 지닌 공간이라고 기술되어 있다. 제주 사회는 기본적으로 모계 사회이며 한반도의 가부장제 한계를 넘어서 존재하는 독특한 공간이 제주라고 그는 주장한다. 사실 그러하다. 제주의 여성들은 가정이라는 사적 공간domestic sphere에 한정되어 머무르지 않고 공적인 영역에서 일을 하는 여성들이다. 제주는 일찍이 삼다도라 불리며 돌 많고 바람 많고 여자 많은 곳으로 알려져 왔다. 그러나 그것은 제주 여성의 수가 절대적으로 남성의 수를 능가하여 그런 것이 아니다. 바깥에서 일을 하는 여성이 많아서 그런 이름을 얻은 것이다. '보는 자'로서의 외부자, 특히 외부자 남성들의 눈을 통하여 관찰된 제주의 특징일 뿐이다.

문순자 시인의 시편들에는 어머니의 초상화가 자주 등장한다. 어머니로서의 제주 여성의 모습은 생명을 존중하고 자신에게 주어진 거친 삶을 달게 받아들이는 모습이다. 노래하면서 바닷바람 속에 부대끼면서 그 어머니들은 자신에게 주어진 삶을 아름답게 가꾸어 간다. 그들은 소금밭의 유산을 고이 받들며 지상에 남아 있는 끝 날까지 "지상의 마지막 파종"을 한다. 그토록 생명력 넘치는 존재들이다.

그러나 문순자 시인의 시적 영토는 여성, 제주, 시인이라는 세 낱말의 의미항 안에 갇혀 있지 않다. 제주 여성이라는 특수성의 영역은 확장되어 건강한 삶의 미학에 가닿는다. 생명을 생명으로 존중하는 숭고한 모습이 시편 곳곳에 그려져 있다. 문순자 시인의 시적 화자들은 튼튼한 삶의 지지자들이다. 생명 있는 모든 것들에게 찬양의 합창을 하는 존재들이다. 자신의 삶은 물론 타자들의 삶에도 버팀목이 되어 주는 존재들이다. 그가 밤바다의 "집어등"이 되어 물고기를 불러들이는 시간이면 "밤바다 허락도 없이 별자리를 놓는다"(「사수포구 1」). 하늘과 바다와 땅이 함께 어울려 노래하는 시간을 문순자 시인은 아름답게 상상한다. 그 하늘과 땅과 바다 사이에 시인이 있다. 그는 역사를 노래하고, 어린 시절 잃은 동생을 그리워하고, 4.3에 떠나보낸 피붙이들을 기억하고, 참깨를 파종한다. 때론 밀감밭을 뒤엎으며 전개되는 자본주의 독재의 시간을 증언하기도 한다. 그의 시에 등장하는 제주 여성은 강하고 부지런하다. 소금밭의 엄쟁이 일과 농사와 '물질'로 자식을 기른다. 그들을 뭍으로 보내어 공부시킨다. 문순자 시인은 그 수많은 사역을 한꺼번에 이루어 내면서 그 체험을 낱낱이 언어로 재현한다. 그러므로 그는 진정한 의미에서의 생명의 찬양자이다. 문순자 시인의 시편들을 보자.

2. 왕벚나무와 외등과 비린내

제주 시인에게 4.3 사건은 평생 동안 시로 재현해야 할 버거운 숙제이다. 글을 쓰는 일로써 끝없이 한풀이를 시도해야만 할 대상이다. 4.3은 제주 시인의 숙명이며 업보인 것이다. 어느 가을날이었다. 오랜만에 제주에 왔을 때였다. 억새가 넘칠 듯한 물결을 이루며 섬을 감싸고 있었다. 너무 아름다워서 비극적 사건이 더욱 강조되는 듯했다. "이렇게 아름다운 곳에서 그렇게 처참한 살육의 역사가 있었다는 것이 새삼 의아스럽다"고 언급했었다. 트라우마를 문학으로 재현하기 위해서는 시간의 경과가 개입해야 한다. 포도가 삭아 술로 익는 것과 마찬가지로 시간이 개입할 때에만 차분히 가라앉을 것은 가라앉고 떠오를 것은 떠오를 것이다. 역사가나 언론인이 사건을 기록하는 것은 시간의 경과가 가져다주는 여과장치가 필요하지 않을 수 있다. 그러나 문학적 재현은 인내의 세월을 필요로 한다. 1980년의 광주 사태를 문학적으로 재현할 때에도 그러하다. 임철우 소설가의 「아버지의 땅」은 광주의 피의 역사를 증언하고 기록한 중요한 텍스트이다. 1980년을 총체적으로 그려 낸 첫 소설로 기억된다. 그러나 2015년 출간된 한강 소설가의 『소년이 온다』는 더욱 진한 감동으로 독자에게 다가온다. 그 감동은 시간의 풍화 작용의 결과로 보아야 할 것이다. 세월이 흘러 격정이 가라앉은 다음 비로소 정제된 문학적 형상화가 가능해진 것이라고 보아야 할 것이다. 현기영 소설가의 『순이 삼촌』이 1983년에 등장하면서 4.3 사건은 거의 삼십여 년 만에 처음으로 문학적 재현의 영토 안에 자리 잡았다고 볼 수 있다. 다시 그로부터 삼십여 년이 지나 시인들은 이제 보다 차분한 목소리로 4.3의 기억을 형상화하고 있다. '피'를 직접적으로 드러내기보다는 아직도 덜 아문 상처와 아물어 흉터로 변한 기억을 조금씩 되새기고 있다. 기억을 서술하는 것은 집단 망각의 직물에 구멍을 내는 행위이다. 영화 〈지슬〉이 생생히 재현하여 관객을 불편하게 만드는 것이 그 끔찍한 4.3의 기억이다. 혼자 극장의 어둠 속에서 영화를 통해 역사의 현장 속으로 들어가 보라. 스크린과 충분히 거리를 둔 상태에서도 그 살육의 장면은 보는 이에게 소름을 돋게 하며 스스로 눈을 가리게 만든다. 그토록 끔찍했던 기억도 이제는 세월에 결이 삭아 술잔에 따른 맑은 포도주 같고 청주 같으리라.

그러나 문순자 시인의 시편에서 필자는 여전히 '피의 냄새'를 읽는다. 시인은 능란하게 그 '피의 역사'를 '비린내'로 치환하고 있다. 바다와 옥돔 비늘의 이미지를 끌어들여 비린내가 그 사건을 대신 말하게 만든다. 벚나무 아래 바다 비린내와 생선 비린내가 진동하는 것처럼 보이도록 만든다. 그 효과를 위하여 시인이 준비한 시적 장치는 매우 정교하다. 제목이 '4.3 그 다음날'이 아니었다면 독자는 "외등"과 "난바다"와 "옥돔 비늘"이 4.3과 관련된 등불이요 바다이며 생선 비늘임을 알 길이 없을 것이다. 시인은 서너 가지 단순하고도 선명한 이미지만 제시한다. 그 이미지들 뒤에 4.3의 원한을 하소연하는 수천, 수만의 목소리를 숨겨 두고 있다. 「4.3 그 다음날」은 한국 현대 시사에 기록될 만한 강한 이미지즘의 구사를 보여 주는 텍스트이다. 에즈라 파운드Ezra Pound가 「메트로 역에서At a Metro Station」를 쓰면서 이미지즘imagism의 선구자가 되었던 것을 상기해 볼 수 있다. 파운드는 "젖은 검은 나뭇가지 위의 꽃잎들"을 제시하며 "군중 속의 영혼들"을 읊었다. "군중 속 얼굴들의 영혼: 젖어 있는 검은 나뭇가지 위의 꽃잎들(The apparition of these faces in the crowd;/Petals on a wet, black bough)"이란 단 두 줄의 시이다. 서사나 설명을 이미지로 바꾸어 버리는 것, 시어들과 그들이 불러일으키는 이미지들이 직접 독자의 가슴에 부딪쳐 호소하게 하는 것…. 그렇듯 문순자 시인은 효과적인 이미지의 힘을 구사하고 있다. 파운드의 뒤를 잇는 또 한 명의 탁월한 이미지스트imagist 시인의 등장 장면이라 할 수 있다. 「4.3 그 다음날」을 보자.

밤새
난바다가
지켜낸 외등 하나

왕벚나무 그늘 아래 비린내로 나앉아

낱낱이
옥돔 비늘을

훑어내고 있었다.

_「4.3 그 다음날」 전문

가장 핵심적인 이미지는 "외등 하나"이다. 그 외등은 중첩적인 의미를 지니고 있다. 등은 빛을 발하여 어둠을 밝히는 것이 그 본연의 역할이다. 그래서 등은 어둠에 묻혀 있는 진실을 밝혀 주는 증인의 의미를 지니기도 한다. 하필이면 외등이다. 그러므로 그 증인이 증언할 것은 누구와 더불어 함께하는 것이 아니라 홀로 외로이 지켜 내어야 할 진실이다. 바닷가 왕벚나무 아래의 외등의 이미지는 미국 소설가 스콧 피츠제럴드의 『위대한 개츠비』에 등장하는 '눈'의 이미지를 연상시킨다. 그 소설의 초입에는 '재의 계곡'이 등장한다. 등장인물들은 각각의 사연과 교차하는 욕망을 지닌 채 그 계곡을 통과해 다닌다. 계곡 입구에 간판이 하나 서 있다. 그리고 그 간판에는 안경을 쓴 사람의 눈이 그려져 있다. 그 눈은 '재의 계곡'을 통과하는 모든 사람들의 모든 이야기, 그들의 비밀까지 모두 지켜보고 있다. 사람의 눈이 그러하듯 외등 또한 모든 진실을 알고 있다. 더구나 안경이나 눈과는 달리 스스로 빛을 내기도 한다.

더 나아가 그 외등은 평온하게 존재하는 외등이 아니라 어렵게 지켜진 외등이다. "밤새/난바다가/지켜낸" 외등이다. "난바다"는 형언할 수 없이 고통스러웠던 4,3이라는 시간을 의미한다. 살아남아 "밤새" 거친 파도로 출렁거렸을 그 "난바다"의 기억을 안은 채 외등은 왕벚나무 아래 앉아 있다. "비린내"를 거느리고 있다. 그 왕벚나무 아래의 외등에서는 "비린내"가 난다. 종장에 "옥돔 비늘을/훑어내고 있었다"는 시상이 등장하므로 그 비린내는 자연스럽게 옥돔의 비린내로 연결된다. 표면적으로는 생선 비린내이지만 그 비린내는 단연코 '피비린내'일 것이다. 4.3의 피비린내가 그 왕벚나무 아래 외등에 속속들이 스며 있을 것이다. 오승철 시인의 「송당 쇠똥구리」에서도 그러하다. "뻘기꽃 낭자한 들에 누가 나를 격발하라!"라고 오승철 시인은 절규한 바 있다. 거기 "낭자한" 것은 필경 피일 테지만 시인은 "뻘기꽃"의 이미지로 피의 이미지를 가리고 있다. 문순자 시인의 "비린내" 또한 그러하다. 그가 노래하는 비린내는 오승철 시인의 "뻘기꽃"의 등가물일 것이다.

"외등"이 할 수 있는 일은 빛을 비추는 것일 뿐이다. 그래서 외등은 옥돔을 비춘다. 그 비추는 손길은 섬세하여 마치도 옥돔 비늘을 훑어내듯 하다. 말할 수 없는 것, 전달할 수 없는 역사의 숨겨진 진실은 그렇게 외등의 빛으로, 옥돔의 비늘로 은밀히 드러날 수밖에 없었으리라. 이제는 말할 수 있는 시대가 왔지만, 어쩌면 절규보다 웅변보다 더 간절하고 더 애절한 4.3의 서사는 저렇듯 "외등"과 "왕벚나무"와 "비린내"와 "옥돔 비늘"의 이미지에 실려 드러나고 있는지도 모른다. 제주에서는 4월 3일만 되면 비바람이 몰려온다고 한다. 흐드러지게 피었던 벚꽃이 그 비바람에 한꺼번에 쓸려 나가곤 한단다. 마치 그날 스러져 간 원혼들이 비로 바람으로 습격하듯 고향을 찾는 것처럼. 바다도 함께 얼려 울부짖을 것이다. 제주 섬 전체의 제삿날 밤, 집집마다 하나, 혹은 둘, 혹은 셋, 심지어 네 분의 위패를 모셔야 한다. 혹은 아버지의, 혹은 큰 아버지와 작은 아버지의…. 바다는 난바다로 변하여 밤새 머리를 쥐어뜯으며 으르렁거릴 것이다. 시인은 "그 다음날"을 그려 낸다. 외등의 불빛이 지켜 주고 있는 "옥돔 비늘"을 그림으로써 역사를 이미지로 바꾸고 분노 뒤에 오는 슬픔을 그린다. 오세영 시인은 "괴로움 지나면 슬픔 오듯이 앨버커키^{Alburquerque} 지나면 산타페^{Santa Fe} 있다"고 노래한 바 있다. 『아메리카 시편』에 수록된 미국 기행시의 한 구절이다. 문순자 시인은 명징한 서너 개 이미지의 진주알을 손바닥 안에 굴리며 크나큰 고통, 그 뒤를 따르는 슬픔을 그려 낸다. '앨버커키' 지나면 '산타페' 오듯 분노 뒤에는 슬픔이 온다. 어쩌면 슬픔 뒤에는 동정이, 동정 뒤에는 용서가, 그리고 용서 뒤에는 화해가 올 수 있을지도 모르겠다. 그럴 수 있는 날이 오기를 빌어 본다.

"외등"과 "비린내"가 단시조의 형태를 통하여 강렬한 이미지의 도장을 찍듯 4.3을 그렸다면 「파랑주의보」 연작은 개별화된 4.3의 기억들이 모여 서정의 화폭들을 채워 나간 시편들이다. 많은 이의 가슴에 멍울 맺히듯 들이박혔던, 한이 어린 사연들은 시인의 언어가 무당굿 하듯 불러내면 모습을 드러낸다. 그 무고한 주검의 주인공들은 시인의 목소리에 자신들의 한을 얹는다. 눌리었던 기억들이 하나씩 고개 들고 일어나 더러 항변하고 더러 울먹이고 있다.

　누가 이곳에다 불씨 묻어 놓았을까
　겨울비 트럭에 싣던 다랑쉬 오름 중턱
　한줄기 연기를 따라
　휘적휘저 오르는 바람

　아니야, 저건 필시 산사람 행적일 거야

한밤중 영문 모른 채 동굴로 숨어들었던
다랑쉬 4.3의 잔해, 저들의 혼백일 거야

겨울날 분화구가 돌화로로 보이는 것은
수천 평 송당 억새가 항명하듯 젖는 것은
이 땅에 고백을 못 한
진눈깨비 저 하얀 죄

_「파랑주의보 6」 전문

　다랑쉬 오름은 4.3의 억울한 죽음을 대표하는 공간이다. 죄도 없이
영문도 모른 채 스러져 간 이들의 원혼이 "겨울비", "한줄기 연기", "젖
는 억새", "진눈깨비"로 이루어진 을씨년스러운 풍경화로 드러난다. 다
랑쉬 오름 중턱에 이는 바람도 그 연기와 비와 어울려 "휘적휘적 오르
는 바람"이다. 그 바람은 어쩌면 고통스러운 역사의 트라우마를 안고
살아가는 시적 화자 자신의 모습일지도 모른다. 그래서 분화구는 돌화
로로 보이고 그 돌화로에서는 숨겨진 불씨로 인해 한 줄기 연기가 오른
다. 송당의 억새가 겨울비에 젖는 것도 항명의 몸짓이 된다. 다랑쉬 오
름에 속속들이 스민 한스러운 역사 앞에서는 그 어느 생명체도 4.3의
기억에서 자유로울 수 없다. 마침내 진눈깨비조차 "하얀 죄"로 읽는다.
"고백을 못" 했기에 죄를 씻지 못하고 있다. 디랑쉬 오름에 이르러서는
겨울비도 바람도 억새도 진눈깨비도 모두 얼려 역사를 향해 울부짖고
있는 것이다. 역사의 흔적은 오늘도 운무가 되어 오름에 어려 있다. 이

제라도 "고백"하라고 역사는 소리치고 있다. 다랑쉬 오름 분화구에 "불씨"처럼 오래도록 묻혀 꺼지지 않는 4.3의 혼백들이 문순자 시인의 언어를 통해 일어서고 있다. 겨울비 내릴 때 피워 올리는 "연기"처럼 그 원한의 흔적들은 되살아난다. 겨울비 내리고 진눈깨비 치는 날, 견딜 수 없는 혼백의 조용한 아우성을 시인은 듣는다. 그리고 그 원혼을 달래는 굿판을 텍스트에 벌여 놓는다.

「파랑주의보 12」는 「파랑주의보 6」보다 더 구체적인 4.3의 증언에 해당하는 시편이다. 시인은 4.3 이후 제주의 4월을 재현한다. 스케치처럼 단시조 3장에 그려 낸다. 그러나 그 함의는 단순하지 않다. 4월이면 겨울 동안 얼어붙었던 들녘엔 생명이 움트고 돋아난다. 땅속에 묻혀 있던 의문들이 고개를 들고 일어나 침묵의 지표면에 균열을 일으키기 시작한다. 다시 4월이 돌아온 것이다. 생물들이 땅을 뚫고 나오는 것처럼 돌멩이로 누르듯 기억 속에 억눌러 두었던 의문의 사건도 다시 고개를 든다. 약동하는 4월의 들녘을 두고 시인은 "의문부호 투성이"라고 노래한다. 중장에서 그 의문의 사건은 구체화된다. 지서의 호출을 받고 집을 나갔다가 다시는 돌아오지 못한 "아버지"는 4.3 사건의 가장 전형적인 희생자일 것이다. "목도장"은 그렇게 한 번 불려 나갔다가 돌아오지 못하게 된 4.3 희생자를 상징할 것이다. 도장은 흔적이며 존재의 상징인 것이다. 혹은 강요당한 자백이나 진술의 상징일 수도 있겠다. 그런 희생자가 한둘이 아니다. 4.3에 스러져 간 혼백들이 4월의 제주 들녘에 다시 출몰한다. 여기지기 돋아나는 풀처럼 마구 나타난다. 미처 못 챙겨 흘리고 간 "목도장"처럼 존재를 증명하며 기억의 회복을 촉구하고 있다. 시적 화자는 곳곳에서 희생의 증거들을 읽는다.

영국 시인 엘리엇은 「황무지The Wasteland」에서 "4월은 가장 잔인한 달"이라고 노래한 바 있다. 겨울 동안 땅속에 포근히 묻혀 있던 기억과 욕망이 섞여서 함께 고개 들고 나타나기 때문이라고 했다. 엘리엇의 기억과 욕망은 개인의 기억이요 욕망이다. 제주 시인에게는 4월에 고개 들어 땅을 뚫고 나오는 기억과 욕망은 더욱 고통스러운 집단의 기억이다. 그것은 역사의 복권을 향한 간절한 욕망이기도 하다.

제주의 4월은 한반도 4.19의 4월과 또 다른 성격의 것이다. 메리 칼도Mary Kaldo는 제2차 세계대전 이후에는 양민의 죽음이 전쟁터에서의 군인의 죽음을 훨씬 상회한다고 지적한 바 있다. 집단 살인의 80%는 양민 학살의 형태로 나타났기 때문이다. 냉전 이데올로기의 무고한 희생자들이 흘린 뜨거운 피의 역사가 전개된 곳이 바로 아시아, 아프리카 대륙의 신생 국가들이다. 우리에게 4.3은 '냉전 시대의 뜨거운 피' 서사의 한국 판본인 것이다. 그러므로 문순자 시인의 예사롭지 않은 이 단시조는 뜨겁고 아픈 수 겹의 서사를 쟁이고 동여 묶은 응축의 시편이다. 수십 년의 세월을 두고 거친 바닷바람에 쓸리고 파도에 실어 보내고, 그러고도 차마 다 못 다스려 터져 나오는 기억의 폭발하는 절규이다. 초장에서는 제주 들녘의 묘사를 보여 준다. '의문부호'라는 은유를 복선으로 끌어들여 종장의 "왜"와 "모르겠다"를 준비시킨다. 중장에서는 "의문부호"로 제시된 수레바퀴vehicle의 수렛살tenor을 구체적으로 드러낸다. 종장에서 시인은 다시 시치미 떼듯 마무리 짓는다. 4월의 "의문부호"를 거듭 환기시키며 독자에게 그 의문의 해답을 주문한다.

4월 제주들녘엔 의문부호 투성이다

지서에 가신다던 아버지 여태 안 오고

왜 여기 목도장 하나

흘렸는지 모르겠다

_「파랑주의보 12」 1연

3. '집어등'과 '별'

앞서 외등에서 제시된 빛의 이미지는 다른 시편들에서는 집어등과 별의 이미지로 변주되어 나타난다. 바닷가의 외등이나 등댓불이 어둠을 밝히는 구실을 한다면 집어등은 고기 떼를 유혹하여 몰려들게 만든다. 바다에 집어등이 있다면 하늘에는 별이 있다. 집어등 빛을 보고 고기 떼가 몰려들 듯이 시인은 흔들리는 고깃배에 매달린 집어등처럼 어둠 속에 묻혀 가는 제주의 옛 정취를 밝힌다. 잊히어 가는 제주의 내력을 찾아 헤매며 섬세한 시적 언어로 한 편의 작은 역사서를 짓는다. 「사수포구 1」은 서정의 물감으로 그린 한 폭의 풍경화를 연상시킨다. 숨어 있는 듯한 작은 항구, 제주의 사수포구를 그려 낸 시편이다.

파도가 내었을까, 제주시 해안도로

하늘길, 바닷길로

강씨, 문씨 날아와서

털머위 꽃대궁 같은 포구 하나 열었다

아버지도 4.3 땅 피를 물려받으셨나
셋째형 그 이름을 횟술잔에 띄워놓고
당신의 콩팥으로는
걸러낼 수 없던 일엽一葉

그래, 이 그리움을 무엇으로 거를까
신장 투석하듯
숨골 따라 거슬러 온 파도
신제주 관통한 내력 몰래물은 알고 있다

이제 가난한 몸, 집어등이 되고 싶다
볏짚에 묻힌 재로 갈피갈피 닦아내면
밤바다 허락도 없이
별자리를 놓는다

_「사수포구 1」 전문

　그저 아늑하고 호젓했던 한 작은 포구, 그래서 기억 속에 오래도록
남아 있던 그 포구의 기억이 문순자 시인의 시편으로 인하여 전혀 다른
모습으로 변모하는 것을 경험한다. 제주 사람들의 가슴속에 하나씩 간
직되어 있는 아픔과 그리움들이 사수포구를 통해 드러나 있다. 시적 화
자의 아버지는 4.3으로 인하여 형제를 잃은 아픈 기억을 갖고 있다. 아
버지는 그 기억을 걸러 내지 못해 횟술로 세월을 보내고 그 횟술은 다

시 병을 부르게 된다. 아버지의 그리움은 결국 아버지의 삶을 앗아 가고 그 부재의 아버지는 시적 화자의 그리움의 대상으로 변모한다. "숨골 따라 거슬러 온 파도"가 되어 "신제주 관통한 내력"을 시인은 사수포구에서 읽는 것이다. 사수포구의 원래 이름인 '몰래물'이 상징하는 바 또한 그 포구가 안고 있는 숨겨진 아픈 역사와 연결되어 있다. 결국 사수포구는 제주인 모두의 아픔과 한을 간직한 공간이며 동시에 그들에게 작은 안식처의 구실을 하고 있는 것이다. "털머위 꽃대궁" 같다는 표현이 사수포구가 환기하는 위로와 안식의 서정을 반영한다. 신제주가 제주의 원래 모습을 손상시키며 개발된 공간일진대 사수포구는 그 모든 역사를 안고 침묵하는 곳이다. '사수포구'가 제공하는 위로의 이미지는 마침내 '집어등'의 이미지로 종결된다. 빛을 비추어 물고기들을 몰려들게 할, 그것은 무엇일까? "이제 가난한 몸"이라고 했으니 모진 역사의 파도에 쓸리며 살아남아 이제는 노쇠해진 모든 존재를 지칭하는 것일 테다. 시적 화자가 그 가난한 몸일 수도 있다. 그것은 '아버지'일 수도 있고 혹은 사수포구 그 자체일 수도 있다. 신제주의 역사를 안고 있으면서도 평화로운 듯 보이는 것이 사수포구이니 말이다. '집어등'이 제시하는 빛의 이미지는 '별자리'의 이미지로 연결되며 확장된다. '집어등' 환히 밝혀진 어느 포구의 밤을 상상해 보자. 부르지도 않았는데 하나씩 둘씩 얼굴을 내밀고 나타나 마침내 밤하늘을 수놓은 병풍처럼 바꾸어 줄 별들을 그려 볼 수 있다. 그렇게 무심히 나타나는 별들을 두고 시인은 "밤바다 허락도 없이/별자리를 놓는다"고 노래했다. 포구가 상징하는 것들과 그런 포구의 사연과 기원에 화답하는 천상의 존재를 확인한다. 하늘과 땅과 바다가 하나로 연결된 조화로운 우주 속에서라면 인간살이의 아픈 기억들은 멀찍이 물러서 줄지도 모를 일이다. 그래서 사수포구에 이르면 모두 평화의 꿈을 꾸게 될지도 모를 일이다. 지친 몸들도 모두 하나씩 '집어등'으로 변하여 어느 물고기 떼를 모여들게 할지 생각해 볼 일이다. 그 포구의 여름밤이라면 삼베 홑이불 들고 나와 '한뎃잠'을 청해 보고 싶어질 것이다. 신경숙 소설가의 『외딴방』에 새들의 한뎃잠이 묘사되어 있다. 나뭇가지 높은 곳에 모여 밤하늘의 별을 우러르며 잠든 새의 무리…. 그런 '한뎃잠'을 청하자면 자유로운 꿈을 꿀 수 있을 것이다. 박재두 시인의 「별이 있어서」에서처럼 "별 사이를 누비며 날으는 꿈"을 꾸고 싶어질 것이다.

그러나 「사수포구 2」에 이르면 시인은 「사수포구 1」에서 제시한 그런 낭만적 여름밤의 꿈을 산산조각 내어 흩어 버린다.

신들이 잠시 떠난 조막만한 어촌이 있다.

제주국제공항, 도두봉 가만가만 재워놓고

시한부 갈칫배 몇 척

가쁜 숨 몰아쉬는.

마을도 쪼개다보면

탑들만 남는 걸까.

일제 강점기에 절반, 국제공항으로 또 절반, 김밥 옆구리 터지듯

신성, 제성, 동성마을로 흩어진 저 밥알들,

보상금 일원 오십 전

그마저 노리는 집게발.

파도에 떠밀린 마을, 별도봉에 닿는다.

자살바위 앞에 서면 '다시 한번 생각하라'

한목숨 부서진 바다

쑥부쟁이 피운다.

_「사수포구 2」 전문

　"일제 강점기에 절반, 국제공항으로 또 절반, 김밥 옆구리 터지듯/신성, 제성, 동성마을로 흩어진 저 밥알들"을 보자. 그 구절에 이르면 제주 원주민들의 삶의 애환을 발견한다. 역사의 전환기마다 다양한 방식으로 삶의 터전을 빼앗기고 흩어져 나간 제주 사람들의 모습을 볼 수 있다. 일본 제국주의 강점기에 이루어진 개발과 60년대 근대화 과정에서 제주 사람들은 살던 곳을 떠나 이주해야만 했다. 그들의 그런 애환을 시인은 "김밥 옆구리"와 "밥알"이라는 표현으로 적확하게 그려 내고 있다. 그래서 「사수포구 2」에서는 서정을 걷어 내고 남은 생존의 처절함을 발견할 수 있다. 그 삶의 신산함이 조촐한 포구를 매개로 하여 그려져 있다. 국제공항도 도두봉도 "가만가만" 잠들게 한 조용하고 아늑한 곳이 그곳이다. 그러나 그 평화가 개발과 확장의 논리 앞에 훼손되고 말 것을 시인은 이미 예감하고 있는 듯하다. "시한부 갈칫배"에서의 "시한부"라는 한정의 형용사가 이를 보여 준다. 마지막 위안처인 작은 포구의 운명을 예감하는 시인의 안타까움이 스며 있다. 그 서글픔과 안타까움은 종장에 이르러 "별도봉"과 "자살바위"와 "쑥부쟁이"가 제시하는 절망의 이미지로 연장되어 나타난다. 산봉우리에 올라 부서져 내린

몸들은 자신의 땅에서 소외되어 절망한 존재들을 지칭한다. 그 아픈 기억을 안은 채 쑥부쟁이는 피어날 것이다. 그리하여 제주와 그 제주 땅에 살아가는 사람들의 삶을 상징할 것이다. 개발의 논리 앞에 부서져 사라져 버린 기억 속의 공간을 기념할 것이다.

「사수포구」 시편에서 보듯이 상실을 향하는 시인의 동정 어린 시선은 다른 시편에서도 변주된 서정으로 나타난다. 바깥으로 밀려난 것, 사라져 가는 것, 잃어 가는 것들에게 보내는 동정의 눈길은 모든 생명에 대한 따뜻한 정으로 연장된다. 그리고 그런 생명의 존중은 인간의 삶 전체를 유목의 생으로 파악하는 시인의 모습으로 이어진다. 생명 가진 것들은 떠돌다 잠시 머물렀다 가는 것이라고 시인은 이른다. 도둑고양이를 두고 '흘러가는 생'이라고 불러 보는 것은 그런 이유에서이다. 「유목」을 보자.

사골국물 우리는 해장국집 한 뼘 뒤란
누가 씨 받았는지 제 한 몸 다 휘도록
기우뚱, 참나리꽃이
화끈하게 피었다

어디서 흘러왔나, 점박이 도둑고양이
화분에 납작 엎드려 내 눈치를 살핀다
가끔은, 아주 가끔은 모른 척 눈감아준다

내 몸을 떠돌다가 엉덩이에 잠시 머문

유목의 흔적 같은 몽고반점 사라진 지금

점박이, 저들도 분명

흘러가는 생生이겠다

_「유목」전문

　생명 가진 모든 것은 "흘러"온 것, "흘러가는 생"이며 "떠돌다가" "잠시 머문" 것이다. "내 몸"의 '몽고반점'을 "유목의 흔적"으로 읽는 시인이므로 "점박이 도둑고양이"도 유목민으로서의 인간 존재로부터 그다지 멀지 않다. '몽고반점'도 '점박이'도 유목의 흔적일진대 "참나리꽃"에 스며든 "도둑고양이"를 "모른 척 눈감아주"는 것은 당연한 일일 것이다. 목숨 지닌 것은 한결같이 유한하고 그러므로 한 가지로 가련한 존재들일 뿐이다. 몽고반점으로 또는 점박이의 모습으로 나타난 그 자국들은 모두가 전생의 유랑을 증거하는 흔적들이다. 윤회의 궤도를 따라 어느 별에서 만났다 헤어져 다시 만나고 그러다가 어느 꽃 핀 날에 홀연히 떠나가는 목숨들이다. 그 흐름에서 출렁임을 느낀다면 '너'와 '나' 사이의 경계를 지워 버려야 마땅할 것이다. 모두를 아우르며 함께 흘러가야 할 일이다. '참나리꽃'도 '점박이 고양이'도 '몽고반점'을 지닌 유랑의 후예도 모두 흘러가는 생일 따름이다. 함께 봄볕에 나른하게 졸아도 좋으리라.

4. 소금밭의 유산

어머니라는 이름은 종교적 상징에 준하는 거룩함을 내포한다. 입술로 어머니를 부를 때 그 순간 모든 이는 제를 올리는 제사장으로 변모한다. 생명의 기원이면서 존재의 이유이면서 절망 속의 빛이면서 그리움의 환유인 것이 어머니라는 이름이다. 여성 시인들이 재현하는 모녀관계는 더욱 여러 겹의 해석을 요구한다. 그 동일성과 갈등과 화해의 서사도 다양하다. 딸의 생애는 어머니의 삶의 변형이면서 반복이기 때문이다. 문순자 시인의 시편에 등장하는 어머니의 생애는 구체적이고 생생한 물질적 상상력 속에서 재현되어 있다. 구엄포구 소금밭의 천일염이 어머니의 삶을 대변한다. 소금이라는 물질성이 어머니의 전 생애의 노역과 흘린 땀과 안으로 삭인 한숨과 실현되지 못한 갈망을 고스란히 드러낸다. 고난 속에서도, 아니 어쩌면 고난 때문에 삶의 의미는 여물어지고 바닷물이 짤수록 소금은 더욱 강한 맛을 지닌다. 그렇듯 진하게 짠맛 풍기며 거칠어진 육질을 지닌 하얀 결정체, 구엄의 천일염은 어머니 삶의 등가물이다. 문순자 시인의 원초적 기억 속에서 어머니는 삼단 같은 검고 긴 머리채를 지닌 젊은 여인으로 각인되어 있다.

더도
덜도 아닌
아홉 살 눈부처다

삼단 같은 머리칼

알미늄솥 바꾸던 날

덤으로
덤으로 받은
어머니 브로치다

_「꿀풀」 전문

　천지에 널린 무성하고 싱싱한 꿀풀을 보노라면 그 꿀풀의 싱싱한 생
명력이 느껴진다. 꿀풀은 우선 아홉 살 난 아이의 이미지를 추동한다.
경험 이전의 순수, 그 순수의 화신이 되어 주변의 모든 경이로움에 눈
을 크게 뜬 고운 살결의 아이이다. 그것도 시적 화자의 눈동자에 투사
된 이미지로서의 아이이다. 거울에 반영된 이미지는 거울의 물질성으
로 인해 굴절되거나 과장되거나 미화되기 마련이다. 강물에 비친 나르
시스의 모습이 나르시스 자신을 유혹한 것은 어쩌면 물결이 강물에 반
영된 모습의 흠결을 적절히 가려 주어서일지도 모른다. 시적 화자의 눈
동자에 축소되어 더욱 영롱하게 박힌 어린아이의 모습은 작고 예쁜 '브
로치'의 이미지로 연결된다. 어머니의 저고리를 장식하던 브로치가 기
억 속에 각인되어 있는 까닭이다. 그러나 시인은 그 사랑스러운 이미지
뒤에 한국 여성의 슬픈 서사가 담긴 화폭으로 드리우고 있음을 보여 준
다. 아름다움이 아름다움이기만 하다면 시가 절실해지겠는가? 아름다
움을 읊으며 아름다움 이상을 말하지 않는다면 시 또한 미학의 공화국
에 동원된 프로파간다propaganda에 불과한 것 아닐까? 그렇다면 아름다

움을 아름다움이라고만 이르는 시인은 미의 독재자의 왕국 성문을 지키는 나팔수에 머물고 말 것 아니겠는가? 문순자 시인의 꿀풀 이미지 뒤에는 한국의 1960년대 근대화 시절의 풍경이 배치되어 있다. 그 서글픈 풍경화야말로 시의 아름다움을 구체화하는 핵심적인 요소이다. 그러므로 '어머니의 머리채'라는 이미지는 문순자 시인의 예술적 자질을 핀으로 집어내듯 보여 준다. 달비 장수에게 머리채를 팔아 알루미늄 솥 한 채를 얻는다. 거기에 덤으로 브로치도 하나 얻는다. 그 예쁜 브로치는 사라지고 없을 테지만 그 기억은 꿀풀의 모습으로 제주 섬 곳곳에 피어난다.

1960년대는 관官 주도의 1, 2, 3차 경제개발 계획이 전개되던 시기이다. '백만 불 수출과 일 인당 천 불 국민소득'이라는 구체적인 숫자를 목표로 제시하며 전 국민이 근대화 프로젝트에 동원되던 시기이다. 땀 흘리면서 농사를 돕는 대통령의 모습이 극장의 '대한 뉴우스'에 늘 소개되던 시절이다. 60년대 '달비 장수'는 동네마다 다니며 여성들의 머리카락을 사들였다, 그리고 신식 냄비를 그 머리 값으로 치렀다. 그렇게 사들인 머리카락은 가발로 가공되어 수출되곤 했다. 전병순 소설가의 단편 「달비 장수」는 그런 사회 현상을 그려 낸 소설이다. '여성의 몸'이 한국 근대화의 중요한 공신인 것은 봉제 공장과 전자제품 공장에서 일한 여공의 일화에서만 드러나는 것이 아니다. 신경숙 소설가가 『외딴방』에서 1980년대의 노동 여성을 그렸다면 1960년대 근대화의 숨은 그림은 이처럼 전병순 소설가와 문순자 시인의 텍스트로 완성되고 있는 것이다. 여성의 몸 일부가 재화와 교환되던 장면을 문학 텍스트로 기록한 것이다. '삼단 같은 머리칼'이 '알루미늄 솥'과 맞바꿈되는 그 장면이 슬픈 것은 그 머리칼과 알루미늄 솥의 상징성 때문이다. '검은 머리칼'은 여성성과 여성적 아름다움의 등가물이기도 하다. 그리스의 니코스 카잔차키스Nikos Kazantzakis는 『그리스인 조르바Zorba, the Greek』에서 긴 머리칼을 늘어뜨렸던 젊은 여성의 죽음을 탄식한다. 아름다움의 소멸에 대한 그의 탄식은 그녀의 긴 머리카락 때문에 더욱 강조된다. 머리카락을 자르는 것은, 여성성의 상실, 즉 매혹의 소멸을 상징하기 때문이다. 미당 서정주 시인의 「귀촉도」에 등장하는 "은장도 푸른 날로 이냥 베어서/부질없는 이 머리털 엮어 드릴 걸" 구절이 애절한 것도 같은 맥락에서이다. '국민교육헌장'에 나타나듯, '능률과 실질을 숭상'하여 아름다운 것들을 실용으로 치환하던 시절, 그 근대화의 과정은 물질적 풍요를 위한 도약 과정이면서 고유한 아름다움의 상실 과정이기도 했다. 그 시절에 젊음을 보낸 여성인 어머니의 이미지가, 그 어머니의 자태를 잠시 환히 꾸며 주었을 브로치의 이미지가 세월이 흐른 후 꿀풀로 다시 피어나 있다. 문순자 시인은 소품에 불과할 수도 있는 그리움의 서정시를 풍부하고 함축적인 텍스트로 격상시킨다. 자연이 환기하는 개인적 서정을 텍스트에 구현하면서 동시에 역사의 숨겨진 슬픈 일화를 넌지시 제시하는 복합적인 시편이 「꿀풀」이기 때문이다. 짧은 단시조가 이리도 많은 이야기를 슬프고도 아름답게 전개할 수 있다는 사실이 새삼 놀랍다.

그렇게 젊음도 아름다움도 세월에 내어 주고 어머니의 삶은 "밭머리"와 "숨비소리"의 한 생애로 변화해 갔을 것이다. 제주의 구엄과 신엄은 소금밭을 기꾸는 '엄쟁이'들의 마을이었다. 엄쟁이 어머니는 큰딸에게 그 소금밭을 유산으로 물려준다고 한다. 어머니가 전 생애를 바쳐 가꾼 소금밭을 딸에게 물려주는 일은 그 어머니의 생애에 스민 사연과 꿈과 한숨과 눈물, 그리고 보람까지 몽땅 물려주는 일일 것이다. 어머니로부터 물려받은 한과 슬픔을 그리움과 함께 풀어내는 시편으로 「새조개」를 읽는다.

날아온 섬 비양도엔
바다 속에도 새가 있다
70년대 새마을 풍 빛잔치에 넘어간
납작한 슬레이트지붕 살짝 홀린 조개가 산다

하늘 아래 한 지붕, 모래펄 속 새조개
어머니 한생애도 밭머리 파도로 앉아
또 하루 해감을 하듯 숨비소리 흘렸느니….

섬도 간절하면 다홍빛 새가 되는 건지
내 안을 검색하는 해안초소 서치라이트
천 년 전 예고도 없이
날아든 비양도처럼

_「새조개」 전문

제주도의 서편에 비양도라는 작은 섬이 있다. 제주도에서도 배를 타고 가야 닿는 섬이다. 시인은 "천 년 전 예고도 없이 날아든" 섬이라고 노래한다. 한자의 어원을 찾아보면 날 비飛자가 씌었으니 날아든 섬이 틀림없다. 섬 속의 섬, 외딴 섬이 그리움의 대명사인 것은 "해안초소 서치라이트"와 "다홍빛 새"의 이미지를 통해 알 수 있다. 비양도는 홀로 바다에 떨어져 앉은 외로운 섬이다. 그 섬의 외로움과 간절함은 "해안초소 서치라이트"를 "다홍빛 새"로 변화시킨다. 서치라이트는 시적 화자의 내면에 숨은 그리움과 간절함을 비추어 드러낸다. 서치라이트의 불빛을 다홍빛 새의 비상으로 보는 것은 새처럼 날개 치며 날아올라 자유로이 떠나가고픈 시인의 마음 때문일 것이다. 그렇다면 결국 비양도는 시인 자신의 모습임을 알 수 있다. 시인의 모습이면서 동시에 어머니의 생애의 모습이기도 하다. "어머니 한생애도 밭머리 파도로 앉아/ 또 하루 해감을 하듯 숨비소리 흘렸느니…" 하고 노래한다. 비양도의 이미지는 비양도에 사는 새조개의 이미지와 연결되고 새조개의 형상은 또 새의 모습으로 연장된다. 하늘로 날아오르지 못하고 태어난 곳에서 업보를 갚듯 주어진 삶을 살아가는 제주 여인의 생애를 새와 새조개의 대비 속에서 그려 낸 것이다. "밭머리"는 어머니의 하루치 밭일의 노동을 상징하는 시어이고 "숨비소리"는 바다에서의 '물질'을 대변한다. 그 노역의 하루하루는 반복적으로 지속된다. "숨비소리"가 "또 하루 해감"을 하는 새조개의 모습에 대비되는 것은 그 때문이다. 「꿀풀」에서 그러했듯이 문순자 시인은 서정을 서정으로만 그리지 않는다. "숨비소리"와 "밭머리"가 대변하는 어머니의 고된 노동의 배후에 사회적 맥락을 암시적으로 드러낸다. "70년대 새마을 풍 빚잔치에 넘어간"이란 시구를 눈여겨보아야 한다. 꿀풀의 '달비'가 상징하는 근대화 프로젝트는 1970년대의 새마을 운동으로 정점에 이르게 된다. 그 새마을 운동의 그늘에는 '빚잔치'의 상징성이 보여 주듯 근대화의 희생자들이 놓여 있다. '진보'와 '성장'이라는 국가의 공적 담론 뒤에 숨겨진 그 '그늘'의 사연들이 "밭머리"에 나앉아 "새조개"처럼 하루치 노동의 피로를 "해감"하는 어머니의 모습에서 징후처럼 드러나고 있다.

어머니의 삶을 그린 또 하나의 텍스트를 보자. 「여자」는 어머니의 전생애를 '기울어진 유모차'의 이미지 속에 압축한 시편이다.

지구에 오래 살면 저렇듯 둥글어질까
온종일 해바라기 23.5도 그만큼
어머니,
이끈 유모차
그도 슬몃 기운다.

첫 남잔 징용으로 일본 간 지 칠십년
두 번째 4.3 횟술로 세상 뜬 지 사십년
체념도 용서도 아닌
하늘이라 또 섬긴다

당신은 엄쟁이다
소금밭 일구던 여자
절에 가지 않아도 온몸으로 절을 한다
서너 평 돌염전에도
눈부시다 천일염

이 시편에서는 어머니의 굴곡 많은 생애가 한국 현대사의 질곡에 깊이 닿아 있음을 알 수 있다. "첫 남잔 징용으로 일본 간 지 칠십년, 두 번쨴 4.3 횟술로 세상 뜬 지 사십년"에서 보듯, 일본 제국주의 강점기의 산물인 '징용'이 어머니의 삶을 한 번 뒤틀리게 했다. 그리고 다시 냉전시대 이데올로기 전쟁의 부산물인 4.3 사건이 두 번째 트라우마를 안겨 주었다. 그런 역사의 격랑에 휩쓸리면서도 자신의 운명을 수용하고 섬기고 "온몸으로 절을" 하며 삶을 지속해 가는 강인한 어머니의 모습은 숭고하기까지 해 보인다. 그 삶의 과정에 쉽게 '체념'이라는 이름을 붙일 수는 없다. '순응'의 삶이라고도 단정할 수 없다. 체념도 아니고 순응도 아니고 복수나 저항은 더욱 아닌 그 삶을 정의해 줄 단어는 무엇일 수 있을까? 어쩌면 삶의 복합성과 생존의 엄숙함은 삶을 추동하는 힘의 본질을 쉽게 정의할 수 없다는 사실에 있는 것은 아닐까? "체념도 용서도 아닌 하늘이라 또 섬긴다"는 시구가 울림이 큰 것은 그 때문일 것이다. 햇빛 속에 바람 속에 부대끼며 바닷물의 수분 다 날려 보내고 그 바닥의 '짜디짠' 속성들만 응고되어 이루어진 소금 같은 삶, 그것이 바로 '엄쟁이' 어머니의 한 생애일 것이다. '눈부신 천일염'은 그 어머니의 삶의 존엄성에 바치는 딸의 헌사일 것이다. 유산으로 물려받은 염전에 기록된 한 제주 여인의 삶을 기리는 찬양의 노래일 것이다. '기울며', '절하며' 운명을 받들고 세월의 흐름을 함께한 생명에의 예찬일 것이다. 그 숭고한 삶의 전통을 계승하리라는, 시인의 다짐의 노래일 것이다.

5. 균형과 긍정의 인생 시학

　제주는 아름답고도 거친 곳이다. 바닷물이 맑고 현무암 검은 바위는 그 바다와 산뜻한 대조를 이루지만 거기 부는 바닷바람은 거침이 없다. 해안의 소나무를 휘게 만든다. 그 바닷바람을 맞고 견디는 백년초가 강하고도 아름답듯이, 그 땅에 나는 마늘이 마늘 본연의 매운맛을 단단히 지녔듯이 삶은 어디에서 시작하든지 찬양해야 할 대상이다. 모든 생명은 축복받아야 할 따름이다. 문순자 시인의 최근 시편들에서는 몸에 대한 사유가 등장한다. 시인이 나이 들어 가는 몸의 변화에 주목하며 삶의 지혜를 몸에서 찾고 있음을 볼 수 있다. '몸'이라는 주제로 또 한 편의 문순자 시인론을 써야 할지도 모르겠다. 「왼손도 손이다」는 그중 한 예에 불과하다.

　　의사는 다짜고짜 내 구력을 물어온다
　　운동?
　　운동이라면 노동이 고작인데
　　병명도 분수가 있지
　　'테니스 앤 골프 앨보'라니

　　그렇다면 도대체 내가 뭘 쳤다는 걸까
　　오른손잡이,
　　이 손으로 네 등 떠민 적 없었다
　　무심결 왼쪽 손으로 찻잔을 든 이 아침

세상에, 세상에나

업은 애기 삼년 찾듯

여태껏 안 떠나고 여기 남아 있었구나

반세기 흘리고 나서

심봤다!

너 왼손아

_「왼손도 손이다」 전문

오른손만 주로 써 오던 시인이 왼손을 발견하는 장면에서 "업은 애기 삼년 찾듯"이라고 노래하고 있다. 그 발견은 "심봤다!"로 드러나듯 무한한 기쁨의 원천이 된다. "반세기 흘리고 나서"에서 보듯 존재이면서도 부재로 파악된 것, 오른손의 그늘에서 묵묵히 침묵해 오던 것이 이제 시적 화자의 눈에 들어온다. 그렇다면 왼손의 존재에 대한 발견은 어쩌면 문순자 시인이 자신의 고유한 목소리를 발견했음을 보여 주는 것일 수도 있다.

서양의 십이음계는 그 효용을 다하여 이제 그 음계로는 더 이상 새로운 음악을 지을 수가 없다고 한다. 서양의 십이음계와는 전혀 다른 음의 구조를 지닌 동양의 음계가 그 틈새의 소리들을 발견하고 새 음악의 창조에 쓰일 차례라고 한다. 윤이상 작곡의 음악들이 서양 악기로 하여금 동양의 음악 혼을 노래하게 주문하듯 말이다. 세계 문학의 장에서 한국 문학은 음악의 십이음계에 눌리어 온 동양의 음과 같은 '왼손'일 것이다. 제주는 한반도의 왼손, 여성은 남성의 왼손, 현대 시조는 자유시의 왼손 구실을 해 왔다고 해도 과장은 아닐 것이다. 그렇다면 문순자 시인은 '왼손'이 펼쳐 보이는 시세계를 가장 선명하게 보여 줄 수 있는 시인일 것이다. 왼손으로 그려 낸 인간과 자연과 사회는 어떤 모습일까? 제주 여성 시조 시인으로서의 문순자 시인이 펼쳐 보이는 왼손의 예술 세계에 주목할 시간이다.

증류된 기억의 시

: 문순자 시인의 『어쩌다 맑음』을 읽다

1. 증류된 기억

2017년 노벨 문학상 수상자인 가즈오 이시구로는 나이 든 이의 삶에서 온전히 드러나는 추억의 향기를 소설로 그려 낸다. 젊은 시절, 그 질풍노도의 날들은 세월과 함께 빛이 바랜다. 고통과 열정과 지극한 환희도 시간의 풍화 작용을 거치면 아득해진다. 이시구로는 말한다. 세월은 과거의 사건들을 증류시키는 장치이며 증류된 맑은 기억이야말로 인생 후반기에 주어지는 고귀한 선물이라고. 그의 대표작인 『남아 있는 나날』에는 그처럼 맑고 투명한 지난날의 흔적이 고스란히 담겨 있다.

문순자 시인의 시집, 『어쩌다 맑음』에 담긴 시편들도 그런 증류된 물방울 같다. 기억 속에 자리 잡은 고통과 격정과 설렘의 굵은 입자들은 가라앉아 있다. 증류되어 더욱 맑아진 물방울들이 옹기종기 뭉치듯 시편들은 투명하고도 맑기가 그지없다. 지나간 세월, 그날, 그 꿈의 흔적들은 아련한 향기와 연한 색감^{hue}으로 거기 스며 있다. 이시구로가 영어로 이루어진 서사 속에 그 흔적들을 채록하고 있다면 문순자 시인은 한국어로 서정시를 빚어냈다. 시편들은 하나하나 소중한 기억들을 간직하고 있다. 삶을 송두리째 바치고 싶었던 날의 열정, 굽이굽이 맺힌 사무치는 사연들, 그리고 못다 이룬 것에 대한 그리움과 아쉬움이 각각의 시편에 속속들이 스며 있다.

안으로 곱게 다스린 열정은 「방애불」에서 볼 수 있다. 「방애불」에서는 가슴속에 불씨로 남아 아직도 일렁이는 정념을 느낄 수 있다. 언제든 다시 일어서고 번져 나갈 듯한 강렬한 열정의 불길이 남아 호소로 절규로 터져 나오는 것을 볼 수 있다. 대보름날 새별오름의 방애불 놓기는 시인의 삶에서 유일한 디오니소스^{dionysos}적 공간을 열어 준다. 그 날은 무리 지어 몰려나와 목 놓아 울음도 울고 한껏 소리쳐도 좋으리라. 오랜 굴욕과 수탈의 역사 속에서 안으로 안으로 삼킨 한을 함께 불길 속에 태워도 좋으리라. 그리하여 남은 삼백예순 날을 다시 참고 견디며 살아갈 수 있도록. 타오르는 오름의 불길은 푸닥거리처럼 시인의 한을 달래고 하늘을 향해 올리는 기원을 대신하게 되리라. 서구의 가면무도회 같고 사육제^{carnival} 같은 그런 욕망의 분출이 오름 하나를 불태우며 하늘로 오르는 불을 놓는 잔치이다. 새별오름의 방애불 축제라는 사건이다. 밤이 이슥하여 달이 오르면 늑대가 달을 향해 울부짖는다고 한다. 인류 역사에는 그런 전설이 있다. 보름달 휘영청 떠오르는 제주의 밤, 새별오름에는 불길이 번져 오른다. 그 불길 속에 민족의 한과 개인의 기억도 함께 타오른다. 몽골 항쟁이라는 집단적 기억과 봄날이면 다시 도지는 역병 같은 사랑도 탄다.

불 놓아라 달이 뜬다
불 놓아라 달이 뜬다
야성의 말잔등 같은
저 오름에 불 놓아라
바람의 주문을 외듯 방애불을 놓아라

막춤을 안 추려면 새별오름 오지 마라
훠이 훠이 억새 춤
일렁일렁 불 그림자
내 몸속 유목의 피도 이제는 알 것 같다

팔자려니 이 오름,
팔자려니 목호의 난
몽골 100년 그 사이 피 섞이고 말 섞이고
그때 그 욕설은 남아
'좆으로 몽근놈아'

사랑도 태우려면 저렇게 태우는 거다
이 봄날 또 도지는 역병 같은 사랑아
기어이 오름 정수리
샛별로 와 박힌다

_「방애불」 전문

불 놓아라, 달이 뜬다. 불 놓아라, 달이 뜬다. 시인은 명령어로 불을 불러들인다. '불 놓아라, 달이 뜬다'를 반복한 다음, 변주를 통하여 불 놓으라는 명령을 효과적으로 다시 전달한다. 저 오름에 불 놓아라⋯. 불 놓아라, 불 놓아라. 저 오름에 불 놓아라⋯. 시어들이 서로 얼려 이루는 음악성이 한껏 고조됨을 볼 수 있다. 시조가 요구하는, 언어의 경제적 사용이라는 제약의 틀 속에서 그런 음악성을 구현한다는 것은 고도의 언어 감각을 요구하는 일이다. 예사로이 이루어지지 않는다. 거친 언어의 결을 깎고 다듬어서 그 속살을 드러낼 수 있는 언어의 장인만이 할 수 있는 일이다. 그냥 불 놓아라고 명령한다면 그 말의 깊은 맛은 사라질 것이다. 시인은 '달이 뜬다'를 '불 놓아라'는 명령어에 후행하게 만든다. 그리하여 불을 놓아야 할 이유가 자연스레 부각된다. 달의 출현을 불의 존재 이유로 든다. 달이 뜬다는 것으로 불을 놓을 근거를 삼는다. 또한 거듭 반복하여 명령함으로써 절박감을 강조한다. 저 오름에 불 놓아라⋯. 또한 세 번째 명령에 드러나는 명령의 근거를 정당화할 선행 구를 거느린 채 등장한다.

야성의 말잔등 같은 저 오름에 불 놓아라⋯. 야성과 말은 그 속성에 있어 짝을 이룬다. 길들여지지 않은, 문명의 대척점에 그들은 놓인다. 문명이 욕망의 단속이며 기율에의 순응에 상응하는 말이라면 야성과 말은 반문명의 상징일 것이다. 그러므로 야성의 말잔등 같은 그 오름에 불조차 놓아 활활 타오르게 할 때 그 장면은 바로 문명에의 반역과 역사에의 저항을 보여 주게 될 터이다. 그 반역과 저항의 틈새에 억눌러 둔 개인의 욕망도 함께 분출할 것임이 틀림없다. "막춤을 안 추려면 새 별오름 오지 마라"라고 시인은 다시 한번 금지의 명령을 내린다. 방애불 속에 한가지로 휩쓸려 지나간 시간의 날들을 다 불태우자고 부추긴다. 그런 다음 비로소 갱생의 삶으로 나아갈 수 있으리라고 시인은 여기고 있는 듯하다.

「방애불」에서 유심히 살펴볼 것은 완벽하게 전개되는 언어의 음악성이다. '불 놓아라' 모티프는 반복되는 후렴구처럼 거듭 등장하며 하나의 연을 이룬다. 그러나 그 구절은 결코 단순한 반복에 그치지 않는다. 음악의 크레센도crescendo 부호처럼 의미의 폭을 확장시키며 시상을 더욱 구체화해 나가는 장치로 등장한다. 그 흐름이 너무나 매끄럽고 행과 행 사이의 이음새가 드러나지 않게 깔끔하여 시어들이 모여 합창 소리를 이루고 있다. 쉽고도 재미난 노래가 된다. 초장과 중장에서 세 번 등장하는 "불 놓아라"가 결국은 종장에서 드러날 "방애불을 놓아라"를 위하여 치밀하게 준비된 구절임을 볼 수 있다.

불 놓아라, 불 놓아라, 저 오름에 불 놓아라, 바람의 주문을 외듯 방애불을 놓아라…. 반복하여 읽다 보면 시조가 지닌 언어 미학의 정수를 발견하게 될 것이다. 현대에도 왜 시조가 사랑받을 수밖에 없는지 느낄 수 있을 것이다. 언어의 아름다움을 깨달을 수 있는 이라면 저토록 치밀하게 계산된 시어의 전개 방식에 찬탄을 보낼 수밖에 없을 것이다. 자유시 시인들은 어리석으리만치 쉽게 민족어가 지닌 음악성이라는 유산을 상속 포기해 버렸다. 반면 그 민족어의 유산을 시조 시인들은 기꺼이 물려받았다. 상속된 그 재산이 문순자 시인의 시편에서 찬란하게 빛을 발하는 것을 눈부시게 바라본다. 갈채를 보낸다.

언어의 음악성이 십분 발휘된 텍스트는 「방애불」만이 아니다. 시인의 언어 감각을 확인할 수 있게 하는 텍스트로 「우도 땅콩」을 들 수 있다.

벌 나비나 바람은 내 취향이 아니다
제 꽃에 제가 겨운 나는야 제꽃정받이
잠자리 꽁지를 꽂듯 땅속에 알을 슨다

함부로 말하지 마라,
콩알만 한 땅콩이라고
무적도 숨비소리도 서빈백사 노을도
반쯤은 바다에 빠져 절반만 여문 거다

_「우도 땅콩」 2, 3연

시인은 우도에서만 생산되는 땅콩의 존재에 주목하여 헌시를 바친
다. 육지로부터 멀리 떨어진 제주, 그 제주에서도 다시 떨어져 앉은 우
도에서 자생하는 땅콩이란 작고도 작으며 참으로 주변적인 존재이다.
그런 변방의 존재를 기리는 것에서 목숨 가진 것들을 하나하나 사랑의
눈길로 살피는 시인의 자세를 볼 수 있다. 시인이 기리는 우도 땅콩의
속성은 종장의 말미에 드러난다. "반쯤은 바다에 빠져 절반만 여문 거
다"…. 2연에 등장한 "제꽃정받이"에서 제시된 자존감의 심상은 종장의
"절반만 여문 거다"를 통하여 완성에 이른다. 우도 땅콩이 상징하는 바
가 종장에 이르러 야무지게 마무리됨을 볼 수 있다. "반쯤은 바다에 빠
져"가 선행하여 "절반만 여문 거다"는 심상이 조화롭게 완성됨을 볼 수
있다.
　그러나 이 텍스트에서 문순자 시인이 지닌 예리한 언어 감각은 3연

의 중장에서 가장 빛을 발한다. 매끄럽고도 자연스러운 어휘들의 선택과 배열을 통하여 시조 언어의 음악성을 찬란하게 드러낸다. 무적도 숨비소리도 서빈백사 노을도…. 중장에 동원된 어휘의 음절은 '무적도'의 3, '숨비소리도'의 5, '서빈백사 노을도'의 7로 홀수로 구성되며 시간의 진행과 함께 늘어나고 있다. 음절수가 둘씩 늘어나면서 그 구절의 음악성도 동시에 점증한다. 그리고 그 시어들은 동일하게 '도' 음가를 지닌 것들이어서 시 읽는 재미를 한껏 느끼게 한다. 시상에 있어서도 통일성을 잃지 않는다. 무적, 숨비소리, 서빈백사 노을…. 모두가 바다의 풍경을 이루는 것이다. 수평선 위의 한 점 배는 무적소리 울리며 멀어져 가고, 바다에는 해녀들의 숨비소리가 간간이 들려온다. 그리고 우도의 서빈백사에는 노을이 붉게 진다. 무적도 숨비소리도 서빈백사의 노을도 모두 삶의 쓸쓸함과 제주 바다의 고적한 풍광을 그려 낸다. 그 바다의 모든 것들을 끌어안고 안으로 삭여 가며 우도 땅콩은 알뜰히 여문다. 한 알 생명이 야무지게 완성된다. 무적도 숨비소리도 서빈 백사 노을도…. 처음 읽을 때에는 "서빈백사 저 노을도"로 읽었다. 무적도 숨비소리도 서빈백사 저 노을도…. 저 노을이라고 했을 때에는 마치 지금 눈앞에 그 노을이 펼쳐지고 있는 것 같은 느낌을 받을 수 있을 것이다. 어떻게 읽더라도 아름다운 구절이다. 길고도 맑은 여운을 끌고 오는 멋진 가락이다. "서빈백사 노을도"와 "서빈백사 저 노을도" 사이에서 문득 김상옥 시인의 시구를 떠올린다. 그 가을 그 억새…. 김상옥 시인이 훗날 이종문 시인에게 그 구절을 고쳐 달라고 부탁했다는 말이 시조단에 전해진다. 그해 가을 그 억새…. 시조의 종장, 그 완벽한 음악성의 종결을 떠올릴 때 김상옥 시인의 "그해 가을 그 억새"를 떠올리곤 한다. 이제 문순자 시인의 "서빈백사 노을도"를 함께 떠올리게 될 것 같다. 행복한 예감이다.

2. 예사로운 삶은 없다

초기 시에서부터 문순자 시인은 예사로이 스쳐 갈 만한 것들에서 예사롭지 않은 삶의 이야기들을 골라내어 시로 재현하곤 했다. 「꿀풀」과 「유목」과 「어쩌다 맑음」은 풀 하나, 도둑고양이 한 마리, 그리고 요양원의 어머니가 시인에게 들려주는 삶의 사연들을 그려 낸 텍스트이다.

「꿀풀」에서는 무심한 듯 주위에 널려 있는 꿀풀에 어머니의 삶을 투사하는 비상함을 보여 주었다. 달비 장수에게 삼단 같은 머리털을 내주고 양은냄비와 브로치를 선물로 받았던 70년대 여성의 삶을 풀 한 포기에서 발견하기도 했다. 그리하여 산업화 시대를 기억하는 공적 역사 서술에서 소외된 여성의 존재를 역사 속에 재기입하는 역할을 거뜬히 담당했다. 서정시를 통해 서사의 독재에 저항하고 그 공백을 메우는 작업을 해내었다. '유목'에서는 봄날의 점박 도둑고양이를 보면서 인생의 덧없음을 노래하기도 했다. 몽고반점도 점박이 무늬도 모두 유목의 흔적이라고 읽었다.

2019년 노산 시조문학상 수상작인 「어쩌다 맑음」에서는 노인의 섬망증을 일기예보의 은유를 통해 절묘하게 그려 내기도 했다.

바다에 반쯤 잠겼다 썰물 녘 드러나는

애월 돌염전에 기대 사는 갯질경같이
한사코 바다에 기대
서성이는 생이 있다

그렇게 아흔아홉 세밑 겨우 넘겼는데
간밤엔 육십 년 전 돌아가신 할머니가
아기 젖 물리란다며 앞가슴 풀어낸다

사나흘은 뜬눈으로, 사나흘은 잠에 취해
꿈속에서도 꿈을 꾸는 어머니 저 섬망증
오늘은 어쩌다 맑음
요양원 일기예보

_「어쩌다 맑음」 전문

그런 예리한 눈길은 「어느 비닐하우스」에서도 다시금 드러난다. 애벌레가 감귤나무 이파리를 파먹어 들어가는 모양을 보고 그 모습에서 비닐하우스를 연상한다.

여자에게 과거는 묻는 게 아니랬다
사나흘 묻나 들이 헛바람 는 감귤밭
여름순 가을순 가리랴
부나비 같은 사랑

그 사이 은밀하게 알 슬은 굴굴나방
하우스 몇 평 없으면 그게 어디 농사꾼인가
이파리,
저 은빛 공사
영락없는 비닐하우스

이래 봬도 내 꿈은 바람 타는 비닐하우스
쇠붙이 하나 없이 맨몸으로 굴을 파는
애벌레, 저 성스런 농법
내 무릎을 꿇는다

_「어느 비닐하우스」 전문

　시인은 애벌레로 하여금 쇠붙이 하나 없이 맨몸으로 굴을 파는 농사
꾼으로 변신하게 만든다. 그리하여 그런 애벌레의 비닐하우스 농법을
성스러운 농법이라고 명명하기에 이른다. 은밀하게 알 슬은 굴굴나방
의 이미지로부터 부나비 같은 사랑의 이미지를 찾아낸다. 더 나아가 뭍
나들이와 헛바람의 이미지조차 도입하여 헛됨의 일관된 이미지로 엮
어 낸다. "여자에게 과거는 묻는 게 아니랬다"에서 출발하여 헛바람, 부
나비 같은 사랑을 거쳐 마침내 은빛 공사와 맨몸으로 굴을 파는 성스러
운 농법으로 마감한다. 그 이미지의 변환과 연결이 빠르고도 재미있다.
"원숭이 궁둥이는 빨개"로 시작한 노래가 "빠른 것은 비행기"로 끝나게
되듯, 언어가 추동하는 상상력의 힘이 강하다. 「어느 비닐하우스」는 전

혀 이질적인 것들이 서로 조화롭게 얼려 들며 서로 부축하면서 시상을 완성해 가는 것을 보여 주는 텍스트이다. 굴굴나방 하나가 이파리를 갉아먹는 모양이 결국은 제주 여성의 삶을 그리게 된다. 예사로운 일상이 예사롭지 않은 삶의 노래로 변모하는 것을 보게 된다. 그래서 시는 단순하여 척박하게 느껴질 수도 있는 우리 삶의 매 순간이 모두 경이임을 느끼게 해 준다. 살아 있음이 크나큰 축복임을 독자에게 일깨워 준다.

3. 단단한 단시조

『어쩌다 맑음』의 시편들은 연륜을 거쳐 걸러진 추억의 증류수 같은 언어들로 구성되어 있다. 흘러간 세월과 함께 기억을 응축한 텍스트, 「늦눈마저 보내고」를 보자.

목질이 단단할수록 옹이도 깊어진다

그것이 사랑이란 걸,

못 이룬 사랑이란 걸

몸으로,

몸으로 말하는

갱년기 잣밤나무

목질과 옹이, 잣밤나무, 몸과 갱년기라는 극히 단순화된 몇몇 상징어를 통하여 시인은 사랑의 기억을 그린다. 옹이가 꼭 박힌 단단한 잣밤나무 한 그루가 있다. 50년 넘는 세월 속에 살아남은 오래된 나무이다. 그 나무에게도 사랑의 기억이 있을 것이다. 필경 이루지 못한 사랑의 기억일 것이다. 못 이룬 사랑이기에 증류되어 맑게 남아 있을 것이다. 『남아 있는 나날』에서 스티븐스Stevens 집사의 기억 속에 남은 미스 켄턴Kenton의 표정과 그녀가 남긴 말처럼…. 그러므로 목질이 단단한 나무란 스티븐스 집사의 다른 이름임이 틀림없다. 자신의 직분에 충실하기 위하여 내면의 작은 파동들은 무시하고 억누르며 무표정하게 하루하루를 보냈던 집사의 삶이 오래된 잣밤나무의 모습일 터이다. 그러나 그 삶이 단지 스티븐스 집사에게 한정된 것이랴? 그것은 사회의 구성원으로서 자신의 책무에 충실하기만 했던 우리들 모두의 삶이기도 할 것이다. 기계의 나사못처럼 주어진 일과 맺은 약속에 삶의 가장 소중한 것들을 바치며 살다가 어느 날 문득 굳은 옹이와 함께 남은 자신을 발견하는 모습은 우리들의 자화상이기도 하다. 싱그러웠던 삶의 날들이 다 가 버렸음을 갱년기에 들어서야 깨닫는 우리는 모두 목질이 단단한 나무일 터이다. 목질이 물렀다면 옹이 박힐 일 없었을 것이다. 단단한 존재만이 깊은 옹이를 지니게 될 터이다. 직분에 충실할수록 억누른 욕망의 힘은 더 강했을 터이고 억눌린 것들은 결국은 단단한 옹이가 되어 남았을 것이다. 성실을 철학으로 삼아 한 생을 살아온 무수한 개인들이 기억의 이름으로 지나간 날들을 간직한다. 그러므로 우리 모두의 가슴속에는 잣밤나무 한 그루가 버티고 서 있는지도 모를 일이다.

못 이룬 사랑의 대상은 텍스트 내부에 부재한다. "늦눈마저 보내고"라는 제목만이 그 사랑의 흔적으로 남아 있다. 잣밤나무를 찾아왔던 2월의 춘설로 그 부재의 대상을 상상하게 만든다. 텍스트는 설명을 생략한 채 함축적인 시어로만 이루어져 있다. 단시조의 미덕을 유감없이 보여 준다. 단 세 줄에 삶의 깊은 사연을 다 담아낼 수 있다는 것은 시조 시인들의 자랑이다. 문순자 시인의 텍스트는 단시조의 가능성을 충분히 증명한다. 목질이 단단하여 깊은 옹이조차 거느린 잣밤나무 같다. 몸으로 몸으로 말하는 잣밤나무처럼, 몇 마디 가리고 가려 담은 시어로 시인은 말한다. 그처럼 단단한 텍스트에 농축된 이미지가 영롱하다. 함께 따라 읽고 즐겨 욈 직도 하다.

3.

세
이
런
의

합
창

날것의 삶과 퍼덕이는 시

: 이애자 시인의 시세계

1. 제주 여성 시인의 시어, 물고기 비늘의 광채

여성 자신의 진솔한 목소리로 삶을 그려 낸 글들은 매우 값진 것이다. 여성은 남성이라는 타자의 시각에서 인식되고 남성의 목소리를 통해 재현되면서 객체화되고 대상화되어 왔기 때문이다. 그래서 여성이 글을 쓴다는 것은 남성의 목소리가 전유해 왔던 여성 자신의 고유한 영역을 되찾는 작업이다. 문학 창작은 인간 삶의 결에 깊숙이 기입된 은밀한 의미들의 징후를 짚어 내고 언어라는 연장을 들이대어 그 의미를 캐내어 텍스트에 옮기는 작업이다. 과거의 역사와 현재의 체제가 공고하게 구축한 담론에 흠집을 내고 거스르며 대항하는 일이다. 상식이라는 이름으로 불리기도 하는 공적 담론public discourse에 저항하며 그 대항 담론counter discourse을 생산하는 것이 문학 창작이다.

제주 시인들의 텍스트를 유심히 살피게 되는 것은 그들의 텍스트가 매우 신선하고 생생한 대항 담론들로 채워져 있기 때문이다. 제주도는 지리적으로 반도로부터 떨어져 있어 반도의 타자 역할을 담당해 왔다. 언어와 문화에서도 고유한 요소가 강하며 정치적, 경제적으로도 소외되어 온 역사를 지니고 있다. 그런 제주의 삶을 쓴다는 것은 그 자체가 대항 담론의 생산 작업인 것이다. 제주 여성의 주체성은 제주의 특수성과 더불어 여성이라는 타자성이 중첩되어 형성된다.

바다에서 생명의 근원을 캐는 억척스러움과 가족의 생계를 맡는 책임감, 그러면서도 제주 사람으로서 필연적으로 가질 수밖에 없는 강한 사회적 인식을 제주 여성은 지니고 있다. 다큐멘터리 〈물숨〉에서 송지나 작가가 보여 주듯 바다를 의지하고 바다가 베푸는 것들로 독립적이면서도 자존심 강한 삶을 살아가는 건강한 모습이 바로 제주 여성의 모습이다. 철학자 니체Nietzsche는 모순투성이이면서 해독 불가한 텍스트가 여성이라고 주장했다. 여성은 기본적으로 노예근성을 지니고 있다고도 했다. 그런 니체의 여성 혐오 담론은 제주 여성의 모습 앞에서는 자취를 감출 수밖에 없다. 제주 여성의 진취적 기상은 조선 시대 여성, 김만덕에게서 대표적으로 드러난다. 김만덕은 자신에게 주어진 평탄하지 않은 삶을 기꺼이 수용하고 강한 생명력으로 개척해 온 여인무사형 인물이다. 게다가 김만덕은 당시 여성으로서는 드물게 사적인 영역을 넘어 공적인 영역에서 활동한 예외적 인물이다. 힘들게 이룬 것들을 사회에 환원하면서 더불어 사는 삶을 실천했다는 점에서 그는 한국 여성 무두의 모범이 되어 마땅할 것이다.

김만덕의 전통을 이으며 제주 여성 시인들이 시를 쓴다. 4.3으로 대표되는 억압과 수탈의 역사 속에서도 삶의 숭고함을 믿으며 거친 바람과 돌 속에서도 밭을 갈고 씨를 뿌리고 수확한다. '물질'을 통하여 바다가 풀어 먹이는 것들을 거둬들인다. 도전이 강할수록 삶의 긍정도 그만큼 강해진다. 눈부신 기상으로 제주 여성 시인들이 시를 쓴다. 이애자 시인의 시편들에서는 물고기의 비늘처럼 신선하게 번쩍이는 감수성과 상상력을 볼 수 있다. 거친 삶의 결들을 낱낱이 쓰다듬어 길들이는 강하면서도 영롱한 언어의 이미지들을 볼 수 있다. 뼛속 깊이 새긴 한을 읽을 수 있다. 그러면서도 칠월칠석 저녁 비 뿌리는 하늘을 우러르며 아득한 설화를 복원하고 되새김질하는 서정성을 찾는다. 오늘을 다시 다독거리고 서로 부축이며 삶을 경건히 받드는 아름다운 기도를 읽는다.

2. 날것의 상상력과 퍼덕이는 시

시에 있어서 은유metaphor는 이질적인 것들을 억지로 결합시켜 하나로 묶는 결속 장치라 할 수 있다. 시인이 던진 기구에 함께 포획된 이질적인 두 사물은 일종의 공유항을 지니고 있다. 그 공유항은 숨겨져 있게 마련인데 아무도 발견하지 못하던 그 지점을 처음으로 발견하는 것, 이를 두고 창의성이라 불러도 될 것이다. 숨겨진 공유항을 발견하는 것은 마치 바위틈에 깊이 박힌 굴 껍데기를 찾아내거나 보호색으로 자신을 감춘 전복을 찾아내는 일과도 같을 것이다. 이애자 시인은 날카로운 연장을 들이대며 그 숨은 것들을 단번에 따 낸다. 시인의 연장은 이미지를 연상하고 표현해 내는 능력을 의미한다. 신목에 드리운 빨강, 파랑, 노랑의 천들을 보며 세 가지 빛깔의 교통 신호등을 떠올리는 「어머니의

「신호등」은 이애자 시인의 연장이 얼마나 예리한지 보여 준다.

때 알아
갈 줄 알고

때 알아
멈출 줄 알고

때 알아
기다릴 줄 알길

살강살강
손 비며

한두기
늙은 폭낭에

걸어 놓던
지전물색*

*신목에 걸렸던 삼색(빨강, 초록, 노랑) 명주 천

_「어머니의 신호등」 전문

'가다", "멈추다", "기다리다". 가고 멈추고 더러 기다리는 것, 인생의 길을 가는 데 필요한 것이 그 셋밖에 더 있겠는가. 가고 멈추고 기다릴 것을 지시하는 신호등의 세 빛깔과 신목에 걸렸던 삼색 명주 천의 세 빛깔은 똑같이 빨강, 초록, 노랑이다. 시인은 그 공통항을 발견하여 의미를 캐고 든다. "폭낭"은 '팽나무'를 이르는 제주도 말이다. 오래된 팽나무에 한두 폭 색깔 먹인 명주 천을 드리운 채 자식들의 앞날이 무사하기를 기원하는 어머니의 모습을 시인은 그 빛깔에서 떠올린다. "때 알아"를 세 번 반복하면서 "…줄 알고"와 "…줄 알길"을 알맞게 배치시킨다. 그리하여 적절히 변화하고 그러면서도 또 한결같이 자식들이 제 앞에 놓인 삶의 길을 걸어가기를 빌고 있는 어머니의 모습을 그린다. 신호등과 "지전물색" 사이 숨어 있던 은유의 공유항이 빛 받아 물고기 비늘처럼 번득인다. 그 번득임, 신선하고 눈부시다. 신호등과 "지전물색" 사이에의 거리는 멀다. 둘은 강한 원심력을 지닌 채 분리되어 있었다. 시인이 그렇게 분리되고 이질적인 두 요소를 은유를 통하여 강제로 결합시킬 때 두 요소 사이에는 원심력과 구심력이 동시에 작용한다. 둘은 원래의 거리를 유지하면서도 서로가 지닌 의미의 자장 속으로 조금씩 끌려 들어오는 것이다. 「어머니의 신호등」 시편을 읽은 독자에게는 이제 신호등과 지전물색은 무관한 사물이 아니다. 강한 구심력으로 둘은 연결되어 있다. 이종적이면서도 교차하는 의미의 혼종성을 이루어 내며 이애자 시인은 세상을 새롭게 해석해 낸다.

「장마」 시편 또한 이질적인 두 요소 사이의 원심력을 축소시키고 구심력을 강화시킨 가편이다.

주륵 툭,

주륵 툭,

밑실 끊어지는 소리

빗줄기 가만가만 실눈에 꿰어

그리움 한 겹 덧대는

축축한 날

촉촉한 속

_「장마」 부분

　장맛비와 바느질이라는 두 이질적 요소가 결합되어 구심력으로 서로
를 끌어당기고 있다. "밑실", "끊어지는", "실눈", "한 겹 덧대는"은 실을
매개로 한 바느질 이미지의 변주들이다. "빗줄기", "축축한", "촉촉한"
은 장맛비가 환기시키는 이미지들이다. "주륵 툭, 주륵 툭"이라는 의성
어는 일차적으로는 장맛비 소리이지만 시인은 그 소리에 새로운 이름
을 부여한다. "밑실 끊어지는 소리"라고 부르며 비 내리는 하늘을 바
느질감으로 본다. 장맛비는 쉬 그치지 않는다. 맑은 날이면 밀쳐 두었
던 그리움들이 오래오래 비가 내리면 기어이 찾아든다. 그리움을 밀어
낸 일상, 그 하루하루를 견디게 비터 주던 밑실들이 그예 끊어지고 만
다, 장맛비 오는 날엔. 그 빗줄기 "가만가만" 바라보는 일은 바느질처럼
"그리움 한 겹 덧대는" 일이다. 비 오는 장마철 날은 "축축한" 날이다.

그런 날 바느질 땀을 누벼 가듯 그리움을 한 땀 한 땀 이어 "한 겹 덧대는" 시인의 마음은 "촉촉한 속"이 된다.

'비'라는 주제를 두고 "비 오는 날 그리움이 우산처럼 펴지다/바느질 땀처럼 촘촘히 누벼 박은/아! 그리운 편지"라고 노래한 시인이 있었다. 비, 그리움, 편지…. 이는 그다지 새로운 은유가 아닐지도 모른다. 그러나 빗줄기가 실이 되고 빗줄기 실을 삼아 그리움을 바느질하는 여성 시인의 마음의 풍경은 주목에 값하는 각별한 풍경이다. 이영도 시인의 시구에서도 수놓는 일이 등장한다. "아이는 책을 읽고/나는 수를 놓는" 덕 있는 부녀자의 대명사로 바느질 혹은 수놓기가 사용된다. 한분순 시인에 이르면 "끝없는 마음의 누비질/열 손톱에 피가 맺힌다"는 노래를 듣게 된다.(「그대 눈빛은」 종장) 그리움이 "마음의 누비질"의 은유로 등장한다. 이애자 시인은 단속하던 마음의 밑실이 끝내 끊어지고 다시 "덧대는" 바느질을 계속하는 여성 화자의 모습을 제시한다. 그리하여 여성의 내면세계를 바느질이라는 여성 고유의 경험을 통해 그려 낸다. 여성 주체의 탄생이 그리 길지 않은 역사를 지닌 까닭에 여성의 목소리로 들려주는 고유의 체험은 매우 소중하다. 이애자 시인의 감수성의 비늘이 '여성성'이라는 빛의 프리즘에서 더욱 반짝인다.

3. 4.3, 그 삭지 않는 "비린 언어"

이애자 시인의 시세계를 주목하게 되는 것은 시인이 개인적 서정의 공간에만 머무는 것이 아니라 제주 여성 시인에게 기대할 만한 강한 역사성을 또한 구현하기 때문이다. 서정성과 역사성을 함께 드러내 보이면서 서정은 역사를 배경으로 하여 더욱 강화되고 역사성 또한 서정성을 동반하며 효과적으로 드러난다. 「모슬포의 칠월칠석」을 먼저 보자.

비 오네
절뚝절뚝
짝 그른
팔다리 끌고

홀아비 바느질 같은 낮은 밭담 넘어 와

슬째기
문 두드리며
젖은 발로
오는 혼백

콩 볶듯
멜젓 담듯
섯알오름의 슬픈 직유

죽기살기 살다보면 몽글기도 하겠건만

아직 이 비린 언어를
삭히지 못한 섬

모슬포 바람살이
기죽을 틈이나 줍디가

마디 곱은 어멍 손
별떡 달떡 빚어놓고

배롱이 초저녁부터
마당 한 뼘 밝힙디다

오십서
칠월칠석
까마귀 다 아는 제사

직녀표 수의 입고
견우씨 소등을 빌려

산발한
늙은 팽나무
기다리는
큰 질로

_「모슬포의 칠월칠석」 전문

칠월칠석은 우리 민족 전체가 부르는 슬픈 사랑 노래의 날이다. 견우직녀 설화에 등장하는 견우와 직녀의 사랑은 부재와 분리로 인하여 더욱 강렬해지는 그리움의 대명사이며 까마귀가 몰려들어 다리를 놓았다는 이야기는 현실의 불가능성과 좌절을 전설로 넘어서고자 하는 민족적 희구의 표현이다. 삶이 고달프고 희망을 품기는 터무니없어 보일 때 이야기를 지어내고 그 설화를 입에서 입으로 전수하는 것은 절망을 희망으로 바꾸는 일이다. 하늘을 나는 새가 다리를 놓아 은하수 물을 건너게 하리라는 이야기는 절망한 사람들에게 힘이 되어 준다. 또, 그리움이 간절할 때 하늘이 감동한다는 소박하고도 아름다운 희망의 표상이 바로 오작교이다. 이애자 시인이 민족의 전래설화에 삽입하는 역사성의 무게는 견우직녀 설화로 하여금 단순한 사랑 노래이기를 멈추고 한층 높은 층위의 민족 설화로 재탄생하게 만든다. 모슬포의 칠월칠석은 한반도 다른 지역의 칠월칠석과 같지 않다. 1950년 한국전쟁 중에 있었던 섯알오름의 학살 때문이다. 200여 명의 민간인에게 국가가 재판 없이 행한 학살의 추억을 안고 있는 곳이 모슬포의 섯알오름이다. 헤어져 있던 견우와 직녀가 1년에 한 번 만난다는 것도 슬픈 설화이고 그들이 흘리는 눈물의 비도 고운 것이다. 그러나 모슬포의 칠월칠석은 슬프고도 고운 전설의 날이기를 멈춘다. 오래된 팽나무처럼 늙어 버린 노모가 사라져 간 혼백을 기다리는 비통한 풍경을 보게 된다.

"콩 볶듯/멜젓 담듯/섯알오름의 슬픈 직유"라고 시인은 절규한다. "콩 볶듯"은 희생자에게 겨누어진 사격의 장면을, "멜젓 담듯"은 그 총격 앞에 엎어지며 무리지어 스러져 간 슬픈 육체들을 재현한다. 주검과 주검이 뒤섞이며 함께 구덩이에 던져진 모습을, 그 처절한 장면을 그대로 그려 낸 것이 "멜젓"의 이미지이다. 처절하고도 직접적으로 살육의 장면을 형상화한다. 에둘러 말하기에는, 수사로 장식하기에는 너무나 부당하고 고통스러운 역사적 사건이 '섯알오름의 학살'이다. 그래서 시인은 간명한 시조 형식 속에 이를 압축한다. "섯알오름의 슬픈 직유"! 그 "슬픈 직유"는 섬 전체의 "비린 언어"로 다시 강조된다. 4.3의 기억은 제주 섬 전체에 스며 있어 누구도 그 기억에서 자유로울 수 없다. 쉽게 말할 수 없는 것이 4.3의 기억인 것이다. "비린 언어"는 그런 발화의 어려움을 대변한다. "비린" 것은 필경 학살의 피비린내일 것이다. 다스려지지 않은 날것에서 풍기는 비린내는 바로 그 학살의 역사에 대한 직접적 고발이다. 충분히 규명되지 않은 채 묻힌 기억이 섬 전체의 "비린 언어"로 나타난 것이다.

도입에서 보이는 "비 오네/절뚝절뚝/짝 그른/팔다리 끌고" 구절은 억울하게 죽어 간 원혼이 손상된 신체로 돌아오는 모습을 보여 준다. 총격에 스러졌기에 멀쩡할 수 없는 육신으로 저승길을 갔을 희생자들이다. 칠월칠석 비에 고운 님 돌아와 상봉하듯 그렇게 돌아와 달라는 희구의 표현이 나타나 있다. 비에 묻어 '젖은 혼백'으로 그들은 오리라. 비 내리는 칠월칠석이므로…. "홀아비 바느질 같은 낮은 밭담" 또한 시인의 예리한 감각을 드러내는 구절이다. 성글게 얼기설기 지어진 "낮은 밭담"은 남겨진 사람들의 거친 삶을 그대로 보여 준다. "홀아비"의 바느질이니 얼마나 엉성하겠는가? 죽은 자는 죽은 자대로 절뚝이며 빗속에 돌아오고 살아남은 자는 또 그들대로 "낮은 밭담" 그대로 지키며 거친 모슬포 바람을 견디며 살아가는 것이다. 해마다 반복되는, 마을 여러 집의 제사이기에 "까마귀 다 아는 제사"가 되었다. 세월의 경과 속에 혼자 된 "어멍"의 손은 "곱은" 손이 되었어도 "별떡", "달떡"을 빚는다.

"산발한/늙은 팽나무/기다리는/큰질로"는 더욱 슬픈 풍경이다. 마을 입구의 팽나무는 여전히 서 있어 가지를 드리우고 있을 터이다. 혼백의 귀환을 기다리며…. 그 "산발한/늙은 팽나무"는 아들과 남편을 잃고 홀로 신산한 세월을 견뎌 온 노모의 모습으로도 보인다. "산발"은 노모의 산발 같다. 한반도 다른 곳에서는 견우와 직녀의 슬픈 사랑이 다시 기억되는 칠월칠석의 저녁에 제주도 모슬포에서는 집집마다 역사 앞에 다시 통곡하는 설화가 재연된다. 견우직녀의 설화를 빌려 직녀가 짠 옷감과 견우가 모는 소의 모티프를 살린 채 그 위에 다시 쓰는 학살의 역사라서 아프고도 슬프다. 이애자 시인은 아픔과 슬픔을 씨실과 날실로 삼아 다시 한 폭 옷감을 짜듯 시를 직조한다. 그래서 이애자 시인은 아픔도 슬픔도 끝내는 아름다움으로 귀결시키는 힘을 지니고 있다. 혼백을 달래는 시인의 제사에 동참하듯 나직이 읊어 본다. "직녀표 수의 입고/견우씨 소등을 빌려"…

칠월칠석 흩뿌리는 저녁 비에 스러져 간 혼백들을 향해 올리는 추모의 노래는 「모슬포 연가」로 이어진다. '새도림, 곱게 저승 가져시냐'라는 부제를 가진 「모슬포 연가」 시편은 '새도림'이라는 이름으로 불리는 제사의 형식으로 이승 떠나는 이의 혼백에게 올리는 사랑의 헌사이다. 차마 보낼 수 없는 정과 차마 떠날 수 없는 정이 먼저 첫 연의 초장에 제시된다. 묘사를 앞서는 넋두리로 시는 시작된다. 독자로 하여금 그 무슨 사무친 사연을 지닌 생애인지 궁금하게 만들어 망자의 삶을 추억하는 데에 동참하게 하는 효과를 지닌다.

눈 밝혀 못 가신가 마음 밝혀 못 보내신가
난장도 그런 난장 살암시난 살아져
저 햇살 꽂힌 족족이 피는 꽃이 아파라

고 작은 날개로도 봄바람을 실어 와
송악산 어혈 삭이는 바람꽃 몸짓을 보라
지아비 떠난 그 자리 꽃 재롱이 아파라

이승의 바람소릴랑 귓등으로 흘리십서
보리 밥 한 술에도 꽉 막히는 오목가슴
괭괭괭 저승 길 닦는 꽹과리가 아파라

모슬포 들썩들썩 뒈싸진 저 바당을
오늘은 노을 달군 방어잡이 배 두 척이
물 주름 곱게 펴놓은 먼 길 앞이 아파라

_「모슬포 연가: 새도림, 곱게 저승 가져시냐」 전문

  제주의 '새도림'이란 억울한 원혼을 달래는 제사의 이름이다. 이제 이
승의 삶을 접고 길 떠나는 망자가 있다. "지아비 떠난 그 자리"라는 2연
종장의 구절로 보아 시적 화자의 지아비가 그 망자일 것이다. 그를 향
한 사랑의 헌사는 노래의 모양을 갖추고 있다. "아파라"의 종결을 4연
의 종장마다 배치함으로써 시인은 떠나는 이의 아픔이 이 세상 모든 데

에 닿아 있음을 보여 준다. "꽃이 아파라", "꽃 재롱이 아파라", "꽹과리가 아파라", "먼 길 앞이 아파라"…. 아픔은 시적 화자의 가슴에서 출발하여 꽃과 꽹과리 소리와 방어잡이 배가 떠 있는 바다 곳곳에 스며 있다. 고달팠던 생을 마치고 돌아가는 이의 가는 길을 축원하기 위하여 가는 길에 꽃과 꽹과리가 놓여 있다. 망자의 고달팠던 삶은 "난장"이란 어휘에 응축되어 있다. "난장도 그런 난장 살암시난 살아져"라는 구절에서 보듯 삶은 험해서 난장 같은 것이었지만 그래도 사노라면 살 만하더라고 시인은 노래한다. "살암시난 살아져"는 "살면 살아지더라"는 말이다. 오승철 시인의 시 「꽃상여」에서도 "살면 살아지더라"는 구절이 등장한다. 한 많은 제주 여인의 삶을 집약해 보여 주는 표현이 그 넋두리 같은 언술이기 때문이다. 4.3의 트라우마를 겪고 나서도, 그리고 한평생 '물질'과 밭일에 바친 거친 삶이어도 살면 살아지는 것, 그것이 삶이라고 타이른다. 통곡하면서도 넘어지면서도 자기에게 주어진 삶의 길을 다시 가는 것! "살암시난 살아져"는 살아간다는 일의 거룩함 앞에 모두를 숙연해지게 만드는 말이다.

　4.3의 상흔을 시로 형상화하는 일은 제주 시인들에게는 숙명 같은 것이다. 철학자 알랭 바디우Alain Badiou가 이른 것처럼 글쓰기는 "망각의 직물에 구멍을 내는 일"이다. 제2차 세계대전 이후 '냉전 시대'라는 이름으로 전개된 공산주의와 민주주의의 이념 대립의 시대, 아시아 아프리카 신생국에서는 거의 예외 없이 대량 학살이 일어났다. 그러나 공적 담론에서는 그 학살은 제대로 기록되지 못한 채 종종 축소되거나 누락되어 왔다. 문학은 그런 엉성한 공정 담론이 형성한 집단 망각의 직물에 구멍을 내며 묻힌 기억이 실밥처럼 스스로 풀려 나오게 하는 역할을

담당한다. 이애자 시인의 「시린꽃」은 결코 차가운 전쟁이라 볼 수 없었던 이 땅의 '냉전 시대'를 새로 쓰는 시편이다. 4.3의 더운 피와 눈물의 역사를 새로 쓰는 시편이다.

벚꽃

흰 벚꽃 빈 상여를 나무들이 메고 가네요
섬 곳곳 동네 곳곳 피바람 닿던 곳곳
길 위에 원미 한 그릇, 식은 꽃잎 한 그릇

환생꽃

총상처럼 꽃 피네요 도려내듯 꽃 지네요
봄이 그렇게 오네요 아물다가도 덧나는
긁다만 섬의 환부에 단비가 내리네요
마지막 가는 길 망자에게 올리는 흰죽

_「시린꽃」 부분

제주의 4월은 4.19 민주 항쟁의 4월이 아니라 4.3 양민 학살의 4월로 기억된다. 4월 3일이면 원혼들이 일시에 제주 섬을 찾아들듯 바람은 거침없이 불고 흐드러지게 피었던 벚꽃은 일시에 진다고 한다. 이애자 시인은 망자의 넋을 달래느라 길 위에 놓인 "원미 한 그릇"을 "식은 꽃잎

한 그릇"이라 부른다. 그리하여 벚꽃의 낙화를 집단 학살의 희생자들을 위한 위령제로 승화시킨다. 벚꽃이 무리 지어 피어나고 또 그렇게 한 번에 지는 것이 곧 숱한 원혼의 억울한 사연들이 항거하듯 동시에 몰려왔다 바람에 불려 사라지는 것이라고 노래한다.

'환생꽃'을 소재로 삼은 연에서는 "아물다가도 덧나는/굵다만 섬의 환부"라는 이름으로 4.3을 호명한다. "총상처럼 꽃 피네요 도려내듯 꽃 지네요" 하고 초장은 노래한다. "총상"은 단연코 4.3의 총상을 이르는 것이다. 꽃 피면 총상 다시 입듯 기억이 습격할 것이다. 꽃 지는 일은 어쩌면 쉬이 아물지 않는 상처를 "도려내"는 일에 해당할 것이다. 해마다 철이 돌아오면 다시 꽃은 필 것이고 핀 꽃은 제 운명의 시간 다하면 지게 될 것이리라. 그런 계절의 순환처럼 4월이면 꽃 필 때 기다려 기억 속의 총성 다시 울릴 것이다. 오래 아파하다 결국 기억을 "도려내"고 지우려 애쓰는 몸부림이 있을 것이다. "도려내"는 상처처럼 꽃은 낙화할 것이다. 세월의 흐름에도 쉽게 회복될 수 없는 트라우마이기에 그것은 "아물다가도 덧나는" 환부이다. 꽃 피는 날은 제주에 이르면 단순한 아름다움이기를 그친다. 꽃의 개화는 더 이상 황홀한 설렘에 멈추지 않는다. '베르테르'의 편지와는 매우 먼 곳에서 제주의 봄꽃은 핀다. 영국 시인 엘리엇이 "4월은 가장 잔인한 달"이라고 노래했는데 어쩌면 세상에서 가장 잔인한 4월이 제주의 4월일지도 모른다. 맑은 옥색 바닷물에 드리운 눈부신 꽃가지가 "잔인한" 4.3의 기억의 등가물이 될 것이다. 그날의 원혼들이 망올겼다 피어나고 지는, 제주의 4월! 이애자 시인의 시편들은 꽃피는 사연을 빌려 죽음을 애도한다. 4월의 기억을 다시 역사에 기입하는 시어들이 곱고도 서럽다.

4. 삶이 시에게, 시가 삶에게

이애자 시인의 시편들에서 주목되는 점은 제주 사람들의 삶의 면면이 모두 시편에 스며들어 있다는 것이다. 다른 누군가의 목소리가 매개한 것이 아닌, 진솔한 삶의 소리들이 그대로 담겨 있다. 제주 하늘, 제주 바다의 빛깔이 녹아 있다. 더러는 제주 토속어가 고스란히 채록되기도 한다. 제주 토속어를 훼손 없이 옮기며 그 토속어를 통하여 더욱 생생히 전달되는 삶의 눈물과 한숨과 정이 그의 시편에는 촘촘히 박혀 있다.

「할망바당」은 제주 해녀들의 '물질'의 세계를 보여 주는 시편이다. 한 편의 작은 서사시처럼 해녀들 삶의 면면을 시편은 드러낸다. 다큐멘터리 〈물숨〉의 스크린이 펼쳐 보여 준 바다의 세계가 응축된 시의 모습으로 나타나 있다. 미역이며 전복이며 온갖 해산물을 주렁주렁 거느린 채 해녀들의 "만년일터"가 되어 주는 바다를 시인은 그려 낸다. 그리하여 그 바다의 생명력을 찬양한다. 〈물숨〉에서 볼 수 있는 것처럼 해녀들의 일터는 엄격한 위계질서에 따라 구획되어 있다. 물에서 참을 수 있는 숨의 길이가 긴 능숙한 해녀들을 "상군해녀"라고 부른다. 숨이 짧아 깊은 곳에 들 수 없어 얕은 곳에서만 일을 하는 이들도 있다. 그래서 바다 또한 숙련된 해녀를 위한 할망바당과 그렇지 못한 애기바당으로 나뉜다. 이애자 시인은 그 바다라는 일터를 그리고 바다가 삶의 공간인 제주 여성의 삶을 그린다. 바다는 "비단 필 풀어 놓"는 아름다운 공간이면서 동시에 "낮은 물결에" 늘 "흔들리는" 예측불허의 공간이다.

이애자 시인은 해녀들의 고유한 경험을 생생한 목소리로 그려 낸다.

한국 시의 영토에서 매우 독보적이며 따라서 소중한 한 지점을 차지하는 시인으로 이애자 시인을 기억해야 하는 이유이다. 지나가는 여행자의 관찰자적 시선에 포획된 해녀의 모습이 아니라 해녀의 '숨비소리'를 직접 시편에 기입하고 있는 시인이 이애자 시인인 것이다. 그가 그려내는 바다는 풍요롭고 넉넉하며 자유롭다. 바다 속의 생명체와 제주 여성들과 하늘과 꽃과 낮달이 함께 얼려 빚어내는 협주곡은 웅장하고 아름답다. 시인의 언어를 통해 다시 태어난 바다에서 "갯메꽃", "나발 불듯" 피어나고, "낮달"은 "지장이 확실한 푸른 문서"가 된다. 그리고 "실에 펜 오분자기"는 "부실한 어머 젖"으로 변한다. 갯메꽃과 낮달 사이에서 각자의 영역을 나누어 바다에 깃들어 살면서 제주 여인들은 이렇게 서로를 위로한다. "바당이 날 죽이곡 바당이 날 살렸주기"! 때론 생명의 위협이 되는 바다, 순해지면 다시 삶의 근원이 되어 주는 그 바다 앞에서….

만년일터 바다에는 퇴출이란 게 없네
고무 옷 입고 납덩이 차고 쉐눈에 오리발 신엉
부르릉 밭은 숨소리 오토바이 물질가네

여차하면 나발 불듯 갯메꽃이 피었네
곳바당 바윗등 때리는 낮은 물결에
비단 필 풀어 놓고도 흔들리는 바다를 보네

약 한 첩 털어놓고 상군해녀 뒤따르네

보따리 싼 며느리를 이제나 저제나
바다는 얼른 파도에 한숨소리 숨기네

실에 꿴 오분자기 부실한 어머 젖이었네
"바당이 날 죽이곡 바당이 날 살렸주기"
켜켜이 제주사투리 잘 삭힌 눈빛이 곱네

고정한 제주해녀들 불문율이 검푸르네
할망바당 애기바당 밥그릇에 그은 선
저 낮달 지장이 확실한 푸른 문서를 보네

_「할망바당」 전문

　이애자 시인은 삶의 모든 부분이 다 시가 된다는 것을 보여 준다. 시의 재료가 될 만한 삶의 면모가 따로 존재하는 것이 아니라 일상을 전부 시의 세계로 변모시킨다. 깨를 볶는 일도 고구마를 캐는 일도 모두 삶의 교과서가 된다. 「프라이팬 길들이기」에서도 "달래도 눌러 붙는 저 쇠고집" 인생을 찾는다. 「쉰다리」에서는 밥을 삭여 음료를 만드는 부엌일에서 다시 인생의 철학을 찾는다. 남은 밥에 누룩을 넣어 발효시켜 만드는 제주 특유의 음료가 쉰다리이다. 그 발효 과정을 속앓이하며 인생을 익혀 가는 과정에 대비하여 "누구의 쉰밥 되어 사나흘 부글부글 끓어본 적 있다면" 하고 노래한다. 사람들이 즐겨 입는 '다운자켓'의 성분 표시 문구조차 이애자 시인의 손길에 닿으면 시가 된다.

솜털 90% 깃털 10% 그리움의 함량은 얼말까?

"풍덩"물새 한 마리 제 그림자 껴안을 때

한순간 곤두박질이 체감되는 저 수위

_「영하권」 전문

"솜털 90% 깃털 10%"는 우리가 흔히 마주치면서도 무심히 넘기는 문구이다. 시인은 그 "솜털"과 "깃털"에서 "그리움의 함량"을 연상한다. 새의 솜털과 깃털이 "물새"의 이미지로 연장되고 그 상상력은 다시 그 새가 물속으로 "곤두박질"하는 장면으로 이어진다. 제목 "영하권"은 이런 이미지의 연결을 종결하며 추운 겨울날 우리를 지켜 줄 '그리움'의 의미를 되새기게 만든다. 「깨를 볶다」에서는 "톡 톡 톡" 튀는 놈과 "바닥인생"의 "뜨거움"의 묘미를 찾아 인생을 설명한다. 결국은 "볶다가 쥐어짜다가"로 인생을 요약할 수 있다고 이른다.

톡 톡 톡

어디든 튀는 놈이 꼭 있더라

바닥인생 살아보면 그 뜨거움 알지

볶다가 쥐어짜다가

그게 사는

맛이지

_「깨를 볶다」 전문

   시는 언어의 유희적 요소가 자유롭게 구현되는 장場이기도 하다. 말의 한계를 넘어 소리와 의미의 가능성을 무한히 탐색하는 과정이 시 쓰기 작업이기도 하다. 이애자 시인의 「정육점을 지나다」는 날카로운 시인의 언어적 감수성이 돋보이고 '말의 유희'로 의미의 반경을 확대하려는 시인의 시도가 빛을 발하는 시편이다. 미국 시인 이번 볼랜드 Eavan Boland의 시편 중 하나에서도 유사한 장면이 등장한다. "Pleased to meet you, meat to please you"라고 정육점에 내걸린 간판의 언어유희를 시에 도입한 것이다. "만나서 반가워요, 당신을 기쁘게 해 줄 고기 있어요"라고 번역해 볼 만한 이 구절은 'please'와 'meat/meet' 어휘를 교차시키며 말의 재미와 아이러니를 느끼게 한다. 우리의 이애자 시인은 우리말의 "안심"과 "불안", "등"과 "등심", "국물"을 적절히 교차시켜 가며 배치하여 말놀이를 시도한다.

내 몸엔 안심이 없나
왜 이렇게 불안하냐

등심도 없나

왜 이렇게 기대고 싶냐

언니야,

참 미안하다

국물 없이

굴었던 거

_「정육점을 지나다」 전문

　초장에서는 "안심"을 도입한다. 쇠고기 "안심"이 "불안"의 반대말임에 착안하여 "안심"과 "불안"을 대조시킨다. 중장에서는 쇠고기 "등심" 부위를 신체의 "등"에 대비시킨다. 종장에 이르러서는 "국물"과 "국물 없다"를 병치시키며 그동안 전개해 온 말놀이의 세 번째 단계를 완성시킨다. 소품으로 보일 이 시편이 주목에 값하는 것은 시인이 지닌 언어적 감수성 때문이다. 시조의 3장 구조의 원리를 명확히 파악하고 그 효과를 충분히 예견하며 자신의 어휘 창고에 쌓인 언어들을 자유롭고 재치 있게 구사하고 있다는 것을 이 시편이 보여 주기 때문이다. 「고구마를 캐며」에서는 흙을 뒤지면 줄줄이 달려 나오는 고구마를 통해 생명을 낳고 길러 내는 모성의 상상력을 발휘한다. 「정드리」 시편들 또한 보배롭다. 그것은 지나긴 시절의 흑백사진처럼 시인의 기억 속에 음화처럼 남아 있는 장면들을 현상시킨 텍스트들이다. 사라져 가는 기억을 고정시키는 언어의 힘이 이애자 시인의 시편들에서 그 가능성을 충분히 드러내고 있는 것이다.

5. 한라의 띠풀

생명의 강인한 아름다움을 찬양하고 역사성과 서정성을 함께 구현하는 것이 이애자 시인의 시세계의 특징이다. 제주의 한 많은 역사와 그 역사를 견인하는 강하고 독립적인 여성성을 시인은 독창적인 여러 시편들에서 보여 주었다. 그러나 이애자의 시세계는 남성적인 웅혼한 기상을 또한 드러내고 있다. 이애자 시인은 제주의 혼과 제주의 정신을 언어로 보존하고 있다. 그가 기리는 독립적 기상은 제주 사람 모두의 것이기도 하다. 「한라의 띠풀」은 제주의 자연과 인생을 찬양하는 기운 찬 한 편의 서사시로 읽힌다. 명령형의 언어를 처음부터 끝까지 한결같이 사용하며 시인은 어떤 역경에도 훼손되지 않을 제주 고유의 기상과 아름다움을 노래한다. "봐라"로 시작하여 "꺾이지 마라/휘둘리지도 마라"로 이어지는 「한라의 띠풀」을 보자. "한라의 띠풀"은 이애자 시세계를 대표하기에 부족함이 없다. 그 띠풀 더욱 건강하고 무성하여 그로부터 제주의 노래가 힘차게 울려 퍼질 것을 그려 본다.

봐라
활시위 풀고
살아나는 능선을
결과 결이 닿아
한데 엉겨 쓰러지나니

초여름 앞섶을 푸는

저 바람 믿지마라

기러기 같은 쟁기

몸통 속을 돌고나와

가닥가닥 꼬인 줄

초가의 바람을 엮던

손 굵은 아비의 아비

몰테우리

후손이

가슴에 불이 일면

푸른 갈기 죄다 태워

한라산 밑자락에 다시 와 터를 지키는

섬사람 곧은 심지가

유월들판을

밝혔나니

봐라

풀기가 가시지 않은 삘기 꽃

먹물 밴 하늘아래

붓끝이 흔들린디

때로는

바람에 맞서

종서를 고집하나니

섬모의 촉만으로도
바람을 읽었나니
순순히 등을 내줘
골백번 더 흔들렸을
휘어진 여린 풀잎의
감춘 날을 보았나니

꺾이지 마라
휘둘리지도 마라
짓밟혀 내린 뿌리 다지고 다져져
하나로 띠를 이루어
이 섬을 지켰나니

_「한라의 띠풀」 전문

독특한 좌절의 형식

: 물엿을 상자에 담는 선안영 시인

1. 물엿을 상자에 담기

"이것은 시조가 아니다!"라고 말해 버리면 어떨까? 선안영 시인의 시편들은 시조라는 양식에서 기대하는 율격의 기준을 많이 벗어나 있다. 그러나 흔치 않은 상상력의 강력한 힘을 내포하고 있다. 프랑스 비평가 들뢰즈와 가타리는 자신들의 철학 체계를 수립하는 과정에서 늑대나 게 등의 동물의 생태와 구근류 식물의 존재 방식에 주목한다. 그것은 무리지어 다니는 늑대와 독특한 집게를 몸에 지닌 게와 엉길만한 지점을 발견하기만 하면 몸을 연결하는 구근이 지닌 통제 불가능성의 생명력 때문이다. 그렇듯 선안영 시에는 통제 불가능한 생명의 힘이 들어있고 쉽게 포착하기 어려운 삶의 미묘한 정경이 담겨 있다. 그의 시세계는 여성성의 재현이라는 충분히 담보되지 못한 영역을 탐사한다.

2000년대 이후 등단한 시인들에 대한 시조단의 평가는 양가적이다.

한편에서는 시조는 정형 시학이므로 정형성이 요구하는 기본적인 율격은 지켜져야 한다고 주장한다. 그런 시각을 가진 시인들은 새로운 세대의 신선한 감각과 일탈을 수용하지만 탈격의 범위를 매우 제한적으로만 허용한다. 시조의 특수성은 균질적인 수의 음절 배치에 따른 음악성 획득에 있다고 보기 때문에 과감한 탈격을 시도하는 21세기 등단 시인들에게 우호적이지 못하다. 반면, 일부 시인들은 21세기의 변화된 사회 현실과 언어 감각을 살려 내기 위해서는 탈격 시조를 더욱 과감하게 수용해야 한다고 주장한다. 쉽게 정형화될 수 없는 현실에 대응하는 문학적 형상화의 시도가 탈격으로 이어진다고 본다. 시조 창작의 현실에서 시조의 3장 구조를 파괴하는 경우는 매우 드물기 때문에 그 점에 대해서는 논란의 여지가 거의 없다. 각 장의 내부에서 균질적인 4단위의 율마디가 존중되는가가 늘 문제이다. 전지구화 시대 한국 현실에서 외래어를 빌리지 않고는 표현할 수 없는 소재나 주제가 늘어나고 심지어 영어와 같은 외국어의 자음 모음을 끌어 들여 시조로 표현하는 도전 정신도 찾아볼 수 있다. 그런 환경에서 3, 4조라는 음수율의 요구는 스스로 한계를 드러낸 채 폐기되다시피 한 것으로 보인다. 이미 내재율이 기존의 음수율 논의를 대신한 점은 시조단 내부에서도 동의가 이루어진 바일 것이다. 시인들의 감각이 신선하고 그들의 삶이 역동적일수록 시조의 형식이 요구하는 일정한 구속 속에서 그 체험과 감각을 재현하기가 쉽지 않을 것이다.

그중에서도 선안영 시인의 시구들은 매우 파격적인 일탈들을 감행한다. "해바라기, 가장 높이 타오르는 저 불기둥", "'나는 끝이 나이기를 원한다.'던 그의 말.", "떠났다 당신이라는 중심으로 늘 돌아가는."(「빈

센트 반 고흐를 위하여」), "흐느끼네 다른 몸으로 건너가려는 불꽃처럼"(「초록몽유」), "겁먹어 울지도 못하는 얼굴로 혼잣말 우울의 포자를 떠뜨리는,"(「보랏빛은 어디에서 오는가: 고흐의 '아이리스'를 보며」) 등을 보라. 낭독할 때 4마디로 율을 이루는 듯이 보이는 구절들도 정병욱 교수가 제시한 시조 형식의 잣대를 들이대면 시조의 율격으로 받아들일 수 있을지 애매해진다. 각 장에서 보이는 4마디 운율의 단위는 다시 앞의 두 마디와 뒤의 두 마디로 사실상 성격에 있어 분리되는 것이고 둘 사이에는 내재된 휴지caesura가 있어 그 구별을 돕는다고 정병욱 교수는 주장한다.

그럼에도 불구하고 선안영 시인은 살아서 펄떡이는 물고기 같다. 싱싱하고 빛나는 감수성의 비늘을 수없이 지닌 채 상상력의 대해를 향해한다. 그리고 마치 폭포를 거슬러 뛰어오르는 연어처럼 시조라는 형식, 그 제약을 찾아가는 자발적 도약을 계속한다. 스스로 율격의 통제 속에서 자유를 느껴 본 적 있기에 그 근원적인 자유를 굳이 회복하고자 하는 것이다. 「산동마을」의 한 구절, "난, 오감을 퍼득이며 회귀하는 물고기"는 바로 선안영 자신의 모습을 묘사한 것이라 할 수 있다. 자유시를 쓰던 시인이 시조라는 형식을 굳이 자원한 것은 겉으로 드러난 자유에 대한 거역과 모반의 시도라 할 수 있다. 자유시의 형식 안에 머물 때에는 한 점도 잃지 않을 비늘이 형식의 제약 속에 스스로를 밀어 넣는 과정에서 유실될 수 있음도 알고 있을 것이다. 상처와 출혈의 흔적을 미리 보기도 했으리라. 왜 선안영 시인은 시조의 틀 속에 스스로의 시어들을 굳이 밀어 넣으려 하는 것일까? 시인의 말에서 그는 쓴다. "긴 말은 과장되고 거짓이 섞이기 쉽다." "현대 시조가 시언어의 리듬 문제를 찰박하게 실험해 나가는 항로의 현장이며 다채롭게 육체를 변형하여 깊은 정조를 담을 수 있는 현재형의 양식임을 강하게 증언하고 있다." 자유로움보다 제약에서 오히려 정제되고 고양된 자유를 얻어 누리리라는 직감으로 그는 시조 형식을 채택한 것이다.

그런 시인의 내면은 액상의 물질적 상상력으로 채워져 있다. 그래서 그의 시편들에는 유동적이고 비정형적이며 변화와 형성의 과정 중에 있는 이미지들이 자주 발견된다. 눈물, 안개, 꿈, 몽유, 그림자 등의 이미지가 그의 내면세계를 그대로 반영한다. 이를테면 '물엿'처럼 응고되지 않고 매우 느릿느릿하게 스며 나오게 마련인 액상의 꿈과 유동성의 상상력을 시인은 시조라는 '상자' 속에 담으려는 몸부림을 보여 주고 있다. 쉽게 규정할 수 없도록 복잡다단한 인간사의 다양한 장면들, 삶에서 빚어지는 무수한 사건의 본질은 예민한 감수성의 시인에겐 어쩌면 모두 '물엿'의 정체성을 지니고 있는 것으로 받아들여질 것이다. 단정하고 청아한 삶의 소재들과 세 줄 안에 쏘옥 안겨 드는 찰나적 인식, 그리고 초월적이며 숭고한 철학적 사유의 편린들은 시조라는 상자 속에 들어가기 알맞은 물질성을 그 속성으로 지니고 있는지도 모른다. 선안영 시인의 시편들은 더러는 절묘하게 상자 속에 들어앉아 뚜껑을 닫아도 좋을 것처럼 완결된 이미지를 보여 준다. 그러나 많은 시편들이 상자에서 흘러나오는 '물엿'을 그대로 안고 있다. 이를테면 '잉여'가 선안영 시인의 시세계를 특징짓는 요소 중의 하나인 것이다. 그러나 그 잉여는 가능성과 창조력의 다른 이름이다. 그리하여 서구 페미니스트들은 문학 정전에서 터부로 간주되던 문학적 잉여에서 여성성과 여성 문학의 가능성을 찾기도 한다. '과정 중의, 시도 중의in process, on trial' 여성 주체가 바로 그 잉여의 형태로 드러나는 유동성의 물질적 상상력에 근원을 두고 있다고 보는 것이다. 그렇다면 선안영 시편들에 드러나는 잉여의 모티프를 찾아보는 것은 여성 시인의 정체성과 그 문학적 특성의 규명에 필요한 작업일 수도 있겠다. 창조가 끝없는 파괴의 과정이라면 선안영 시에 보이는 파괴의 흔적과 잉여는 더욱 새롭게 들여다볼 요소이다.

2. 바다, 안개, 는개, 여성, 그리고 생명

여성 작가의 특수성에 대해 생각해 본다. 여성! 그 특수성은 생물적 차이의 문제로 보이지만 생물적 차이에 한정되지 않는 사회 · 문화 · 정치 · 역사적 차이에로 확장되어 다루어져야 한다. 선안영의 시어들은 니체가 이름 붙인 대로 '심연의 언어'들로 채워져 있다. 그 심연은 바다, 안개, 는개, 늪… 등으로 번역될 수 있다. "울음이 또 번지려는지 몽롱한 안개 피네" 구절에서 보듯 울음과 안개가 이루는 몽롱한 불투명의 공간이 선안영 시에서는 자주 발견된다.

남녘 들판에 꽃불 옮겨 붙는 봄 두근대네
다짐하고 허물어지며 내내 마음 졸인 사랑
울음이 또 번지려는지 몽롱한 안개 피네

(…)

바람 불면 묻어 놓은 추억 마나 숨을 타도

내 사랑은 안개 속 길마다 새끼 치는

내연의 고단한 행려가 초록 그물을 짜네

_「초록몽유」1, 4연

바다, 늪, 혹은 는개와 마주칠 때 니체는 그런 것들을 두려워하며 뛰어넘고자 할 것이다. 알려진 대로라면 니체는 여성 혐오 사상가이기 때문이다. 프랑스 페미니스트 이리가레Luce Irigaray는 그런 니체를 '흡혈귀'라고 조롱하며 심연 깊숙이 내려가 안개와 바다의 분자들과 직면하자고 할 것이다. 성별의 차이를 중심에 두고 남성 주체를 중심으로 감각과 사상에 대한 담론들이 형성되어 온 까닭에 여성 특유의 감각적 형상화를 읽어 낼 유용한 비평적 도구는 그다지 많지 않다. 여성 혐오의 오랜 인류사는 여성 시인의 시어들을 분석할 적절한 도구들을 준비하는 데 인색하다. 프로이트는 여성이 인류에 기여한 것은 모유 수유와 베짜기밖에 없다고 단언한 바 있다. 소설가 박경리는 마치 니체를 정독하기라도 한 듯 『Q씨에게』에서 이렇게 쓴 바 있다.

항상 권위와 자유를 바라보면서 고독한 남성과, 굴종하면서 항상 사랑을 지배하고자 하는 고독한 여성 사이에 놓여진 서로 간에 이해될 수 없는 벽은 성(性)이 지닌 본질일 것이며, 그 양상이 영혼의 깊은 곳에서 빚는 오랜 투쟁이, 관습으로 혹은 법률로 묶는 결과를 가져왔고 그리하여 여성은 인고의 역사를 살아온 것은 사실이다.(43면)

여성과 남성은 각자 고유한 이유로 고독하다고 한다. 양성 사이의 거리는 매우 멀다. 영혼의 존재 양식이 다르고 그 역사적 전개 과정을 통해 차이는 더욱 강조되어 왔다. 권위와 자유, 그리고 사랑 사이에서 팽팽한 줄다리기를 멈추지 않고 계속하면서… 서로의 결핍을 드러내고 메우는 짧은 순간만이 드문 교류와 이해의 시간이란 말일 것이다. 이리가레는 니체의 차라투스트라가 진정으로 배워야 하는 것은 모든 것의 바닥이라고 주장한다. "견고한 것으로 보이는 수평면이 단순히 견고한 바닥이 아니라 보이지 않는 해저의 삶에 바탕을 두고 있다는 것을 깨달아야" 하고 견고한 땅 밑에 물의 세계가 있음을 잊지 말아야 한다고 그는 말한다.(이리가레, 20면)

선안영 시인의 시적 언어들은 시인의 감각에 호소하는 심연의 고독과 관계의 불가능성에서 오는 좌절을 그려 내려는 시도들의 결과물로 보인다. 앓는 것이 삶인, 과정 중의, 생성 중의 인생에서 스며 나오는 언어들이다. 심연에서 나와 안개와 는개와 빗방울의 형태로 경계에 머문다. 삶과 꿈, 희망과 좌절, 생명과 비체abject들의 경계에서 떠돈다. 그의 시어를 빌려 표현하자면 "낙하이며 낙화"인 언어들이다. 경계에 걸쳐 있는 그의 시어들은 행갈이에서 머뭇거리다 미끄러지기 일쑤이다. 그러므로 시조의 언어가 되기에는 썩 부적절한 속성을 지니고 있다. 그러자니 그의 시편들은 시조라는 형식의 특수성을 부단히 다시금 생각하게 만든다. 그리고 여성 시인 특유의 감수성과 경험이 시조 형식과 조우하는 다양한 장면들을 근원에서부터 다시 생각하게 만든다. 여성의 경험들과 감각이 심연에 닿아 있는 것인데 시조의 형식적 요구들은 심연의 물질성과 어떤 식으로 화해할 수 있을 것인가? 문득 시조 3장을 이루는 각 15자 안팎의 언어들이 다른 시조 시인들의 시편에서는 상당히 매끄럽게 균등한 힘의 단위로 나란히 분배되어 왔음을 다시 발견한다. 그리고 그 점을 너무도 당연하게 받아들여 왔다는 사실을 다시 깨닫는다. 그럼에도 불구하고 선안영 시인의 시적 모색의 과정을 각별한 관심으로 다시 들여다보는 것은 그가 불투명한 는개 속의 삶을 묘하게 잘 짚어 내고 있는 까닭이다. 우리 시대 사람들의 무수한 삶의 시도와 좌절의 장면들, 그리고 그 상처까지 껴안고 그려 내려는 시도가 절실하게 느껴지는 까닭이다. 예사로운 시어들 속에 비수처럼 찔러 넣은 예사롭지 않은 한 줄! 그 단말마의 비명 같은 절규가 어쩌면 가장 생경하면서도 처절한 우리 시대 삶의 사실화일 것 같아서이다. 「말할 수 없는 저녁」을 보자.

비 내리는 연못 속에, 오목한 연잎 속에

빗방울 뛰어 든다

품에 들어 안긴다

죽느니 앓고 사랑해 우리

포옹의 방에 든다.

'앓자, 사랑하자, 죽지 말자!' 후기 자본주의의 시대를 넘어 초국적 금융 자본주의의 거센 파도 속에서 폭염에 지친 여름날의 들개처럼 지쳐 있는 우리의 청춘들을 겨냥한 말이다. 처절하도록 사실적이다. "죽느니 앓고 사랑해" 그리고 군더더기인 듯하나 없어서는 안 될 주제어 "우리"가 그 절규를 마감한다. 그 "우리"에 유념할 필요가 있다. 시조의 자수율 기준을 들이대면 "죽느니 앓고 사랑해"에서 매듭지을 수도 있을 것이다. 그러나 여기에서는 "우리"가 필수불가결의 요소이다. 앓아야 하는 존재, 사랑해야 하는 존재, 그렇게 앓고 사랑하다 죽어야 할 주체는 바로 너와 나, 그리고 우리이기 때문이다. 직장도 결혼도 출산도 포기한다고 했다. 자본의 가치와 경쟁만을 교육받고 사랑하는 법을 잊어버린 채 두려움만 많아진 모습이 우리 시대 젊은이들의 초상이라고 했다.

「말할 수 없는 저녁」에 그려진 빗방울의 노래에서 청춘의 절규를 듣는 까닭인지 「잃어버린 지평선」 또한 빌딩이 들어서며 잃어버린 자연의 생명력에 대한 애도를 보여 주는 시편으로 읽히지 않는다. 오히려 그 속에서 생명력을 잃어버린 우리 세대의 삶, 그 자체에 대한 애도로 보인다. "베어 먹다 팽개친 황도처럼 버려진 달"의 묘사가 탁월하다. 황도에서 달의 이미지를 읽어 내는 감수성도 예사롭지 않지만 "베어 먹다 팽개친"이라는 선행구가 황폐한 현실에 적절히 조응하는 표현으로 읽힌다.

철로 만든 척추 뼈

수직으로 치솟으며

동공 없는 눈빛 내뿜고

번식하는 빌딩 숲

냉혈한 포식자에 쫓겨 초록이 시들어간다

목이 긴 민들레 꽃 바람에 흐느끼고

베어 먹다 팽개친 황도처럼 버려진 달

아이가 사나운 손으로 꽃을 꺾는 밤이다

바람도 햇살도

모서리에 꺾이는가

오늘도 땅속 깊이

철근을 박고 있는

쓰디쓴 불임의 시간 달도 없이 삭막하다

_「잃어버린 지평선」 전문

초록이 시인의 몽유를 이끄는 생명의 빛깔이라면 달은 여성성의 표
상으로 주로 읽혀 왔다. 그 점을 상기하면 초록과 노랑의 상실은 생명
이 죽음으로 변해 버린 도시의 은유로 읽힌다. 빌딩 숲의 성장 속에서
달은 사라져 자취를 감추고 만다. "불임의 시간"으로 마무리되는 종장
에서 "버려진 달"의 의미가 부각된다. 마침내 도시는 달을 잃고 어둡고
삭막한 공간이 될 것이다. 달이라는 여성성의 이미지가 불임으로 대표

되는 여성성의 상실로 이어지다 삭막한 도시의 탄생에 이른다. 유기적인 시적 상상력의 전개 과정을 볼 수 있다. 시인이 느끼는 우리 시대의 상실감과 좌절감은 다시 한번 빗줄기의 모습으로 드러난다. 그 빗줄기의 사연은 "냅킨 위에 쓰는 편지"처럼 부칠 수 없거나 부치지 않을 편지의 심상으로 연결되며 비문의 글귀로 받아들여진다.

끈 떨어진 연을 밤마다 주우러 가는
미풍이 섞여 오면 혼자 울기 더 좋은
녹 슬은 함석지붕 아래에서
빗줄기를 바라본다

하루를 꼬박 굶고 냅킨 위에 쓰는 편지
달도 없는 어둠 속에 무수한 빗금들
이생은 글렀다 다 틀렸다
비문처럼 새겨지는

징징징 귀가 울어 더 먼 데로 가고프나
움푹 꺼진 베개를 토닥이다 눈 감으면
간절히 누가 부르는가
발뒤꿈치가 들린다

_「무월마을 외딴 집」 전문

"이생은 글렀다 다 틀렸다"고 이르는 비의 전언을 시적 화자가 듣는다. 그것은 동시에 비가 매개하는 편지의 사연이며 시인의 우울한 마음에 새겨진 비문이기도 하다. "비문"과 "움푹 꺼진 베개"는 도입의 "끈 떨어진 연"과 더불어 시인이 느끼는 좌절감의 등가물이 된다. 그리고 그 이미지들은 함께 어울려 시적 화자의 존재의 근원에 고여 있는 물기운에 이른다. 가혹한 현실 속에서 비루한 삶을 이어 가야 하는 존재가 느끼는 막연함은 「타다 만 관목더미」에서 더욱 잘 드러난다.

　새끼 뗀 후 며칠 굶어 뱃구레 홀쭉한 개가
　천지분간 안 하고 내리는 눈을 본다

　생목과 잿더미 사이
　이 무심의 적막강산

　푸시시 불 꺼져 얼음 든 심장이면
　어린 꼬리 흔드는 몸 냄새마저 내다팔까

　돌아올 약속도 없이
　숫눈길에 핀 발자국

　죽어가던 기간만큼만 그래도 가보자고
　햇것들의 웃음에 또 기대어 가보자고

다 헐린 제비집 같은

마음을 핥는 봄 눈

_「타다 만 관목 더미」 전문

시편 전편을 지배하는 것은 "이 무심의 적막강산"이라는 구절에 집약
되어 나타나듯 기댈 데 없이 "무심"한 세상을 견뎌야 하는 단독자의 고
독이다. 새끼를 잃어버린 어미 개의 허전한 눈길을 빌려 시적 화자는
삶의 아득함을 노래한다. 삶이란 "생목과 잿더미 사이"의 한 순간일 뿐
이다. 싱그럽고 희망찬 시간이 "생목"의 시간이며 마지막 숨 거두는 때
가 "잿더미"로 그려질 것이다. 그런데 제목은 "타다만 관목"이다. 생살
이 찢기는 것 같은 트라우마, 혈육과의 이별을 겪은 후 남겨진 삶이기
에 타다 만 관목일 것이다. 생목의 날은 이미 지나갔을 터이고 생목을
태웠다면 잿더미 될 때까지 태웠으면 좋으련만 그렇지도 못하여 타다
만 관목이 되어 버린 것이 새끼 잃은 어미의 모습이다. 시편의 후경을
이루는 이미지는 눈의 이미지이다. 그 눈은 새끼가 떠나간 발자국의 공
간을 이루기도 한다. 또한 다시 어미를 위로하는 매개체 구실을 한다.
삶은 그래도 지속되어야 한다고 위로한다. 그리하여 "다 헐린 제비집"
같이 허전한 마음의 어미는 그래도 살아가겠다고 결심한다. "햇것들의
웃음에 또 기대어 가보자고" 다짐한다. "삶이 그대를 속일지라도 노여
워하지 말라"던 어느 시인의 말이 세세에 전하여 오는 것은 모두 속아
사는 까닭에 그러할 터이다. "마음을 핥는 봄 눈" 구절은 시적 완결성에
기여하며 야무진 종결을 이룬다. 어미 개와 새끼 개의 사연을 들어 삶

의 기막힘을 노래했기에 시인은 눈 속에 숨겨진 개의 혓바닥 이미지를 찾아내는 것이다. 내리는 눈이 마음을 "핥는" 눈이어서 시편 전체의 이미지의 완결성이 이루어진다. 새끼를 잃고도 다시 삶을 이어 가야 하는 생명을 그려 내는 솜씨가 예사롭지 않다. 생목과 잿더미 사이의 타다 만 관목의 이미지가 뒷받침되어 더욱 그러하다. 생명은 한때 축복이었으리라. 바로 그 축복이 부채가 되기도 하는 모순이 삶일지도 모른다. 참으로 비정한 현실을 견디어야 하는 어미 개의 모습에 새 생명의 축복과 삶의 고통이 함께 어려 있다.

현실의 비루함을 견디는 방법으로 시인은 일상의 사소한 순간을 포착하여 사유의 대상으로 전환하는 시도를 보여 주기도 한다. 흘러가는 시간 속의 한 순간, 사소하고 사소하여 시적 은유의 대상이 되어 본 적이 없었던 여성의 일과가 문득 새로운 의미로 다가온다.

부부 싸움 뒤 염천 더위에 수제비를 끓여요
밀가루와 물을 넣어 반죽을 치대다보면
서로의 성질만 고집할 때
너무 묽거나 마르듯

나는 나로 울고 당신은 당신으로 흩어져요
거친 맘결 숨죽이며 꾹꾹 눌러 납작하게
한줌씩 반죽덩이 떼어
말주머니 띄워 봐요

—아으, 어쩌다, 당신 만나 인생 죽 썼어요

—사느라 당신도 나도 서로를 견디었으니……

미움도 다 끓고 나면

가볍게 떠오르겠죠?

_「수제비를 끓이며」 전문

니체의 차라투스트라에게는 '위버멘시'만이 목적일 것이다. 또한 그런 초월적 순간만이 중요한 것일 터이다. 그러나 좌절과 낙심에 익숙한 여성에게는 끓이면 익어서 떠오르는 수제비 건더기가 그의 '위버멘시'에 해당할 만한 사건이 된다. 니체를 포함한 어떤 철학자도 명쾌한 설명을 제시하지 못한 것이 그토록 이질적인 성별의 특징이다. 또 그 차이를 사이에 두고 이루어지는 사랑과 공생이다. 그토록 이질적인 여성과 남성이 만나 부부라는 관계를 이룬다는 사실은 우리에게 불가해하게 보이면서도 너무나 익숙하고 주변에 만연한 것이다. 그렇듯 밀가루와 물을 섞는 것도 그 비율의 오묘함도 불가사의한 일이다. "너무 묽거나 마르듯" 한 것이 대부분의 밀가루 반죽이듯 둘이 섞여 이룬 사람의 관계 또한 그러할 것이다. 적절한 중간 지점을 찾기가 어려울 것이다. 떼어 끓는 물에 반죽을 넣노라면 두 이질적인 존재는 분리를 향해 가며 이질성을 강조하게 된다. "나는 나로 울고 당신은 당신으로 흩어져요" 구절의 나와 당신은 다시 물과 반죽이며 동시에 나와 당신이다. 펄펄 끓어넘칠 때의 물은 "꾹꾹 눌러" 두었던 '나와 당신의' 말들이 분출되어 이루는 소용돌이의 등가물이기도 하다. 종장에 이르면 이윽고 밀가루 반죽이 익어 수제비 건더기로 떠오를 것이다. 그 건더기는 다시 시적 화자의 마음의 등가물이 된다. 미움이 끓어넘친 후 문득 평화가, 혹은 슬픔이 찾아오는 것을 볼 것이다. 오세영 시인은 "노여움 지나면 슬픔 오듯이 앨버커키 지나면 산타페 있다"고 노래한 바 있다. 물이 끓는 순간에 대비되는 분노 표출의 장면에 삶의 일상어가 직접 틈입하는 것도 눈여겨볼 일이다. "—아으, 어쩌다, 당신 만나 인생 죽썼어요/— 사느라 당신도 나도 서로를 견디었으니……" 하는 나와 당신 사이의 대화는 흔치 않은 상상력의 산물이다. 반죽을 익게 만드는 것은 비등점에 이른 물의 소용돌이이다. 그렇듯 갈등의 해소 또한 마음속 깊이 눌러 둔 것들을 쏟아 내게 하는 데에서 가능할 것이다. 단아한 현대 시조에서는 찾아보기 쉽지 않은 그와 같은 구절은 잉여를 형식적 제약 속에 쓸어 담아 가두어 보려는 선안영 시인의 몸부림이 이룬 성취에 다름 아니다.

3. 연어가 회귀할 때

좌절은 찾기 쉬우나 희망은 보기 어려운 것이 이 시대 우리의 현실이다. 그 얼음장 같은 현실 속에서 시인은 쉽게 포기하지 말자고 스스로를 다독이며 심연을 향한 잠수를 멈추지 않는다. 그런 시인의 자화상을 그린 단정한 시편으로 「밤비 소리」를 들 수 있다.

자판을 토닥이며 자음 모음 시를 쓰는,

오소소 찻물 끓는 골안개의 기도 같은,

문 밖의 오랜 냉대에도 또 돌아와 두드리는.

_「밤비 소리」 전문

이 시편에서 두드리고 토닥이는 것은 과연 무엇인가? 시인이 컴퓨터의 자판을 두드리고 토닥이는 사이 문 밖에서는 밤비가 두드리고 토닥인다. 빈틈없이 정교한 언어가 단정하게 들어앉은 이 시편은 선안영 시인의 작품들 중 흔치 않은 것이다. 비와 물, 안개, 찻물의 증기 등 연속되는 물의 이미지는 여러 시편에서 반복되어 나타나는 것이지만 이 시편만큼은 시적 자아의 모습이 분산되기보다는 응축된 이미지로 드러난다. 시인의 시적 감수성이 시조의 기본 형식과 행복하게 화해한 또 다른 시편으로 「SELECTION」을 들 수 있다.

5. 말줄임표(……)

눈빛이 마주치자

뒤돌아서 달아나 버린

수줍은 네 마음 알고 싶어, 알고 싶어서

건너다 잠시 손 담그던…… 기나긴 징검다리

6. 마침표(.)

재잘대는 아이들 틈에 아장아장 걷는 아기
노란 공을 놓쳤다 종종종 따라간다
또르르 길을 구르다 아기 곁에 멈춘 공

_「SELECTON」 5, 6수

명징하고 응축된 언어를 능숙하게 부리며 일상에 널려 있는 글쓰기
부호의 속내를 읽어 내는 눈길이 여간 날카롭지 않다. 시인의 그러한
언어 감각이 빛나는 또 다른 시편을 보자. 관계가 유독 어려워진 시대
라서 고독한 존재가 관계를 사유하는 시편이 참으로 보배롭다. 시인은
타자 혹은 대상으로부터 빛을 받아야만 그 빛을 반사하며 겨우 빛나는
야광의 물질에서 은유를 취한다. 그리하여 야광성 물체의 정체를 빌려
자아와 대상과의 관계 혹은 거리를 노래한다.

햇볕을 많이 봐야 더 오래 반짝인다

별빛의 모서리에 별이 하나 발을 걸치고

한 번도 빛난 적이 없는 별, 내 옆에 또 네가 있다.

_「야광별이 빛나는 밤에」 전문

햇볕, 별, 반짝임, 빛남…. 별과 빛은 자아와 대상과의 관계를 그리는

데에 오래 동원되어 왔다. 그런데 선안영 시인이 그것을 그리는 방법은 별나다. "한 번도 빛난 적이 없는 별"이 빛이 난다고 한다. "별빛의 모서리에 발을 걸"쳤기에 가능한 것이라고 한다. 빛난 것이 "내"인지 "네"인지 분명하지 않으나 아마도 "내"가 다른 별빛의 힘으로 빛을 내게 될 것 같다. 그런 것이 사랑의 힘이라고 사람들은 말한다. 삶과 죽음, 그 사이에 사랑이라는 이름을 가진, 타자와의 만남이 있다. 그것이 삶을 찬란하게 만든다.

앞에서 살펴본 시편들은 선안영 시인이 시조의 기본적인 틀을 거스르거나 벗어남 없이 상상력을 부린 결과물들이다. 마침내 쏟아지는 폭포를 뛰어올라 근원으로 회귀한 연어의 모습을 보여 준다. 물길을 거스를 때도 햇빛 받아 빛나는 물고기 비늘처럼 반짝이는 것이 그의 상상력이다. 거듭 솟구치며 뛰어올라 그 찬란한 비늘 잃지 않은 채 시조의 전아한 형식에 고스란히 도달하기를 기원할 뿐이다.

*참고한 책: Luce Irigaray, *Marine Lover of Friedrich Nietzsche*, Columbia University Press, 1991.
신경원, 『니체 데리다 이리가레의 여성』, 소나무, 2004.

신명인 듯 비명인 듯
살에 저민 자문刺文인 듯
: 한분옥 시인의 시세계

1. 몸의 통소를 연주하는 시인

몸만큼 우리에게 가깝고도 먼 것이 또 있을까? 철학자 데카르트가 "나는 생각한다, 고로 존재한다"라고 선언한 것처럼 서구의 사유 체계에서 몸은 오랫동안 추방당해 왔다. 우리 사상의 전통에서도 유교의 '이理'와 '기氣'의 개념이 몸의 공간을 전유해 왔다고 볼 수 있을 것이다. 작금 철학계의 주요 주제는 바로 추방된 '몸의 귀환'이라고 할 수 있다. '몸'이 추동하는 감각과 감각이 선도하는 사유로 철학계의 중심 추가 옮겨 가고 있다. 그런 변화의 물결을 타고 몸과 사랑이라는 주제 앞에서 철학자와 작가들은 사뭇 다른 담론들을 풀어 놓는다.

사랑과 몸은 어떤 관계로 설명되는 것일까? 몸과 몸의 엮임은 단연코 몸의 욕망의 문제인데 몸이 엮인 자리에서 사랑은 자라나는 것인가 혹은 멈추는 것인가? 철학자 알랭 바디우는 『사랑의 찬가In Praise of Love』

에서 쓴다. 몸과 몸이 섞일 때 당신은 타자를 매개로 할 뿐 당신 자신과의 관계에 들어가는 것이라고.(19면) 몸의 얽힘이란 이기심을 넘어서는 것일 수 없다고 주장한다. 소설가 가브리엘 마르케스Gabriel Marquez는 『내 슬픈 창녀들의 추억Memories of My Melancholy Whores』에서 이렇게 쓴다. "섹스는 사랑을 가질 수 없을 때 갖는 위로다."(69면) 마르케스는 사랑이란 마음의 황홀경일 뿐이라고 본다. 그러나 정신분석학자 라캉Lacan은 사랑이 매개하는 타자와의 교류에 주목한다. 사랑은 자족적이던 자아가 해체되고 새로이 형성된 자리에 타자의 존재가 뛰어 들어오는 사건이라고 주장한다.(바디우, 21면) 그럴 때 사랑은 철학의 대상이 되어 주체와 타자가 맺는 관계의 영역으로 편입된다. 그럼에도 불구하고 사랑을 구체적으로 매개하는 몸과 몸, 주체의 몸과 타자의 몸, 그리고 그 몸들의 얽힘이라는 역학 관계는 아직도 담론 밖을 맴돈다. 주체가 지닌 몸의 감각과 몸의 욕망, 그리고 타자의 몸에 대한 탐구의 담론은 드물다.

몸을 넘어선 사랑과 몸의 욕망을 두고 "인간의 삶에서 몸이 무엇인가?"를 생각하는 시간, 몸에 대한 한국 문학의 오랜 침묵이 문득 새롭게 다가온다. 이광수의 『사랑』에서 몸과 몸의 욕망은 사랑의 순수를 오염시키는 요소로 등장한다. 이광수 이후로도 오랫동안 인간의 리비도적 욕망에 대한 탐구와 재현은 한국 문학의 장에서 낯선 편이었다. 박경리의 『김약국의 딸들』과 『토지』에 등장하는 인물들이 중요한 것은 그들을 통해 작가가 인간의 삶에서 리비도가 갖는 매혹적이면서도 파괴적인 힘에 주목하고 이를 재현했다는 점 때문일 것이다. 리비도라는 마그마의 원천에까지 파고들지는 못했다 할지라도 그 시도는 매우 드물고 귀한 것이다. 특히 『토지』에 등장하는 '임이네'라는 인물이 보여 주는, 원초적이고 동물적인 욕망과 생명에의 집착을 눈여겨보아야 할 일이다.

한분옥 시인은 「임이네 시편 1, 2」를 통하여 여성의 욕망과 존재 방식을 재현한다. 흥미롭게도 시인은 각주에서 '임이네'를 이렇게 설명한다. "나의 이웃에 사는, 또는 소설 토지 속의 등장인물이기도 한 여인." '임이네'는 『토지』 속의 인물이면서 이 땅 여기저기서 볼 수 있는 "나의 이웃"이기도 하다. 그렇다면 '임이네'는 곧 지금 여기 이 땅에 살아가는 여인들의 통칭이라 할 것이다.

한분옥 시인은 '임이네'가 드러내 보이는 여성의 욕망에 주목하여 그 욕망을 시어로 새롭게 빚어내고 있다. 그의 언어들은 섬세하고도 은밀하다. 의미를 고정하기에는 모호하지만 감각에는 선명하게 감지된다. 모호함과 애매함이 지나치면 비어밀화秘語密話가 될 것이고 지나치게 정의가 분명하다면 시어의 품격을 떨어뜨릴 것이다. 한분옥 시인은 애매성과 정확성 사이의 협소한 공간에 자신의 시어들을 배치시킨다. 시적 긴장이 팽팽하게 유지되게 만든다. 그의 시어들은 일상어의 시각에서는 '말의 유희'의 결과물로 보일 수도 있다. 그러나 단순한 유희를 넘어선, 드러난 것과 숨긴 것 사이의 긴장 속에 예술의 공간이 놓여 있다.

프랑스 영화는 종종 현실을 모호성으로 재현하면서 우리 삶의 진실에 접근하곤 한다. 2015년 개봉한 클로드 를르슈Claude Lelouch감독의 〈사랑이 이끄는대로Un+Une〉에서도 그러하다. 주인공의 행동이 스크린에 투사된 다음, 바로 다음 장면에서 주인공은 꿈에서 깨어난다. 영화 속의 사건이 실제로 일어난 사건인지 아니면 꿈속에서 일어난 것인지 관객은 분명히 알 수 없게 된다. 사건의 영향은 다음 장면에서 계속되지만 꿈과 현실의 경계는 여전히 흐릿하게 남는다. 관객은 문득 생각하게 된다. 사건은 꿈이었을까 현실이었을까? 그러다가 다시 묻게 된다. 꿈이면 어떻고 현실이었으면 또 어떠한가? 주인공 안나^{Anna}가 앙투안^{Antoine}에게 사랑의 감정을 품은 것, 그리고 그를 향한 욕망을 지녔다는 것이 분명할 뿐이다. 사회적 윤리와 현존하는 법률의 규제로부터 자유로운 꿈의 공간, 그리고 그와는 대조되는 현실의 공간이 겹치고 흐려지다가 사라진다. 프랑스 영화에서 자주 경험하는 모호성의 긴장된 공간을 한국 현대 시조에서 발견한다. 한분옥 시인이 능숙하게 펼쳤다간 접고 접었다간 다시 은밀히 열어 보이는 시어들의 유희 공간에서 꿈과 현실을 넘나들며 숨을 듯 드러나고 나타날 듯 다시 감추어진 여성의 몸과 꿈과 욕망을 훔쳐본다.

버들 빛 저어하여 신명도 접어둔 채

뜨는 달에 화답하듯 못 이긴 척 따라나서

꽃자리 못 본 척한 일 거짓인 듯 참인 듯

말마다 몸짓마다 아뜩한 봄 뜨물내

암키와 수키와는 서로 이를 맞물고

붉힌 낯 모르면 몰라라 쫓겨가는 그믐달

_「임이네＊ 1」 전문

앞서 언급했듯 '임이네'는 특정인이 아니라 이웃 여인일 수도 있다고 시인은 주석을 달았다. 그러나 수많은 이웃 여인네의 이름을 하필 '임이네'라 하였음은 시인이 그 인물을 통하여 드러내고자 하는 바가 있어서일 것이다. '임이네'를 이해하기 위하여 독자는 박경리의 『토지』를 알아야 한다. 『토지』에서 강청댁의 남편인 용이를 유혹하여 홍이를 낳게 되는, 묘한 관능성과 왕성한 생명력의 소유자인 임이네를 이해해야 한다. 문학이론가 크리스테바^{Julia Kristeva}는 이렇듯 한 텍스트를 이해하기 위해 다른 텍스트에 대한 이해가 필수적인 경우, 그것을 '상호텍스트성intertextuality'이라고 불렀다. 위의 텍스트에서 독자는 앞서 든 프랑스 영화에서처럼 그믐달 뜬 봄밤에 과연 무슨 일이 일어난 것인지 정확히 알길이 없다.

시적 화자는 욕망을 드러내고 부인하고 다시 드러내기를 거듭한다. 첫 행의 "버들 빛"은 봄의 정경에 해당한다. 봄은 생명과 상승의 기운으로 충만한 계절이다. 버들 빛을 통하여 약동하는 생명력과 꿈틀거리는 욕망을 읽을 수 있다. 그러나 시인은 곧 이를 제어한다. "저어하여"라는 말로…. 다시 신명이 등장한다. 다시금 욕망을 감지하게 한다. 그러나 곧 "접어둔 채"라는 말로 신명의 암시를 부인한다. 중장에선 거꾸로 부정되고 제어된 욕망이 봄밤의 유혹에 양보하는 심상이 전개된다. "못 이긴 척"이란 표현은 이미 여러 번 달의 초대를 거절했음을 암시하는 것이기 때문이다. "뜨는 달"이 유혹하므로 "화답하듯" "따라나서"기는 하는데 "못 이긴 척"이라는 조건하에서 그 유혹에의 응신이 이루어진다. 다시 3행에서는 1행에서처럼 생명력의 약동과 억압이 반복된다. "꽃자리"는 봄의 생명력이 절정에 이른 모습을 드러낸 것이고 "못 본척한 일"은 애써 그 생명력이 자극하는 욕망의 분출을 억압하려는 노력으로 보인다.

그런데 3행 끝에 이르러 시인은 다시 언급된 모든 것을 모호하게 만들어 버리는 장치를 마련한다. "거짓인 듯 참인 듯"이라 하여 이 봄밤의 '임이네'의 정서와 행실을 묘사하는 시인 자신의 진실성조차 믿지 말라고 당부한다. 서술자 자신이 자신의 진술을 믿지 말아 달라고 당부하는, 서술자의 특권을 스스로 포기하는 이 장면은 시적 애매성^ambiguity을 한껏 고양시켜 텍스트를 매우 세련되게 만든다. 그러나 텍스트가 모호하면 할수록 독자를 향한 텍스트의 유혹은 크고 텍스트가 불러일으키는 효과는 증폭된다. 미국 소설가 토니 모리슨의 『빌러비드』의 한 구절이 생각난다. "이것은 결코 전달되지 말아야 할 이야기이다(This is not a story to be passed on)"라고 작가는 쓴다. 너무나 참혹한 사건이므로 세상에 알리지 말라는 텍스트 속의 언술은, 그러나, 거꾸로 그 이야기를 더욱 간절히 전달해야만 하는 것으로 바꾼다. 회상하고 싶지 않다고 구태여 언급함으로써 회상한 그 사건의 절박성을 더 강조하여 많은 독자들이 읽게 만드는 것이다. "절대로 돌아보지 말라"는 금지의 명령이 가장 강한 유혹이 되었기에 돌아보아 소금 기둥이 될 수밖에 없었던 롯의 아내처럼, 절대로 따먹지 말라는 명령이 있었기에 따먹고 만 이브의 선악과처럼….

결국 4행과 5행에 이르면 '임이네'가 봄밤 그믐달 아래에서 욕망과 생명의 "꽃자리"에 참여한다는 암시가 충분히 드러난다. "아뜩한" 것의 정체를 시인은 "봄 뜨물내"라는 지극히 모호한 것으로 숨겨 둔다. 뜨물이라면 그 뿌연 빛깔로 인해 아지랑이를 연상할 수도 있다. 천지간의 경계를 흐려 버리는 몽환적인 공간을 그려 내기에 적절하다. 그러나 "뜨물"이라는 액체의 이미지로 남겨 두지 않고 "뜨물내"라는 냄새로 전환해 승화시킨다. 라캉은 보는 것이 인간에게 가장 결정적인 감각이라고 했지만 혹자는 냄새가 가장 강렬한 유혹이라고도 한다. 그래서 "뜨물내"는 저항하기 어려운 유혹의 기호가 된다. "암키와 수키와는 서로 이를 맞물고"의 5행에 이르면 사건의 정체는 더욱 분명해진다. 음양오행의 이치를 따라 음과 양이 맞물리며 새로운 역사가 전개되고 있음을 감지하게 한다.

그러나 마지막 6행에서 다시 시인은 사건의 목격자이거나 진술자이기를 부정한다. "붉힌 낯"으로 시작하여 사건의 핵심을 다시 한번 강조한 다음, 곧이어 "모르면 몰라라" 하고 '모르다'를 반복한다. 현실의 어법에는 맞지 않는 말일 것이다. "모르면 몰라라"라는 표현은, '모른다고 하고 싶으면 몰라라'로 굳이 해석해 볼 수 있을지 모르겠다. 그러나 이를 두고 '시적 자유poetic license'라고 불러도 좋으리라. 시인에게 주어진 특권, 즉, 일상어의 규칙에서는 맞지 않으나 시적인 특수 정황 속에서 인정해 주는 예외적인 언어 사용법으로 볼 수 있을 것이다. 결국 '임이네'의 봄밤 사건을 지켜본 유일한 목격자인 그믐달조차 시적 공간에서 추방되고 만다. "쫓겨가는 그믐달"이라고 마무리함으로써 시인은 그믐달로 하여금 증인이 되지 않아도 좋다고 허락한다. 앞서 "모르면 몰라라"라고 이미 승인한 바의 재확인이다. 임이네의 사건은 천지간에 아는 이 없는, 온전히 사적이며 비밀스러운 영역으로 옮겨져 밀봉된다. 이제 꿈 혹은 기억으로 남을 것이다.

「임이네 1」의 임이네가 『토지』의 임이네처럼 엄격한 사회 규율 속에서도 자신의 욕망을 훔치듯 아슬아슬하게 실현하는 여성을 그려 낸다면 「임이네 2」의 여성은 그와는 대조적이다. 한분옥 시인은 이웃 여인일 수도 있는 임이네를 두 겹으로 그려 낸다. 그 두 겹의 노래는 동일하게 여성의 욕망을 노래한 것이면서도 사뭇 다른 가락으로 드러난다. "그믐달"과 내통하지 않고는 실현할 길이 없어 단속되는 여성의 욕망을 애절한 가락의 퉁소 소리로 시인은 「임이네 2」에서 그려 낸다.

혼자 보는 꽃구경이 또 무슨 재미냐고

천만 금 얹어줘도 못 간다, 못 간다더니

매화 향 그 꽃에 사무쳐 사무쳐서 몸살 앓고

봄밤 추운 날은 더 못 잔다 웅등거려

베틀에 걸어놓은 무명필을 끊어다가

귀밑 볼 얼어 터지랴 끌어올려 덮는다

_「임이네 2」 전문

'임이네'라는 이름으로 등장하는 시적 화자에게는 마음이 향하는 곳과 몸이 놓여 있는 곳 사이의 거리가 멀기만 하다. 먼저 외로운 시적 주체는 "꽃구경"을 마다한다. "못 간다, 못 간다"고 사양한다. 그러나 돌아서서 곧 "매화 향"에 "사무쳐서" "몸살 앓"는다. 꽃과 향을 그리워하면서도 적극적으로 꽃구경에 동참하지는 못한다. 유혹 앞에서 뒷걸음쳐 물러나면서도 다시 온몸으로 그리움의 "몸살"을 앓는 모순적 존재가 임이네로 대표되는 무수한 여성 주체이다. "봄밤"에는 더욱 잠을 이루지 못하고 기어이 무명필을 끊어 "귀밑"까지 "끌어올려 덮는다." 4, 5, 6행은 처음의 세 행보다 암시적인 요소가 더욱 강하다. 여성의 일은 "베틀"에서 베 짜기로 종종 등장하곤 했다. 삶의 기쁨과 설움, 시름과 희열조차 모두 날실과 씨실로 삼아 베를 직조해 온 역사로 인하여 베 짜기는 곧 여성의 삶 자체를 대변한다 할 것이다. 그 "무명필을 끊"는다는 것은 강한 상징성을 지닌다. 삶 전체를 뒤집어엎을 만한 결단을 보여 주는 장면으로 보인다. 전통을 버리고, 습관을 버리고 자신의 욕망이 이끄는 대로 탈주를 감행하는 시도로 보인다. 그러나 곧 다음 장면은 그러한 일탈의 욕망이 좌절되는 것을 보여 준다. 결국 삶의 궤도를 벗어나지 못하고 그 끊은 무명필을 이불 삼아 "끌어올려 덮"는 것으로 마감한다. 탈주를 꿈꾸면서도 내부의 욕망을 부정한다. "몸살"은 좌절된 욕망이 몸을 통해 스스로를 드러내는 사건이라 할 것이다. 춥기로야 겨울밤이 단연코 봄밤보다 더할 터이지만 "봄밤 추운 날은 더 못 잔다 웅등거"리는 것 또한 마찬가지이다. 매화 향 사무쳐도 꽃구경 따라나서지 못하는, "혼자" 다시 봄을 맞아 무명 이불을 뒤집어쓰면서 자신을 단속하는 여성 주체가 「임이네 2」의 주제라 할 것이다.

2. 돌에 새긴 사연

어쩌면 욕망의 두 갈래 길은 역사 속 깊은 곳에 뿌리를 둔 것인지도 모를 일이다. '천전리 각석'이나 '반구대 암각화'를 소재로 삼은 시편들을 통하여 한분옥 시인은 오래전, 선사시대나 신석기시대부터 지속되어 온 사연들을 읽어 내고 읽은 것을 시 텍스트로 번역해 낸다. 자주 단속되고 더러 분출되고 "저민 듯이 깊어진"(「돌의 표정: 천전리 각석을 보며」) 설화들을 바위에서부터 불러낸다.

풀어내는 듯하면서도 결코 모두 드러내지는 않고 다시 감아 들이며 적절히 긴장과 균형을 유지하는 것이 한분옥 시조의 기본 미학이라 할 수 있다. "때로는 풀리다가 서둘러 감으면서"! 한분옥 시인의 시편 전편을 관통하는 것이 이 구절에 집약되어 있다. 시인은 더러 "풀리다가"에서 보이듯 욕망의 내밀한 구조를 드러내기도 한다. 그러나 값싸게 직접적으로 제시하는 적은 없다. 몇 겹의 비단으로 둘러싼 향이듯 동여맨 것을 늘 조금 풀어 보여 줄 뿐이다. 풀릴 때에도 은유와 상징을 통하여 풀리기 마련이므로 쉽게 접근할 수 있는 것은 아니다. 그리고는 그 푼 것을 다시 "서둘러 감"는다. 한분옥 시인의 시 텍스트가 도전적인 이유이다. '시인의 말'에서 시인 스스로 밝힌 바 있듯이 시인은 시조의 매력을 "율격의 흐름 속에 맺고 푸는 언어유희"(83면)에서 찾고 있다. 맺고는 풀고 푸는 듯하다가 다시 맺는 은밀한 규칙을 간파하고 있는 것이다. 저절히 맺고 푸는 유희가 한분옥 시인의 시상의 전개에서도 유감없이 드러난다. 돌, 벼루, 폐사지 등의 시적 소재는 '맺음'의 규칙과 연관되어 있을 것이다. 고통과 욕망과 역사를 다 끌어안은 채 침묵하는 것들에 시인이 자주 눈길을 두는 것은 그런 이유 때문일 것이다. 더러 그 맺음의 단호함은 「화인火印: 선덕의 말」에서 보듯 불도장의 이미지로 변주되어 나타나기도 하고 비단 침선에 새기는 자수의 이미지를 통해 각인되기도 한다.

못 볼 것 본 것만도 그 아니 무색한데

남의 눈 거리낄 게 아주 영 없다는 듯

솟구쳐 엎치락뒤치락 불에 덴 듯 뜨겁다

아예 부질없는 살덩이 다 녹여나고

정작 그 동심원 가운데를 찌른 무늬

또 무슨 굿판이던가 거나하고 질퍽한.

때로는 풀리다가 서둘러 감으면서

차라리 모른다고 아무도 모른다고

신명이 삽시에 뻗쳐서 저민 듯이 깊어진.

    시인은 암벽에 새겨진 옛날 사람들의 그림을 텍스트로 삼아 그 삶의 흔적들을 짚어 가며 그들의 오랜 설화를 복원한다. 바위에 새겨진 그림은 상이한 두 세계의 미묘한 조합이다. 바위는 고정되고 딱딱한 불변성의 물질이고 거기에 조각된 무늬는 변화하고 유한한 가변성의 인생을 대표한다. "차라리 모른다고 아무도 모른다고"는 바위의 침묵에 대한 지적이 된다. 「임이네 1」에서 "모른다"며 쫓겨 간 그믐달처럼 세월의 흐름을 견디고 선 채 자신의 몸에 새겨진 설화에 대해 입 다문 바위가 있다. 그 바위에 새겨진 문양을 더듬으며 시인은 흘러가 버린 청동기시대의 인생들을 재구성한다. "굿판"과 "거나하고 질퍽한" 것과 "부질없는 살덩이"들은 바위의 견고한 물질성에 저항하면서 저며 넣은 그 옛 삶의 흔적들이다. 오랜 세월의 풍화 작용에도 견디고 살아남은 자취이다. "저민 듯이 깊어진" 전설이다. 돌에 새겨진 혼이 시인의 넋에 닿아 들려주는….

    「돌의 표정」이 청동기시대 한 부족의 역사를 복원하는 시편이라면 「여인의 시간: 반구대 암각화」는 선사시대를 살아간 여성의 삶과 사연에 바치는 시편이다. 「돌의 표정」에서 드러나듯 무심한 듯 세월을 견디고 살아남는 바위의 견고함에 저미듯 새겨 넣은 몸과 욕망의 설화를 시인은 다시금 불러내고 있다.

    날것의 욕망 끝에 부러진 칼날 끝에

울부짖는 피를 달래 잠재우는 여인 있다
아직도 수직인 바위, 손바닥에 손금 있다

그날도 오늘처럼 숨 막히는 밤의 허리
온몸에 칼금 긋는 자홍빛 뒤척임에
자정도 물러서 버린 봄날이 있었던가

이제나 저제나 정 붙인 인연살이
제 몸을 퉁소 삼아 울어도 보고 싶다
애끓는 몸말에까지 그 지문이 남아 있다.

＊국보 제285호. 선사시대의 암각화

　「여인의 시간: 반구대 암각화＊」 전문

　"날것의 욕망", "울부짖는 피", "숨 막히는 밤의 허리", "온몸에 칼금
긋는", "자홍빛 뒤척임", "자정도 물러서 버린 봄날"…. 매우 강렬한 욕
망의 발화로 볼 수 있는 시어들이다. 다시금 "부러진 칼날 끝", "잠재우
는", "수직인 바위"는 그 욕망의 대척점에 놓인 현실의 견고함과 좌절
된 꿈을 드러낸다. 견디기 힘든 삶의 열정과 견뎌야 하는 삶의 제약 사
이에서, 그 대립하는 힘의 대치가 이루어 내는 긴장 사이에서 "반구대
암각화"는 탄생한 것이다. 시인은 "반구대"를 "아직도 수직인 바위"라
고 먼저 호명한다. 그리고 "암각화"를 향하여 "손바닥에 손금 있다"고
노래한다. 바위에 새겨진 빗살무늬, 선사시대인의 삶과 꿈의 흔적들은

손바닥의 손금처럼 바위에 남아 있다. 손금이 사람의 운명과 관련되듯 바위에 새겨진 무늬는 선사시대인의 운명이라고 시인은 해석한다. 그리고 홀로 그 손금을 읽으며 선사시대 한 여인의 내면을 읽는다. 그 옛 여인의 꿈과 한이 수많은 세월이 흐른 뒤 홀로 그 손금과 마주한 시인의 내면으로 스며든다. 어제도 오늘도 "이제나 저제나 정 붙인 인연살이"로 한 생을 사는 여성의 모습을 그린다. "제 몸을 퉁소 삼아 울어도 보고 싶다"에서 보듯 온몸으로 부는 퉁소 소리를 시인은 암각화를 통하여 듣고 있다. 혹은 시인 스스로 몸의 퉁소를 불며 울고 있는 것일지도 모른다. 암각화에서 "애끓는 몸말"을 찾아 "그 지문"을 더듬고 있는 시인의 마음은 타임 머신$^{time\ machine}$을 타고 이미 선사시대 어느 부족의 동네에 날아가 있는 듯하다.

「돌의 표정」이나 「여인의 시간」에서 보듯 돌의 견고한 물질성을 파고들어가 그 내면에 감추어진 역동적인 삶의 흔적들을 찾는 시인의 상상력은 「벼루 곁에서」와 「폐사지에서」로 연장되고 확대된다. 「벼루 곁에서」에서도 벼루의 침묵에 먼저 주목하면서 "언 가슴 밑바닥"으로 벼루를 그려 낸다. 그리고는 거기 "무참히 새겨 넣던", "그냥 그 아픔도 같고 전율도 같은 것아" 하고 호명하여 벼루가 감추고 숨긴 이야기에 귀기울인다.

언 가슴 밑바닥에 무참히 새겨 넣던

그냥 그 아픔도 같고 전율도 같은 것아

울음이 전골을 감아 잦힐 것만 같구나

낯설고 물선 곳에 혼자 던져진 듯이

복받치는 그 설움의 돌덩일 삼킨 듯이

벼루에 붓 적시다 말고 얼굴 도로 묻는다

_「벼루 곁에서」 전문

 "울음이 전골을 감아 잦힐 것만 같구나"에 이르면 벼루에 얽힌 사연 또한 예사롭지 않게 처절한 것임을 감지할 수 있다. 어느 영혼인들 외롭지 않으랴, 어느 인생에겐들 "울음"과 "전율"의 시간이 없었으랴. 그 고독을 시인은 "낯설고 물선 곳에 혼자 던져진 듯이" 하고 공감하며 읊고 있다. 그리고 "북받치는 그 설움의 돌덩일 삼킨 듯이"라고 노래하면서 벼루의 침묵 이면에 자리 잡은 열정의 시간을 복원한다. 마침내 "벼루에 붓 적시다 말고 얼굴 도로 묻는다"에 이르면 벼루가 상징하는 또 하나의 삶에 대한 시적 화자의 완전한 몰입과 동일시를 목도하게 된다. 생각해 보면 벼루의 존재성은 그런 것이다. 먹을 들어 단단한 벼루에 갈면 묵향과 함께 수많은 이미지와 아포리즘^{aphorism}과 전설들이 거기에서 흘러나올 것이다. 혹자는 난을 치고 혹자는 시를 쓰리라. 선비의 문방사우^{文房四友} 중 하나인 까닭에 벼루는 절개, 지조, 학식 등의 은유를 불러일으키기에 적합할 것이다. 한분옥 시인은 암각화에서 발원한 상상력의 연장선상에서 벼루를 새롭게 그려 내고 있다.

다시 견고한 물질성의 소재와 그 내면의 역동성을 아우르는 시편 중의 하나로 「폐사지에서」를 이해할 수 있다. "사무쳐 섬겼으되 차라리 무심한 풍경"의 첫 행은 표층의 침묵 혹은 무심과 심층의 열정과 격랑 사이의 대조와 긴장을 압축해 보여 준다.

사무쳐 섬겼으되 차라리 무심한 풍경
차갑게 숨죽이는 돌에도 피는 돌아
업이면 업이랄것가, 먼 천 년의 바람이여

사려 온 그 속사정 매 맞은 듯 서러워서
무거운 돌 헤집고 구절초로 피는 걸까
먹먹한 핏빛 노을 속, 울컥하며 지는 해여

_「폐사지에서」 전문

선사시대와 청동기시대의 바위가 보여 준 역사성이 이 시편에서는 "먼 천 년의 바람이여"로 등장하고 있다. 먼 옛적 절이 한 채 있었다 하자. 신라 이차돈의 순교 설화에서부터 시작하여 수많은 인생의 수없는 설움과 기원과 또 위로가 그 공간에서 피고 지고 했으리라. 세월의 흐름이 바위도 바람에 깎이게 할 때 어느덧 절은 사라지고 그 절에 깃들던 사람들도 함께 멀어져 갔다. 폐사지 또한 암각화처럼 흔적으로 남아 옛 사연들을 삼킨 채 남아 있다. 이 시편에서도 심상은 이항대립의 구조 속에 펼쳐져 있다. "무심한 풍경", "차갑게 숨죽이는 돌", "사려 온" "무거운 돌"은 표면의 침묵과 '무심'을 가장한 폐사지의 풍경을 그려 낸 표현들이다. 그 대척점에 "사무쳐 섬겼으되"와 "피는 돌아"와 "먼 천 년의 바람"과 "속사정"과 "매 맞은 듯 서러워서"와 "핏빛 노을", "울컥하며 지는 해"가 놓여 있다. 시인은 전자를 보며 후자에 귀 기울인다. "무거운 돌 헤집고" 피는 "구절초"처럼 피어나는 침묵 속의 사연을 듣는다. 그럴 때 "먼 천 년" 전부터 불어와 오늘 곁을 스치며 부는 바람도 "업이면 업이랄것가" 하고 노래할 대상이 된다. "핏빛 노을"이 문득 "먹먹한" 것 또한 시인이 그 사라진 절의 시간과 공간 속에 들어 있기 때문이다. 황량한 폐사지에 천 년을 한결같이 바람은 불고 다시 구절초는 피어난다. 서러운 사연들의 흔적을 마주하고 있기에 시인에게는 일몰 또한 예사롭지 않은 사건으로 다가온다. 그래서 "울컥하며 지는 해여" 하고 노래한다. 바람과 해와 구절초가 기억하는 경건의 시간대가 오히려 찬란하다. 폐사지의 찬란함은 서러울 수밖에 없는 찬란함이다. 기억 속에 자리 잡은 먼 이야기, 어느 간절한 정성의 자취가 폐사지이므로…. 또 폐사지는 전설 속에 홀로 남은 불심의 흔적이므로….

3. 꽃의 화인

앞서 「임이네」 시편들에서 볼 수 있듯 한분옥 시인은 여성 주체의 삶을 향한 욕망과 구속, 절제와 승화를 절묘한 은유의 방식으로 재현해 낸다. 그 재현의 중심에 '몸', 즉 육체가 놓여 있다. 몸이 마음에 앞서 생명을 추동하는 에너지의 본체임을 시인은 「비」에서 이렇게 노래한다.

"몸 먼저 알아채는가 살 냄새 훅! 닿는다."(「비」) 「봄, 천형天刑」에서 시인은 이미 몸과 마음이 불가분의 관계로 엮여 있음을 천명하고 있다. "몸엮어 마음 여는, 마음 엮어 몸을 여는" 하고 노래한 구절이 그것이다. 마음을 떠난 몸이 홀로 움직일 수 없으며 몸을 떠난 마음이 절로 존재하지 못함을 지적한 것이다. 그래서 「비녀를 풀며」에 이르면 시인은 비녀의 상징성을 두고 "몸달여 받쳐 든 비녀"라고 노래하게 된다.

몸은 우리 삶의 비의가 현현하는 구체적인 장소이면서도 철학적 탐구의 대상에서는 오래도록 소외되어 온 객체이기도 하다. 여성의 몸에 대해서는 어쩌면 더욱 그러할지도 모른다. 임신과 출산이라는 인류 전체의 거대하고 숭고한 역사적 사건에 대해서도 아직도 규명되어야 할 것이 알려진 것보다 훨씬 많다. 임신한 여성의 입덧은 여성의 몸이 불가사의한 영역임을 보여 주는 대표적인 것이라 할 수 있다. 즐겨 오던 것들을 일시에 거부하고 불가능해 보이는 것들을 끝없이 갈망하게 만드는 이상한 현상, 징조라고 하기에도 병이라고 하기에도 난감한 것이 입덧이다. 어떻게 시작하여 어떻게 사라지는지 알 수 없는 '입덧'을 한분옥 시인은 봄의 심상과 함께 아우르며 노래한다. 불현듯 찾아왔다 사라진다는 데에서 둘은 흡사하다. "처방도 없는 입덧"이라고 하여 그 대책 없는 육체의 반란을 증언한다.

애 터진 무슨 곡절 이리도 생목 죄나

뉘도 눈치 못 챈 느닷없는 풋정인 걸

입소문 번질까 몰라 꽃은 고대 지고 만다

처방도 없는 입덧 가당찮게 잦추더니

객쩍게 앓아눕는 지극한 봄날이다

한사코 핏물 자으며 오장을 다 토한다.

_「입덧의 시간은 가고」 전문

입덧이라는 몸의 변화는 과연 사랑이라는 마음의 움직임을 상징하는 것일지도 모른다. 입덧과 사랑은 다수의 공유항을 지니고 있다. 둘 다 "애 터진 무슨 곡절"이며 "생목 죄"는 사건이다. "뉘도 눈치 못 챈" 것으로서 주체의 내부에서 일어나는 변화이다. "처방도 없는" 것이 또한 입덧이며 사랑이다. 한겨울 눈 속에 딸기나 살구를 구해 오라는 것이 입덧하는 사람의 주문이다. 그 어이없음으로 인해 오래도록 전설로 전해 내려온다. 그렇듯 이루어지지 못할 듯한, 불가능의 대상을 향하는 것일 때 사랑은 더욱 간절하고 진정한 것이 된다. 그래서 누군가는 말했다. "나에게 사랑을 다오. 불가능한 것이므로. 가능한 모든 것을 나는 다 해 보았다." 입덧도 사랑도 "가당찮게 잦추"는 것이고 "객쩍게 앓아눕"고 "오장을 다 토"하게 만드는 것이다.

예고 없이 찾아왔다 불현듯 스쳐 지나가는 두 가지 사건을 시인은 봄날의 덧없음으로 포장하여 감추고 있다. "느닷없는 풋정"인 듯 몸에 일어난 변화로서의 입덧과 마음에 이는 물결 같은 사랑은 결국 문득 찾아왔다 덧없이 사라지는 봄날과도 같다. 그런 봄날, "입소문 번질까 몰라 꽃은 고대 지고 만다." 세상이 눈치채기 전에 혼자 감추고 수습하는 사이 "꽃"이 "고대" 지듯 결국은 입덧도 사랑도 문득 사라지고 말리라. 그러나 그 내부의 출혈은 심각하다. "한사코 핏물 자으며 오장을 다 토한다." 혼을 잃은 몸처럼 허물만 남을 것 같은 격렬한 사건이다. 입덧의 은유로 드러난 사랑이라는 불가항력의 인력….

　"오장을 다 토한다"는 표현에서 드러나듯 시인은 거대한 열정의 불더미를 품고 있다. 삶을 추동하는 에너지의 거센 힘을 내부에 지니고 있는 것이다. 그러나 시인은 또한 엄격한 절제의 미덕을 함께 내면화하여 그 열정을 승화시킨다. 열정과 절제의 길항과 견제, 그 둘 사이에 어렵게 생성되는 균형과 긴장이 한분옥 시인의 시세계의 특징이라 할 수 있다. 열정을 곱게 다스려 더 한층 높은 고요 속에 공그르는 시인의 손길은 곱게 마무리된 바느질 땀에 비유할 만하다. 「비단 침선」이나 「침향」, 「비녀를 풀며」는 단속된 마음의 물무늬가 여성성의 일상 속에 현현하는 시편으로 볼 수 있다. 「비단 침선」에 드러난 자문刺文은 살에 저민 뜨겁고도 아픈 삶의 무늬이다. "신명"이기도 하면서 동시에 "비명"이기도 하고 신명과 비명을 넘나드는 것이기도 하고 끝내는 신명도 비명도 아닌 제3의 것이기도 할 것이다. 신명일 때는 "단모리 휘모리로 휘영청 공그르고" 비명은 살 속에 저민다. "끝내는 그 무늬를 살 속에 저미느니"라고 천명한 바 있듯이 "저민 무늬"로 비명은 남는다. 그 신명과 비명의 시침으로 이루어진 "누백년 지워지지 않을 자문刺文"이 한분옥 시인의 시 텍스트라 할 수 있다.

신명과 비명을 아우르는 열정을 노래함에 있어서 시인은 춘향과 선덕여왕의 이미지를 빌려 그들의 정념에 스스로를 투사한다. 춘향으로 대표되는 순결한 사랑에의 열정은 「꽃의 단죄: 춘향이의 마음」에 드러난다. "이제 그 숯불 위를 맨발로 걸으라 한들", "정수리에 돌을 얹어 주리를 튼다 한들"에서 보듯 치열하기 그지없는 열정이다. "숯불"에 맨살을 태워도 끄떡 않고 "돌"을 이고 주리 틀림을 당할지라도 흔들림 없을 지극한 사랑에 대한 송가를 보여 준다. 그런가 하면 선덕여왕에 이르면 열정을 안으로 삼키고 끝내 노래로 승화시킬 수밖에 없는 구속된 존재로서의 여성 주체를 그려 낸다. "땅에 묻"는 통곡과 "살을 지져" 우는 울음소리는 천년 전의 전설을 다시 노래한 것이다. 그리하여 안으로 열정을 삼키고 절제와 승화의 길을 걷는 무수한 여성의 삶을 시인은 대변하고 있다.

용포 대례복 벗고 그냥 저 궐문 밖

빛바랜 치마섶이리, 그대 앞에 꺾은 무릎

그제야 뜨겁게 운다 해도 하늘을 벤다 해도

기름을 부으리니, 타 붙는 그대 몸에
치닫는 오름 끝에 금팔찌를 벗어놓고

통곡을 땅에 묻고도 살을 지져 울지니

사랑을 지켜 내느라 숯불 위를 걷고 주리 틀림을 당하고 사랑에 스스로를 던질 수 없어 "뜨겁게" 울고 하늘을 베며 "살을 지져" 운다. 춘향과 선덕을 호명하였지만 그 울음의 주체는 모든 여성일 것이다. 욕망과 절제 사이, 열정과 구속 사이에서 더러는 신명에 춤추고 더러는 비명으로 자신을 드러내는 여성 주체들의 모습을 시인은 시어로 그려 낸다. 비단 침선에 자문 새기듯 기입한 시어들이다. 더러 땅에 묻는 뜨거운 통곡의 노래, 더러는 하늘에 올리는 슬픈 기원의 노래가 시편 곳곳에 깃들어 있다. 그 두 노래 사이에서 절묘하게 탄생하는 긴장의 공간은 한국 현대시가 절제와 균형 속에 탄력성을 회복하는 징후로 읽어도 좋을 것이다. 예를 들어 「오월 장미」는 김남조 시인의 「설동백」과의 상호 텍스트성 속에서 읽을 수 있다. 김남조 시인의 텍스트에 등장하는 "검은 머리 한웅큼 잘라 바치듯 설동백 한가지를 드리오니 받아 가옵소서"라는 시구는 평이한 일상어의 독백으로 들린다. 반면 유사한 심상을 두고 한분옥 시인은 생략과 함축과 도치의 시적 장치를 빌려 한결 리듬감 넘치고 탄력 있는 시적 종결을 보여 준다. "꺾인 채 꽃으로 피느니 네 앞섶의 오월 장미"! 절창이라는 이름에 값하는 시적 완성도를 보여 준다. 「오월 장미」 전편을 보자.

서러워 붉은 만큼

붉어서 여윈 만큼

그 허무 들불 속에

속속히 들끓다가

이제야 바람으로 온

너를 내가 어쩔거나

조금만 조금만 더

조여 오는 동통에

간담이 끊어져도

삭신을 비틀어도

꺾인 채 꽃으로 피느니,

네 앞섶의 오월 장미

_「오월 장미」 전문

첫 연에서 시인은 장미의 사연을 먼저 노래한다. 서럽고 붉고 그래서 여윈 것이 장미의 사연이다. "허무"도 경험하고 "동통"과 "삭신을 비틀"고 "간담이 끊어지"는 아픔도 겪은 다음, 꽃 피우자 삶은 "꺾인" 채 "네 앞섶"에 바쳐진다. "바람"이란 존재로 나타난 "너"에게 오월의 장미가 부르는 노래, 애절하다.

열정을 노래하기 위하여 시인은 꽃과 불의 심상을 종종 불러들였다. 봄밤의 꽃향기나 춘향의 숯불이나 선덕에게 사랑을 바친 지귀의 분신이나… 쉽게 지워지지 않는 흔적을 위하여 불로 도장을 찍는 화인의 역사가 누대의 업으로 남은 듯 한분옥 시인은 그 흔적들을 찾아 더듬으며 시를 쓴다. 기억의 다른 이름인 흔적… 돌에 새긴 열정들과 불도장 찍은 사연, 신명인 듯 비명인 듯 비단 침선의 자문인 듯! 그 설화들은 한 분옥 시인의 시어로 다시 탄생하여 독자들을 천년 잠 속의 천년 꿈으로 이끈다. 그의 시집이 천년 꿈을 불러오는 향기로운 베개이기라도 하듯. 독자는 「침향」을 읽으며 천년 잠의 깊이를 그려 보아도 좋으리라. 그 향 깊이로 나른히 침몰해도 좋으리라.

　진흙 속 갈참나무 차고 맑은 머리맡에 혼곤한 그 시간의 향기를 봉해 놓고 한사코 가라앉느니 천년 잠의 깊이여

_「침향(沈香)」 전문

*참고한 책: 한분옥, 『화인』, 고요아침, 2016.
　　　　　　 Alain Badieu, *In Praise of Love*, London: Serpent's Tail, 2012.
　　　　　　 Gabriel Marquez, *Memories of My Melancholy Whores*, New York: Vintage, 2006.

사랑, 그 지독한 독점의 욕망 너머

: 김선화의 시세계

1. 설레고 아프고 섧고: 여성의 삶과 사랑

"뉘는 사랑을 위해 나라도 버린다더니/나는 한 개 세상살이의 분별을 찾아//슬픔은 지녔어되 회한은 사지 않았노라" 청마 유치환 시의 한 구절이다. 문학소녀 시절에 즐겨 외곤 했었다. 지금도 그러하긴 여전하지만 인생은 물론이고 사랑이 무엇인지 알 길 없던 시절이었다. 어쩌면 시를 사랑했기에 인생과 사랑도 청마 시에 재현된 대로 그렇게 선험적으로 학습했던 모양이다. 사랑은 세상살이의 분별 앞에 희생되어야 하는 부차적인 것이라고 말이다. 사랑은 분별없는 자들의 무모하고 위험한 열정적 모험에 불과한 것이라고 생각했다. 불을 향해 뛰어드는 부나비들의 허황된 몸짓이라고 느꼈다. 그러나 사랑을 위해 나라를 버린 가련한 여성들의 이야기는 언제나 매혹적이었다. 그들의 이야기는 공기가 되어 사라진 인어공주의 몸처럼 슬픈 전설이었다. 그 슬픔의 입자들은 우주 공간에 떠돌며 오래도록 남아 있다. 호흡하는 공기, 아침 이슬, 혹은 안개 속에는 그녀들의 슬픈 육체의 잔해들이 가루가 되어 스며 있을 터이다. 사랑의 유혹이 이리도 질기고 오래도록 여성들의 내면에 깃들어 있는 것을 보면 진정 그러할 것이다.

더러 남성들 중에도 사랑을 위해 나라를 버리는 이가 있다. 에드워드 8세가 심프슨 부인과의 사랑을 위해 왕관을 버린 경우처럼 말이다. "나는 내가 사랑하는 여인의 사랑과 도움 없이는 무거운 책임을 감당해 나갈 수가 없다"는 성명을 발표하고 왕위를 버렸던 그는 얼마나 아름다운 낭만주의자인가? 그는 진정 사랑이 무엇인지 알았던 사람으로 기억된다. 그러나 그는 두고두고 조롱의 대상이 되기도 했다. 남성적 영웅성을 결여한 자로 간주되었다. 영화 〈킹스 스피치The King's Speech〉의 장면들이 기억 속에 떠오른다. 영화에 재현된 에드워드 8세, 즉 윈저 공과 심프슨 부인은 경박하고 변덕스러우며 유아적인 인물들로 그려진다. 신뢰할 만하지 못한 사람들, 그리고 이성과 판단력이 결여된 존재로 드러난다. 그렇듯 남성 주체의 항을 사랑 개념의 항과 등식으로 재현하는 것은 인류 역사상 매우 예외적인 일이다. 남성성은 영웅성, 주체성 등의 개념과 짝을 이루며 사랑과는 부등식을 이루기 일쑤이다. 감성에 우선하는 이성, 열정을 선행하는 판단력 등이 남성성의 개념 규정을 선도해 왔다. 그런가 하면 여성의 삶은 쉽게 사랑이라는 대리인을 통하여 정의되어 왔다. 낙랑공주가 호동왕자를 위해 자명고를 찢으며 아버지와 나라를 함께 버렸던 것처럼 말이다. 인류 문화사는 여성의 존재 의미는 목숨을 건 사랑의 완성에 있다고 은근히 속삭이는 듯하다.

그러나 뒤집어 다시 생각해 보자. 인생이 풍요롭고 다층적이며 예측

불가능하게 역동적이고 따라서 살아 볼 값어치가 있게 흥미로운 것은 바로 사랑이라는 규정 불가능성의 변수가 있기 때문이 아닐까? 힘의 논리와 권력의 산수를 넘어서서 세상의 질서를 한꺼번에 뒤집어 버리는 혁명의 힘은 바로 사랑에서 온다. 사랑이 아니라면, 사랑의 자리가 비어 있다면 그 공간을 채울 수 있는 것은 배신뿐일 것이다. 카이사르Caesar를 찌른 브루투스Brutus의 존재로 대표되는 배신만이 사랑만큼 과격하다. 혹은 김훈의 『현의 노래』에 등장하는 배신이 있을 것이다. 무기를 들고 투항하여 신라 철기 문화의 승리를 확정지어 주는 가야인의 배신만이 남게 될 것이다. 사랑과 배신만이 그런 엄청난 변혁의 힘을 지니고 있다. 그렇다면 사랑만이 길이 우러르고 칭찬할 만한 것이 아닐까? 사랑으로 이루어진 불가능한 혁명의 완성이 배신으로 인한 혁명보다는 훨씬 아름답지 않은가?

낙랑공주의 사랑으로 고구려의 영토가 확장된 역사, 그 아름다운 전설을 계승하듯 대만의 허우 샤오시엔은 2015년 영화 〈자객 섭은낭刺客攝隱娘〉을 만든다. 주인공인 여성 자객 섭은낭은 낙랑공주처럼 나라를 버리지 않는다. 나라 대신 스승의 명을 버린다. 사랑하는 이를 차마 죽일 수 없었기 때문이다. 무림에서 스승은 곧 한 국가의 왕일 것이고 스승을 거역한다는 것은 나라를 버리는 것과 마찬가지일 것이다. 주인공 섭은낭의 사랑은 그래서 지독하게 외롭고 슬픈 사랑이다. 영화 전편을 통해 반복되는 모티프는 주인공을 비켜 가는 사랑의 존재이다. 사랑의 대상은 부재하기를 계속한다. 동류의 새가 있을 때에만 노래하는 새가 있었다. 난조라는 이름의 새였다. 자신을 닮은 새를 눈으로 바라볼 때에만 난조는 노래할 수 있었다. 사랑의 대상이 부재하는 까닭에 난조는 거울을 보며 노래할 수밖에 없었다. 거울 앞에서 밤새도록 노래하고 춤추다 자결하고 만다. 전설 속에 등장하는 난조의 이미지는 당나라 공주의 모습으로 계승된다. 난조의 고독은 당나라 공주의 고독이 된다. 공주는 자신의 왕실을 떠나 무연고의 '위박'이라는 변방의 제후국에 시집을 간다. 평생 외롭게 살아야 했던 공주는 난조의 넋을 이어받은 존재였던 것이다. 난조에서 당나라 공주로 이어지는 고독한 여인의 모습을 섭은낭은 반복한다. 섭은낭은 정혼했던 대상에게서 버림받고 자객이 되어 그 사랑한 자를 죽이도록 명령받는다. 섭은낭의 고독은 그의 빼어난 검술에 의해 더욱 강조된다. 검술이 완벽하여 오히려 더욱 사무치는 사랑의 외로움을 자객 섭은낭은 온몸으로 재현해 낸다.

　안데르센의 나라, 덴마크의 인어공주에서 고구려의 낙랑공주를 거쳐 8세기 당나라의 섭은낭에 이르기까지 자신의 몸을 찢고 산화하며 순수한 사랑을 이루어 내는 여성들의 역사! 그 유구하게 이어져 온 사랑의 전설은 김선화 시인의 시편들에서 아름다운 이미지로 다시 태어난다. 김선화 시인의 시편들을 읽으며 한편으로 설레고 살짝 가슴 아프고 더러 설움도 탄다. "햇살"과 "제라늄 분홍 꽃잎"과 "왈칵 쏟아지는 별"과 "풀빛 바람"에 가슴 설렌다. "젖은 눈빛"과 "안으로 아픈 기억"과 "꽃망울 세우는 눈빛"(「숲에 들어」)에 가슴 저림을 느낀다. 풀잎에 손가락 베이듯 가슴 한 구석 살짝 피 비치는 느낌을 갖는다. "참았던 세상의 울음"(「폭우」), "돌 가슴에 새겨두고 뼈 삭는 줄 몰랐어"(「석모도」), "상처에 가시가 돋아 내가 나를 찌르고"(「사랑할 수 있을 때 좀 더 사랑할 걸」)에서 설움으로 함께 울먹인다. 김선화 시인의 시집 『네가 꽃이라면』은 꽃잎을 찧어 만든 물감으로 채색한 한 폭의 수채화 같다. 음악이라면 다성의 화음을 이룬 사랑의 변주곡들로 가득 차 있다.

2. 사랑, 그 모순과 갈등을 시로 쓰기

사랑은 거스를 수 없는 운명 같은 것이다. 원하고 계획하여 가질 수 있는 것도 아니고 버리려 해서 버릴 수 있는 것도 아니다. 불가피하게 이루어지는 그 사랑이라는 사건을 대하는 방식은 시간의 흐름에 운명을 맡기듯 맡겨 두는 것일 뿐이다. 품고 안고 쓰다듬으며 그렇게 세월의 물결을 견디는 것일 테다. 조개가 모래를 품어 진주알을 빚어내는 아름다운 역사는 그래서 가장 아름다운 사랑의 장면이 된다. 김선화 시인의 사랑 시는 '운명'을 큰 제목으로, '진주'를 작은 제목으로 하여 운명처럼 다스려야 할 사랑의 이치를 그려 낸다.

초대하지 않은 그가
내게로 들어왔다

차마,
보낼 수 없어 입술을 깨물고

눈물로 감싸 안는다
그 홀로 빛날 때까지

_「운명: 진주」 전문

이 시편에서 사랑의 대상은 "초대하지 않은 그"가 된다. 김남조 시인은 "내가 불러 내 집 앞에 오신 이"라고 사랑의 대상을 지칭하며 "장미꽃 한 가지를 드리오니"라고 노래함으로써 그 인생의 '타자'에게 보내는 연모의 정을 그린 바 있다. 김선화 시인은 "차마,/보낼 수 없어" "감싸 안는다"고 노래한다. 자아라는 존재의 영역에 틈입한 운명적인 대상을 향한 숭고하고도 아름다운 사랑의 자세를 보여 준다. 그것은 운명을 긍정하고 수용하는 우아한 몸짓이다. 시적 화자는 그 대상을 안아 들이며 아파한다. 사랑을 위해 치르는 높은 희생의 값은 "입술을 깨물고"와 "눈물로 감싸 안는다"에 제시되어 있다. 결국, 모래알을 품어 눈물 흘리며 입술 깨물며 견디는 인고의 세월은 오롯이 그 대상에게 바치는 것일 뿐이다. "그 홀로 빛날 때까지"라는 시적 종결에서 확인할 수 있듯이 진주가 되어 빛나는 것은 시적 화자가 아니라 그가 품은 타자이기 때문이다. 거친 모래알이 진주가 될 때까지 입술 깨물어 피 흘리고 있을 '조개'라는 시적 화자는 다시 한번 인어공주의 넋의 환생에 다름 아니다. 지느러미를 잘라 발을 얻었어도 칼날 위를 걷듯 아프고 베인 상처를 밤마다 물에 담가 어루만져야 했던 인어공주…. 그 아름답고도 슬픈 사연이 「운명」에서는 '진주'를 빚는 조개의 이미지로 변하여 다시 등장한 것이다. 1975년 박재두 시인의 시 「진주」에서도 사금파리를 다듬어 진주를 빚어내는 사랑의 역사가 제시된 바 있다. "빗나간 팔매 맞아/아린 사랑의 사금파리도//주야로 어루만져/고운 죄로 다듬으면" 하고 박재두 시인은 노래했다. 쇠붙이를 금으로 변하게 만드는 것이 연금술이라면 사랑은 언제나 연금술이다. 소설가 서영은의 「먼 그대」에 등장하듯 "꽃잎으로 가슴을 꾹 눌렀다 뗀 것"같이 오래가는 향기를 남기는 것이 사랑이다. 사금파리와 모래알을 다듬어 진주로 빛나게 하는 것이 사랑이다. 사랑이라는 질기고도 오래된 역사를 시인들은 쓰고 또 쓰고 새로이 고쳐 쓴다. 사랑은 목숨 가진 모든 존재들이 지고 가야 하는 무거운 짐이면서 삶의 이정표가 되어 주는 아름다운 별이면서 그리는 곳에 우리를 데려다줄 희망의 파랑새이기 때문이다.

「운명: 진주」에서 드러난 숭고한 사랑의 자세는 무늬 고운 조약돌의 이미지로 다시 등장한다.

그가 날 흔들고
내가 힘껏 뒹굴어

결이 고운 생각의 무늬를 만들고

단 하나
내주지 못한 맘은
달빛 아래 누인다.

_「조약돌」 전문

「운명: 진주」에 등장한 사랑이 사랑이라는 삶의 멍에를 승화시키고자 하는 성숙한 자세를 보여 준다면 「조약돌」은 역동적인 사랑의 모습을 보여 준다. 강가에 뒹구는 조약돌은 물결에 쓸리고 바람에 불려 가며 모가 닳아 둥글고 고운 육체와 살결을 지니게 되었을 것이다. 사랑이라는 렌즈를 통하여 세상을 보는 시인의 눈에는 조약돌의 탄생을 가능하게 하는 그 물결과 바람도 사랑의 대상이다. "그가 날 흔들"었다고 노래한다. 그래서 "내가 힘껏 뒹굴어" 그 흔드는 대상에게 화답했다고 한다. 흔들려서 뒹굴며 생각은 "결이 고운" "무늬를 만들"어 내었다고 한다. 얼마나 어여쁘고 싱싱한 사랑의 이미지인가? 부끄럼 없이 달려들어 흔들고 그만큼 거침없이 덤벼들어 뒹구는 이팔청춘의 춘향과 이도령의 이미지도 그려 볼 수 있을 것 같다. 그래도 다함없는 사랑 노래라서 시인은 밤의 이미지를 빌려 와 여운을 남긴다. 마치도 동양화에서 여백이 있어 한 폭 그림이 제대로 완성되듯 "단 하나" "내주지 못한 맘"을 아껴 두듯 예비한다. 밤 다려 은밀히 풀어 놓을, 저고리 안섶 속 속들이 챙겨 넣어 여며 두었을 "맘" 하나 홀로 달빛 아래 빛나게 한다. 달빛을 받고 있는 조약돌의 이미지를 떠올려 본다. 달빛 요요히 어린 어둠의 적막 속에 홀로 강가에 누워 제 육체의 매끄러움으로 달빛을 반사하는 조약돌 하나를 그려 본다. "단 하나/내주지 못한 맘"을 조약돌에서 볼 줄이야….

한편, 사랑은 불쌍히 여기는 마음이다. 가련할 이유가 없는 대상을 향해서도 측은지심으로 눈물 글썽여 본 적 없다면 사랑을 모른다 할 것이다. 정수자 시인은 「별먼지」에서 "못내는 (…) 잠시 기대어 글썽이다 갈, 그 뿐" 하고 노래한 적 있다. 어쩔 수 없이 눈물 글썽이게 되는 조촐한 사랑의 마음을 김선화 시인은 "서로서로 어깨를 내어주는 것"이라고 그린다.

널 보면

금이 간다
가슴에 실금이 간다

사는 건
서로서로 어깨를 내어주는 것

키 작은
너의 어깨 위로
날아든 젖은 눈빛

_「사랑」 전문

　그리 애달픈 마음이 사랑이 아니면 무엇이랴. 서로에게 어깨를 내어
주어 젖은 눈빛을 지닌 한 사람이 잠시 기댈 수 있게 해 주는 것! 진정
아름다운 사랑의 장면이다. 사랑은 때론 숭고하고 거룩한 노래로 등장
하고 또 때로는 안타깝고 애타는 선율로 변하기도 한다.
　사랑이라는 특이한 욕망은 다양한 모습으로 등장하면서 인간 존재의
한계와 가능성을 동시에 펼쳐 보인다. 인간의 욕망은 필연적으로 독점
을 지향하도록 구조화되어 있을 것이다. 칼 마르크스^{Karl Marx}가 가족과
사유재산이라는 배타적 소유에서 자본주의의 기원과 모순점을 찾았던
것처럼 인간 심리에서는 사랑이 필히 독점욕에 뿌리를 두고 있을 것이
다. 사랑이 독점을 포기할 수 있다면 인간 세상의 수많은 갈등과 모순
들은 일시에 사라질지도 모른다. 그렇다면 셰익스피어는 『오셀로^{Othello}』

를 쓰지 않아도 되었을 것이다. 이아고lago의 은밀한 속삭임에 오셀로의 가슴이 터질 듯 아프지도 않았을 것이다. 그런데 독점을 벗어나 사랑을 공유할 수 있다면 인생이 과연 아름다울까? 인생이 아름다운 것은 무수한 모순과 갈등을 지닌 천만 갈래 실타래로 인간의 욕망이 이루어진 까닭이 아닐까? 사랑이 숱한 세대를 거치며 무수한 세월의 흐름 뒤에도 노래로 불러지고 메아리치는 것은 무슨 까닭일까? 그것은 인생의 모순과 갈등의 핵심에 바로 사랑이 놓여 있기 때문일 것이다. 프랑스 소설가 마르그리트 뒤라스는 이렇게 쓴다.

"글을 쓴다는 것은 모든 것, 모든 모순이 다 뭉쳐진 것, 혹은 허영과 공허를 향해 가는 도정이어야 한다. 그것이 아니라면 글쓰기는 아무것도 아니다.(I realize that if writing is, all things, all contraries confounded, a quest for vanity and void, it is nothing.)" 뒤라스는 덧붙였다. "표현할 수 없는 어떤 정수essence를 통해 모든 것들이 하나로 뭉쳐진 것이 아니라면 글쓰기는 광고에 지나지 않을 것이다.(That, if it is not, each time, all things confounded into one thing through some inexpressible essence, then writing is nothing but advertisement.)"

김선화 시인의 사랑 시편들은 사랑의 설렘과 더불어, 뒤라스가 언급한 것처럼 사랑의 모든 모순과 갈등을 껴안고 그려 낸다. 무어라 형용하기 참으로 어렵긴 하지만 매우 중요한 어떤 요체들을 감지하며 표현하고자 한다. 박경리 소설가의 『토지』에 나오는 한 구절처럼 "가시밭에 뒹굴고 싶은 마음, 불길에 몸을 던지고 싶은" 격정도 사랑일 것이다. 혹은 쏟아지는 장맛비 속에 뛰어들고 싶은 마음도 사랑일 것이다. 시인은 때론 사랑의 격정들을 참고 삼키며 폭우에 풀어내기도 한다.

창밖에
무너지듯 쏟아지는 빗줄기

우리 헤매던 길로
천둥소리 흩어지고

참았던 세상의 울음이 땅을 치며 흐른다.

_「폭우」 전문

천둥소리가 흩어지는 곳이 "우리 헤매던 길"로 드러난 것은 방향성 없는 열정의 궤적으로 "헤매던 길"을 상정하고 있기 때문이다. 하필 천둥소리와 폭우를 시적 제재로 삼은 것은 비할 데 없이 강렬한 격정의 상징물로 그들이 적합하기 때문이다. 소리라면 천둥소리가 강렬할 것이고 비 내린다면 "무너지듯 쏟아지는 빗줄기"여야 하지 않을까? 사랑의 열정에 갈라진 가슴과 등가를 이루며 대적할 만한 것을 달리 어디에서도 찾기 어려울 것이다. 「다시 봄」은 독점을 지향하도록 구조화된 사랑이라는 욕망의 본질을 천착하는 시편이다.

처음엔 네가 나만 바라보길 바랬어

햇빛 쪽 고개 돌린 꽃들처럼 말이지

철지나
물기 마른 가슴
꽃씨 물듯
너를 품고

_「다시 봄」 전문

"네가 나만 바라보길 바랬어"에서 보이는 것은 독점욕으로 드러나는 사랑의 존재 방식이다. 시인은 매우 적확한 비유로 "햇빛 쪽 고개 돌린 꽃들"의 이미지를 도입한다. 피어난 꽃들이 앞다투어 서로 햇빛을 독차지하려고 애를 태우는 모습은 독점적 사랑의 욕망에 대한 적절한 묘사가 된다. 그러나 시인은 연륜과 함께 성숙해진 사랑의 자세로 시편을 마무리한다. 한때는 햇빛을 독차지하려고 애쓰기도 했겠지만 시간이 흐르고 "철지나" "가슴"에 "물기 마르"는 시절은 오기 마련이다. 그러면 꽃은 지고 그 자리에 씨앗이 야물게 들어앉을 것이다. "꽃씨 물듯" "너를 품고" 익어 가는 자세는 보다 성숙한 사랑의 모습에 해당한다. 봄이 개화하는 열정의 시간대를 상징하고 햇빛의 독점을 위해 꽃들이 각축하는 시절이라면 그 봄 이후에 오는 '다시 봄'은 그 '너머'의 초월과 성숙의 시간대에 이른 꽃의 사랑을 그린다.

봄과 여름이 상승의 기운을 지닌 계절이고 그 계절의 사랑 또한 '폭우'에서 보듯 통제할 수 없는 열정의 사랑이라면 가을과 겨울은 하강의 기운을 보여 주는 계절이다. 해 질 녘은 하루 중 그런 하강의 기운을 보여 주는 시간대라 할 수 있다. 시편 「석모도」는 황량한 해 질 녘의 바닷가를 배경으로 하여 시간의 풍화 끝에 살아남은 사랑의 흔적을 그리는 시편이다. 해 질 녘의 노을빛처럼 그윽하고도 약간 쓸쓸한 감정이 물들어 오는 것은 시인이 보여 주는 '돌 가슴'과 '삭는 뼈'의 대비 때문일까?

나 없이 살 수 없다는
말랑한 거짓말을

돌 가슴에 새겨두고
뼈 삭는 줄 몰랐어

해질녘 노을 앞에서
물들이는 네 생각

_「석모도」 전문

이 시편에는 몇 겹의 아이러니와 반전이 잠복해 있다. "나 없이 살 수 없다"라는 선언의 구절은 과장되리만치 강렬한 사랑의 선전 포고로 들린다. 그토록 처절하고 양보 없는 사랑을 먼저 선포한 다음 시인은 곧 "말랑한 거짓말"이라고 코웃음 치듯 비웃음으로 그 선언을 경감시켜 해석한다. 그런데 돌변하여 그 "말랑한 거짓말"로 인지한 '강한 사랑 선언'을 다시 "돌 가슴에 새겨" 두었다고 술회한다. 그리고 새겨 둔 채 "뼈 삭는 줄 몰랐어" 하고 토로한다. 길고도 오랜 시간을 흘려 보냈다고 술

316

회하는 것이다. '돌'과 '뼈'라는 강하고도 단단한 심상들이 종장에서는 다시 "해질녘 노을"과 "물들이는"이라는 감미롭고 온화하며 부드러운 이미지로 변주된다. 문학이론가 바흐친Mikhail Bakhtin이 '카니발Carnival'의 개념으로 설명한 바 있는 복합적이고 역동적인 인생의 장면들을 이 시편에서 읽는다. '카니발'에 필수적인 요소는 끊임없는 변화와 부침의 모티프들이다. 카니발의 등장인물은 왕관을 쓴 왕이었다가 그 왕관을 뺏기고 평민의 신분으로 하강하였다가 다시 왕관을 회복하는 부침을 반복한다. 김선화 시인이 보여 주는 견고한 사랑의 이미지는 일순 유연해졌다가 다시 강화된다. 그러다가 결국 다시 온화하고 말랑한 물질성을 회복한다. 변화무쌍한 사랑의 변주에서 카니발적 요소를 찾을 수 있다는 것은 김선화 시세계의 풍부한 가능성을 암시한다 할 것이다.

김선화 시인의 시편들이 보여 주는 사랑의 포물선은 인생의 정점에서 그치지 않는다. 영의 좌표로 수렴하는 인생 곡선의 끄트머리 단계에서 사랑은 오히려 더욱 그윽하다. 열정과 집착, 혹은 갈등과 모순의 시절이 청춘으로 대표되는 사랑 포물선의 정점에 해당한다면 쇠퇴하고 연약해져 가는 육체를 향한 연민의 사랑은 한 잔, 꽃으로 지어 올리는 차茶처럼 향기롭고 따뜻하다. 「꽃차」를 보자.

늙고 병든 스승께서 손수 차를 끓이신다.

호르륵 마시지도, 꿀꺽 삼키지도 못해

양손은 꽃받침된 채

향기 오래 마신다.

_「꽃차」 전문

　마시고 삼키는 것이 한 잔 차이지만 그 마시고 삼키는 쉬운 일이 불가능해지는 시점에서 오히려 차 한 잔의 존재 의미가 새로이 부조되어 드러나는 것을 이 시편은 보여 준다. 마시는 것이 멈춘 자리 차 향기를 들이켜는 새로운 '차 마시기'는 시작되고 있다. 모든 존재는 그 존재 자체로 아름다운 것임을 이 시편은 보여 준다. 눈을 잃으면 귀가 더 밝아지고 눈과 귀를 다 잃으면 손의 감각이 더 예민해지고 모든 것이 멈춘 뒤에는 마음의 눈과 귀가 원래의 기관들을 대신할 수 있다. 그처럼 마셔야 할 차를 향기 맡는 일은 목숨의 거룩함을 일깨워 준다. 곱고 소중하게 찻잔을 받아 든 손을 두고 시인은 "꽃받침"이라고 이름 짓는다. 온몸으로 차 한 잔을 공양하듯 받아 든 시인의 "늙고 병든 스승"은 시인의 사랑의 눈을 통하여 "꽃"을 받쳐 드는 아름답고 고귀한 존재로 새로이 탄생하는 것이다. "꽃"과 "향기"를 늙고 병든 육체에 덧입히는 시인은 그래서 정녕 마술사이리라. 사랑을 매개로 스승과 제자는 두 겹의 제의를 올리는 듯하다. 차를 끓여 받쳐 든 스승은 삶의 향기를 세상에 퍼뜨리는 신성한 제사를, 그 스승을 가만히 지켜보는 제자는 스승의 계율을 공손히 받아 모시는 제사를…. 어쩌면 그 제의 끝나는 지점에서 예술혼의 승천을 볼 수도 있을 것 같다. 서서히 지상계를 떠나 천상계로 이행하는 아름다운 아프로디테Aphrodite를 볼 것도 같다.

3. 여성과 일상이라는 제의^{ritual}, 그리고 사랑

여성의 삶에서 사랑은 질풍노도의 격정으로 오는 것만은 아니다. 오히려 여성의 사랑은 자주 은밀한 방식으로 발화한다. 일이 놀이가 될 때 가사 노동은 예술 창작 행위에 준하고 살림살이는 하늘에 올리는 신성한 제사에 해당한다. 사랑의 감정은 일상 속으로 녹아들어 아침에 일어나 밥을 짓고 설거지를 하고 아이를 학교에 보내고 장독대의 장이 익는 것을 확인하는 그 모든 일들이 사랑의 표현 행위가 된다. 어머니라는 이름으로, 가정부인 혹은 주부라는 이름으로 자신이 거두어야 할 일들에 정성을 쏟는 것들…. 여성 시인의 시에 드러나는 일상, 그 일상의 모든 장면들은 시적인 접근과 해석을 필요로 한다.

「장독대」는 우리의 전통적인 장독대와 거기 놓인 항아리들을 통하여 인생을 새로이 읽는 시편으로 볼 수 있다.

햇살 먹어 장맛들이던 뒤란 항아리들이

집을 새로 짓고 옥상으로 올라왔다

하늘이 더 가까워져 달도 별도 밝게 뜨고

어머니 행주질하던 그 손길이 떠나가니

거꾸로 엎어진 놈은 세상도 등을 지고

소금기 빛바랜 추억 바람이 실어 나른다.

_「장독대」 전문

　장독대의 항아리들을 하나하나 행주질로 어루만지는 어머니는 현대
화로 이행해 온 시간의 흐름 속 어느 시점 이전의 고전적 어머니상을
재현한 것으로 볼 수 있다. 먼저 시인은 장맛이 드는 것이 예사롭지 않
은 '사건'임을 지적한다. 여기에서 '사건'이라 함은 들뢰즈식 사건을 뜻
한다. 능선을 넘듯 부드럽게 넘어가는, 분절할 수 없는 흐름의 결과물
을 지칭하는 개념이다. 언제부터 장맛이 들기 시작했는지 알 길도 없고
어느 시점이 장맛 들지 않은 시점이며 어느 시점 이후가 장맛 든 시점
인지 알 수 없다. 그렇지만 어느 순간 장맛은 존재하기 시작하는 그런
'사건'에 해당한다. 장맛은 "햇살 먹어" 비로소 장맛 든다고 시인은 노
래한다. 장맛 하나 드는 것도 하늘이 도와 햇살이 적당히 자신을 나누
어 줄 때에만 가능한 것이라니 장독대에 장항아리를 들이고 매일 행주
질하며 닦는 정성은 제기를 닦아 향 피우며 제사를 올리는 행위와 크게
다르지 않을 것이다. 시간의 경과를 거쳐 "어머니"의 "손길이 떠나가"
고 거주하는 가옥의 구조가 변화하고 결국 장독대는 옥상으로 자리를
옮긴다. 햇살이 있어 장맛이 가능했듯 시인은 그런 작은 변화를 두고
"하늘이 더 가까워져 달도 별도 밝게 뜨고"라고 노래하며 긍정한다. 다
시 한번 해와 달과 별이 여성의 손길과 협업하여 성숙하게 만들 '장맛'

을 꿈꾸어 보는 것이다. 더 나아가 시인은 장독대의 항아리를 통해 인생을 파악하고자 한다. "거꾸로 엎어진 놈은 세상도 등을 지고"라고 노래한다. 항아리나 항아리 뚜껑이 제 모양을 갖추지 못하고 엎어져 있다면 장맛 담아내는 그릇으로서의 고유의 역할을 하지 못할 것임은 자명하다. "세상도 등을 지"게 될 것이다. 눈여겨볼 것은 "엎어"지고 "등을 지"는 것이 "손길이 떠나가니"에 이어진다는 점이다. 어머니의 정성이 하나하나를 행주질로 닦아 줄 때 제 자리를 찾아 제 기능을 하던 항아리들이었음을 상기한다면 그 손길이 지니는 의미와 그 손길이 사라진다는 사건이 함축하는 의미는 분명해질 것이다.

엎어지고 세상과 등진 항아리의 이미지는 시편 「정경情景: 천천히, 아주 천천히」에서 더욱 분명하고 구체적인 이미지로 변주되어 다시 등장한다. 교도소 안마당에 운동회를 하러 나온 죄수들은 어머니의 사랑의 손길과 그 부재를 구체화시킨다.

> 햇살도 수런대는 교도소 안마당에
> 가족과 함께하는 운동회가 열렸다
> 손꼽아 기다리던 날 발그레한 얼굴들
>
> 청백군 편을 나눠 달리기, 줄다리기
> 어릴 적 운동회로 돌아가 맘껏 뛰며
> 모처럼 푸른 함성이 울타리를 넘는다
>
> 이제는 부모님을 등에 업고 달릴 차례

온 힘을 쏟아 부을 오늘의 하이라이트

아무도

달리지 않고 걷는다

주르륵, 봄비 내린다

_「정경(情景): 천천히, 아주 천천히」전문

사랑이 넉넉하다면 누군들 죄짓고 살고 싶겠는가? 각기 다른 이유로
척박한 환경에 놓여 황량한 가슴으로 살아온 이들이 "세상도 등을 지"
는 죄의 길로 들어설 따름이다. 그들이 교도소 안마당의 정경을 이루며
모여 있는 장면을 묘사한 다음 시인은 문득 3연에서 묻는다. '부모'라는
이름의, 부정할 수 없는 사랑의 근원을…. 생명 지녔다면 모두 숙연해
질 수밖에 없는 장면을 시인은 "주르륵, 봄비 내린다" 하고 마무리 짓는
다. 달리던 이들이 달리기를 멈추고 걸을 수밖에 없게 된다. 거룩한 이
름, 어버이의 사랑 때문이다. 그 사랑을 길게 설명하지 않고 "봄비 내린
다" 하고 정경의 묘사에 돌려 버림으로써 시인은 매우 효과적인 멜로드
라마의 미장센mise-en-scéne을 완성하고 있다. 시는 서술하여 이해시키는
것이 아니라 묘사하여 느끼게 하는 것이다. 이미지가 중요한 역할을 하
는 것은 그 때문이다. 운동회의 하이라이트에 해당하는 시간대에 "주르
륵, 봄비 내린다" 그리고 "아무도/달리지 않고 걷는다". "부모님을 등에
업고 달릴" 수 없는, "엎어진" 항아리 같은 존재들의 비애와 회한이 봄
비 속에 걷고 있는 죄수들의 모습을 통해 동그랗게 떠오름을 볼 수 있
다. 미국 시인 조리 그레이엄Jorie Graham이 언급한 바 있다. "시인의 의도

가 아니라 시 자체의 음악이 시를 이끌어야 한다." 보여 주는 대신, 존 크로 랜섬J.C. Ransom이 말했듯 "장미의 향기를 느끼게 해 주는" 대신 시인이 앞장서서 의미를 부여하고자 한다면 시의 이미지의 힘은 소실되고 만다. 아일랜드 시인 예이츠가 시에 시인의 의지가 드러나서는 안 된다고 말했던 것도 이와 같은 맥락에서이다. 김선화 시인은 의도를 효과적으로 감추고 시편 스스로 노래가 되게 한다. 김선화 시인이 시조의 요체를 잘 파악하고 있으며 효과적인 이미지 구사에도 유능한, 무한한 잠재성의 시인임을 다시 한번 확인할 수 있게 한다.

매력적인 또 한 편의 시는 프로이트 심리학의 오이디푸스 삼각형을 생각나게 만드는 「수위조절」 시편이다.

신문을 펼쳐놓고 아침부터 뜨거운 부자父子

나는 보수의 주먹이 커 보이면 진보가 되고, 진보의 목소리가 거칠어지면 슬그머니 보수가 된다

오늘은 양쪽이 팽팽하다 관전觀戰만 해도 되겠다.

_「수위조절」 전문

아버지와 아들은 종종 긴장관계 속에 놓이기 마련이다. 프로이트는 '어머니'라는 여성을 서로 독점하고자 하는 원초적 성적 본능이 빚어내는 갈등의 역학관계로 그 긴장의 본질을 파악하기도 했다. 아버지와 아

들과 어머니가 이루는 욕망의 삼각형은 그렇게 탄생한다. 프로이트를 떠난 자리에서도 아버지와 아들은 쉽게 충돌하는 존재들로 이해된다. 보수로 기울기 마련인 기성세대와 혁명을 꿈꾸며 진보를 지향하는 청년세대를 아버지와 아들이라는 이름은 대표한다. 트로트식 대중음악 속에 자라난 세대와 힙합음악 속에 자라난 세대 사이의 간극 또한 세대 간의 문화 차이를 이룬다. 이데올로기의 대립항으로 위치한 아버지와 아들 사이에 펼쳐진 팽팽한 대립과 긴장의 줄을 그려 본다. 그 줄 위를 넘나다니며 곡예 하듯 절충과 조화를 모색하는 어머니의 존재란 얼마나 값진 것이랴. 남성성은 오래도록 정복의 욕망으로 설명되어 왔고 여성성은 평화 지향성의 등가물로 이해되어 왔다. 원시시대부터 사냥하는 남성과 열매 줍는 여성이라는, 사냥꾼hunter과 채집자gatherer의 특징을 면면히 이어받아 온 역사 때문이다. 초장에서는 주제의 전경화 foregrounding를, 중장에서는 압축된 사건의 본질을 그린 다음, 종장에서 급격히 전환하여 마무리 짓는 솜씨가 찬탄을 자아낸다. 세 줄로 압축해 낸 오이디푸스 삼각형이 선명히 드러난다.

더러 시인은 오염 시대의 사랑 방정식을 풍자적으로 그려 내며 순수가 사라진 시대의 사랑의 정체에 대한 질문을 던진다. 「공존」 시편에서 시인은 너무나 흔하게 넘쳐나는 바람에 그만 본질을 훼손당한 '사랑'을 대상으로 삼아 신랄한 비판의 난도질을 시도한다.

변두리 허름한 이층건물 위아래층에

거룩한 主'사랑교회'

술酒맛 좋은 '풀잎사랑'이
서로의 등을 맞대고 삶을 이야기한다

흙바람 속 빗물과 투명한 눈물 사이

첨탑 위 십자가와 진분홍 간판 사이
어둠이 밀려오면 켜지는
네온사인 두 사랑

_「공존」 전문

    교회의 사랑과 술집의 사랑이 병치되어 나타나는 이 시편은 사랑이라는 모호한 대상에 대한 매우 예리한 접근을 보여 준다. 기독교의 사랑과 상업화된 사랑은 매우 대조적이다. 전자는 순수와 희생과 숭고미와 관련되고 후자는 타락과 관능과 세속적 쾌락을 대변한다. 그러나 대조를 이루면서도 또한 묘하게 공유항을 지니기도 한다. 지나치게 사용되어 본질이 훼손되어 버렸고 너무 쉬워져서 진부해졌다는 것이 두 사랑의 공통점이다. 기독교의 숭고하고 초월적인 사랑과 술집의 세속적이고 타락한 사랑은 "첨탑 위 십자가"와 "진분홍 간판"이라는 시각적 이미지를 통하여 선명한 대조를 이룬다. "어둠이 밀려오면" 함께 불 밝히며 다시 함께 열려 두 가지 목소리로 길 가는 사람들을 유혹할 사랑, 사랑, 그리고 또 사랑들…. 서로 다른 듯, 어쩌면 똑같은 두 사랑…. 홍수처럼 넘쳐나는 '사랑'에 질식할 것 같은 우리 시대 사랑의

본질에 대한 시인의 질문이 날카롭다. "네온사인 두 사랑"! 그 마무리
도 야무지다.

4. 사랑과 생명의 축복

김선화 시인의 시편들은 궁극적으로는 넘쳐나는 사랑의 축복에 대한
긍정이고 감사이다. 그리고 더 큰 사랑의 전설을 낳으며 미래를 축원하
는 기도의 자세를 시인은 보여 준다. 그의 시편들에서 햇빛과 물과 숲
과 나무의 이미지가 주도적인 것도 이와 무관하지 않을 것이다. 그 햇
빛이나 물은 잔잔하고 은은하기도 하지만 자주 "와르르 무너지"고 "펑
펑 쏟아"진다. 아낌없이 퍼붓는 사랑이고 축복을 제시하기 위해 시인이
동원하는 이미지들이다. 새의 이미지로 변주되어 나타날 때 그 사랑은
"푸르르 날아오른다". 시편 전편을 통해 볼 때 격렬한 상승의 기운으로
그의 시편들은 빚어져 있다.

동면의 겨울이 끝난 시간, 생명의 기운이 풍만해지는 봄이 오면 가장
눈부신 사건은 벚꽃 피는 일일 것이다. 『빨간머리 앤』의 주인공 앤이 벚
꽃 길을 "환희의 하얀 길"이라고 이름 지었듯이 말이다. 벚꽃 피는 일은
모두에게 축제이다. 시인은 이를 "묵언수행을 끝낸" 벚나무가 입을 여
는 사건이라고 적확하게 그려 낸다. 앞다투어 무더기로 피는 꽃을 두고
는 "깨우친 말씀/펑펑 쏟아놓는"다고 이른다. 이 "황홀한" 축제의 시간,
잔치의 시간, 귀 기울여 꽃의 이야기를 들을 일이다. 생명의 고귀함을
감사하며 받들 일이다. 저승에서는 불가능할 잔치일 것이니….

묵언수행을 끝낸
벚나무가 입을 열었다

겨우내 깨우친 말씀
펑펑 쏟아놓는

황홀한 이승의 한때
수고한 이의 잔치

_「축제」 전문

봄에 시작하는 생명의 잔치는 6월에 이르러 더욱 역동적인 장면으로
변화한다.

햇빛 쏟아진다
천지간 쏟아진 만나*

짙어진 풀과 나무 사이
곰실거리는 생명들

땀방울 또 르 르 구르는
발걸음이 바쁘다

*만나: 이스라엘 민족이 가나안으로 갈 때 광야 생활을 하는 동안 여호와로부터 받은 특별한 식량

_「6월」 전문

봄에 일기 시작한 상승의 기운이 6월 들면 약동한다. 신록은 무성한 녹음으로 변할 채비를 하고 햇빛은 성숙한 처녀처럼 당당해진다. 대지의 어머니가 될 준비를 하는 것이다. 그 햇빛은 생명을 키워 내는 양식이다. 이를 두고 시인은 "천지간 쏟아진 만나"라고 이름 지었다. 하늘에서는 햇빛이 만나처럼 쏟아지고 "생명들"이 "곰실거리"는 유월의 한 나절, 모두 숨이 가빠진다. "발걸음이 바쁘다".

또한 사랑은 여름철 거센 소나기 퍼붓듯 열정적인 것이어야 한다고 시인은 노래한다. 여린 제비꽃의 푸른 육체를 닮은 약한 존재에게도 사랑은 그렇게 폭포처럼 내리 쏟아붓는 "천지간 저 소나기" 같아야 한다고 이른다. 더러 상처가 되기도 하는 것이 사랑일 터이다. 그럼에도 불구하고 "젖은 몸"도 "새처럼 털고" "푸르르 날아 오를래"라고 시인이 노래한 것처럼 사랑은 존재를 자유롭게 한다. 한없이 승화시킨다. "제비꽃"의 이미지가 "새"의 이미지로 변화하여 비상하는 장면을 그려 보자. 숭고한 사랑의 힘을 느낄 수 있다.

사랑하다
천지간 저 소나기처럼 사랑하다

빗발에 해질까 몰라
제비꽃 푸른 섶이

젖은 몸
새처럼 털고
푸르르 날아 오를래

_「비 갠 후」 전문

    겨울의 긴 동안거를 끝내고 벚꽃이 입을 여는 축제의 시간을 거쳐 비가 쏟아지고 개는 힘찬 시간대를 거쳐 그렇게 사랑은 피어나고 성숙한다. 그런 사랑이 있어 생명은 태어나는 것이고 우리는 미래를 꿈꿀 수 있는 것이다. 김선화 시인의 시세계에서 다양한 이미지로 변주되어 나타난 생명과 사랑의 긍정이 가장 빛나는 시편으로 「쉿!」을 들 수 있다.

둥근 배 감싸 안고
민낯 여인 버스에 탄다

지금은 뜨거운 사랑
살뜰히 영그는 중

환하다
우주를 품은
그녀가 달린다

_「쉿!」 전문

오랜 사랑의 역사, 그 열매가 새로운 생명의 잉태로 드러난다. 한 생명은 한 우주에 해당할 것이다. 꽃의 개화를 두고 이호우 시인이 "한 하늘이 열리고 있다"고 했고 미당 서정주 시인은 국화꽃 하나 피우는 데에도 천둥이 울고 "무서리가 저리 내린다"고 했다. "둥근 배 감싸 안"은 "민낯 여인"은 얼마나 크고 넓은 "우주를 품은" 존재이랴. "환하다"라는 종장의 도입부는 시편 전편을 압도하는 강력한 힘을 지닌 간명한 발화이다. "쉿!"이라는 제목과 함께 얼려 시인의 의도를 압축해 내는 효과를 지닌다. 이 시편에서는 생명을 품는다는 일의 거룩한 아름다움이 거침없이 찬란한 빛을 홀로 발하는 듯하다. 스스로 울리는 자명고처럼 음악 소리를 낸다. 우리로 하여금 생명을 찬양하게 만드는 아름다운 음악 소리를…. 사랑과 생명을 향한 무한하고 아낌없는 찬양의 노래들, 김선화 시인의 시편에 담긴 음악 소리가 앞으로는 어떤 변주를 선사해 줄지 설레는 마음으로 기대해 보며 책장을 덮는다.

참대 갈대 베어 낸 길을
맨발로 가는 시인
: 알랭 드 보통과 이남순 시인의 대화

1. 쭉정이의 삶과 고갱이의 시

알랭 드 보통Alain de Botton이라는 스위스 작가가 있다. 그가 시적 언어
를 보는 견해는 남다르다. 그는 진정한 시적 언어는 삶의 경험에서 우
러나온 진실한 말들이라고 이른다. 그래서 이름 없는 어느 요리사가 자
기가 만든 요리에 붙인 이름이 한 편의 시가 될 수 있다고 말한다. 그
요리사의 언어에 드러난 시적 감수성이 일본 최고의 하이쿠 시인인 바
쇼의 감각보다 뛰어나다고 언급한다.

햇볕에 말린 크랜베리를 곁들인 연한 채소
삶은 배, 고르곤졸리 치즈
짐판델 비네그레트 소스로 무친 설탕 절임 호두 (27면)

영어 원문은 아마도 다음과 같을 것이다.

fresh vegetables with sun-dried cranberries
steamed pear with Gorgonzola cheese
Sweetened walnut marinated in Zinfandel Vinegrette sauce

소피텔 호텔의 케이터링 사업부에서 일하는 익명의 장인이 자신이 만든 요리에 붙인 이름들이다. 과연 시구의 일부로 읽힌다. 식초와 포도주로 만든 소스에 잰 다음 설탕에 절여 낸 호두 요리는 어떤 맛일까? 그 맛은 참으로 한 편의 시처럼 오묘하고 탁월할 것 같다. 그렇다면 요리 이름은 그 요리의 맛을 언어로 제대로 재현하고 있는 것이다. 알랭 드 보통이 요리 이름만큼도 시적이지 못하다고 평가한 바쇼의 시구를 함께 살펴보자.

가을 돌풍이
아사마 산 위
돌들을 따라 불어 간다.

바쇼의 시적 감각이 그리 무디기야 하겠는가? 번역 과정에서 휘발되어 버린 일본어 특유의 음성적 요소와 단순한 음절의 배열 뒤에 감추어진 철학이 위의 시에는 있을 것이다. 그 말의 특성과 숨은 의미가 제대로 전달된다면 바쇼의 명성과 권위는 복원될 수도 있을 것이다. 그럼에도 불구하고 알랭 드 보통의 지적은 새겨들어 볼 만하다. 삶의 현장에서 건져 올린 생생한 경험의 언어들이 얼마나 대단한 한 편의 시를 이루어 낼 수 있는가? 삶을 치열하게 살아 낸 자의 지혜와 고통과 탄식과 환희가 함께 얼려 스며들어 있는 언어만이 진정한 시적 언어가 될 수 있는 것이 아니겠는가?

호두를 설탕에 절여 단맛을 내기 전에 식초와 포도주에 담가 며칠을 숙성시키면 시고 떫은맛이 거기에 배어들게 될 것이다. 식초와 포도주의 향취를 머금은 호두가 다시 설탕에 절여져 달콤한 맛을 함께 지니게 될 때 그 요리는 시고 떫고 달고, 그러면서도 고소한 것이 될 터이다. "짐판델 비네그레트 소스로 무친 설탕 절임 호두" 요리는 그렇게 탄생한다.

그처럼 이남순 시인의 시편들은 한 편 한 편이 모두 그런 깊은 맛의 호두 요리 같다. 단순한 이미지즘이나 시어의 음악성을 넘어서는, 씨가 꼭꼭 들어찬 열매 같은 시어로 이남순 시인은 시를 빚는다. 알랭 드 보통이 읽는다면 바쇼의 하이쿠보다 뛰어나다고 격찬할 만하다. 또한, 이남순 시인의 시편들은 한국 현대사의 여성 인물들을 위한 찬가로 읽힌다. 여성이란 이유만으로 축복받지 못한 채 태어난 존재들, 거칠고 힘든 삶을 살아가면서 삶의 지혜와 용기를 스스로 체득해 간 슬기로운 여성들 모두를 위한 노래로 들린다. 시인 자신의 삶을 재현함으로써 이남순 시인은 동시대 모든 여성의 고통과 희망을 동시에 노래하고 있다. 시인 자신의 삶이 포도주 맛을 지닌 것이었다면 시인이 그려 내는 어머니의 삶은 시초 맛의 삶이라 할 수 있다, 이남순 시인은 어머니의 삶을 그리고 보존하면서 거기 자신의 삶 또한 함께 버무려 넣어 "짐판델 비네그레트 소스"를 완성시킨다. 포도주와 식초가 섞여 함께 이룬 소스에 충분히 숙성된 호두 알 같은 삶, 그 경험의 언어를 시인은 건져 올린다. 그런 다음 긍정과 희망의 단맛을 지닌 설탕에 버무려 완성시킨다. 그런 완벽한 맛의 요리 접시들 같은 시편들을 본다. 삶, 그 자체를 한 편 시를 빚듯 살아온 시인만이 부르는 노래들이기에 삶이 시가 되고 시가 삶이 되는 아름다운 순환을 본다.

　이남순 시인의 텍스트에 드러난 어머니의 삶이 그다지도 신산한 것은 무슨 까닭일까? 그것은 근대화 이전의 가난한 한국 땅에서 여자로 태어나 살아온 탓에 그러할 것이다. 남존여비 사회에서 아들을 생산하지 못하고 딸만 낳은 것도 그의 삶을 더욱 힘들게 만들었을 것이다. 시인은 아들을 바라는 집안에서 아들이 아닌 딸로 태어났기에 태생에서부터 '쭉정이' 같은 존재로 자신을 인식할 수밖에 없었다. 여성이라는 이유만으로 쭉정이의 삶을 살아야 했던 시인, 그가 걸어간 인생길의 모든 장면들이 이루어 낸 시편들이『그곳에 다녀왔다』에 실려 있다. 그의 시편들은 '고갱이'의 언어들로 채워져 있다. 어머니의 한숨과 눈물을 이어받고 그 기다림의 세월을 업보로 물려받으며 다시 거기 스스로의 삶이 주는 설움과 아픔을 버무려 언어의 소스를 만들었다. 그리고 그렇게 숙성된 언어가 고운 상상력의 빛을 받으며 달콤하게 스스로를 변화시켜 빚어진 것이 그의 시편들이다. 삶 그 자체를 녹여 내지 않은 문학, 머리로 생각해서 찾아낸 언어들은 감동을 주지 못한다 했다. 박경리 소설가가 특히 강조한 문학론이다. 이남순 시인의 시편들이 주는 감동은 진실하고 솔직하고 절절한 그의 삶에서 온다. 그 삶의 사연들을 재현하는 정확한 문학적 언어에서 온다. 고단한 삶 속에서 길어 올리는 감사와 인종의 샘물, 또 그 샘물로 가꾼 고운 서정의 꽃송이들을 본다. 그 꽃을 피워 올린 줄기의 고갱이에 닿아 있는 언어들과 독자는 행복하게 조우하게 된다.

2. "그럼 나는 누구인가?"

태어나면서 자신이 태어날 시간이나 장소를 선택할 수 있는 자는 없다. 그런 의미에서 우리는 모두 던져진 존재들이다. 그러나 원하지 않는 생명으로 태어난 자가 자신의 주체성을 획득해 가는 과정은 실로 험난할 것이다. 자신에게 숙명처럼 주어진 고난을 받아들이고 인내하면서도 경건한 자세를 잃지 않는 긍정의 삶! 그것은 진정 종교인의 태도에 값하는 거룩한 모습일 터이다. 세계 문학사의 많은 여성 작가들은 여성 주체의 자의식을 직간접적으로 재현해 왔다. 국적과 시대의 차이를 넘어 한결같은 목소리로 여성이 경험하는 소외와 고독을 노래했다. 소속감도 없고 갈 곳도 없는 자신들의 모습을 자화상 그리듯 그려 내 왔다. 영국 소설가 버지니아 울프는 이른 바 있다. "여성에게는 조국이 없다." 2000년 인류 역사는 남성만이 적합한 시민이고 여성은 남성의 부속품에 불과하다는 전제하에서 전개되었다. 조국이 나서서 여성을 보호해 준 적은 없었다. 여성에겐 어쩌면 전 세계가 조국일 수 있었는지도 모른다. 아무 데에도 소속되지 못하였다는 사실 때문에 '네 편, 내 편'을 가르는 경계가 필요하지 않았을 것이다. 여성들은 무국적자로서 무소속의 삶을 오랜 세월 동안 살아왔다. 이남순 시인의 시편에 자주 등장하는 민들레의 이미지는 바로 그런 무소속감의 상징이다. 민들레에게는 고유한 영토가 없다. 그리하여 어느 곳에서도 싹 트고 뿌리

내릴 수 있다. 박재두 시인과 최영효 시인 또한 야생 식물의 이미지를 통하여 보호받지 못하는 강한 생명체들을 노래한 바 있다. 쑥과 풀의 이미지를 두 시인은 주로 사용했다. 그들이 쑥 뿌리의 끈질김과 강인함을 통하여 표현하고자 했던 것은 바로 한반도에서 살아가는 민중의 생명력이었다. 박재두 시인의 「쑥뿌리 사설 1, 2」와 최영효 시인의 「쌍것들」, 「그래도 쑥이니까요」와 「풀뿌리의 시」를 보라. 그 쑥과 풀의 여성적 표현에 해당하는 것이 이남순 시인의 민들레라 할 수 있다. 「민들레 편지」는 오랫동안 끊기었던 소식이 문득 다시 등장한 사연을 민들레의 이미지로 그리고 있다. 민들레가 피어나듯 편지는 그렇게 느닷없이 도착한다. 망각의 직물에 구멍을 내며 기억 속 아득한 존재의 소환을 드러내는 매개체가 바로 민들레인 것이다. 「개민들레」에서 보듯 민들레는 혼자 살아가야 하는 고독한 여성 존재의 등가물이기도 하다. 집 없는 민달팽이처럼 보호받지 못한 채 살아서 여리고 가여운 존재이다. 그러나 그럼에도 불구하고 끈질기게 세상과 대결하며 생존을 포기하지 않는 강인함을 지닌 주체이다.

이 땅에서 피고 져도 너는 항상 이방인
튼튼한 곁가지도 낯설게만 느껴지고
이웃집 노크 소리에도 가슴이 철렁한다

대여섯 예쁜 수니 서러움도 그럴 것이
불법체류 부모에게 물려받은 터전이라
언제쯤 마음 편하게 생을 환히 피워볼까

더 이상 물러날 곳도 다가설 곳도 없는

길이 아닌 길 위에서 숨죽이는 이 순간도

한 뼘씩 커가는 꽃대궁, 그 뿌리는 힘이 세다

_「개민들레」 전문

「개민들레」의 첫째 둘째 수는 가련한 어린 여성 수니의 환경을 묘사하는 데 바쳐지고 있다. 그러나 셋째 수는 수니만이 아닌 여성이라는 이름의 모든 존재를 노래한다. "길이 아닌 길 위에서" 삶의 터전을 찾아가는 존재는 여성 모두에 해당한다. 울프가 이른 대로 여성에게는 조국도 없다. 그들에겐 준비된 길도 없다. "숨죽이"고 성장하고 살아가는 여성들, 그러나 그래도 몸은 자라고 영혼도 여문다. 그 몸과 영혼은 "한 뼘씩 커가는 꽃대궁"이다. 척박한 환경에도 굴하지 않고 꿋꿋이 살아간다. "그 뿌리는 힘이 세다". 시인은 강인하고 집요한 생명을 예찬하며 또한 더욱 힘세지라고 주문하고 있기도 하다.

이미 오래전에 버지니아 울프는 여성에게는 3000파운드의 수입과 자기만의 방이 필요하다고 절규했다. 가부장제의 억압과 간섭으로부터 여성이 독립을 이루고자 할 때 필요한 두 가지 요소로 돈과 공간을 든 것이다. 독립을 위한 수입도, 고유의 공간도 갖지 못한 채 의존적인 존재로 살아가기를 강요받아 온 것이 한국 여성들이다. 그러나 막상 의존하는 삶조차 그디지 쉽지 않다. 그런 이중의 모순 속에 여성 존재는 놓여 있다. 한국 사회에서 가부장제 질서로부터 벗어나 자유로울 수 있는 여성은 드물었다. 아버지에서 남편으로 그리고 종국에는 아들로 이어지는 그 전통 속에서 이남순 시인은 고개 들어 의문을 제시한다. 여성이라는 존재의 귀속처를 날카롭게 되물으면서 이남순 시인은 소리친다. "그럼 나는 누구인가?"

등록금 용지 겉봉에
"이남순 학부모 귀하"

반듯한 저 활자를
밥상에 올려놓고

아이쿠, 배달사고라니
그럼 누가 받을 건가

남편은 관계란에
배우자라 획을 긋고

아버진 출가외인
가부좌로 앉았으니

반송될 한 통의 편지
그럼 나는 누구인가?

_「수취인 불명」 전문

338

그렇게 보호받지 못한 채 세상에 내던져진 존재가 여성이다. 결혼이라는 제도는 아버지로부터 남편으로 보호자의 명의를 이전한다. 그 보호자는 여성에게 의무라는 채권을 행사할 때에는 적극적으로 등장하면서도 여성의 권리에는 등을 돌린다. 시적 화자인 여성 주체는 그 상처와 고통을 고이 다스려 오히려 그 아픔 속에서 삶의 동력을 찾아낸다. 고독하고 힘들수록 홀로 자존심을 지킨다. 그리고 세상의 다른 힘없고 여린 존재들을 향한 측은지심을 키워 간다. 상처가 곪아 흉터가 되지 않도록 쓰다듬고 어루만진다. 그렇게 살아온 세월의 흔적으로 한층 맑아지고 드높아진 영혼을 간직한다. 그리고 마침내 독자를 그 영혼의 영토에 초대한다.

구두에 상처가 생길 때마다 구두를 닦는 마음이 있다면 이남순 시인은 고운 시심과 맑은 언어로 자신의 인생 구두를 닦아 온 시인이라 할 수 있다. 알랭 드 보통은 구두를 닦는 마음을 이렇게 헤아린다. "그는 현재 상태가 어떻든 간에 그 구두의 최선의 상태를 상상하면서 솔, 왁스, 크림, 스프레이 클리너 등의 무기로 학대당한 곳을 치유했다. 그는 사람들이 아무 때나 구두를 닦지는 않는다는 것을 알고 있었다. 사람들은 과거 밑에 줄을 긋고 싶을 때, 외적인 변화가 내적인 변화를 자극할 수도 있다는 희망을 품을 때 구두를 닦는다."(85면)

철학자 니체도 이른 바 있다. 중요한 것은 어떠한 외적 자극이 주어지는가가 아니라 어떤 식으로 그 자극에 대응해 나가는가 하는 것이라고 했다. 누군가는 상처가 깊어 서칠어지고 포악한 독재자가 되지만 또 누군가는 똑같은 상처로 인해 눈물 많고 인정 많은 시인이 된다. 의지할 데 없었던 막연한 마음도 사랑받지 못하는 존재로 태어나 겪은 설움도 세월과 함께 숙성되어 고운 기억으로 회귀할 수 있다. 상처를 어루만져 그 상처에서 꽃송이가 피어나는 것을 이남순 시인은 보여 준다. 「섣달그믐」은 떠도는 아버지가 안겨 준 상처를 안으로 삭일 수밖에 없는 어머니와 그 어머니를 지켜보는 어린 딸의 모습을 그리고 있다. 어머니의 기다림은 방문 밖으로 귀를 열어 놓고 어린 딸로 하여금 머리를 짚어 보게 한다. 그 그리움과 기다림이 딸에게 투사되어 오롯한 기억으로 남는다.

어디쯤 오시는지 아버지 다 오셨는지
얼른 일어나서 머리 한번 짚어봐라
함지에 꿀밤 묵 그득 윗목에다 모셔놓고

올 리 없는 아버지가 마을 길에 다다른 듯
안달 난 어머니는 나를 깨워 또 점친다
그러면, 두 손을 올려 앞머리를 짚어주면

곱다란 쪽머리를 참빗으로 고쳐 빗고
짐짓 기척 들리는 듯 장지문만 훔쳐보는
평생을 마른 기다림, 내 머리만 되짚는 밤

_「섣달그믐」 전문

섣달그믐이라니! 어머니의 참담한 심경, 그 어두운 마음의 우울을 그려 내기에 가장 적합한 시간이다. 달도 없는 어두운 밤, 오지 않을 이를 기다리는 마음 하나 끝내 놓지 못하는 여인의 모습이 섣달그믐이란 시간을 등에 업고 확연히 도드라진다.

「느티나무 아래」 또한 또 하나의 상처로 남는 사건을 그려 낸다. 세월이 흘러 그 상처 다 다스리고 슬픈 눈으로 늙은 아버지를 바라보는 성숙한 딸의 모습이 「미영밭」과 「입동」에 나타나 있다. 「느티나무 아래」, 「미영밭」, 「입동」 그 세 시편은 함께 읽어야 한다. 상처에서 아름다운 기억을 우려내는 서사가 세 편이 이어질 때 완성되기 때문이다.

새 운동화 사달라고 고무신 꺾어 신던 날
"이넘에 가스나, 그 섰거라! 게 몬서나!"
두서너 발걸음이면 잡히고도 남을 거리

집짓, 가윗길을 벌써 돌아 나오신 듯
아버지 헛기침 소리 동구까지 따라온다
한 번도 내리치지 못한 회초리를 손에 든 채

고달사지 들머리에 너른 평상 놓인 이곳
고향 집 찾아들 때 잠시 앉아 쉬는 그늘
지금도 날 찾는 목소리 고샅길이 쟁쟁하다

_「느티나무 아래」 전문

오일장 이른 아침에
창살차가 도착했다

더 납작 엎드리지만
후려 당기는 고삐 앞에

어미 소 늙은 울음이
터질 듯이 붉었다

그날도 그랬었지,
요양원에 가시는 날

모로 누워 버텼지만
막장 같은 들것 앞에

아버지 삼킨 울음도
눈발처럼 떨었다

_「입동(立冬)」 전문

　제목 '입동'은 소의 늙은 울음이나 아버지가 삼킨 울음과는 현격히 거
리를 둔 제목이다. 그러나 계절이 겨울의 초입임을 알리는 입동이라는

제목은 매우 적절하게 시편의 사연들을 제시한다. 결국 모든 것을 잃고 동면에 들 존재들에 대한 충분한 암시가 그 제목에 드러나 있기 때문이다. 늙은 소와 요양원을 향하는 아버지의 대비가 잔인하리만치 정확하다. 그리하여 더욱 절실히 삶의 무상함과 생명 가진 존재의 유한성을 느끼게 한다. 계절이 입동이란다! 그러니 더욱 어찌할 수 없는 운명을 느끼게 한다.

가난에 지친 젊은 아버지와 생의 마지막 길을 향해 가는 아버지의 모습을 그리면서 시인은 아버지의 언어를 그대로 채록하여 옮긴다. 사투리 그대로 옮겨 시편이 역사적 기록물로도 기능하게 한다. 서정의 물결 위에 둥실 떠올라 미끄러져 가는 한 척의 돛배처럼 그 직접 화법의 언어는 선명하게 다가온다. 지나간 세월을 회상하는 우리 시대 아버지의 목소리를 슬프리만치 정확하게 실은 채, 세월의 물결에 기댄 채 그 배는 흘러간다.

"정신 섰날 남아씰 때 얼라들을 봐야것다. 집으로 다 오라 캐라 내도 집
에 갈끼다"
너덧 개 주사액 매달고 끝내 오신 아버지

빈 몸집 아흔하나 기둥 풀썩 무너진 채 타드는 마른 혀로 밭은 말씀 이
으신다
"애비가 너거들한테 미안허고 고마벴다"

"느거매가 나 때문에 억시기 욕을 봤다 주체 못할 역마살로 천지만지

나돌 때도

꿋꿋한 느거매 덕에 욕 안 먹고 잘살았다"

"암만 캐도 고향 선산 거꺼정은 몬가것제? 집하고 울매 안 되는 미영밭
도 내는 좋다

거서는 훤히 다 빈다 기차역도 터미널도"

아버지 그 말씀을 여기 와서 새겨본다

한번 가신 후론 꿈에서도 못 뵈는데

꽃송이 만발한 지금, 저 바람이 낯익다

_「미영밭*」 전문

*미영밭: 목화밭

3. 외딴방, 그곳

이남순 시인은 충분한 서정성의 시인이면서 여성사의 기록관이고 기
억과 사랑을 다루는 언어 마술사이다. 그러나 한국 현대 시사, 아니 더
나아가 한국 현대 문학사의 맥락에서 이남순 시인의 기여를 다시 헤아
려 볼 필요가 있다. 이남순 시인은 한국 현대사 중에서도 산업화 시대
의 문학적 증인 역할을 자원하여 성공적으로 수행한 시인이다. 다시 알
랭 드 보통의 책 한 구절을 상기해 보자.

오스카 와일드는 제임스 휘슬러가 그리기 전에는 런던에 안개가 그렇게 많지 않았다고 말한 적이 있다. 그와 마찬가지로 카버가 글로 쓰기 전에는 미국 서부의 고립된 작은 도시들의 적막과 슬픔이 그렇게 분명하게 드러난 적이 없지 않았을까.(109면)

풍경은 그냥 풍경으로 머무는 것이 아니다. 화가가 그림으로 그릴 때 풍경은 기억으로 보존되고 풍경의 특징은 확연히 살아난다. 인생의 풍경이라 할 삶의 장면들도 그러할 것이다. 시인이나 소설가가 적절히 호명하며 언어를 통하여 의미의 입김을 불어 넣어 줄 때 그들은 비로소 새로운 생명을 부여받아 우리의 기억 속에 머물게 된다. 우리에겐 소월이 있어 진달래꽃과 영변이 사라지지 않을 기억으로 남아 있다. 미당이 있어 귀촉도의 설움이 돌올해진다. 그렇듯 이남순 시인은 1970년대 부산 지역 공단의 여공들을 집단의 기억 속에서 부활시키고 있다. 휘슬러가 그린 런던의 안개처럼, 카버가 문학으로 재현한 미국 서부 작은 도시들처럼 '양덕동'의 풍경과 이름 없는 여공들의 삶은 「그곳에 다녀왔다」 시편에 새겨져 있다.

꿈속에 다녀왔다. 양덕동 행 버스 타고
방적동 301호실 기숙사 친구들과
재봉틀 오바로크에 꿈을 깁던 그곳을

카시미론 솜털을 하얗게 덮어쓰고
교복 같은 작업복에 쏟아지는 잠 쫓으며

방적기 실 뽑아 감던 그 때 나는 열일곱

철야로 잔업 수당 동생 학비 부쳐주던
나 어린 소녀들의 눈물 젖은 지폐 몇 장
공순이, 그렇게 불려도 찔레처럼 웃었다

_「그곳에 다녀왔다」 전문

열일곱 소녀와 찔레꽃의 이미지가 병치된 서정적 공간에 "공순이"라
는 세속 언어가 별안간 틈입한다. 그래서 "공순이"는 시편 전편의 핵심
을 관통하는 주제어의 역할을 적절히 수행하게 된다. 고발하듯 현실을
묘사했다면 한 편 르포르타주 문학에 그칠 것이다. 서정성으로만 일관
했다면 막상 할 말을 다 못한 듯 허전했을 것이다. 서정성과 현실성을
교직하면서 시인은 슬프면서도 곱고 애처로우면서도 순결한 "그곳"과
"그 소녀"들을 그려 낸다. 찔레꽃의 하얀빛은 "카시미론 솜털"과 묘한
일치와 대조를 동시에 보여 준다. "교복"과 "작업복"도 그러하다. "교
복"을 입고 싶은 열일곱 소녀의 꿈과 "동생 학비"와 "잔업 수당"으로 그
꿈이 대체된 현실을 교차하며 그려 낸다. "꿈속에 다녀왔다"라는 도입
의 언사는 기억 속의 그때 "그곳"이라는 시공간으로 독자를 이끄는 훌
륭한 장치이다.

　소설가 신경숙의 대표작은 『풍금이 있던 자리』가 아니라 『외딴방』이
라고 믿는다. 『풍금이 있던 자리』는 오정희 소설가의 전통을 이으며 한
강의 서정성으로 연결되는 서정적 문체로 특징지어진다. 그러나 『외딴

방』은 신경숙 소설가가 반드시 써야만 했던 소재이며 그만의 고유한 주제를 안고 있는 소설이다. 『외딴방』은 표절로 얼룩진 그의 이미지를 가다듬어 문학사의 한 페이지를 신경숙을 위해 남겨 두게 할 것이다. 한국의 산업화 시대는 베트남 전쟁 참전으로 벌어들인 외화와 한일 협정으로 들여온 보상금, 그리고 사우디아라비아 열대의 사막에서 땀 흘린 이들의 노고로 전개되었다고 기록된다. 철저한 남성 중심적 서사로 현대사가 구성되어 온 결과로 그러하다. 그러나 최근 들어 임흥순 작가가 역사를 재구성하는 작업을 하고 있다. 임흥순은 『이런 전쟁』이란 이름의 전시와 책, 그리고 영화 〈위로공단〉을 통하여 잊히고 묻힌 기억들을 찾아내어 복원한다. 전자가 베트남 전쟁을 이면에서 다시 조명하고 있다면 후자는 구로공단의 여성 노동자들의 삶을 찾아 현대사의 결손을 메우려는 시도이다. 국가가 기억할 필요를 느끼지 못했던 주체들, 공적 담론의 주제가 되어 보지 못했던 현대사의 숨은 주역들이 구로공단의 여성 노동자들이다. 임흥순은 그런 여공들의 기여를 늦게라도 인식하고자 하는 노력을 보여 주는, 드문 예술가이다. 신경숙 소설가가 소설로 이루어 내고 임흥순 작가가 시각 예술로 증언하는 현대사의 소중한 기억들을 이남순 시인은 시의 형식으로 재현하고 있다. 그것도 매우 아름답고 은은한 기억의 흔적들만 골라 결 곱게 다듬어 드러내고 있다. 고통 속에서도 희망을 보며 아픈 기억을 곱게 간직하는 저 무한한 긍정의 힘과 승화된 영혼을 보라. 그 텍스트를 두고 독자는 숙연함을 느껴노 좋으리라.

4. 만월의 노래 : 좌절이 있었기에 분노가 없나니

그렇듯 이남순 시인의 시편들은 다양한 방식으로 알랭 드 보통의 서사와 조응한다. 상처를 입어도 분노할 줄 모르는 시인의 정서를 이남순 시인은 견지하고 있다. 「만월」은 그처럼 성숙하고 넉넉한 이남순 시인의 내면을 그려 낸 시편이다.

혼자서 늘 혼자서 속마음 접었는데
숨겨온 그리움이
시나브로 부풀어서
어느새
내 가슴 가득
차오르는 얼굴이여

따스한 그 속살에 포근히 안겨보니
아, 나 오늘밤
비로소 둥글어졌네
이제는
아쉬움 없네
기울어도 가득하겠네

_「만월(滿月)」 전문

그토록 둥글게 차오르며 넘침도 없고 부족함도 없는 만월의 이미지로 이남순 시인의 시세계는 기억될 것이다. 그 충일과 풍요로움의 근원을 찾는 데에도 알랭 드 보통의 지적은 다시 유효하다.

나는 로마의 철학자 세네카가 네로 황제를 위해 쓴 분노에 관하여On Anger라는 논문, 그중에서도 특히 분노의 뿌리는 희망이라는 명제가 떠올랐다. 우리는 지나치게 낙관하여 존재에 풍토병처럼 따라다니는 좌절에 충분히 대비하지 못하기 때문에 분노한다.(57면)

상처를 입으면서도 이남순 시인은 왜 분노하지 않는가? 알랭 드 보통이 지적한 대로라면 답은 어렵지 않다. 이남순 시인은 좌절의 경험을 충분히 가져서 좌절에 잘 대응할 줄 아는 사람이라서 그렇다고 답할 수 있겠다. 그럴 것이다. 딸을 원치 않는 집안에 하필이면 보란 듯이 딸로 태어나서 서러운 존재였다. 아들을 낳지 못하는 어머니의 한과 설움을 속속들이 지켜보고 물려받으며 자라났다. 그러니 좌절의 본질을 분명히 이해하고 있을 것이다. 여성의 좌절과 소외에서 긍정의 힘을 찾는 것은 다시 한번 버지니아 울프를 상기할 때 가능해진다. 울프를 따르자면 인류 역사에서 남성 주체들은 문을 잠그고 여성들을 문밖으로 쫓아내었다. 그러나 누가 더 불쌍한가? 문을 잠그고 그 문 안에 스스로 갇힌 채 자유롭다고 믿는 남성 주체들이 측은한가? 아니면 문밖으로 쫓기나 좌절과 상저를 안으로 삼키며 강인해지고 자유로워진 여성들이 측은한가? 가진 것이 없기에 더욱 자유로울 수도 있다. 바리데기도 세상을 떠돌고 심청도 자신을 버리는 종교적 희생을 통해 환생한다. 바리데기처럼 심청처럼 집 밖으로 떠돌며 삶의 작은 아름다움들을 주워 모아 이남순 시인은 시를 쓴다.

그는 삶의 유연성과 생명의 복원력을 일찍 내면화한 시인이다. 어머니의 넋두리가 고스란히 전승되어 이남순 시인의 시세계를 이룬다. 베틀에 앉아 흥얼거린 어머니의 목소리를 그대로 기억하고 옮기며 이남순 시인은 시를 쓴다. "친정 길은 참대 갈대 베어낸 길이라도 신 벗어들고 새 날듯 간다"고 어머니는 노래했다. 여성 화자는 언제나 복수라고 많은 문학이론가들이 주장해 왔다. 이남순 시인의 시편들은 그 복수적 목소리의 여성 화자를 증언하는 텍스트들이다. 이남순 시인은 한국 여성의 슬픈 전설들로 시를 빚는다. 그러므로 그가 부르는 노래는 지난 반세기 한반도 여성들의 집단적 목소리라 이를 수 있다. 어머니의 노래이며 자신의 노래이며 더 나아가 한국 여성 모두의 노래라 할 수 있다.

*참고한 책: 알랭 드 보통, 정영목 역, 『공항에서 일주일을: 히드로 다이어리』, 도서출판 청미래, 2009.

4.

몸에 새긴 지도

몸에 새긴 지도

: 김석이 시인의 시세계

1. 텍스트, 옷감, 번역

김석이 시인은 예리한 관찰력이 드러나는 신선한 텍스트를 보여 준다. 사물의 핵심을 관통하는 은유로 자신이 발견한 것을 고정시키는 힘을 지니고 있다. 김석이 시인은 시적 소재를 주로 일상생활에서 찾는다. 반복되는 일상의 페이지를 넘겨 가며 거기 깃든 사소한 것들의 의미를 되새긴다. 그리고 자신만의 고유한 언어를 통하여 새로운 방식으로 발견한 것을 형상화한다. 여성 시인으로서 여성 고유의 경험과 감성을 정확하게 재현해 내는 시인이 김석이 시인이다.

평론가는 분석 대상 작품을 텍스트라고 부른다. '텍스타일textile'은 옷감이라는 의미이므로 평론가가 작품을 분석하는 일은 옷감의 속성을 정확히 파악해 내는 일에 해당할 것이다. 옷감의 씨실과 날실이 직조된 양상을 검토하고 때로는 그 실 가닥을 풀어 보고 다시 엮고 짜기도 한다. 더러 평론가는 '받아쓰기dictation, dictée'하는 사람이라고 생각하기도 한다. 작품인 텍스트가 불러 주는 것을 그대로 받아 적고 있다고 느끼기 때문이었다. 어떤 텍스트는 적극적으로 말을 걸어오기도 한다. "번역해다오" 하고 큰 소리로 요구하는 듯하다. 또 어떤 텍스트는 소곤소곤 귓속말로 속삭이기도 한다. 그 목소리 잘 들어 보려고 바짝 다가가게 만든다. 김석이 시인의 텍스트는 색다르다. 목소리가 크지 않은데도 당당히 자신을 드러낸다. 번역해 달라고 자신감 넘치는 태도로 요구하는 듯하다. 김석이 시인의 시편들은 '옷감'의 비유를 들자면 은은한 빛깔을 지녔으면서도 고유한 무늬를 선명하게 드러내 보여 주는 옷감이다. 촘촘히 짠 면직물 같다. 한 벌 양장을 꾸며 보고 싶게 한다. 장식이 요란하게 달리지 않고 몸의 선이 깔끔하고도 단정하게 드러나는 옷, 그러면서도 깃과 소매는 좀 더 강한 빛깔의 옷감을 덧대어 강조한 그런 옷을 그려 보게 만든다.

시인이 지닌 존재론적 고독과 상생의 소망, 그리고 비상과 초월의 꿈은 다양한 이미지의 변주를 통하여 다채롭게 드러난다. 김석이 시인이 구사하는 이미지들이 독자의 마음에 부드럽게 스미는 것은 그 이미지들이 사실은 우리들 모두의 일상 속에 감추어져 있었던 것들이기 때문이리라. 무심히 지나치던 장맛비와 나비의 날갯짓과 바위틈에 핀 나리꽃, 혹은 돌려 깎기 한 과일들이 모두 제각각 삶의 비밀을 한 가지씩 품고 있었음을 김석이 시인은 우리에게 알려 준다. 어린 시절 소풍에서 보물찾기를 하던 기억이 새롭다. 풀 틈에, 바위 밑에 혹은 나무껍질 사이에 꼭꼭 숨겨져 있던 작은 종이쪽지들을 그의 시편들은 연상시킨다. 하나도 찾지 못해 시무룩하게 서 있던 필자에게 한 줌 가득 보물 찾기

종이를 찾아 쥐고 와서는 나누어 주던 단짝 친구의 예쁜 얼굴을 김석이 시인은 생각나게 한다. 김석이 시인은 사물들의 발화를 수화로 통역하는 통역사 같다. 일상의 물상들이 귀 어두운 독자에게 보내는 절규를 김석이 시인은 능숙하게 통역하고 있다.

2. 존재의 고독을 노래하다

먼저 시인의 존재론적 고독이 드러난 시편에 주목할 수 있다. 「갓길 없음」은 전망 부재의 각박한 현실 속에서 인생 여정을 중단 없이 계속해야 하는 우리들 모두의 절망감과 고독을 노래한 시편이다. "한치 앞도 볼 수 없다"는 결코 우리에게 우호적인 적이 없었던 삶의 조건과 환경을 드러내 보여 주는 구절이다. "엄마 품 속"은 누구나 늘 꿈꾸어 보지만 이미 부재한다는 것을 모두 알고 있는 이상향을 의미한다. 이를테면 실낙원인 것이다. 장대비가 퍼붓고 그 비에 물안개가 눈앞을 가리는 척박한 현실 속에서 비행을 중단할 수 없어 날개를 펼치고 있는 새의 모습은 그래서 인생의 상징이기도 하다. 제목 「갓길 없음」이 그 절박감을 적확하게 드러내 준다.

퍼붓는 장대비에 자욱이 깔린 안개

한치 앞도 볼 수 없다

길 위에서 우왕좌왕

날개를

접지 못한 새

엄마 품 속 찾고 있다

_「갓길 없음」 전문

우리는 어디서 와서 어디로 가는지 알지 못한다. 그러므로 근원적인 고독을 생래적으로 지니고 사는 존재들이다. 골목에서 사금파리 놀이나 구슬치기를 하다가 엄마가 저녁 먹으러 오라고 부르면 놀이하던 것 모두 던져 두고 아이들은 집으로 돌아간다. 그 아이들처럼 절대자가 부르면 이생의 모든 것을 놓고 홀연히 돌아가야 하는 유한자들이 인간이다. 장대비와 안개가 자욱한데 쉴 곳을 찾지 못하고 비행을 계속하는 새의 이미지는 그런 유한자로서의 인생에 대한 비유가 되기에 매우 적합하다. "엄마 품 속"은 궁극적 안식의 공간을 의미한다. 따뜻하고 위험으로부터 보호받을 수 있고 모든 것을 용서받는 곳, 그곳은 모두가 늘 추구하면서도 한 번 떠나 온 다음엔 다시는 돌아갈 수 없는 불가능의 공간이기도 하다. 어디론가 숨어들고 쉬고 싶지만 비행을 멈출 수 없는 새가 그려 내는 고독하고 고단한 사람살이의 모습이 "장대비"와 "안개" 이미시를 거느린 채 강조된다. "날개를 접지 못한 새"는 어쩌면 병가를 내어 쉬어 볼 수도 없이 무조건 달려가야 하는 우리들 자신의 모습일 것이다. 제목 '갓길 없음'은 바로 그 멈출 수 없는 인생살이를 정확히 대변하고 있다.

　눈앞을 가리며 쏟아지는 장대비와 그 빗줄기가 빚어내는 안개에 방향을 찾지 못하면서도 본향인 어머니 품 속을 찾는 빗속의 새의 이미지는 다시 나비의 이미지로 변주되어 나타난다. 전망 없는 현실 속에서도 비행을 중단할 수 없는 '날개 접지 못한 새'가 「곡각지」에서는 벼랑에 핀 나리꽃을 찾아 곡각지 모퉁이를 돌아가는 '나비'가 되어 등장한다.

　모퉁이 돌아 서면 넓은 세상 펼쳐질까

　저무는 시간 너머 벼랑에 핀 나리꽃

　바람도 후들대는데

　가파른 생

　넘는 나비

　_「곡각지」 전문

　나비의 비행 또한 "날개 접지 못한 새"의 비행만큼이나 애처롭고 안쓰럽다. "가파른 생", "바람도 후들대는데"와 "저무는 시간"과 "모퉁이"는 모두 나비가 처해 있는 거친 현실의 표상으로 읽힌다. "넓은 세상"에의 꿈을 멈추지 않는 나비의 모습은 그동안 나비가 거쳐 온 곳들이 결코 "넓은 세상"이 아니었음을, 그리하여 나비의 비행이 위태롭고도 험난했음을 보여 준다. "벼랑"에 핀 "나리꽃"도 위태로운데 나비는 어쩌자고 저무는 시간대에 그 나리꽃에 홀리어 모퉁이를 돌기로 결심한 것일까? 그를 이끄는 것은 "모퉁이 돌아 서면" "넓은 세상"이 펼쳐질지도 모른다는 유혹이다. 자신이 처해 있는 '지금' '여기'를 넘어 지금과는 다른 생의 공간을 찾아보려는 기원의 강렬함이 나비의 여린 날개에 투사되어 있다.

그런데 그 나비의 꿈과 비행은 오늘을 사는 여성 주체들의 몸짓에 다름 아니다. 여성의 꿈과 기원과 삶의 모습은 제대로 기록되거나 재현된 적이 없다. 여성의 삶은 역사에서 소실된 채 이어져 왔다고 볼 수 있다. 성경에는 집 나갔던 탕자가 돌아오는 이야기가 기록되어 있다. 탕자는 아버지의 환대를 받고 형의 질시를 받으며 돌아와 소속된 가정에 다시 편입된다. 그러나 탕자처럼 집을 나가 방탕한 삶을 살아 보는 여성 주체는 기록에서 찾아보기 어렵다. 남성 주체인 탕자가 돌아오는 장면에서도 여성인 어머니나 아내나 누이가 그를 어떤 식으로 맞았는지에 대한 기록이 없다. 말하자면 여성이 역사상의 주체가 된 역사는 매우 짧아서 20세기가 시작된 이후의 50년 내지 100년 정도에 불과하다 할 것이다. 그러므로 여성의 감각, 여성의 경험, 여성의 욕망은 미지의 영역으로 남아 있다. 니체 같은 철학자는 극도의 여성 혐오 발언을 서슴지 않았다. 사실상 라틴어에서 가족을 의미하는 파밀리아familia는 '노예와 재산과 여성'을 지칭한다고 한다. 즉 여성은 수인master인 남성 주체의 소유물에 불과하였으며 노예와 동격으로 다루어졌을 뿐 주인과 비근한 지위에 있지 않았던 것이다. 여성에게는 조국도 없었다. 버지니아 울프

는 말했었다. 여성에게는 조국이 없다고. '어머니의 품'을 잃어버린, 전
망 없는 주행에 내몰린, 조국이 아예 없었던 여성들! 황야에서 길을 찾
으며 불가능해 보일지라도 꿈꾸기를 멈추지 않으며 새처럼 나비처럼,
빗속에서도 후들대는 바람 속에서도 주어진 비행을 중단할 수 없는 존
재들…. 여성 시인 김석이가 그리는 여성 주체의 모습들이다.

　그러나 난감하고 막막한 현실 속에서도 여성 주체의 여정은 비관적
이거나 암울하게만 재현되지는 않는다. 여성 존재의 근원에 놓인 강한
생명력을 김석이 시인은 본능에서 찾는다. 본능이란 필연적으로 '몸' 즉
육체의 영역에 속하는 요소이다. 본능과 육체의 힘에 주목한다는 의미
에서 시인은 니체 철학의 계보를 잇고 있다고 볼 수도 있다. 니체는 인
간의 자유를 '권력의지will to power'에서 찾는다. 그러므로 니체는 세력의
규정인 도덕률에 굴복하지 않는 존재의 본능적인 욕망을 중요시한다.
외부의 규정에 순종하는 삶을 박제된 인생으로 본다. 그리하여 몸이 영
혼의 지배를 받는 것이 아니라 오히려 영혼이야말로 몸의 일부라고 주
장한다. 욕망과 의지의 근원이 바로 육체이기 때문이다. 김석이 시인은
외부의 세력에 의지하지 않고 본능이 이끄는 대로 삶의 길을 찾아 가는
여성 주체를 그려 낸다. 주목받지 못했던 육체의 문제가 그의 텍스트의
주제가 된다. 결코 여성에게 우호적이었던 적이 없었던 사회에서도 굴
복하지 않고 자신만의 길을 찾아 가는 여성의 여정은 그의 시에서 "갈
대 위를" 날아가는 "나비"로 표상된다.

　초록이 덮어버린 꽃길을 찾아 간다

익숙한 몸짓으로 언덕을 넘어가는

유전자 내비게이션

아로새긴 몸의 지도

_「나비, 갈대 위를 날다」 전문

    '여성의 육체에는 생명의 내비게이션이 장착되어 있다'는 강력한 희망의 전언을 이 시편에서 읽는다. 여성의 삶의 여정에는 외부의 도움 장치가 필요하지 않을 수도 있다. 부재^{absence}와 소외^{alienation}와 전유^{appropriation}와 박탈^{deprivation}의 역사를 살아오면서도 멸하지 않은 강인한 생명의 "유전자"가 "내비게이션"으로 몸에 아로새겨져 있을지도 모르는 일이다. 나비가 날고 있는 장면은 분명 우호적이지 않은 환경 속에 펼쳐진다. "갈대 위를 날다"라는 표현에 주목해 보자. 나비에게는 장다리꽃과 아지랑이의 봄철이 제철이련만 텍스트의 나비는 때늦게 "갈대"의 가을에 날아가고 있다. 봄을 놓치고 "초록이 덮어버린" 여름의 시간대로 밀려나 그가 찾아 가는 "꽃길"은 요원해 보인다. 그러나 그의 날갯짓은 "익숙한 몸짓"이다. 누대에 걸쳐 날아 본 기억을 몸에 "아로새긴" 나비이기 때문이다. 도와주는 이 아무도 없는 험한 세상에서 "몸의 지도"에만 의존한 채 "언덕을 넘어가는" 나비의 날갯짓, 그것은 바로 이 시대를 살아가는 여성들의 춤이기도 하다.

    나비에게 있어서 비행은 그의 숙명이다. 새가 빗속에서도 비행을 멈추지 못하듯 나비도 끝없이 날아서 "꽃길"을 "찾아 간다". 장다리꽃과 봄의 푸른 풀밭 위를 나는 것이 아니라 "갈대 위를" 나는 나비 또한 빗속의 새와 같이 처량해 보인다. 나비 또한 안식할 공간에 돌아갈 수 없이 숙명적으로 자신에게 주어진 길을 헤쳐 가야 하는 존재이다. 사유나 의지가 개입할 여지가 없다. 계절이 바뀌었어도 습관처럼, 중력의 힘에 이끌리듯 운명에 순종하듯 "몸"이 이끄는 대로 날아간다. 그것이 나비의 운명이다.

무심한 듯 한결같은 나비의 비행을 시인이 "유전자 내비게이션"을 따라가는 것이라고 읽는 것은 참으로 참신하다. '내비게이션'의 은유는 시대의 변화에 민감히 반응하면서 신세대가 지닌 새로운 은유의 공기를 시조단에 불어 넣는 시도로 볼 수 있다. 그러나 "유전자 내비게이션"은 시대의 유행에 민감한, 시의성의 시어로 단순화하여 이해해서는 안 된다. 리처드 도킨스Richard Dawkins의 『이기적 유전자The Selfish Gene』에서 보듯 인간의 삶 또한 유전자의 지시에 순응하는 것 이상일 수 없음을 환기한다면 유전자의 내비게이션이 지시하는 대로 계속하는 나비의 모습은 그대로 고스란히 인간살이의 모습이기도 하다.

「햇차 한 모금」에서 시인은 '차 마시기'라는 일상의 일을 존재의 승화를 위한 하나의 경건한 제의로 바꾸고 있다. "날개를/접지 못"하고 비행을 계속하는 존재들에게 한 잔의 차는 그런 고독하고 비루한 생을 지탱해 주는 영혼의 생명수 같은 역할을 한다. 그래서 차 한 모금의 의미는 예사롭지 않다. "갓길 없"이 달려가는 인생길의 무의미한 하루하루에서 존재로 하여금 초월을 꿈꾸며 상징적 형태로 일상을 벗어나는 "갓길" 주행의 시간을 마련해 준다. 그 차 한 잔이 그해의 첫 찻잎을 따고 덖어서 우려낸 차라면 그것은 "하늘"을 "우려내는" 차 한 잔일 것이다.

벌어진 가지마다 어금지금 올린 날들

산 그림자 무게를 숨골로 받쳐 든다

웃자란 속내 끌어와

우려내는 저 하늘

_「햇차 한 모금」 전문

과거와 현재, 그리고 미래 사이에 선명한 분절이 불가능해 보이는 일
상을 시인은 "어금지금 올린 날들"이라고 노래한다. 특별히 서로 다를
것도, 더 나아 보일 것도 없이 비슷한 날들이라고 본 것이다. "산 그림
자"는 그런 무덤덤한 하루가 다시 이우는 시간을 드러내는 것으로 읽을
수 있다. 특별할 것 없는 하루가 다시 저무는 시간, 그런 시간의 압력
혹은 중력을 버텨 내며 일상을 유지한다는 것은 따라서 "산 그림자 무
게를 숨골로 받쳐"드는 일이라 할 수 있다. "어금지금"과 "무게"와 "숨
골"이 우리가 감당해야 할 삶의 무게에 해당한다면 그와는 대조적으
로 "웃자란 속내"는 상승의 기운을 드러내는 언어이다. 일상은 "숨골"
로 받쳐 내도록 중압적이지만 어떤 존재이든 내면으로는 상승과 초월
을 꿈꾸기 마련이다. 차나무 잎 중 웃자라는 것들은 유독 곱고 여리고

순하다. 현실의 중력을 거부하는 철없이 어린 속내가 그렇게 뻗쳐 나온 까닭일 것이다. 그 웃자란 것들은 그런 만큼 하늘에 가깝다. 땅의 기운에서 멀어져 하늘을 향한 상승의 의지를 드러낸다. 그 "웃자란 속내"를 따고 덖어서 만든 햇차는 그래서 신전에 바치는 어린양의 순결한 영혼과도 같다. 아직 현실의 강퍅함에 적응하지 않았거나 적응하지 못한 철없는 존재들이 제사에 바쳐지는 것은 그런 이유에서일 것이다. 용왕에게 바쳐지는 어린 처녀나 어린양이나 차나무의 웃자란 속내…. 차를 마시는 일은 그래서 "우려낸" "하늘"을 마시는 일이다. 일상을 벗어나 잠시 삶의 근원인 본향을 꿈꾸어 보는 일이다. 여성은 늘 사회의 가장자리에 위치한 존재였다. 인간이 사는 세상의 각 영역에서 의미를 부여하고 그 의미를 실천하는 것은 주로 남성 주체들에 의해 이루어져 왔다. 정치, 경제, 사회, 문화 각 영역에서 한결같이 그러했다. 종교의 영역에서 남성 주체들이 경전을 만들고 해석하고 또한 제의를 실행해 왔다면 김석이 시인의 「햇차 한 모금」은 여성들이 자신들의 고유한 영역인 일상의 가사에서 남성이 전유한 종교적 실천을 넘보고 여성 고유의 방식으로 재전유하는 장면을 보여 주는 텍스트라 할 수 있다.

그런가 하면, 「지신 밟기」는 조화와 평화를 향한 시인의 긍정적이고 낙관적인 전망을 보여 준다.

이 쪽을 채워주면 저 쪽이 비어가고

저 쪽이 가득 차면 이 쪽은 비워낸다

해종일 오가는 손길

다져져서

편안한 날

_「지신 밟기」 전문

어느 한 쪽으로 치우치지 말고 차면 비워 내고 비면 채워 주는, 그런 조화로운 삶의 실천을 시인은 '지신 밟기'의 풍속에서 찾아본다. 밟고 다지는 일, 그 일은 비우고 또 채우며 나아가는 삶의 모습이기도 하다. "다져져서/편안"해지는 삶의 이치를 지신 밟기를 통해 그려 보는 시인의 자세는 모든 난관에도 불구하고 그가 전망하는 세계가 결코 암울하지 않음을 보여 준다.

3. 너와 나, 그리고 맞물림

먼저 고독하면서도 독립적이며 연약해 보이지만 강인한 여성의 삶을 다양한 이미지의 변주를 통해 보여 준 김석이 시인은 공존과 상생을 위한 모색의 시편을 또한 보여 준다. 근원적으로 고독한 존재들끼리 서로 기대며 손을 맞잡는 것은 그 고독을 잊기 위한 몸부림이다. 「개심사」는 두 독립적인 주체가 함께 일어서기 위해 거쳐야 하는 것들을 '맞배지붕'의 구성 원리를 빌려 명쾌하게 그려낸 시편이다. 서로가 지닌 "아픔"

을 "맞물려" 일어서는 인간살이의 모습을 보여 주기 위해 시인이 동원한 "맞배지붕"의 이미지는 김석이 시인의 창의력을 잘 드러낸다. "너와 나"라는 「개심사」의 종결 표현에서 볼 수 있듯이 주체는 타자의 존재로 인해 비로소 진정한 주체일 수 있는 것이다. 타자는 주체의 규정에 있어서 필수불가결한 존재이다.

온전히 받아들일

맞배지붕 꿈꾸며

그만큼의 깊이로 도려 낸 자국마다

아픔도 맞물려야만

일어서는 너와 나

_「개심사」 전문

"맞배지붕"은 기와 건축물에 있어서 가장 간단한 지붕 형식으로 지붕면이 양면으로 경사를 짓는 지붕을 이른다. 집의 앞뒤로 평면에 따라 길쭉하게 지붕이 구성되어 가늘고 긴 지붕이 된다. 개심사의 '맞배지붕'을 보면서 시인은 그 지붕에서 "도려 낸 자국"과 "아픔"을 맞물리는 인간살이를 읽는다. 지붕을 이루기 위해서는 목재를 도려 내고 그 도려 낸 부분을 맞물리는 작업이 필요하다. "도려 낸 자국"과 도려 내는 과정의 "아픔"은 인간살이에서 생겨나는 상처와 고통에도 그대로 해당하는 것이다. 혼자서는 감당하기 힘든 것이 그 "도려 낸 자국"과 "아픔"일 것이다. 그러나 어쩌면 아픔 지닌 존재들이 서로서로를 "온전히 받아들이"게 될 때에는 "맞배지붕" 이루어지듯 서로 용납한 존재들끼리도 그리 아름답고 조화로울 수 있으리라. 그리하여 "일어서"는 "너"와 "나"가 될 수 있으리라! 맞배지붕을 이루는 모습은 "도려 낸" 상처를 수습하고 서로의 상처를 더듬고 어루만지며 꿈꾸어 볼 수 있는 상생의 장면을 보여 준다. 그리하여 "맞배지붕"은 상처와 아픔 뒤에 오는 위로와 회복과 공존과 조화의 상징이 된다.

이 시편에서는 주체와 타자의 이상적인 공존의 형식을 초장과 종장에 배치해 두었다. "온전히 받아들일"이라는 구절과 "일어서는 너와 나"가 그것이다. 서로가 서로를 온전하게 받아들이며 함께 일어서는 이상적인 모습을 그리고 있다. 그러나 완성된 "맞배지붕"이 드러내는 "온전히 받아들일" 꿈의 현현 과정은 결코 순탄하고 순조롭지 않다. 그것은 "도려 낸 자국"과 "아픔"을 "맞물려야만" 하는 것이다. 서로의 아픔이 등가를 이룰 때 "온전히 받아들"이고 "맞물"리어 함께 "일어서는" 모습을 볼 수 있다고 노래한다. 공생이란 어쩌면 아픔을 지닌 자들이 그들의 상처를 공유할 때 가능한 것일지도 모른다. "도려 낸" 곳이 없이 온전할 때에는 타자를 수용할 공간이 없을지도 모르겠다. "도려 낸 자국"에만 그만한 아픔을 지닌 타자의 존재가 들어와 맞물릴 수 있는 것일지도 모른다. 서로를 "온전히 받아들일" 꿈, 맞배지붕은 상처와 결핍을 딛고 일어서는 사랑의 가능성을 보여 준다. "도려 낸" 아픔이 허용한 조화와 상생의 상징으로 맞배지붕은 아름답게 그려져 있다.

주체는 타자의 존재로 인하여 완성되는 것이지만 그 타자와의 공존은 늘 곡예 하듯 위태롭고 불안정한 것이다. 사과 껍질을 깎는 데에서 김석이 시인이 찾아내는 사랑의 함수는 정교하다. 지극히 평범한 일상의 한 장면에서 철학적 탐구를 시인은 시도한다. 껍질을 벗겨 내면 사과의 과육은 공기에 노출되어 갈색으로 변하기 시작한다. 깎아야만 하지만 깎으면 변해 버리는 것, 사랑도 그와 같다고 시인은 노래한다.

너를 깎아 놓는 순간

갈변은 시작된다

돌려가며 깎아도

변하는 건 한순간

던질까

삼켜버릴까

목에 걸린 이름아

_「사랑」 전문

"돌려가며 깎아도"는 갈변을 막기 위해 시도해 보는 다양한 모색을 보여 주는 구절이다. 그래도 결국 "변하는 건 한순간"이라고 시인은 체념하듯 토로한다. 그리하여 사랑은 모순이고 질곡이고 풀리지 않는 함수라고 이른다. "던질까/삼켜버릴까"는 3.5자의 완벽한 종장 형식에 알맞게 눌러 담은 시인의 심경이다. 중단 없을 갈등을 그리 노래하며 시인은 다시 4.3자로 마무리한다. "목에 걸린 이름아".

「사랑」이 주체와 타자와의 관계 맺기의 지난함을 일상 속의 한 장면으로 그려 낸 시편이라면 「장아찌」 또한 여성의 고유한 체험과 시선이 형상화된 텍스트라 할 수 있다.

-아니야
내뱉는 순간
푸른 잎도 돌아눕고

-헤어져
말하는 순간
한 발자국 멀어졌어

꾹 눌러
숙성된 아픔
감싸주는 깊은 맛

_「장아찌」 전문

싱싱한 야채를 항아리에 둘러 안치고 장을 달여 부은 다음 무거운 돌을 눌러 두면 야채가 삭아서 장아찌가 된다. 쉽게 무르거나 변하지 않아 오래도록 밑반찬으로 두고 먹을 수 있는 것이 장아찌이다. "숙성"의 "깊은 맛"으로 압축되는 것이 장아찌의 미덕이다. 장아찌라는 반찬 한 가지도 예리한 여성 시인의 감수성의 촉수에 닿아서는 사랑의 전설을 지닌 시적 대상으로 변모한다. "아니야"와 "헤어져"라는 오래 묵은 일상어는 바로 사랑의 투정이다. 장아찌 이전의 "푸른 잎"은 살아서 약동하는 생명을 제시한다. "푸른 잎"이 "돌아눕고" 누군가는 "한 발자국" 멀어져 갔다. 그리고 마침내 여기 "깊은 맛"을 지닌 장아찌를 시적 화자는 마주하고 있다. 아픔이 "숙성"에 이르는 이치를 밥상에 오르는 장아찌에서 찾는 시인의 눈길이 예사롭지 않다.

4. 서정의 물결

이렇듯 김석이 시인은 존재의 고독에 대한 성찰과 서로 용납하는 조화로운 삶에 대한 기원을 다양한 시적 소재를 통해 펼쳐 보인다. 특히 여성 시인이라는 주체성의 자각은 늘 변두리로 밀려나는 작고 소외된 존재들을 향한 따뜻한 동정의 시선을 보여 주는 시편들에 고루 나타난다. 그러나 무엇보다도 김석이 시인의 시세계에 주목하는 이유는 시인의 시편들에 출렁이는 서정의 물결들 때문이다. 섬세하고 예리한 관찰의 눈으로 시인은 주변의 모든 것을 시적 소재로 끌어와 자신만의 고유한 색채로 그려 낸다. 먼저 독도 주변의 풍광에서 사랑의 물결을 보는 「가제바위」를 보자.

독도의 손이 되어 파도를 가르는가

갈라터진 손바닥에 밀어닥친 아우성

해수면

넘나든 사랑

끌고 가는 망망대해

_「가제바위」 전문

    텍스트에 동원된 두 시어, '독도'와 '망망대해'는 가제바위가 지닌 고립과 절망의 이미지를 탁월하게 드러낸다. 청마 유치환 시인은 동해의 울릉도를 일러 "금수錦繡로 굽이쳐 내리던/장백長白의 멧부리 방울 튀어/애달픈 국토의 막내"가 되었다고 노래한 바 있다. 그렇듯 동해 망망대해 위에 울릉도보다 더 멀고 외로이 독도는 위치해 있다. 시인은 넘실거리는 파도에서 "해수면 넘나든 사랑"을 읽는다. 그리고 밀려와 부딪치는 파도를 "밀어닥친 아우성"으로 그린다. 결국 그 파도, 그 넘나듦, 그 사랑에도 무심한 듯 펼쳐지는 것은 다시 "망망대해"일 뿐이다. 그 망망대해 위에 홀로 떠 있는 가제바위가 시인의 마음 속 풍경에 깊이 박힌 것은 다시 한번 그 바위의 외로움 때문일 것이다. 계절을 잃고도 날아가는 나비와 빗속에도 비행을 중단할 수 없는 새의 이미지가 바다에서는 동해 가제바위의 모습으로 다시 나타난 것이다.

「폭설 한 때」는 시인이 지닌 순결한 서정의 공간을 가장 잘 드러내 주는 시편으로 보인다.

쉽사리 덮지 못한 첫 문장의 황홀함

밀쳐 둔 여백까지 덩달아 반짝인다

까치밥, 겨울 하늘에 맨 몸으로 쓰는 혈서

_「폭설 한 때」 전문

이 시편이 예사롭지 않은 것은 폭설 내린 뒤의 정경 묘사에 머무른 시편이 아니라 폭설이 덮어 버린 하얗고 깨끗한 세상이 바로 시인의 시 세계를 표현하기 때문이다. 눈 내린 뒤의 맑은 세상은 우리들 모두의 마음을 맑히면서 동시에 설레게 한다. 눈도 폭설로 내렸으므로 폭설은 고립의 이미지를 떠올리게 한다. 하얗게 햇살을 비추어 내는 눈 덮인 세상은 "황홀"하게 "반짝인다." 시인에게 있어 그 순백의 공간은 바로 글쓰기의 유혹에 전면투항한 시인 자신의 마음 공간이기도 하다. 순백의 유혹을 "첫 문장의 황홀함"이라고 노래한다. "여백까지 덩달아 반짝인다"고 부연한다. 시인이 기록한 문장도 첫사랑 같은 황홀한 유혹이며 차마 미처 쓰지 못하여 "여백"으로 남은 것도 함께 빛나는 시간! 폭설 이후의 정경이다. 그런 날, 온통 하얀 세상 위에 한결 드높아진 겨울 하늘은 더욱 차고 시릴 것이다. 감나무에 하나 남겨진 까치밥 홍시 하나가 유난히 선명한 빛깔로 눈에 들 것이다. 시인에겐 세상이 모두 텍스트이다. 폭설은 시인을 황홀하게 하고 그런 날 여백도 빛난다. 모두 하얗게 변해 버린, 폭설 이후의 신세계에 하늘을 배경으로 홀로 붉은 까치밥은 시인에겐 "혈서"로 읽힌다. 단순히 까치를 위해 남겨 놓은 것이 아니라 누군가의 간절함이 피를 쏟으며 남긴 기록이라고 이른다.

시인의 상상력이 빛을 발하는 또 한 편의 탁월한 시편은 「터널을 뚫다」이다.

빛의 손 잡으려고 어둠 속을 더듬는다

껍데기 남겨 두고 속살만 후벼 판다

환하게

다가 온 세상

막힌 가슴 허문다

_「터널을 뚫다」 전문

터널을 지나자면 빛과 어둠으로 이루어진 이분법의 세계가 가장 선명하게 드러남을 알 수 있다. 터널의 안과 밖은 곧 어둠과 빛의 대조로 이루어져 있다. 터널이 끝난 지점에서 빛은 무리지어 화약 폭발하듯 몰려든다. 그 빛에 이르기 위해서는 터널이 정한 어둠을 통과해 가야만 한다. 이를 두고 시인은 "빛의 손 잡으려고 어둠 속을 더듬는다"고 노래한다. 빛을 추구하면서 어둠과 협력하는 것, 어둠을 더듬어야만 빛의 손을 잡을 수 있는 것! 그 또한 인생의 모순이며 아이러니일 것이다. 속은 비어 있으나 겉으로는 형태를 갖추고 있는 것이 터널일진대 그 터널의 모양새를 두고 시인이 노래하는 바, "껍데기 남겨 두고 속살만 후벼 판다" 구절이 절묘하다. 마침내 터널을 통과하여 벗어나면 폭죽 터지는 듯한 빛의 세례를 받는 순간이 기다린다. 이를 두고 시인은 "막힌 가슴 허문다"고 노래한다. 절창이다.

일식을 그리면서 동원한 이미지들도 영롱하고 재미있다. "삼켜버린 백동전"과 "굴렁쇠" 이미지는 김석이 시인이 지닌 언어의 감수성과 상상력의 힘을 십분 드러내 주는 표현들로 보인다.

미상불 삼켜버린 백동전 같은 날들

등짝을 후려치자 화들짝 뛰어 나온다

자운영 만개한 들판

굴렁쇠가 밀고 가는 길

_「일식」 전문

'일식'은 삼켰다가 튀어나온 "백동전"이었다가 다음에는 "밀고 가는" "굴렁쇠"의 이미지로 변주된다. 시인은 참신한 이미지를 구사하면서도 서정의 물결을 중단시키지 않는다. "굴렁쇠가 밀고 가는 길"이 "자운영 만개한 들판"임을 상기해 보면 이를 알 수 있다. 모래밭도, 운동장도 아닌 들판에 굴렁쇠는 간다. 그것도 자운영이 흐드러지게 피어 있는 들판이다. 아름다운 곳에 굴렁쇠가 간다. 아름다운 일식의 모습이다.

「어슷썰기」는 바람의 결을 감지해 내는 예리한 여성적 감수성을 다시 느끼게 하는 시편이다. 미국 시인 조리 그레이엄의 감수성이 떠오르기도 한다.

비스듬히 밀고 가는

바람의 여린 칼날

지평선 너머에서

바다와 마주쳤다

절벽 끝

분분히 날던

외짝 사랑

꽃 이파리

_「어슷썰기」 전문

누가 비스듬히 불어와 꽃잎을 떨어내는 바람을 어슷썰기로 보았을까? 김석이 시인이 일상에서 건져 올린 빛나는 이미지들이 「어슷썰기」에 이르러 금강석처럼 빛난다. 바람이 분다. 비스듬히 분다. 꽃 이파리가 그 바람에 분분히 휘날린다. 칼이 채소를 어슷썰기하듯이 바람의 칼은 그 칼날 닿는 모든 사물들을 비스듬히 베어지게 만든다. 비스듬히 부는 바람결에 그 비스듬한 바람의 경사를 따라 꽃잎들이 난다. 하나둘이 아니라 여럿이 분분히 난다. 꽃잎들은 모두 외롭다고 소리치며 날고 있다. 어쩌지 못하는 "외짝 사랑"들이다. 그래서 절벽 끝에서 난다.

바람은 사물을 어슷썰기하다 바다에 이르면 파도를 만든다. 파도를 보면서 바다의 나이테를 연상하는 「바다 나이테」도 김석이 시인의 또 다른 가편이다.

주름과 골 사이에

바람의 집이 있다

넘기는 갈피마다

스며드는 흰 파도

휘어진

푸른 등뼈가

이마에

물결친다

_「바다 나이테」 전문

   서정의 물결을 시편 전편에 넘실거리게 하면서도 시인은 또한 서정에만 갇히지 않고 관찰한 것들에서 부단히 인생을 읽어 낸다. 「깻단 터는 날」에 나타난 깻단 터는 일도 시인에게는 겸허한 삶의 태도를 가르치는 텍스트로 다가온다.

절명의 끄트머리

막대기로 툭툭 치자

참았던 우여곡절

한꺼번에 쏟아진다

여물어

고소해진다

털어내니 가볍다

_「깻단 터는 날」 전문

　가을에는 깻단의 깨가 완전히 여물기를 기다렸다 깨를 털기 마련이
다. 그 완숙의 시간을 두고 시인은 "절멍의 끄트머리"라고 노래한다. 또
한, 털어 내는 깨 한 알 한 알이 모두 저마다의 우주를 하나씩 지니고
있음을 시인은 발견한다. 이를 두고 "참았던 우여곡절/한꺼번에 쏟아
진다"고 노래한다. "털어내니 가볍다"에 이르면 시인이 마침내 이른 깨
달음을 공유할 수 있다. 집착에서부터 벗어난 뒤의 자유로움! 여무는
일은 결국은 털어 내고 가벼워지기 위한 것이다. 주어진 인생길을 부지
런히 가는 일 또한 결국 마침내 다 덜어 내고 자유로워지기 위한 과정
에 불과할지도 모른다고 시인은 가르친다. 그리하여 깻단 터는 일도 인
생의 제유가 된다.

　존재의 근원적인 고독을 저변에 드리운 채 어울려 살아가는 것의 아
름다움을 궁구하며 삶의 내밀한 지점과 장면들을 속속들이 헤집어 살
펴보는 것이 김석이 시세계의 특징이다. 그리고 그 모두는 결코 쉽게
깊이를 잴 수 없는 서정의 물길을 따라 흐르고 있다. 터널에서 바위에

서 파도에서 바람에서 김석이 시인은 삶의 모순과 광채를 동시에 읽어
낸다. 여성 주체들에게만 각별하게 다가오는 일상의 사소한 것들, 집안
의 환풍기나 장아찌나 과일 깎기나 혹은 어슷썰기 칼질의 모티프도 모
두 김석이 시인의 손길에 닿으면 시가 된다. 김석이 시인의 시세계가
더욱 확장되어 소재와 주제 양면에서 현대 시조단의 영토를 확장하게
될 것을 확신한다.

"눈 감아라 사랑아"

: 김영순 시인의 시세계

1. 삼천평 노을과 감귤꽃 향기

"양, 이리들 나옵써 성게랑 건들지 맙써"(「똥군 해녀」)…. 김영순 시인이 텍스트에 새겨 넣은 제주 사투리이다. 그 낯선 어휘들처럼 화산섬 제주는 독특한 색깔과 향기를 지닌 곳이다. 봄이면 에메랄드빛 바다와 검은 현무암을 배경으로 드리운 채 왕벚꽃이 만개하고 가을이면 새별 오름의 지치도록 무성한 억새 사이로 잘 여문 해가 자욱한 노을을 펼친다. 마지막 숨 몰아쉬듯 애가 타는 햇살이라 노을도 눈물겹다. 겨울 한라산은 사람의 근접을 막듯 완벽한 설국으로 변한다. 그 눈 속을 걸어 사라오름에 올라 본 사람은 느껴 보았을 것이다. 절대의 고요 속 완벽한 고독을… 그렇게 아름다운 풍광을 거느리고 4.3의 역사적 비극은 전개되어 길고도 오랜 한이 그 공간에 스미어 있다. 거문오름의 보슬비인 듯 안개인 듯 연기인 듯 아련하고 막연한 것들이 사무친 한의 은유로 읽히는 것은 그 때문이다. 재일 소설가 김석범의 소설 『화산도』가 그 아픈 역사를 기록하고 있듯 제주는 이산離散의 경험을 간직한 땅이기도 하다. 고통의 땅을 떠나 일본으로 간 제주인의 수도 많다. 제주에 남은 이들은 또 그들대로 고통을 견디어 내듯 땅을 갈고 물에 나가 해산물을 건지고 소금을 만들며 아픈 역사 속의 삶을 일구어 왔다. 살아간다는 것은 신성한 일이라는 것, 그리고 생명은 강인하여 엄청난 복원력을 가진 것이라는 것을 제주 사람들의 삶은 보여 준다. 일찍이 유치환 시인이 울릉도를 두고 "금수錦繡로 굽이쳐 내리던/장백長白의 멧부리 방울 뛰어,//애달픈 국토國土의 막내/너의 호젓한 모습"이라고 노래한 바 있다. 한편으로는 국토의 연장이면서 동시에 홀로 떨어져 앉아 호젓한 섬의 모습을 그렇게 그린 것이다. 고단한 민족사를 후경으로 거느리고 그나마 그 어미 같은 국토로부터 분리된, 측은한 막내로 울릉도를 그린 것이다. 한반도가 "애달픈 국토"라면 고난의 역사로 인하여 그러할 것이다. 제주도는 처절한 민족사가 기입된 공간이라 더욱 애달프다. 침묵으로 봉인된 살육의 역사를 화산토에 묻고 살아온 제주 사람들의 아픈 서사가 제주 곳곳에 스며 있으니 말이다.

제주의 풍경을 그리고 제주 정서를 글로 새기며 시간의 흐름에도 풍화되지 않도록 제주 문화를 지켜 온 일군의 시인들이 있다. 김영순 시인이 보여 주는 신선한 감각과 새로운 은유의 언어는 제주 시조 문학의 깊이를 더하고 넓이를 확장한다. 동시에 그 시편에 스민 정서들으 한반도인 모두에게 깊은 울림을 가져다준다. 그의 시편들은 고운 말의 결을 아낌없이 드러내 보여 준다. 정겹고 따뜻하고 맑은 언어와 서정에 젖어들면서 동시에 그 결에 스민 그윽한 슬픔에 닿을 때 독자는 문득 눈물

짓게 된다. 그의 시편을 읽노라면 "삼천 평 노을"이 제주의 오름들 사이로 덮치듯 달려드는 것을 느끼게 된다. 그 노을 속 "깜깜한 내 사랑"과 아득한 삶의 거리를 가늠하게 된다. 혹은 여름날 저녁 문득 끼쳐 오는 감귤꽃 향기를 따라 먼 추억 속의 날들로 여행을 떠나게 된다. 살아가는 일 아득해도 더러 따뜻했던 날들의 기억으로 넉넉히 살아갈 수 있음을 다시 확인하게 된다. 마르셀 프루스트^{Marcel Proust}의 『잃어버린 시간을 찾아서^{À la recherché du temps perdu}』에 등장하는 홍차 한 잔과 마들렌 한 조각처럼 김영순 시인의 삼천 평 노을과 감귤꽃 향기와 삘기꽃, 맹꽁이 울음소리(「소리 무덤」), 억새무리, 꽃향유는 우리를 잃어버린 시간 혹은 공간으로 이끈다.

2. 채밀꾼의 꽃 노래

김영순 시인의 시편들은 꽃과 꽃향기와 꽃이 머금은 꿀, 그리고 다가드는 벌들로 빚어진다. 그 시어들이 그려 내는 세계는 꿀 따는 일을 하는 시인에게는 삶의 현장이면서 시인만의 작은 우주이기도 하다. 그곳에는 꿈과 기억과 희구와 회한의 서정이 함께 얼려 있다. 「꽃 범벅」은 3장의 짧은 형식 속에 응축시킨 그리움이 드러나는 시편이다. 감귤꽃 냄새가 매개하는 기억과 회한이 초여름 어느 날, 저물녘의 정서를 그려 낸다.

엇나간 일기예보
초여름의 저물녘

슬쩍 지나치는 친정마을 감귤꽃 냄새

그 속에
가랑비 오듯
무덤 한 채 다 젖는다

_「꽃 범벅」 전문

    초여름, 저물녘, 그리고 감귤꽃 냄새…. 마스카니의 오페라 〈카발레리아 루스티카나〉에 나오는 '오렌지 향기는 바람에 날리고'의 음계가 들리는 듯하다. 혹은 프랑스 소설가 마르그리트 뒤라스의 『여름날의 저녁 열시 반Dix heures et demie du soir en été』이 생각난다. 해가 오래 우리 곁에 머물러 낮 시간이 길어지는 계절, 여름! 그 여름의 저물녘은 누군가를 사랑하고 그리워하는 시간이다. 감귤꽃이 피는 5월 말, 늦봄이면서 초여름이기도 한 그 시간이 시인의 감각에는 이미 "초여름"으로 다가와 있다. 살짝 가랑비도 내려 감귤이 무르익을 한여름을 서둘러 준비하는데 그 "초여름의 저물녘"은 시인의 내면 깊이 억눌러져 있던 그리움이 고개를 드는 시간이다. 그 시간, 시적 화자에게 강렬한 그리움을 매개해 주는 것은 감귤꽃 냄새이다. 그것도 "친정마을 감귤꽃 냄새"는 근심, 걱정 없던 어린 시절이라는 시간대로, 이제는 상실해 버린 실낙원의 공간으로 시적 화자를 초대한다. 사랑받기만 해도 좋았던 시절, 그 사랑의 대상이 영원히 곁에 머물러 주리라 믿었던 날들, 눈빛은 맑았고 윤기 흐르는 검은 머리채와 굳은 살 박히지 않은 여린 손으로 감귤꽃을 만졌으리라. 문득, 종장에 들면 그 시간대는 끝나고 모두 현실로 돌아가 있어야 할 시간임을 알게 된다. 친정마을 감귤꽃 냄새는 그대로인데 "가랑비"와 "무덤 한 채"가 시적 화자를 행복한 기억으로부터 격리시킨다. "감귤꽃 향기"와 "가랑비"의 대조는 행복한 유년과 상실의 현재를 대조시킨다. "친정마을 감귤꽃 냄새"는 존재와 부재 사이, 추억과 현실 사이, 그 사이를 넘나들며 초여름의 저물녘을 채우고 있다. "무덤 한 채"로 드러난 그리움의 대상, 즉 부재하는 이가 시인의 아버지라면 "꽃향기"가 매개하는 회한은 「동행 2」의 서정으로 연결된다. 「동행 2」에서 돌아가신 아버지는 감귤꽃 환하게 핀 날, 사십구재 끝에 저승길 떠나는 모습으로 등장한다.

당신 가기 전에도 당신 가신 후에도
그 행간 사십구일 장끼소리 기대어
아무 일 없었다는 듯
감귤꽃은 또 핀다.

…

바라춤 한 자락 같이 바람 휘는 꽃가지
누구에게 바칠까 이렇게 환하다니!
차아앙, 자바라소리
아버지 가고 있다.

자연은 그대로인데 인걸은 간데없다는 한탄의 정은 우리 시조 전통에서 자주 보아 오던 주제이다. 그 전통을 이어받으면서도 무심하게 피는 "감귤꽃"과 "바람 휘는 꽃가지"와 더불어 "이렇게 환하다니!"로 이어지는 서정의 결이 새롭고도 곱다. "한 사람이 떠났는데 세상이 텅 비었다"는 시구가 생각난다. 프랑스 사랑 시의 한 구절이다. 문정희 시인 또한 "한 사람이 떠났는데 서울이 텅 비었다"고 읊었다. 세상 수많은 존재 속에서 유독 한 사람의 자리가 그다지도 크다니… 꽃이 환하게 핀 날, 꽃의 개화는 그 꽃 바칠 대상의 부재를 강조할 뿐이다. 시인은 "이렇게 환한 꽃을 누구에게 바칠까"라고 이르지 않는다. "누구에게 바칠까 이렇게 환하다니!"가 시인의 발화법이다. 시어의 적절한 배치가 가져다주는 긴장과 탄력이 있어 시인이 그려 내는 부재와 그리움의 정이 더욱 부각된다.

세상 떠나신 아버지의 추억도 감귤꽃이 매개하지만 다시, 넘치는 감귤꽃 향기는 시인에게 감당하기 어려운 삶의 무게를 상기시키는 향기이기도 하다.

잠시 잠깐 뻐꾸기 울음을 멈춘 사이
삼백 평 감귤밭에 삼천 평 노을이 왔다
넘치는 감귤꽃 향기 더는 감당 못하겠다

이렇게 내가 나를 이기지 못하는 시간

하루일상 시시콜콜 어머니 전화가 온다
말 끝에 작별인사를 유언이듯 하신다

어제는 방석 안에, 오늘은 속곳 속에
당신의 장례비를 꽁꽁 숨겨두었단다
치매기 언뜻 스며든
세상의 가장 안쪽

_「가장 안쪽」 전문

"삼백 평 감귤밭에 삼천 평 노을"! 몹시도 효과적으로 우리 앞의 버거운 삶을 그려 내는 구절이다. 노을도 꽃향기도 세상살이에 지친 우리를 슬프게 할 때가 많다. 삶은 이리도 막막한데 어쩌자고 노을은 저리 붉게 하늘을 물들이고 감귤꽃은 일시에 향을 터뜨린단 말인가? 노을과 꽃향기가 세상을 넘어서는 아름다움이라면 스스로를 "이기지 못하는" 시적 화자의 삶에 놓인 질곡이 그 아름다움 때문에 더욱 부각된다. 노을의 빛깔과 감귤꽃 향기와 맞서는 곳에 "시시콜콜", "장례비", "유언", "치매"라는 낱말들이 이루어 내는 서글픈 현실이 또한 펼쳐진다. 시적 화자는 고령화 사회로 접어든 한국의 중년 모습을 보여 준다. 사위어 가는 심신의 부모를 봉양해야 하면서 또 그렇게 자신 또한 잃어버릴 일만 남겨 둔 세대를 대변한다. 그 모든 변화는 어느 날 문득 한꺼번에 몰려온다. "잠시 잠깐 뻐꾸기 울음을 멈춘 사이"라고 시인은 노래한다. 시적 화자의 목소리는 2016년의 미야 한센-로브 감독의 영화, 〈다가오는 것들L'avenir, Things to Come)을 생각나게 한다. 영화의 주인공 나탈리의 모습이 위 시편에 겹쳐 보인다. 사랑은 떠나고 어머니는 아이처럼 돌보아야 할 대상이 되어 버린다. 세태는 바뀌어서 가볍고 자극적인 이미지만 즐기는 사람들이 넘쳐난다. 오래 소중히 간직해 오던 많은 것들이 햇빛에 바랜 듯 바삭거리는데 남겨진 주인공은 난감하기만 하다. 떠나가는 것들과 다가오는 것들 사이, 계절이라면 가을, 이제 잎을 잃고 홀로 설 일만 남은 가을 나무 같은 주인공 앞에 "삼천 평 노을"이 문득 펼쳐진다. 참 막막한 풍경이다.

꽃은 이렇듯 시인에게 오롯한 기억을 불러오는 서정의 촉매이면서도 동시에 삶의 보람과 신명의 상징이기도 하다. 때죽꽃, 족낭꽃이 흐드러지게 핀 사려니숲에서 꿀벌들과 함께 꿀을 따는 것이 김영순 시인의 생업이기도 하다. 그래서 꽃의 개화는 넘쳐나는 잔치 마당의 이미지로도 이어진다. 「꽃추렴」은 "야단법석" 피어나는 꽃들과 "벌장"에 "들락대는" 꿀벌들이 얼려 이룬 풍요로운 생산의 장을 보여 준다.

떼로 피는 때죽꽃
떼로 죽는 때죽꽃
야단법석 사려니숲 꽃추렴 한창이다
질펀한 종낭꽃 향기 화냥기로 번진다

이맘 때쯤 고향에선 돗추렴을 했었다
비틀걸음 아버지 뒤따라온 접작뼈 한 짝
삽시에 돼지 한 마리 다 털리던 오월 저녁

탁발하듯 꿀벌들이 들락대는 벌장엔
내줄 거 다 내주고 거덜 난 그 꽃자리
푸릇한 열매 몇 알이
내걸리고 있었다

_「꽃추렴」 전문

"꽃추렴"과 "돗추렴"의 대비가 흥미롭다. 고독한 서정을 보여 주던 감귤꽃 향기가 떠난 자리에, 숲에서 나는 종낭꽃 향기는 "질펀"하여 "화냥기로 번진다"고 노래한다. "질펀"함도 "화냥기"도 모두 풍성한 생산성을 위한 복선이다. "꿀벌"의 "탁발"에 "내줄 거 다 내주고" 난 "꽃자리"에 맺힌 "푸릇한 열매 몇 알"은 지극히 자연스러운 삶의 순환을 보여 준다.

돗추렴도 꽃추렴도 살아간다는 거룩한 일의 일부일진대, 그 "거덜" 내듯 소란함도 산다는 일의 즐거움일 것이다. 그래서 어느 집 가시 울타리 담장에 피어나는 탱자꽃도 "하얀 튀밥"이 되고 "공양"이 된다.

지난 밤 나의 귀는 잠들지를 못했다
휘늘어진 연등 같은 가로등 따라가서
휙 하니 잡아당기면 끌려나올 집 한 채

그 집 가시울타리 새어 나온 불빛처럼
뻥튀기 기계소리 같은 부부싸움 악다구니

초파일 사람의 소리가 저렇듯 아름답다니!

하찮은 기도라도 들어줄 것 같은 하늘
딸아이 병실에서 뒷골목 내려다보면
탱자꽃 하얀 튀밥이 공양이듯 피어난다

_「탱자꽃」 전문

탱자꽃의 개화가 아름다운 공양의 장면이 되는 것은 탱자꽃 핀 울타리 안에서 나는 "사람의 소리" 때문이다. "뻥튀기 기계소리"는 "탱자꽃 하얀 튀밥"을 위한 준비 장치이다. 악다구니 같은 삶이 있을 때에만 비로소 종교의 구원과 해탈이 의미를 지닐 터이다. "부부싸움 악다구니" 넘쳐나는 집 담장에 공양 올리듯 피어나는 탱자꽃의 이미지를 통하여 시인은 다시 한번 살아간다는 것의 역동성, 그 아름다움을 찬양한다.

성聖과 속俗이 둘이면서 하나이듯, 타자가 없이는 주체도 존재할 수 없듯, 세상의 모든 것이 서로서로 기대고 있는 의존적인 존재임을 시인은 노래한다. 그래서 우리 무속, 샤머니즘의 세계에도 따뜻한 눈길을 보낸다.

빨간 깃발 하얀 깃발
내게도 강림하시는가
복채 따라 사랑 따라 널뛰기하는 마당엔
거짓말

환하게 피겠네

백매이듯 홍매이듯

_「점집」 2연

"거짓말"인들 어떤가? "복채 따라 사랑 따라 널뛰기" 하는 것이 점쟁이의 예언임을 우리는 이미 알고 있다. 그럼에도 불구하고 산다는 일, 그 거룩함 앞에서는 모두가 포용의 대상이 된다. 희망을 갖기 어려운 가혹한 세상에서 한 가닥 빛을 찾아 헤매는 마음과 "거짓말"로라도 희망을 삼는 마음이 만나 붉고 흰 매화를 꽃 피운다. 점집 대나무에 걸려 나부끼는 "빨간 깃발 하얀 깃발"이 "백매이듯 홍매이듯" 아름다운 것은 그런 까닭에서이다. 의지할 데 없는 목숨들이 겨울을 견디려는 몸부림으로 피우는 꽃송이를 그윽히 바라보는 시인의 눈길이 따뜻하다.

3. 갑마장의 사계四季

시인의 분신이기도 한 시적 화자는 꽃을 따라다니며 꿀을 딴다. 시인의 동생은 말을 따라다니며 "가계 내력"을 증명한다. 시인과 동생은 자연이라는 모성의 품에서 순응의 삶을 사는 제주 사람의 삶을 대변한다. 시인의 「갑마장길」 연작 시편은 갑마장이라는 제주 특유의 공간에서 전개되는 인생의 서사시이다. 그 연작시를 순서대로 읽는 것은 갑마장을 지키는 한 가계의 족보를 읽는 것이며 생명체의 생로병사를 되새기는 일이다. 또한 자유와 구속, 자연과 문명, 서사와 서정의 대립과 혼용을 동시에 가늠하는 작업이기도 하다.

내 가계 내력에는 말울음 배어있다
임진란에 전마를 진상했다는 할아버지
그 고삐 대물림하듯 내 동생이 쥐고 있다

"나를 따르지 마라"
'폭풍의 화가' 건너간 길
조랑말도 아버지도 다 떠난 황톳빛 들판
산마장 전세를 내어 말의 길을 가고 있다

음력 삼월 묘젯날엔 오름에도 절을 한다
고사리에 콩나물, 빙떡과 옥돔구이
누우런 말울음 냄새
따라가는 산딸기 꽃

_「갑마장길 1—나를 따르지 마라」 전문

점집에 걸려 있는 붉고 흰 깃발들을 샤머니즘의 '사위스러움'이 아니라 "홍매 백매" 아름다운 꽃으로 시인은 읽은 바 있다. 삶을 이루는 것과 삶에 바쳐지는 것이라면 무엇이든 곱게 받들 일이라고 이르는 듯하다. 삶을 긍정하는 시인의 자세는 그대로 동생의 삶에서도 드러난다. 할아버지가 그러했듯 말고삐를 쥐고 "말의 길"을 가는 것은 말테우리 동생에게는 핏속에 유전되는 업을 따르는 일이다. 「갑마장길 2-하늘타리꽃」에서 그 업의 계승 장면은 "아버지가 일군 목장 내 동생은 산파다"로 드러난다. 다시 「갑마장길 1」로 돌아와, "조랑말도 아버지도 다 떠난 황톳빛 들판"은 시 텍스트의 주인공이 놓여 있는 신산하고 척박한 현실을 그려 내고 있다. 기댈 데 없는 삶, 스스로에게 의지할 뿐인 삶을 그리기에 "황톳빛 들판"의 은유가 적절히 동원되었다. "전세를 내어" 가고 있는 길이라는 데에서 그 길의 험난함은 더욱 강조된다. '제의'가 일상이 되는 삶이 제주 섬 전체에 스며 있다. 자연이 곧 삶을 가능하게 해 주는 어머니이므로 "오름에도 절을 하"는 모습이 낯설지 않다. 오늘도 주어진 삶에 순응하고 감사하며 갑마장길을 가는 시적 주인공에게 시적 화자는 "산딸기 꽃" 한 송이를 헌화하고 있다. 기사가 공작부인에게 바치는 궁정풍 사랑의 고백이 붉디붉은 장미 한 송이로 상징되었다면 소박한 산딸기 꽃은 고단한 삶에 바치는 따뜻한 격려의 상징이다. 그래서 그 산딸기 꽃은 시인의 구체적인 시적 상상력을 증명하는 꽃이다. 제주 시인의 언어를 통하여 온전히 다시 피어나는 제주 야생화의 자태를 보자.

갑마장 돌아들면 북두칠성 오십 리
민오름 머체오름 거린오름 붉은오름
그 오름 물수제비뜨듯 별똥별 긋고 간다

오늘은 산마장이 망아지를 낳는 날
톱밥 깔고 그 위에 깔짚 얹은 사나흘

선대의 유전인자를 드문드문 묻힌다.

아버지가 일군 목장 내 동생은 산파다
삼나무도 때 이른 하늘타리 꽃을 올려
하이얀 미사의 시간 아침놀로 피어난다

_「갑마장길 2—하늘타리꽃」 전문

갑마장의 가계 전통을 잇는 제주 남성의 삶을 그리는 연작 시편 중, 「갑마장길 2」는 특별히 생명을 대하는 경건한 태도를 재현하고 있다. 신성한 생명의 탄생을 축하하기 위해 선택된 "하이얀" "미사의 시간" "아침놀"과 더불어 "삼나무"가 피워 올린 "때 이른 하늘타리 꽃"이 그 축원의 염을 집약적으로 보여 준다. 누대를 이어 온 제주 말의 역사가 새로운 장을 열어 가는 시간, 두 번째 연의 "선대의 유전인자"는 의미항이 중첩적이다. 일차적으로는 갑마장의 신생의 말을 통해 이어지는 말의 유전인자이지만 더 깊은 층위에서는 그것을 지켜 가는 자, 즉 인간 세대의 유전인자이기도 하다. 「갑마장길 4—타래난초」에서 보듯 "내 동생 등만 쓸어도 말울음 날 것 같"이 동생의 삶은 말의 존재에 밀착되어 있기 때문이다. 그러므로 갑마장길의 말은 한결같이 제주 사람의 삶의 제유이다. "톱밥 깔고 그 위에 깔짚 얹은 사나흘" 구절에서도 또한 제의를 드리듯 일상을 살아가는 제주인의 삶을 발견한다. 새 생명을 받아 내는 준비가 그리 정성스러운 곳이 갑마장의 공간이기에 그 생명을 위해 삼나무도 미리 꽃을 피우고 별똥별도 오름 위에서 축포 올리듯 빛의 궤적을 "긋고 간다". 드넓은 자연의 품속에서 식물의 신 플로라^{flora}와 동물의 신 파우나^{fauna}와 인간이 똑같이 하나로 엉겨 서로를 돌보는 까닭에 첫 연의 "그 오름 물수제비뜨듯"한 "별똥별"의 심상이 더욱 도드라져 보인다. 강이나 냇물에 던져 튕기는 돌멩이가 물수제비를 이룰진대 오름에 물수제비뜨는 별똥별을 그려 보자. 그것은 모든 것이 조화롭게 어울리고 있음을 말해 준다. 하늘이 곧 물이 되고 별똥별이 그 하늘, 혹은 물 위를 튕기고 가는 작은 돌멩이가 되어 작은 협주곡을 연주할 준비를 하는 것이다. 그들이 함께 연주할 곡은 필경 기쁘고 숨 가쁜 축하의 노래일 것이다, 새로운 생명의 탄생을 기리는 합창일 것이다.

「갑마장길 3—눈 감아라 사랑아」는 신생마^{新生馬}의 탄생 장면을 먼저 묘사하면서 그 생명을 바라보는 이의 안쓰러움과 축복을 노래한다.

새벽 산마장에
산기가 긴박하다
말들은 저들끼리 온몸으로 빙 둘러서
소소한 들개울음도 들여놓지 않는다

그건 필시 '수고했다'
그 말을 건네는 거다
갓 태어난 망아지 두어 번 뒤뚱대다
기어코 다리를 세워 세상 중심 잡는다

이제 경마장도 네 길일 수 있겠다

가고픈 길 아니라 불러야만 가는 길

생애 첫 햇살 오거든

눈 감아라 사랑아

_「갑마장길 3—눈 감아라 사랑아」 전문

시인은 먼저 새 생명 앞에 놓인 구속된 운명을 안타까운 정으로 그려
낸다. 그러나 끝내는 삶의 제약을 넘어서 "햇살"이 상징하는 희망과 자
유에 이르기를 축원한다. 이어지는 「갑마장길 4—타래난초」에서는 성
숙에 이른 말이 말테우리 동생과 함께 오름 능선을 건너는 장면이 전개
된다.

벌초하고 묘제나 해라

빌려쓰는 산마장

한라산 흘러내린 민오름 붉은 오름

그 위에 걸린 구름도 통째로 빌려쓴다

오름 능선 건널 때는 말이 말을 거느린다

일렁일렁 억새무리 일렬로 건너간다

이맘쯤 타래난초도 타래타래 따라간다

감겼다가 풀리지 않는 생이 어디 있을까

감긴 채로 피는 꽃도 저렇게 눈부신 것을

내 동생 등만 쏠어도 말울음 날 것 같다

_「갑마장길 4―타래난초」 전문

초장에 "빌려 쓰는 산마장"이라고 했다. "그 위에 걸린 구름도 통째로
빌려쓴다"고도 했다. 자본주의 사회체제 속에서 땅을 소유하지 못하고
"빌려" 쓰는, 혹은 "전세"로 사는 인생은 뿌리내리지 못하고 떠도는 고
달픈 삶이다. "산마장"을 임대하면서 가업을 이어 가는 고단한 말지기
의 삶을 그리면서 시인이 보여 주는 것은 여전히 삶에 대한 무한 긍정
이다. "감겼다가 풀리"는 것만이 생이 아니라 "감긴 채로"도 꽃은 피고
"저렇게 눈부신 것"이라고 노래한다. 중장에서 "말이 말을 거느린다"고
노래한 바 있는데 그렇다면 "생이 생을 거느린다"고 해도 좋겠다. "오
름 능선 건널 때"란 삶의 한 고비를 넘어 다음 고비로 넘어가는 때일 것
이다. 말이 말을 거느리고 억새무리도 말을 수행하듯 "일렬로 건너간
다". 함께 가는 무리가 있어, 그 움직임을 격려하는 동반자가 있어, 그
리고 있는 듯 없는 듯 자신의 존재를 드러내지 않으며 그 삶을 지켜보
는 야생화가 있어 생명은 추동되는 것일지도 모르겠다. 시인은 "오름"
과 "구름" 사이 조용히 한 줄로 움직여 가는 말과 그 배경의 억새와 숨
어 있는 타래난초를 풍경화로 그려 낸다. 가을, 오름 능선 위에 홀로 익
어 가는 가을 해와 일렁이는 억새무리와 말과 말 사이에 삽입된 동생의
삶은 과연 "눈부신" 꽃이다. 이미 오름 능선을 건너는 말의 일부가 되어
버린 듯, 그래서 꽃처럼 눈부시면서 동시에 "말울음"도 울 것 같은….
그런 한 사나이가 오름 능선을 말과 함께 건너간다.

위의 시편에서는 시인이 도입한 시어의 음악성에 주목할 필요가 있다. 동음이나 유사음을 반복하여 일정한 리듬감을 느끼도록 만드는 장치를 시인은 사용하고 있다. 서로 이끌고 거느리며 능선을 한 줄로 넘어가는 말을 먼저 그리고, 이어 억새무리와 타래난초를 그렸는데 "말이 말을", "일렁일렁… 일렬로", "타래난초도 타래타래" 하고 동음을 반복함으로써 경쾌한 느낌을 선사하고 있다. 우리말로는 '두운'이라고 번역할 수 있는 영시의 'alliteration'은 잇단 이웃 단어들의 말소리를 되풀이하는 장치이다. 옛날에 창으로 불리던 시조가 음악을 떼어 버리고 남은 것이 현대 시조의 양식이다, 그렇다면 현대 시조에서 '두운'을 적절히 활용하는 것은 정형시의 탄력성을 효과적으로 유지하면서 음악적 요소를 가미할 수 있는 길이 될 것이다. 제한된 시어를 사용하는 시인의 경우 이 장치는 자칫하면 텍스트를 동시처럼 우스꽝스럽게 변질시킬 수도 있다. 반면 위에서 보듯 우리의 김영순 시인은 운을 통한 율격의 가능성을 충분히 보여 주고 있다. 그 시어들의 음악성이 거꾸로 말과 억새와 타래난초의 이미지를 강조하고 그들이 어울려 이루는 시각적 효과를 강화하는 것은 물론이다.

이제 「갑마장길 5—꽃향유」를 보자. 「갑마장길 5—꽃향유」는 갑마장의 겨울을 그린다.

겨울 어귀에선 꽃향유 다녀간다
가난한 눈망울들 불씨 몇 줌 건네듯
한 무리 말울음 끌고 연보라 다녀간다

동생은 아버지 간병 올케는 어머니 간병

그렇게 그들은 만나 민오름에 세를 들고

한 세상 말테우린양 방목하는 산마장

사람 배는 고파도 두세 끼는 건넌다며

온 들녘 꼴을 베어 서너 채 노적가리

아버지 둥그런 말씀

소름 돋듯 별이 총총

_「갑마장길 5─꽃향유」 전문

안데르센 동화 「성냥팔이 소녀」에서처럼 "가난한 눈망울들", "불씨
몇 줌"의 이미지가 먼저 겨울을 그려 낸다. 그 겨울 이미지는 종장의
"소름 돋듯 별이 총총"으로 마무리된다. 겨울이 오고 사람은 병이 들고
또 그렇게 사라져 갈 운명 앞에 놓이는데 갑마장의 말테우리 주인공은
돌보아야 할 대상들로 겨울이 더욱 힘들어진다. 아버지에겐 "간병"이,
말들에겐 "꼴"이 주인공을 기다린다. 시리고 추운 겨울이 더욱 춥게 느
껴지는 시간, 시인은 "소름 돋듯" "총총"한 별을 우러를 뿐이다. 자신의
존재 의미를 말이라는 대상에게서 찾고 있는 까닭에 말테우리 인생에
게 말은 곧 신앙과 같은 경건한 숭배의 대상일 터이다. 말의 먹이를 먼
저 준비하는 장면은 어쩌면 가장 숭고한 휴머니즘의 현현으로 보일 수
도 있다. 앞서 제시된 "간병"의 이미지와 더불어 배려와 돌봄의 미학이
완연히 펼쳐지는 시편이다. 말과 말테우리 사이의 굳고도 강한 애정과

일체감은 그 애착의 대상의 상실과 부재에서 다시 한번 확인된다. 「갑마장길 7」은 새끼를 낳다 죽어 간 갑마장 말의 일화를 시적 소재로 삼은 시편이다.

늦은 눈 오락가락 사월의 갑마장길
봄에서 다음 봄까지 점점 부푸는 들녘
하늘도 해산하듯이 봄비로 몸을 푼다

새끼만 살아남은 난산 끝의 산마장
아버지 눈 감을 때는 눈물조차 없더니
오름에 어미말 묻고 사나흘 운 내 동생

말테우리 유전자 어쩔 수 없다 치자
분유 한 통 사들고 슬그머니 찾아간 길
간간이 어미소리로 산중의 밤을 달랜다

_「갑마장길 7」 전문

마침내 「갑마장 8—말똥비름」에 이르면 시인은 말테우리 동생이 태생적으로 지닌 고독을 그려 낸다. "말똥비름"과 "휘파람"과 "산중의 보름달"은 그 고독을 적시하는 효과적인 상징물들이다.

누가 풀어놓은 한여름 별자리 같다

긴- 긴 올레에도 아버지 무덤가에도
노오란 말똥비름이 내 동생과 함께 산다

천성이 말테우리, 세상보다 산이 좋다
야성의 말울음 떼가 떠도는 목마장에
가느란 휘파람에도 말들이 따라온다

어쩌다 승마 길손이 다물다물 다녀간 날엔
산중의 보름달을 눈 시리게 바라보다
별자리 소원도 없이 말처럼 울 때 있다

_「갑마장 8—말똥비름」 전문

　"한여름 별자리"같이 지천으로 널려 있는 말똥비름은 이름 없이 값
도 없이 나고 머물다 이 세상을 떠나갈 우리들 인간 군상의 모습을 제
시한다. 그 뒤를 이어 등장하는 휘파람은 고독한 심경의 표현에 해당
할 것이다. 말테우리 동생이 휘파람으로 자신을 표현하면 "말들이 따라
온다"고 했다. 다시 한번 시의 주인공이 돌봄의 대상과 맺고 있는 극진
한 친밀성을 보여 주는 장면이다. 말들 외에는 알아주는 이가 없으므로
그 또한 고독이다. "산중의 보름달"은 번잡한 도시의 달보다 더욱 훤하
고 그래서 더욱 서글플 것이다. 바라보는 자에게 하염없는 설움을 불러
일으킬 것이다. 마침내 고독한 주인공이 울음을 터뜨릴 때 어쩌면 그는
스스로 한 마리 말로 변모하는 것일지도 모르겠다. 인간살이의 버거운

짐을 벗고 스스로 오름을 달리는 한 마리 말이 되고 있는지도 모를 일이다. 제주의 거친 바람을 붓의 터치로 생생하게 되살린 변시지 화백의 그림 한 점이 눈앞에 떠오른다. 그 그림 속 홀로 하늘로 머리 치켜든 채 폭풍 속에 서 있는 한 마리 야생마의 모습에 "별자리 소원도 없이" 밤하늘을 향해 "말처럼 울"고 있는 한 사나이의 모습이 겹쳐 보인다.

4. 감감한 사랑

제주의 자연이 좋아 자연의 일부로 살아가는 시인의 자화상은 시집 전편을 관통하고 있다. 꽃과 그 꽃의 꿀을 훔치는 벌 사이에 슬그머니 벌통을 내려놓고 시침 떼는 자신의 모습을 "장물아비"라고 노래하기도 한다(「꽃과 장물아비」). 시인은 꽃 따라가는 벌처럼 한라산으로 사려니숲으로 철철이 옮겨 다니며 제주의 삶을 그려 낸다. 「첫농사」는 해바라기 심었던 산밭에 유채를 심는, 농사꾼으로서의 자신을 시적 화자로 등장시킨 시편이다.

꽃도 보고 꿀도 따자
이 정도면 됐지 싶다
해바라기 뒷그루에 유채씨를 뿌린다
탈탈탈 트랙터 소리 , 천 평 고요 흔든다

하루에 서너 이랑, 그것도 일이라고
'씨앗 다 뿌리기 전에 싹이 먼저 나겠다'

쯧쯧쯧 콩새들마저 비아냥대는 초짜농부

올해엔 태풍으로, 말벌 떼의 습격으로
겨우 남은 벌통 몇 개, 산밭 비틀거려도
내년 봄 머체왓숲길
내 사랑도 노랗겠다

_「첫 농사」 전문

"꽃도 보고 꿀도 따자/이 정도면 됐지 싶다"는 첫 구절은 스스로에게
걸어오는 대화이면서 시인이 지닌 안분지족의 자세를 천명하는 구절
이다. 그래서 "태풍"에도 "말벌 떼의 습격"에도 불구하고 "겨우 남은 벌
통 몇 개"와 "비틀거"리는 "산밭"을 두고도 시인은 "내 사랑도 노랗겠
다" 하고 즐거운 비명을 지를 수 있는 것이다. 콩새들이 건네는 말을 알
아듣는 귀를 시인이 지닌 것도 그가 이미 제주 자연의 한 부분이 되어
있는 까닭이겠다. 콩새의 울음에서 건져 낸 새의 말을 시인은 텍스트에
그대로 옮겨 와 부린다. "씨앗 다 뿌리기 전에 싹이 먼저 나겠다"는 구
절을 삽입하여 시인은 한 편의 '대화적 상상력의 시조 텍스트'를 빚어내
고 있다. 서정시가 현실 속의 대화를 포섭할 때 리얼리즘, 즉 현실 재현
의 텍스트 기능도 함께 맡게 되는 것을 여기에서 볼 수 있다. 「콩국」은
그런 리얼리즘이 더욱 빛을 발하는 텍스트이다. 어머니 이르신 말씀이
시인의 텍스트에서 제주 방언 그대로 재현됨을 볼 수 있다. 「쉰다리」에
서도 "경 허난 느도 이제 쉰 살이나 되어시냐?" 하고 이르는 어머니의

제주 방언이 그대로 채록되어 있듯이….

> 콩국은 젓지 마라
> 넘치게도 하지 마라
> 탁-타닥 삭정이 타듯 애 타는 어머니 가슴
> 별빛들 고향 가까이 보글보글 끓는 저녁
>
> -무사 '콩가루 집안'이랜 허는 말 이시니?
> -한 양푼 반죽해도 기어이 흩어진다
> -느네는 다투지 말앙 몽올몽올 모영 살라
>
> 친정의 마지막 농사 콩 한 됫박 싸들고 와
> 먹을까? 심어볼까? 실랑이 벌이는 봄
> 그날 밤 그 잔소리 같은
> 콩국이나 끓여본다

_「콩국」 전문

어머니, 아버지의 삶과 남기신 말씀들이 원천이 되어 말테우리 동생에게로, 또 꿀 따고 농사짓는 시인에게로 이어져 오고 있다, 그 사랑의 전통은 다양한 변주를 이루며 시집 속에 펼쳐진다. 「아버지의 일기장 1—동상凍傷」에서는 "연사흘 쌓인 눈 쓸다 발가락에 피어난 꽃"으로 동상이 묘사되어 있다. 전장에서 얻은 상처는 군인에겐 훈장이다. 담담히 주어진 삶을 감당하면서 얻은 동상이 꽃이 아니라면 무엇이랴? 전쟁 같은 삶에서 얻은, 몸에 새겨진 흔적이 눈 속의 꽃이 되어 오래도록 "녹지 않을 그리움"으로 남는다.

> 발에만 피었겠나, 손가락에도 피었겠지
> 손에만 피었겠나, 가슴에도 피었겠다
> 그 꽃잎 어머니 가슴에 녹지 않는 그리움

_「아버지의 일기장 1—동상(凍傷)」 3연

"피었겠나" 자문하고 "피었겠지" 화답하며 시인은 사랑의 전통을 그리고 다시 그린다. 어느 결에도 변주의 묘미를 놓치지 않는다. 처음 응답할 때의 "피었겠지"가 되묻자 다시 답할 때는 "피었겠다"로 변화한다. 초장과 중장엔 생략되고 감추어진 '꽃잎', 즉 '피는 것'의 주체는 종장의 도입에 등장하여 극적인 효과를 더한다. 그리고 마지막의 "그리움"으로 변모하여 수미상관의 구조를 완성한다. 발에도, 손가락에도, 가슴에도 피어나 "녹지 않는" 오랜 "그리움"이 되는 꽃! 아버지의 일기장을 눈으로, 가슴으로 읽어 가며 시인은 아버지의 삶의 무늬를 화석처럼 텍스트에 고정시킨다. 그 아버지가 단지 김영순 시인의 아버지일 뿐이겠는가? 묵묵히 자연의 도전 속에 제주의 신산한 삶의 역사를 감당해 온 그 세대 제주 사람 모두의 모습일 것이다. 아버지의 삶과 사랑은 「그런 봄이 뭐라고」에 이르러서는 "산두릅 고추나물 쥐눈이콩 밤고구마"를 부쳐 오는 "친정"으로 변주되어 나타난다. "피었겠나", "피었겠지"에서 보여지던 음악성이 이 시편에서도 다시 드러난다. "그런 봄이 뭐라고"와 함께 "내다 버린"과 "다 버린"을 적절히 변주하여 배치함으로써 운율을 도모하고 있다. 사랑이 있어 세상은 살 만한 곳이 되는 것이지만, 모든 사랑에도 불구하고 결국 혼자 감당해야 하는 생의 무게는 여전하다. 삶이 아득하여 "내 사랑" 또한 아득하기만 하다. 자연이 사계의 수레바퀴를 천천히 돌리는 동안 꽃 피고 꽃 지기는 무한히 반복되는데, 그 아득함을 두고 시인은 노래한다. "뻘기꽃 다 새버리겠다, 감감한 내 사랑아"!

김영순 시인의 시편들은 바람결에 묻어오는 감귤꽃 향기와 갑마장 노적가리 사이로 보는 겨울밤의 "총총 돋은" 시린 별들과 그 갑마장의 말 울음소리로 채워져 있다. 향기는 달콤하면서도 기억을 묻혀 와 서글프고 별빛은 외롭다. 중산간의 말 울음소리는 오랜 예속의 역사를 울부짖는다. "불러야만" 달릴 수 있는 갑마장 말의 운명이 그토록 사무치는 것은 무슨 까닭인가? 숙명으로 제주 산간마을에 태어나고 주어진 업을 이어 가는 것으로 삶의 뜻을 삼는 '말테우리' 제주인의 인생이 그 말에 투사되어 있기 때문일 것이다. 시편 곳곳에서 더러 보랏빛 꽃향유와 산딸기꽃과 타래난초가 고운 자태를 드러낸다. "한라산 흘러내린 민오름, 붉은오름"(「갑마장길 4—타래난초」)에 걸린 구름 더불어 그 꽃들의 사연을 따라가노라면 우리 마음은 이미 제주로 달려가고 있을 것이다. 파도를 가르며 미끄러져 가는 뱃길이거나 흰 구름 위의 하늘 길에 올라 있을 것이다.

열정과 권태와 고독과
생명의 가련함을 위하여
: 인은주 시인의 시세계

1. 심장과 욕망

　지난 겨울과 봄, 필자는 꽤 많은 미술품을 감상하였다. 인은주 시인
의 시편들과 행복하게 만나기 위한 준비였던 것 같다. 먼저 파리의 피
카소 미술관에서 하루를 보냈다. 알베르토 자코메티^{Alberto Giacometti}라는
조각가의 작품 앞에 한참 동안 머물러 있기도 했다. 피카소의 그림들에
탄복하였기에 자코메티 작품들을 더욱 제대로 감상할 수 있었을 것이
다. 미술의 세계에서 보낸 겨울과 봄, 그 봄의 끝자락에서 인은주 시인
의 시세계를 접하게 되었다. 그의 시편들은 강한 반향을 불러일으키며
다가왔다. 피카소와 자코메티가 남긴 여운을 오래 간직하였기에 그랬
을 것이다.

　인은주 시인은 피카소와 자코메티가 미술로 표현하고자 했던 것들을
언어로 말하고 있다. 그의 텍스트에 초대된 언어들은 다성적 언어들이

다. 서술 이론에서는 두 겹의 층위, 말한 것the said과 말해지지 않은 것the unsaid으로 모든 서술은 구성된다고 한다. 그러나 인은주 시인의 텍스트는 그런 두 겹의 텍스트가 아니다. 여러 겹의 의미가 중층적으로 텍스트 내부에 놓여 있다. 피카소의 색채와 형상, 그 저변에 놓인 인간 욕망의 근원을 인은주 시인의 시어들은 드러내 보여 준다. 자코메티의 조각 작품들에서 볼 수 있는 인간의 연약함, 그 부서지기 쉬운 본성에 대한 측은지심을 인은주 시인은 또한 언어로 그려 낸다. 죽음 앞에서 어쩔 수 없는 유한자 인간! 삶은 죽음을 향해 나아가는 과정이다. 그 삶이 주는 한없는 좌절감, 실패감과 당혹감에 우리는 불안해한다. 그리고 삶이라는 것이 욕망으로 추동되는 것이기에 살아 있는 한 계속 솟아나는 욕망에 몸부림친다. 어찌 다스려야 할지 알 길이 없는 욕망 앞에서 무력감을 느끼며 다시 좌절한다. 피카소와 자코메티는 그런 인간됨의 한계를 재현하고자 했다. 그리고 그 한계 속에서 열어 가야 할 인간의 길을 전 생애를 바쳐 모색해 왔다. 피카소가 인간이 생래적으로 지닌 욕망이라는 문제와 담대하게 대결했다면 자코메티는 욕망 너머에 존재하는 인간의 비밀스러운 상처를 직면하고자 했다. 인은주 시인은 더러 피카소처럼 인간의 삶을 추동하는 욕망의 근원을 탐색한다. 또 더러는 자코메티처럼 가장 연약한 존재들을 찾아 그들의 깊은 상처를 헤집어 내고 쓰다듬는다. 예술가라면 당연히 추구해야 할 주제가 인간의 욕망과 초월의 문제일 것이다. 인은주 시인이 그 욕망과 초월을 다루는 방식은 다시 한번 피카소를 연상시키면서 동시에 자코메티를 환기한다.

그러나 두 미술가의 작품 세계와 유사하면서도 또 구별되는 자신만의 유일하고도 독특한 공간을 인은주 시인은 지니고 있다. 그는 여성 특유의 시선과 감성으로 자신의 시업을 이루어 내고 있다. 여성들은 피카소의 광폭한 욕망의 렌즈에 포획된 피사체로 존재해 왔다. 그 객체화되고 사물화된 대상을 인은주 시인은 구출해 낸다. 욕망의 주체가 되어보지 못하고 욕망하는 남성의 욕망의 대상이 되어 왔던 그들의 내부를 탐색한다. 그리하여 그들 내면의 억압된 목소리들을 불러낸다. 피카소가 즐겨 그렸던 소녀의 생명력 넘치는 육체와 그녀의 미소, 그 이면과 그 너머를 그려 내고자 한다. 자코메티가 파리의 창녀를 자신의 뮤즈로 삼아 세상을 놀라게 했다면 인은주 시인은 그보다 더욱 왜소하고 주변적인 존재들을 텍스트 속에 불러들인다. 자코메티의 측은지심의 반경속에 들어 본 적이 없었던 존재들에게 각별한 관심을 기울인다. 기존의 서정 시인들이 소중히 다루었던 것들, 이를테면 이름 없는 풀꽃들, 낙화, 해 질 녘의 하늘, 난데없는 구름, 봄비, 가을비…. 그런 친숙한 서정성의 소재들을 인은주 시인은 자신의 영토에서 기꺼이 추방해 버린다. 대신 그가 불러들이는 것은 저물녘의 개들, 새끼를 낳고 죽임당하는 고양이, 북경 서커스의 고아들, 늙고 등이 굽은 장애인, 일본에서 살해당한 한국인 성매매 여성, 한국 땅의 동아시아 이주 노동자 같은 존재들이다. 누구도 기억하려 들지 않는, 가장 가련한 존재들에게 주어졌던 유한한 삶, 그리고 그들의 죽음, 그 삶과 죽음이 '지금 여기의 나'에게 전하는 사연들…. 프랑스 소설가 장 주네Jean Genet가 자코메티에게 바친 다음의 말은 어쩌면 인은주 시인에게 돌아가야 할 찬사인지도 모른다. "내가 보기에 자코메티의 예술은 모든 존재와 사물의 비밀스러운 상처를 찾아내어 그 상처가 그들을 비추어 주게끔 하려는 것 같다." 인은주 시인이 주목하는 것은 생명 가진 것들이 지닌 상처들이다. 차마 발화하

기 어려웠던 내밀한 상처들, 스스로 인식하기조차 민망하여 외면하고
자 했던 것들을 과감하게 들추어내고 빛을 비춘다. 그리고 그 철학적
의미를 탐색한다.

인은주 시인은 매우 낯선 방식으로 서정시의 새로운 길을 제시하고
있다. 반면 그는 반복되어 통속화된 애도의 자세들은 철저히 조롱하고
비판한다. 세월호 희생자들에 대한 애도의 장면들을 풍자적 비판의 칼
날로 난도질한 시편, 「침몰」이 그 대표적인 것이다. 방송 보도와 사회
운동의 소재로 이용되어 정치화해 버린 상실은 더 이상 애도할 대상이
되지 못함을 정직하게 고발한다. 정치 세력의 쉬운 상징물로 변질된 트
라우마의 기억은 트라우마 희생자들에 대한 모독임을 보여 준다. 오히
려 인은주 시인이 우리 삶의 가련함을 드러내는 방식은 코미디처럼 일
상적이고 사소하고, 그러나 그러면서도 우리 주변에 만연해 있는 작은
삶의 장면들이다. 텔레비전 연속극에 등장할 만한, 그런 소소하고 귀엽
기까지 한 소시민의 작은 속임수와 배반과 삶의 권태들! 인은주 시인의
서정시의 소재로 등장하는 것은 바로 그런 것들이다. 양파 속껍질을 까
서 현미경에 올려놓아 본 적이 있는 사람은 알 것이다. 그 얇디얇은 한
겹의 종이 조각 같은 것이 치밀한 렌즈 앞에서는 숨기고 있던 수많은
세포들을 다 드러내 보여 주는 것을…. 인은주 시인은 스스로 현미경
렌즈 구실을 하면서 우리 일상의 가장 사소한 장면을 포착하여 우리의
삶 그 자체가 바로 애도의 대상일 수밖에 없음을 보여 준다. 20년이 넘
게 반복되어 온 일상과 그 일상의 동질성으로 이루어진 삶, 결혼이라는
이름의 권태, 사회적 연결망SNS 덕분에 비밀도 남아 있지 못할 투명한
시대의 잔인함, 어이없으리만큼 귀여운 중년의 일탈, 혹은 그 일탈에의

욕망, 더러는 중고서적이나 세련되지 못한 찻집 이름이 상기시키는 지나간 시절의 추억(「중고서적」, 「청자다방」)…. 인은주 시인이 우리 삶의 상처와 기억의 대상으로 찾아낸 소재들은 바로 그런 것들이다.

인은주 시인은 우리에게 익숙한 것들, 그래서 무심히 넘기고 습관처럼 받아들이던 것들에 주목한다. 그 핵심을 핀셋으로 집어내듯 들어 올려 독자들의 눈앞에 불쑥 내민다. 우리가 애써 외면하고 있던 사람살이의 진부함을 날것 그대로 제시한다. 문득 모든 익숙한 것들이 새로워지고 생소하던 것들이 친숙하게 느껴지게 만든다. 시인은 이토록 끝없이 반복되는 우리의 일상을 잠시 멈추고 돌아보게 만든다. 싱싱하고 날카로웠던 감성의 촉수를 무디게 만드는 세월의 풍화 작용을 거스르고자 한다. 날이 퍼렇게 살아 있는 언어를 그 작업의 도구로 부린다. 인은주 시인은 모든 삶의 장면들을 새롭게 인식하고자 한다. 그리고 독자에게 더불어 그렇게 인식하자고 권한다. 지금 이 순간, 여기 이 지점의 이 스쳐 가는 인연을 손 한 번 잡았다 놓는 대신 온몸으로 온 가슴으로 새기듯 경험하고 기억하자고 한다. 「심장으로 주세요」를 보자.

서툴게 뭉쳐져서 쉽게 녹는 첫눈같이
우리도 사라지면 용서를 받게 될까
잡았던 손을 놓친 게 네 탓만 같았는데

어둠이 쌓여가는 늦저녁 포장마차
순대 썰던 주인 왈 내장도 드릴까요
뜨끈한 심장 있나요 심장으로 주세요

지나간 사람들은 그렇게 지나갔다

지나쳐서 못 본 사이 지나쳐서 멀어진 사이

몇 번째 검은 밤일까 긴 겨울이 앞에 있다

_「심장으로 주세요」 전문

단조로운 현대인의 무심한 삶을 이르는 말로 '초식성 인류'라는 말이
유행한 적 있다. 타인에게 다가가기도 다가오는 타인을 받아들이기도
힘들어하며 자신만의 밀폐된 공간에 웅크리곤 하는 군상을 이르는 말
이다. 단절 혹은 분리가 그런 현대인들을 묘사하는 핵심어라면 그 단절
과 분리의 대척점에 놓이는 것이 육식성의 흔적인 '심장'일 것이다. 겹
치지 못하고 따로 떨어진 존재들, 미끄러져 사라져 간 대상, 막연한 연
결을 위한 엉성한 시도 뒤에 사람들은 "지나간" 사람들이 되어 "지나치
고" 말았다. 시인은 노래한다. "지나간 사람들은 그렇게 지나갔다". 그
런 무심한 지나감을 탄식하며 시인은 문득 심장을 욕망하는 자신을 발
견한다.

"내장도 드릴까요?"는 주변에 널려 있는, 귀에 익은 일상어이다. 포
장마차 순대 장사가 자주 묻는 말이다. 그러나 "심장으로 주세요"는 시
어이다. 사실상 위의 시편을 시로 만드는 핵심어가 "심장으로 주세요"
라는 절규의 언어이다. 어이없이 튀어나온 "심장"을 위한 절규 앞에서
독자들은 망연자실한다. 그리고 깨닫게 된다. 우리가 오랫동안 심장을
잊고 살았다는 것을…. 심장을 달라는 주문도 요구도 한동안 해 보지
못한 채 미지근한 물 같은 싱거운 인생을 살고 있었다는 것을 소스라치

며 알아차리게 된다. 우리에겐 가끔 심장이 필요하다는 것을 일순 깨닫게 된다. 사랑도 심장의 역사役事이며 증오를 상징하는 것 또한 심장이다. 누군가의 삶의 핵심이면서 그 삶의 열정을 집약한 말이 심장일 것이다. 백설공주의 새엄마가 포수에게 가져오라고 주문한 것도 바로 심장이었다. 프랑수아 오종Francois Ozon 감독의 영화, 〈두 개의 사랑L'amant Double〉에 상자에 담겨 배달된, 짐승의 붉은 심장이 등장한다. 그때 느낀 그로테스크함과 역겨움이야말로 감독이 관객을 위해 의도한 것이 아니었을까? 날것의 심장을 그대로 스크린에 투사하는 프랑스인의 감성에 경악하면서 육식성의 서양인들이라고 소름 끼쳐 했다. 「푸른 수염의 일곱 아내」라는 설화를 이어받은 민족다운 상상력이라고 생각해 보기도 했다. 그러나 우리 민족도 그런 육식성의 잔인한 설화를 지니기는 마찬가지다. 팥쥐 어미가 콩쥐의 간을 꺼내 갈아 오라고 했다는 「콩쥐 팥쥐」 설화가 남아 있으니 말이다. 인간의 삶과 욕망의 근원에 심장 혹은 그 등가물을 갖고자 하는 간절함이 있을 것이다. 사랑의 간절함도 지극한 증오도 초월의 극단적인 장면도 한 생명체가 가진 유일한 삶의 기원, 심장으로 드러날 것이다. 인은주 시인은 심장을, 그 심장의 붉은 빛깔을 잊고 살고 있는 우리의 현실 앞에 절망한 채 절규하고 있다. 귀를 틀어막은 채 소리를 지르는, 화가 뭉크Edvard Munch의 그림처럼 '심장'을 돌려 달라고 소리치고 있다. 심장이 상징하는 열정과 간절함의 삶을 살자고 촉구하고 있다.

2. 아득하여라, 삶의 권태여!

오래된 관계는 권태를 그 적자嫡子로 거느리는가? 결혼, 사랑의 맹세, 그리고 가족…. 우리 사회의 관계 중 가장 보편적이고 친밀한 관계들이 이제 낡은 그물망처럼 구멍이 숭숭 뚫린 채 하늘 아래 드러나 있다. 누구도 그 터진 곳을 어찌 기워야 할지 모르는 것 같다. 혹은 구멍이 뚫린 줄도 모른 채 다시 바다에 던져 고기를 낚겠다고 집을 나선다. 더러는 당당하고 노골적인 언어로 오래된 관계의 권태를 토로하고 더러는 은밀히 한숨 쉬듯 반복되는 일상을 고백한다. 순결한 사랑의 맹세로 시작된 결혼이라는 가족 제도, 그 제도가 흔들릴 때 사회 전체가 흔들릴 수밖에 없다. 결혼의 순간, 성경에 손을 얹고 "아프거나 병들거나" 서로를 돌볼 것이며 "죽음이 둘을 갈라놓을 때까지" 성실한 계약을 이행하겠노라고 다짐하는 것으로부터 부부 관계는 시작된다. 그 오래된 전통은 여전히 지속되고 있다. 그러나 인류학자 마거릿 미드Margaret Mead가 지적했듯이 인간 수명이 50년 혹은 60년에 불과했던 시절에나 가능했던 것이 죽음까지 함께하는 관계였다. 이제 인간 수명이 80세를 넘어 100세에 이르는 시대가 열렸다. 철없던 20대에 맺은 맹세를 나머지 생애 80년에 걸쳐 이행해야 하는 현실과 마주쳤다. 인은주 시인은 그 기막힌 관계의 약속이 지닌 무게를 은행 '대출'의 은유를 빌려 형상화한다.

이십년 된 우리는 아직도 사랑일까

한밤중 돌아누운 그의 등은 말이 없다

어둠은 우리 사이로 수북이 쌓여간다

허락 없이 떠났던 여행에서 돌아와서

이십년 상환제로 대출을 신청했다

산만큼 더 살기로 한 무언의 약속이다

나는 그를 담보로 안심을 원했으나

저금리 그물망에 빚만 내고 말았다

서둘러 계절은 가고 다른 계절이 왔다

_「안심대출」 전문

　결혼의 지속이 가져다주는 것은 안정일 터이고 결혼도 계약이라 담보를 필요로 할 것이다. 구축된 관계의 단절이나 새로운 관계의 형성은 엄청난 모험이며 도전이다. 생애 전체를 일순간 위기로 내몰 수도 있다. 그래서 자코메티 또한 말한 바 있다. "결혼에 들기는 너무나 쉬우며 결혼을 벗어나기는 너무 어렵다"고. 이미 형성된 계약을 연장하며 '안심대출'이란 이름의 제도에 서명을 해 두고 "저금리 그물망"이라고 시인은 이를 명명한다. 결혼이라는 이름의 안정, "저금리"임이 명백하다.

나머지 20년이라는 긴 시간 동안 꾸준히 갚아 나가야 할 '빚'을 내기로 계약하는 시적 화자의 모습을 보라. 우리 시대의 고통스럽도록 정확한 자화상, 그러나 감히 발설하기를 두려워하는 그 모습을 인은주 시인은 솔직히 그려 낸다. "임금님 귀는 당나귀 귀"라고 소리치는 것이 시인의 본분이다. "벌거벗은 임금님"이라고 솔직히 말할 수 있는 어린아이의 모습이 시인의 바람직한 모습이다. 유효기간이 다한 낭만적 사랑의 진부한 노래를 멈추지 못한 채 계속하여 부르는 군중 속에서 인은주 시인은 소리치고 있다. "벌거벗은 임금님"같이 알몸으로 드러난 우리 시대의 '친밀성의 관계,' 그 실상을 그리고 있다. 사실상 현대는 그런 친밀성의 파괴가 특징인 시대이다. 「안심대출」 시편의 첫 수에 등장한 "한밤중 돌아누운 그의 등"의 이미지는 20세기 이후 문학작품에 매우 빈번히 등장하는 이미지가 되었다. 함께 있으나 단절된 관계가 "돌아누운 등"을 통해 선명하게 드러난다. 헤밍웨이의 단편, 「빗속의 고양이」에 등장하는 남편과 아내의 모습이기도 하다. 남편은 침대에 발을 올린채 책만 읽고 있고 아내는 불가능한 것들을 꿈꾸지만 그들은 비수기의 한 호텔방에 함께 머물고 있다. 창밖에는 비가 내리고 고양이 한 마리가 비에 젖고 있다. 그 고적한 정경은 현대인의 상실과 단절을 단적으로 드러내는 장면이다. 인은주 시인의 시편은 헤밍웨이 단편의 그 풍경을 한국적 현실 속에서 언어를 통해 다시 형상화하는 텍스트이다. 일본 소설가 미야베 미유키 또한 장편 소설, 『이유』에서 전통적인 핵가족이 해체된 이후의 가족의 존재 양상을 탐색한 바 있다. 가족 해체 이후 부유하는 개인들로 채워진 일본의 현실을 그렸다. 19세기 말 이후, 공업화, 도시화라는 사회의 요구에 적절히 부응했던 것이 부모와 자녀 중심의 핵가족 제도이다. 그 가족 모델은 이제 그 수명을 다한 것이 분명하다. 곳곳에 균열이 생겨나고 있으나, 그래도 여전히 그 틀을 깨고 나오지 못하는 개인들에 의해 지속되고 있다. 권태를 인식하고 일탈을 꿈꾸면서도 어쩌지 못한 채 제도 속에 갇힌 개인들, 그 내면의 욕망과 현실의 대결상을 인은주 시인은 계속해서 탐색한다.

　　곱창이 지글대는 송년회 막바지에
　　안 하던 질문들을 서로에게 던졌는데
　　우리는 행복하다고
　　웃으면서 답했다

　　술잔을 더 채우다 비스듬히 앉았고
　　어쩌다 본 남편 눈은 저 여자를 향해 있다
　　곱창이 불판위에서
　　시커멓게 뒤틀렸다

　　잡으면 사라지는 연기 같은 행복을
　　곱창을 뒤집으며 속으로 뒤집었다
　　누군가 또 물었을 때
　　모른다고 말했다

　　_「모른다고 말했다」 전문

21세기 초고속 기차를 위해 새로 놓은 선로에 '행복'이라는 이름의 오래된 전차가 아직도 놓여 있다. 욕망의 속도는 TGV와 신칸센과 KTX의 속도에 닿아 있고 남편과 아내라는 관계는 19세기 말의 전차 속도에 맞추어져 있다. '행복'이라는 이름의 역할극을 연출하며 관계를 지속하기를 강요받는 시대, 여성 시적 화자의 섬세한 감각의 촉수는 남편의 눈길이 향한 곳을 포착한다. "잡으면 사라지는 연기 같은 행복"은 눈물겹도록 정확한 우리 삶의 묘사이다. 유한성의 생명이기에 욕망은 풀어 주어야 하고 약속으로 지속되는 질서이기에 그 한계 또한 선명한 것이다. 그 모순과 역설 속에서 고통 받으면서도 탈출구나 대안의 길이 부재함 또한 모두가 인식하고 있다. "곱창이 불판 위에서/시커멓게 뒤틀렸다"는 '송년회'와 '술잔'의 이미지를 배경으로 하여 빛을 발한다. 술안주로 준비된 곱창은 송년회와 술잔이 준비한 미장센을 완성하는 소품이다. 그러나 동시에 그것은 술안주에 투사된 시적 화자의 내적 갈등을 적절히 드러낸다. 피할 길 없어 불길에 타 버릴 수밖에 없는 곱창처럼 문득 다가온 절망의 불길 앞에 온몸의 세포가 오그라들며 타들어 가는 시적 화자의 모습을 겹쳐 보여 준다. 첫 수의 "행복하다고 웃으면서 답했다"가 셋째 수에서 "모른다고 말했다"로 변한 것이 시적 화자의 발화의 전부이다. 그 두 마디 짧은 언술 사이에 놓인 것은 남편의 눈길뿐이다. 시간을 헤아리자면 5분이 지나지 않을 사이에 발생한 사건일 것이다. 눈길 하나가 사건일 수 있는가? 눈길을 사건으로 받아들이는 것, 그것이야말로 여성 특유의 감수성이라 할 수 있을 것이다. 영국 작가 캐서린 맨스필드Katherine Mansfield의 소설들이 그 섬세하고 미묘한 여성의 감수성을 잘 묘사해 낸 바 있다. 자신이 아닌 다른 여성을 바라보는 남편의 눈길 하나에 이별을 결심하는 여성 주인공을 보여 준다. 박애와 자비의 여성 주인공으로 하여금 그 모든 사랑의 마음과 실천을 일시에 중단하게 만드는 것 또한 남편의 눈길 하나일 뿐이다. 무심한 눈길이란 주체의 의지와는 무관하게 나타나는 것일 터이다. 그래서 무심할 것이다. 생명체가 지닌 욕망의 구조가 새롭고 아름다운 것에 눈길 돌리게 만드는 힘일 것이다. 시적 화자 또한 그를 모르는 바 아니다. 그러나 그 눈길 하나가 "연기 같은 행복"의 존재와 부재를 결정하는 요소이다. 맨스필드를 읽은 독자라면 인은주 시인이 얼마나 날카로운 감수성의 소유자인지 바로 알 수 있을 것이다. 맨스필드의 계보를 잇는 여성적 감수성이 21세기라는 공시성을 거느리며 드러난 것으로 인은주 시인의 시편들을 이해할 수 있다. 「바람의 습격」을 읽어 보자.

남편이 잠든 사이 카톡이 날아왔다
몰래 본 문자 속에 숨어 있는 속삭임들

그들의 언어 속에
난 제3자가 되었다

휴대폰을 깨트려도 지워지지 않는 웃음
더욱 더 선명해진 "보고 싶다 유미씨"

소외는 거머리처럼
느린 밤을 더듬는다

마지막 보루였던 우리 집이 흔들린다

집으로 오는 길은 비보호 좌회전

황사는 봄을 애태우며

쉽게 물러나지 않았다

_「바람의 습격」 전문

    셰익스피어의 『오셀로』는 그의 4대 비극 중의 하나이다. 왜 오셀로가 4대 비극에 속해야 하는지를 20세 이전에 알 수 있는 독자가 있을까? 사랑을 위하여 함께 독배를 마시고 죽음을 맞는 로미오와 줄리엣의 사랑이 결코 비극이 될 수 없는 이유를 아는 독자는 또 몇이나 될까? 질투만큼 강한 인간의 파괴 욕망이 또 있을 수 있을까? 오셀로의 가슴에 의심의 고통이라는 불을 지피는 것은 데스데모나^{Desdemona}의 손수건 한 장과 이아고^{Iago}의 속삭임에 불과했다. 나머지는 모두 오셀로의 상상 속에 있었다. 그럼에도 불구하고 오셀로는 몸을 떨며 고통받아야 했다. 21세기가 낳은 문명의 이기들은 관계를 중심으로 펼쳐지는 인생극장에 잔혹한 고문의 도구가 되어 새로이 등장한다. 곳곳에 설치된 CCTV 영상 속에 개인의 일거수일투족이 모두 포착되고 일탈의 흔적들이 컴퓨터와 통신 기구의 기록 속에 고스란히 저장된다. 그 흔적들은 여과도 없이 스스로를 드러내며 현대인의 내면적 고통을 배가시킨다. 휴대전화의 '카카오톡'과 같은 사회적 연결망은 그 자체가 바로 이아고의 속삭임이 되고 데스데모나의 손수건이 되었다. 감출 수 있는 여지가 거의

남아 있지 않은 날것 그대로의 욕망을 고스란히 드러내는 잔혹한 증거
품들이 거기 담겨 있다. 욕망은 생명력의 원천이며 창조력의 매개이기
도 하다. 동시에 그 욕망은 어마어마한 파괴력을 지닌 것이기도 하다.
억압할 수도 없고 해방할 수도 없고 갈등과 분열 속에서 초월과 승화
를 꿈꿀 수밖에 없는 것일까? 예술가는 계속하여 질문하고 모색해 왔
다. 인간의 욕망 그 자체를 탐색하기도 하고 욕망으로 몸부림치는 인
간에 대한 긍휼을 보여 주기도 했다. 창조자는 스스로 욕망이라는 문
제의 본질을 알고 있을까? 스스로도 풀지 못할 문제들 속에 인간을 창
조하여 던져 준 까닭은 도대체 무엇일까? 시인이 고통스럽고 버거운
짐을 걸머진 것은 바로 그 점, 창조주의 의도조차 알 길이 없다는 데에
있을 것이다. 기원도 알 길이 없고 지향점은 더욱 아득한 삶, 그 자체
의 본질을 규명해 내어야 한다는 데에 있을 것이다. 욕망이 초래한 삶
의 위태로움을 인은주 시인은 '비보호 좌회전'이라고 이른다. '바람의
습격' 앞에서 급히 삶의 방향을 틀고 있다. 어디로 가게 될지 알지 못
한 채….

인은주 시인이 다루는 욕망의 갈래는 여럿이다. 어찌할 수 없는 시적
화자 내부에 있는 욕망의 소용돌이를 추적한 시편들을 보자.

너에게 너무 쉽게 웃음을 또 흘렸다

아이의 울음처럼 애견의 재롱처럼

내 안의 어떤 여자가 허락 없이 나왔다

존재의 가벼움은 불가피한 태도일까

노견老犬처럼 비루해져 꼬리를 잘랐지만

내 안의 다른 여자는 한둘이 아니었다

_「미안한 연애」 전문

우리의 삶에서 통제 가능한 영역은 얼마나 될까? 생명의 보존을 향한 욕망은 타자를 향한 사랑의 욕망으로 이어진다. 인간됨을 구성하는 다양한 층위에 주목하면서 최근의 철학자들은 데카르트적 인간 이해를 비판해 왔다. "나는 사고한다. 고로 존재한다"는 그의 정언에 맞서 인간은 이성을 중심으로 설명할 수 있는 존재가 아니라고 주장한다. 들뢰즈와 가타리는 늑대의 무리나 고구마 구근처럼 서로 엉기고 뭉쳐 다니는 군집성으로 인간과 사회를 이해하고자 했다. 인은주 시인은 "내 안의 다른 여자"라는 이름으로 이성의 통제 범위 밖에 존재하는 또 다른 자아를 발견해 낸다. 그 이해 불가능한 내적 존재가 하나 둘이 아니라 여럿이라고 고백한다. 시적 화자의 웃음은 「모른다고 말했다」에 등장하는 '눈길'만큼 사소한 것이고 그처럼 의도나 의지와는 무관한 욕망의 발현체일 것이다. 생명체가 자신의 생명의 유지에 필요한 관심과 활력을 위해 욕망을 추동시킬 때 터져 나오는 것일 터이다. 「모른다고 말했다」에서 타자를 향한 '눈길'이 시적 화자를 일순 긴장시키고 행복한 소시민의 역할극을 중단하게 만드는 일대 사건이 되는 것처럼 위 시편의 '웃음'

또한 시적 화자의 타자를 흔들어 댈 만한 사건이 될지 모른다. 시인은 그래서 통제 밖의 그 웃음을 '미안한 웃음'이라고 이름 지었다.

통제 불가능한 생명의 욕망을 그린 또 다른 시편을 보자. 「바람의 습격」에 등장한 습격의 은유는 「찔레꽃」에서 가시의 은유로 되살아난다. 그리하여 시적 화자로 하여금 "확 찔렸다"고 고백하게 한다.

행여나 업어줄까

내리막에 늦춘 걸음

저만치 뒷모습이

수풀 속에 사라졌다

실개울

건너는 순간

확 찔렸다

너에게

_「찔레꽃」 전문

이 시편에서 시적 화자로 하여금 "확 찔렸다"고 고백하게 만드는 사건의 실체는 모호하다. 사라진 뒷모습의 주체를 알 길이 없기 때문이다. 기대가 있었다면 실망의 습격을 받았을 것이고 막연한 설렘의 대상이 "수풀 속에 사라졌"던 것이라면 그 상실과 그리움의 자각이 "확 찔렸다"는 발화를 가능하게 했을 것이다. 시인은 타자가 주체의 내면 세계에 예고 없이 틈입하는 그 사건 자체를 노래한다. 찔레꽃 가시에 찔려 피 흘리듯 단순히 반복되던 일상을 습격한 한 사건에 대한 기억을 쓴다. 찔레꽃 가시가 표상하는 강렬한 사건, 그리고 그 기억! 그 따끔한 아픔이 삶을 비로소 삶이게끔 만든다. 살아 있음의 생생한 느낌을 매개하는 것이 찔레꽃일진대 어쩌면 이 시편은 찔레꽃에 "확 찔렸다"고 고백하고 싶은, 일어나지 않은 사건에 대한 시인의 욕망을 그린 것인지도 모르겠다. 진부한 일상의 현실에서 벗어나 "확" 찔리기를 갈망하는 것일 수도 있겠다. 「늦은 밤」은 욕망의 잔해만 남은 듯한 일상에 대한 비판과 풍자의 시편으로 읽힌다.

자정도 훌쩍 넘겨 비틀비틀 들어와선
조각내기 싫은 잠을 이어가는 귓전에다

이쁜아
날 버리지 마
딩신 읎인
못 산다

술주정 조금 빌려 사랑가를 토해낸다
주무셔 걱정 말고 나이가 오십인데

참말로
갈 데도 없는
너무 늦은
밤이다

_「늦은 밤」 전문

"당신 없인 못 산다"와 "날 버리지 마"는 너무나 친숙한 표현이다. 진부하고 통속적인 유행가 가사처럼 들린다. "주무셔 걱정 말고 나이가 오십인데"는 너무나 사실적이고 직설적이어서 오히려 시적이다. 혹은 그 정반대일 수도 있겠다. 혹자는 일상이 너무나 진부하고 권태로워 짐짓 멋을 부리듯 "당신 없인 못 산다", "날 버리지 마"하고 낭만성을 모방해 볼지도 모르겠다. 그럴 때 우리는 "풍風"이라는 접미사를 붙여 그 정감을 명명한다. '낭만풍' 발화라고 그 상투적 고백을 명명해 보자. 그에 맞서는 "주무셔 걱정 말고 나이가 오십인데"는 오히려 '현실풍' 대답이 된다. 그리하여 내밀하게는 현실을 받아들이고 싶지 않은 시적 화자의 욕망의 발화로 변한다. 누가 낭만적 사랑을 갈망하고 누가 그 사랑에 냉소를 보내는지 엎치락뒤치락 해석이 뒤섞이는 공간이 펼쳐진다. 그리고 판관의 판결 같은 서늘한 결론이 종장으로 들어선다. "참말로 갈 데도 없는 너무 늦은 밤이다". 첫 수 초장의 "자정도 훌쩍 넘겨"와 절묘한 조화를 이루며 "갈 데도 없는/너무 늦은 밤"의 의미가 부각된다. 하루의 시간대에서 자정이 넘었으니 갈 데가 없다는 것이 그 표층적 해석이다. 그 이면에 "나이가 오십인데"에서 기원한 인생의 시간대가 자리 잡고 있다. "당신 없인 못 산다"거나 "날 버리지 마"라는 언사가 매우 부적절하고 그래서 기묘하게 서글퍼져 버린 나이대가 바로 50대가 아닐까. 시편의 결말, "너무 늦은 밤이다"가 다중적 의미를 보여 주고 복합적인 느낌의 울림을 가져다주는 것은 그런 까닭에서이다. 전형적인 일상의 언어들이 시적 언어로 변모하는 순간 문득 드러난 50대 어느 평범한 소시민의 삶, 그 장면이 우런 서글프다. 영롱한 시적 언어로는, 혹은 아름답고 낭랑한 울림의 음가로는 도저히 표현할 수 없는 중년의 삶, 그 미묘한 달빛의 색깔을 포착해 낸 시인의 감각이 예사롭지 않다. 벽에 비친 달빛을 기록하고자 담벼락에 숯으로 테두리를 그리고 칠을 해보라. 뒷날 아침 달빛 거두어지고 난 다음에 보면 무미건조한 자국만 남는 것을 볼 것이다. 불야성의 라스베이거스, 그 밤의 축제 뒤에 오는 다음날 아침을 보듯 서글퍼질 것이다. 인은주 시인이 포착한 인생 50대, 그 달빛의 색감이 은은해서 서글프다.

3. 슬픈 순환: 개와 고양이와 고아와 11월의 나무

인은주 시인의 날카로운 감수성은 개인의 내적 욕망이나 개인과 개인이 마주쳐서 맺는 배타적 관계에만 닿아 있는 것이 아니다. 이 세상에 존재하는 모든 생명 가진 것들에 대한 깊은 애정을 보여 주는 시편들 또한 무수히 찾아볼 수 있다. 아울러 시인은 그러한 주변적 존재들

에게 보살핌의 공간을 제공하지 못하는 사회를 비판적으로 바라보기도
한다. 세월호 침몰 사건이 한국 사회에서 하나의 정치 프로파간다로 변
질되어 가는 현실을 비판한 시편「침몰」을 보자.

갑오년 봄꽃들은 미친 듯이 피고 졌다
세월호가 가라앉자 나라도 뒤집혔다

슬픔은 계산대 위에
생선처럼 보도됐다

우는 자와 울지 않는 자 우는 척하는 자까지
그 자리에 멈추었다 침몰을 확인하며

갈 곳을 잃어 버렸다
오랫동안 우리는

한 술 미음조차 목이 메는 부모 앞에
삿대질과 치킨폭식 광란의 광화문 앞

이해는 조작되었다
저들의 이해 속에

_「침몰」 전문

이 시편에서 대조를 이루고 있는 것들은 두 축을 중심으로 배열되어 있다. 세월호 사건이 지니는 진정한 의미와 합당한 애도의 형식이 한 축을 이루고 그 사건이 변질되어 축제가 되고 정치 선전물이 되어 버린 타락의 장면이 다른 한 축을 이룬다. 둘 사이의 대조를 보여 주기 위해 시인이 선택한 어휘들에 주목할 필요가 있다. 마지막의 "이해는 조작되었다/저들의 이해 속에"에 등장하는 두 가지 서로 다른 양태의 이해가 그 중심에 놓인다. 시인은 진정한 이해와 애도를 추구하면서 거짓된 이해의 겉모양을 비판하고 있다. "세월호가 가라앉자 나라도 뒤집혔다" 구절도 유심히 살펴볼 만한 구절이다. "가라앉"은 것과 "뒤집"힌 것의 대비가 선명하다. 그 대비의 연장선상에 "미음에도 목이 메는"희생자 부모의 모습과 애도를 핑계 삼아 "치킨 폭식"을 하며 광화문을 메운 무리를 배치한다. 애도의 이름으로 행해지는 광란의 축제 앞에서 진정한 애도가 사라지고 있음을 시인은 고발하고 있는 것이다. 세월호가 군중의 집단 기억 속에서 더욱 침몰하고 있는 것은 아닌지 생각하게 만든다. 세월호의 침몰과 그 뒤를 잇는 적합한 기억의 침몰을 묘사함으로써 시인은 가장 강렬한 애도의 모습을 보여 준다.

시인의 애도 대상이 되는 것들은 세월호의 희생자들만이 아니다. 세상의 가장자리로 몰려 나간 모든 가련한 존재들과 그들의 삶에 측은한 눈길을 보내며 인은주 시인은 그들을 위한 언어의 꽃다발을 만들어 헌화하고 있다. 서정 시인이라면 안개꽃이나 백합의 순수를 찬양하고 싶을 것이다. 갈기 휘날리며 광야를 달리는 종마의 이미지를 빌려 자유를 노래하고 싶을 것이다. 해 질 녘 "얼룩백이 황소가 헤설피 금빛 게으른 울음 우는" 전원 풍경을 수채화처럼 그리고 싶을 것이다. 지용이 그러했듯 대상과 주체 사이, 어느 정도 거리를 유지하면서 유유히 대상의 속성을 묘사하거나 그 대상을 기특히 여기며 찬가를 불러 주고 싶을 것이다. 그럴 때 시인은 잠시나마 우리 모두가 속한 비루한 현실에서 벗어나 초월적이거나 숭고한 존재와 자신을 일치시키는 우쭐한 마음을 즐길 수 있을 것이다. 우리가 시인이고자 할 때, 쓸모없는 무언가를 손으로 만들어 내고자 할 때 모두 숙연해지고 짐짓 숭고해지기까지 하는 자세를 보이는 것은 그런 까닭에서일 것이다. 잠시라도 현실을 초월하는 느낌조차 갖지 못한다면 창작이라는 이토록 비현실적인 것을 누가 감당해 낼 수 있을까?

그러나 그 모든 시도에도 불구하고 우리의 삶은 참으로 보잘것없다. 저녁 산책길에 만난 개들이나 주인에게서 버려진 고양이와 별로 다를 것이 없다. '지금 여기'의 현실도 그러하고 전망도 그러하다. 스스로를 주인에게 끌려 산책을 나선 저녁녘의 개나 버려진 고양이와 동일시해 볼 수 있는 시인이라면 우리는 그를 진정한 낭만주의자라고 칭송해도 좋을 것이다. 자신이 속한 서글픈 현실을 과장도 없이 열등감도 없이 당당히 그려 낼 수 있는 시인! 그는 문학을 초월과 숭고의 제스처로 이해하거나 혹은 무엇인가의 도구로 여기는 시인이 아니라 문학의 힘을 믿고 그것을 내면의 권력으로 체화한 자이리라. 진실로 그러하리라. 「저녁에 만난 개들」을 보자.

내 손으로 돈을 번 지 십년도 더 넘었다
보호를 받는 동안 목소리는 작아져
모처럼 화를 냈는데 먹히지도 않았다

많은 사람들이 개와 걷는 산책길
일 미터의 자유만 허락된 개들이
꼬리를 흔들어대며 빠르게 쫓아갔다
의존에 대하여 개나 나나 동급인 듯
멀쩡한 동상을 향해 짖다 가는 개처럼
멀리도 가지 못한 채 다시 집을 향했다

_「저녁에 만난 개들」 전문

앞서가는 주인이 거머쥔 줄과 개의 목 사이에 놓인 거리, 그 길이는
또한 초월적인 존재로서의 창조주와 유한한 생명체인 인간 사이의 거
리에 해당하는 것일 수도 있다. 인간의 팔십 생애가 '일 미터' 개 줄에
비견될지도 모를 일이다. "일 미터의 자유만 허락된 개들"과 "멀쩡한
동상을 향해 짖다 가는 개" 구절이 이리도 절절하게 읽히는 것은 바로
그런 까닭에서일 터이다. 너무나도 사실적이어서 인정하고 싶지 않고
오히려 외면하고 싶은 현실을 시인은 그리고 있다. "멀쩡한 동상을 향
해 짖다 가는 개"와 "멀리도 가지 못한 채 다시 집을 향"하는 시적 화자
의 대비는 가슴 아프도록 사실적이다. 저항과 일탈을 꿈꾸지만 결국은
자신이 속한 곳으로 돌아올 수밖에 없는 것이 우리들의 현실이다. 그
현실 앞에서 무력한 한 개인의 모습이 '저녁에 만난 개들'과 어울려 선
명하게 부각된다. 아침 산책길의 개들이어서는 안 된다. 밝은 하루가
열려 있는 시간대라면 느끼기 어려운 현실의 구속을 드러내고 체념의
정을 표현하려면 "저녁에 만난 개들"을 그려 내어야만 한다. 저녁은 모

두가 집으로 돌아갈 수밖에 없는 시간이므로 무력감을 강조하기에 적절한 시간대가 아닌가. 저녁의 개들이 환기시키는 무력감은 전에 살던 곳을 찾아와 어슬렁거리는 버려진 고양이의 모습에서도 고스란히 드러난다. 「고양이의 마실」을 보자.

감나무 그늘 좋은 그 집으로 이사 간 날

홀연히 나타난 담장 위의 흰 고양이

새 주인 못마땅한 듯 지켜보다 가버린다

양로원 간 노부부 그리워 오는 걸까

며칠 후 또 나타나 머물기를 한참씩

때 놓친 나팔꽃들도 담장을 넘어 온다

이웃동네 맡겨진 후 옛집에 찾아오는

다 늙어 구부정한 고양이의 발끝에

오후의 느린 햇살이 기다랗게 달려있다

"다 늙어 구부정한" 것이 단지 고양이일 뿐일까? 이 시편을 채우고 있는 이미지들은 자신에게 남겨진 시간을 끌고 죽음을 향해 다가가고 있는 모든 생명체들의 안쓰러운 모습이다. 먼저 양로원 간 노부부가 그러하고 "때 놓친 나팔꽃"이 그러하다. 마침내는 "오후의 느린 햇살"조차 "고양이의 발끝에" "기다랗게 달려있"는 것으로 그려진다. 오래되어 정든 옛집을 다시 찾는 고양이의 마실은 적멸을 향해 갈수록 태어나 자란 곳이 더욱 간절히 그리워지는 우리 인간 삶의 비유이기도 하다. 옛집을 찾아오는 버려진 고양이의 사연은 「도둑고양이」에서도 다시 읽을 수 있다. 「도둑고양이」 또한 보호받지 못하는 위태로운 생명을 향한 시인의 애틋한 마음을 보여 주는 시편이다.

> 모두 다 퇴근한 공구상가 창고에
> 근처 고양이가 새끼를 낳았다
> 갓난애 울음 같은 게 멈춘 다음 날이었다
>
> 들락대는 밤마다 경보음은 울려대고
> 눈 색깔을 바꾼 어미는 노려보곤 하였는데
> 살림이 커가는 만큼 냄새도 자라났다
>
> 경비는 주인에게 독살을 부추겼다
> 쥐약 사러 보낸 저녁 어미가 없는 틈에

귀 쫑긋 세운 새끼가 철없이 막 나왔다

세상을 처음 본 듯 까만 눈이었다
불 켜진 창고 안을 제 집처럼 뛰놀다
어둠이 내린 거리로 멀리멀리 쫓겨났다

_「도둑고양이」 전문

"눈 색깔을 바꾼 어미"가 "노려보"며 지켜 주는 창고 안은 새끼 고양이에게는 낙원이었을 것이다. "세상을 처음 본 듯 까만 눈"을 한 어린 생명체는 세상의 풍파에 아직 시달려 본 적 없는 순결한 존재이다. 아직 세상의 횡포와 위협을 경험하지 않았고 그만큼 무지하기에 순결한 것이다. 어미의 죽음이 예고되어 있는 시간, 호기심에 가득 찬 눈으로 "귀 쫑긋 세운" 채 겁 없이 세상으로 나온다. 에덴동산에서 쫓겨나는 인류의 조상처럼 "어둠이 내린 거리로 멀리멀리 쫓"겨나는 고양이의 모습은 우리 삶의 무게를 고스란히 느끼게 한다. 「천지서커스」에 드러난 부모 없는 고아들의 삶 또한 도둑고양이 새끼처럼 혼자 헤쳐 가야 하는 막막한 삶이다. 그래서 「천지서커스」는 「도둑고양이」와 나란히 읽어야 할 시편이라 할 수 있다.

부모 없는 세상은 맨발의 외줄타기
태어나 걷자마자 주어진 길이었다
아슬한 낭떠러지 끝 천 번 만 번 오른다

식초물 들이켜 마디마디 녹여서

뱀처럼 문어처럼 여기 넘고 저기 붙어

그토록 재주 넘으며 이어가는 생의 곡예

허공에 몸을 기대 돌고 도는 공중살이

박수갈채 받으며 온 몸을 불사르듯

허기진 불나방처럼 품을 찾아 날은다

*북경 천지서커스 단원은 95% 이상이 고아 출신이라고 한다

_「천지서커스」 전문

서커스 단원들의 위태로운 삶을 가장 집약적으로 보여 주는 구절은 "맨발의 외줄타기"와 "아슬한 낭떠러지"이다. 더러는 뱀처럼 몸을 늘이고 또 문어처럼 흐느적흐느적 어딘가에 달라붙고 마침내 "허기진 불나방"처럼 "온 몸을 불사르듯"해야 하는 것이 서커스 단원들의 삶이다. 그들이 가진 것이라곤 오로지 몸뚱이뿐이기에 그 몸을 무한히 변신시킴으로써 그들의 삶은 이어지는 것이다. 발붙일 곳 없는 그들의 삶은 "공중살이"라는 말로 요약된다. 부모도 없고 고향도 없고 발붙일 땅도 없이 부유하는 존재가 서커스 단원들이다. 그 삶 또한 어둠 속에 내몰린 도둑고양이의 삶만큼 불안하고 위태롭다.

인은주 시인의 눈길이 닿은 그 모든 여리고 불우한 존재들의 삶은 가장 고달프고 외로운 것들이다. 그러나 다시 자코메티의 말을 상기하자면 "죽음 앞에서는 우리는 모두 실패자이다". 더 고달팠던 삶도 더 서러

웠던 삶도 모두 죽음 앞에서는 평등할 수밖에 없다. 그렇다면 유한자들의 삶이란 어쩌면 균질적이다. 우리가 나무라면 우리는 모두 결국에는 잎을 떨구고 겨울나무가 되어 갈 뿐인 것이다. 찬란했던 기억을 간직한 채 겨울비가 재촉하는 마지막 계절을 기다리고 서 있는 나무들을 그린 시편이 「11월」이다.

나무와 나무사이
말들이 사라졌다
꽃에 대해 잎에 대해
기억만 있을 뿐
어제의 우울한 끝이
겨울비를 몰고 왔다

투명한 얼굴이
얼굴을 바라보며
같아서 경악하고
비슷해서 안도했다
바람을 그리워하는
나무는 나무였다

_「11월」 전문

우리에게 주어진 삶은 그러한 것이다. 봄, 그 생성의 신록과 여름철의 열정의 녹음이 지나간다. 그리고 가을, 문득 새로운 환생이 가능할 것처럼 불타는 단풍의 시간이 온다. 그 가을을 보낸 뒤에는 마침내 무수한 추억만 안고 선 초겨울의 나무들이 된다. 잎도 꽃도 다 떨어 버린 채 나목이 되어 가는 서로를 바라보는 것은 이제 우리에게 너무나 친숙한 풍경이다. "같아서 경악하고 비슷해서 안도했다"는 시인의 지적이 날카롭다. 거울을 바라보고 선 듯 곁에 있는 사람에게서 자신의 얼굴을 발견할 때 우리는 가끔 안도하고 자주 경악할 것이다.

인은주 시인의 시어들은 현실의 삶에서 건져 올린 날것의 냄새들을 고스란히 지니고 있다. 여과와 승화의 장치들을 거치면서 걸러지고 증류된 것이라고 보기 어렵다. 일상의 언어가 그대로 등장한다. 그래서 낯설고 새롭다. 그 일상어의 생경함이 강렬한 생명력의 매개체가 되어 역동적인 시편들을 빚어낸다. 시인은 대담하게 "심장으로 주세요"라고 외치기도 한다. 분리되고 단절된 현대인의 삶에 대한 저항의 선언이다. "모른다고 말했다"고 거칠게 내뱉는다. 여리고 섬세한 마음의 물결과 삶의 미묘한 파동들을 그 무뚝뚝한 한마디가 웅변적으로 표출한다. 믿기지 않는 역설이다. 함께 잃어 가고 사위어 가는 우리 존재의 연약함, 그 죽음 앞의 평등과 동질성을 두고 "같아서 경악하고 비슷해서 안도했다"고 예리하게 짚어 낸다. 저물녘의 개들과 늙은 고양이와 새끼 도둑 고양이와 곡마단의 고아들과 그리고 먼 타국에서 남의 손에 죽어 가는 창녀들과 고향집을 그리는 이주민 노동자들과…. 인은주 시인들의 시편들에 차곡차곡 들어가 박힌 온갖 작고 힘없는 존재들의 서러운 사연을 따라가노라면 우리는 오히려 문득 다시 살아가자고 결심하게 된다.

섦지 않은 삶이 없고 고통 없는 삶이 없다는 것을 깨달으며 산다는 것
자체의 의미를 새겨보게 된다. 살아가는 것이 버겁다면 걸어가야겠다
고 생각하게 된다. 자코메티 또한 그렇게 말했다. "어디로 가야 하는지
그리고 그 끝이 어딘지 알 수는 없지만, 그러나 나는 걷는다."

삶과 꿈과 역사,
그리고 빈칸으로 남은 음보 하나

: 김연미 시인

1. 한라봉꽃의 시인

김연미 시인은 현대 시조단에 싱그러운 새 기운을 불어 넣는 시인이다. 그의 시어는 정확하고도 치밀하며 구사하는 이미지는 선명하고도 독창적이다. 김연미 시인의 독창성은 「한라봉꽃 솎아내며」에 이미 충분히 드러나 있다. 한라봉꽃을 솎아 내는 장면에서 잉여를 용납하지 않는 자본주의 사회의 모순을 간파해 낸 것이다. 그토록 예리한 눈길을 지닌 이가 김연미 시인이다. 「한라봉꽃 솎아내며」를 보자.

팔자걸음 작은 보폭 귤꽃들을 따낸다
가지 하나에 꽃 하나 일직선 명제 앞에
잉여의 하얀 영혼들 별똥별로 내리고

상위 일퍼센트 그 꽃들이 우선이야
과정도 사연도 없이 태생으로 결정되는
이 시대 상품의 가치 절벽처럼 단호해

_「한라봉꽃 솎아내며」 부분

김연미 시인은 자연에서 역사를 읽는다. 아름다움의 겉면을 들추고 그 안에 도사린 우리 사회의 아픔들을 찾아낸다. 예사로운 것들을 통하여 결코 예사로울 수 없는 삶을 드러낸다. 때가 되어 피어나는 꽃도 무심한 듯 내리는 비도 그의 눈길 앞에서는 각각의 숨은 사연들을 드러내게 된다. 「비 온다」는 강정마을에 내리는 비를 그리면서 사회 비판의 목소리를 드러내는 텍스트이다.

열두 번 돌고도는 어린 전경 어깨 위에
직각으로 서 있는 단절된 휀스 위에
오답지 빗금을 치듯 강정마을 비 온다

_「비 온다」 부분

「비 온다」에서는 빗줄기가 쏟아지는 모습을 형용하며 "오답지 빗금을 치듯"이라는 이미지를 들여왔다. 해군기지 건설에 저항하는 마을 사람들의 고통을 대변하듯 하필이면 강정마을에 내리는 비이기에 시인은 그 비를 정교하게 스케치한다. 비 내리는 풍경의 함의가 오롯이 드러난다. 시조단의 기대를 한 몸에 받고 있는 김연미 시인은 새 시집에서도 그런 자신의 역량을 충분히 드러내고 있다.

2. 시간의 경계와 삶의 고비

새 시집에서는 시간과의 관계 속에서 삶을 명상하는 시적 주체를 발견할 수 있다. 시간이란 무엇이며 우리 삶에서 시간이 지니는 의미는 무엇인가? 시간이 컨베이어 벨트 같은 것이라면 우리는 그 벨트에 실려 어디론가 옮겨지는 소모품일지도 모른다. 그럴 때 우리의 나이를 지칭하는 말들, 이를테면 이립而立, 불혹不惑, 혹은 지천명知天命 같은 표지들은 벨트가 지나가는 공간을 구획하는 단위들일 것이다. 혹 시간이 정지해 있는 풍경 같은 것이라면 우리는 한 걸음씩 걸어서 그 공간을 이동하면서 흔적을 남기고 갈 터이다. 김연미 시인은 그런 시간의 의미를 묻고 답한다. 그리고 매우 선명한 이미지를 찾아 그 시간을 그려 낸다. 그래서 독자들은 제시된 이미지를 통하여 시간에 대한 생각을 이어 갈 수 있게 된다.

(이 시집에 포함되지 않은 작품이지만) 김연미 시인은 마흔 살이라는 나이를 자동차 운전의 이미지를 통해 재현하기도 했다. 뒤를 돌아보게 되는 나이, 생각이 깊이를 얻어 가는 나이, 앞만 보고 달려오다 문득 자신의 위치를 생각하게 되는 나이, 그리하여 더러 불안, 초조, 혹은 상실감도 경험해 보는 나이로 40대를 그려 낸 것이다.

백미러를 본다 가끔,

뒤처진다 느껴질 때

생각의 병목현상 깊어지는 이 가을

아무도 따라오지 않는 뒤가 자꾸 궁금해

성판악 가까워졌나

오르막이 힘들다

알피엠 높아지는 마흔 살 중턱에서

백치의 낯빛으로 선 이정표도 지나고

_「가을의 쉼표」 부분

성판악 고개를 힘들게 오르는 자동차의 이미지를 통해 김연미 시인은 40대의 자화상을 그려 낸다. 백미러, 알피엠 등의 말이 핍진성을 그려 내기 위해 동원되고 있다. "백미러를 본다 가끔,/뒤처진다 느껴질 때…"라고 노래하여 경쾌한 리듬감을 드러낸다. 그리하여 시조 형식 특유의 언어 미학을 십분 구현해 낸다. 시인의 인생길이 성판악이라는 매개체를 통하여 유기성을 획득하고 있다는 것은 이 시집에 수록된 「산수국 피는 길」에서도 확인할 수 있다. 성판악을 넘어선 길에서 "촉촉한 눈빛을 보내는 산수국이 있었다"고 노래한다.

이제 김연미 시인은 성판악 오르막을 힘들여 오른 다음 문득 마주치게 된 지천명의 봄날을 그려 내고 있다. 오히려 고개를 넘어서면서 가벼워지기라도 한 듯 마음껏 상상력을 펼쳐 가는 것을 볼 수 있다. 중년의 삶에 대한 사유가 발랄하게 전개되는 「업사이클링」을 보자. 인생의 중압감이 소멸해 버린 듯, 자유로움과 당당함이 텍스트를 지배하고 있는 것을 볼 수 있다.

맞짱은 맞짱으로
지천명의 이 봄날

징검돌 두어 개 놓고 문득 길이 끊겼나요
바람이 흔드는 대로 손을 놓아도 좋아요

긴 머리 시니어모델 당당하던 워킹처럼

떨어질 땐 고딕 풍으로
타협 없이 가세요

두 번째
꽃을 피우는
낙화들의 업사이클링

_「업사이클링」 전문

꽃은 피었다가 시들어 떨어지고 계절은 왔다가 낙화 더불어 떠나가고, 그 결에 인생 또한 생장하고 쇠락한다. 시간의 흐름과 함께한다는 것, 그것은 참으로 당연한 자연의 이치일 뿐이다. 낙화는 자연이 지니는 중력의 힘으로 이루어지는 것일 터이다. 달이 상현에서 하현으로 모습을 바꾸고 바닷물의 조금과 사리가 그러하듯이. 그러나 그 중력을 멈추어 보려는 자세 또한 지나치지 않다면 자연스럽다. 기릴 만한 것이기도 하다. 생기 있는 모든 것은 아름답다. 목숨을 이어 가려고 애쓰는 몸짓 또한 주어진 생명을 감사히 받아들이고 지켜 가려는 고운 모습일 것이다. 그런 자세를 시인은 낙화의 업사이클링에서 찾아낸다.

낙화가 중력의 결과라면 업사이클링은 중력에의 저항이라 불러도 좋으리라. 한 생의 유효기간이 소진한 뒤에 새로운 생을 열어 가는 일은 예술의 길이며 구도의 길이기도 하다. 두 번째 꽃을 피우는⋯. 두 번째 꽃은 필 수 없을지도 모르지만, 아니 필 수 없게 마련이거나 필 수 없을 따름이겠지만 두 번째 꽃을 피워 보려는 소망만큼은 생명체의 권리이며 의무이기도 할 것이다. 불어오는 바람은 낙화를 위한 장치이지만 그 바람 속에 솟구쳐 오르면서 완성하는 낙화의 군무는 더욱 아름다울 것이다. 시인은 그 두 번째 삶, 즉 성공적인 업사이클링을 위하여 순명과 자존의 자세를 먼저 요구한다. "떨어질 땐 고딕 풍으로/타협 없이", "긴 머리 시니어모델 당당하던 워킹처럼" 구절이 거들어 자존의 자세가 보여 주는 당당한 삶의 모습도 드러낸다. "바람이 흔드는 대로 손을 놓아도 좋아요"라고 이르며 먼저 집착과 탐욕을 내려놓고 순응할 자세를 갖추는 것이 필요하다고 이른다. 불어오는 바람 앞에서 순순히 낙하하는 것, 떨어질 땐 단호하게 수직 하강하는 것, 그러나 바람의 결을 따라 마지막 힘을 다하여 낙화라는 이름의 두 번째 꽃을 피우는 것. 지천명에 이른 삶의 바람직한 자세를 그려 내는 김연미 시인의 방식이다.

한라산 성판악까지 오르는 길에서 불혹의 나이가 요구하는 삶의 철학을 명상하던 시인이 이제 그 언덕을 내려갈 준비를 한다. 지천명이라는 시간대의 습격 앞에서 느끼는 당혹감 또한 솔직하게 드러내고 있다. 돌발사고 영상처럼 맞닥뜨린 지천명…이라고 노래한다. 겪어 보아 익숙한 것과 경험하지 않아 낯설고 두려운 것 사이, 그 사이들을 무수히 지나가면서 인생은 전개된다. 낙하하다가 한 번쯤 솟구쳐 올라 완성되는 꽃잎의 춤 같은 그런 인생길은 어떠냐고 이른다. 단호하고도 성숙한 목소리를 명징한 이미지 뒤에 숨긴 채 그 길의 동반자가 되지 않겠느냐고 독자에게 속삭인다.

그러나 시인의 시간관은 단선적이지 않다. 막연한 긍정성에 기반을 둔 것도 결코 아니다. 오히려 시인은 현실 속에서 자주 절망하면서 참담한 좌절감 혹은 상실감을 드러내는 편이다. 그렇듯 솔직하게 현실을 재현한다. 전망의 부재는 현대성의 특징이며 김연미 시인 또한 동시대인의 공통된 감각에 민감하게 반응한다. 「닫혀 있다」는 시인이 경험하는 현재의 시간성을 너와 나의 경계라는 주제로 확장시킨 텍스트라고 볼 수 있다.

폭풍우 심한 밤을 겨우 지난 다음 날 아침
해가 뜨는 방향으로 사람들은 떠났다
어디쯤 놓쳤던 걸까
따라 나설 수 있던 지점

헐거워진 궁합은 삐걱이는 소리도 없어
아주 낡은 돌집에 저를 닮은 뒷문 하나

더 이상 할 말도 없이

검은 속살을 드러내고

닮아간다는 게 가끔은 두려울 때가 있어

갈수록 모호해지는 너와 나의 경계에서

문턱을 넘지도 못하고

닫힌 채로

서 있다

_「닫혀 있다」 전문

    텍스트의 주제는 너와 나, 즉 자아와 타자가 지닌 공간의 분리와 중첩, 혹은 연결의 문제라고 볼 수 있다. 존재는 관계를 필요로 한다. 존재의 의미 또한 자주 관계에 의해 규정된다. 관계는 존재가 없이는 불가능한 것이며 존재의 존재성을 강조하는 것이기도 하다. 그 존재와 관계의 사이에 경계의 문제가 놓여 있다. 김연미 시인이 제시한 낡은 돌집과 뒷문, 그리고 문턱은 존재와 관계라는 주제를 형상화하는 매우 정확하고 구체적인 이미지들이다.

    초장에서는 따라 나서지 못하고 홀로 남겨진 자가 경험하는 열패감과 당혹감이 등장한다. "어디쯤 놓쳤던 걸까/따라 나설 수 있던 지점…"의 표현은 그 망연자실의 느낌을 정확히 드러낸다. 마지막 연에서 "문턱을 넘지도 못하고/닫힌 채로/서 있다" 구절이 등장하면서 그 느낌은 더욱 강조된다. 2연과 3연에서는 낡은 돌집과 "저를 닮은 뒷문 하나"의 이미지를 통하여 앞으로 나아가지 못한 채 서로 엉겨 함께 쇠락해 가는 자아와 타자와의 관계를 그려 낸다. 오래되어 낡은 관계는 "헐거워진 궁합은 삐걱이는 소리도 없"는 것으로 나타난다. 이어지는 "더 이상 할 말도 없이"는 다시 한번 그 오래된 관계의 무료함과 권태를 강조한다. 마지막 연에서는 2연에 등장한 오래된 관계가 사실은 익숙해지고 닳아 간다는 것과 다름 아님을 드러낸다. 그리고 그것은 다시 "갈수록 모호해지는 너와 나의 경계"로 다시 한번 강조된다.

1연에 등장한 사람들, 즉 해가 뜨는 방향으로 떠난 사람들은 시적 화자의 현재와는 확연히 대조되는 세계에 속한 이들이다. 낡은 돌집의 뒷문으로 형상화된 것이 시적 화자의 현실이라면 해 뜨는 방향으로 떠난 사람들은 그의 꿈이나 기억의 세계를 대표하게 될 것이다. 더욱 낡아져 갈 일만 남은 오늘, 여기의 풍경이 검은 속살로 드러나서 선명하다. 그 풍경 속에는 당혹감과 고독감으로 어쩔 줄 몰라 하는 시적 화자의 모습이 남아 있다.

3. 기억, 흔적, 유물

기억! 우리말의 기억이라는 말은 영어로는 'memory'이지만 불어로는 'souvenir'이다. 불어에서는 기념품과 기억이라는 두 의미가 한 어휘에 담겨 있다. 마치 여행길에 사 오는 기념품처럼 삶의 여로에서 경험한 것들은 기억의 조각들이 되어 누군가의 가슴에 남는다. 다른 누구와도 공유할 수는 없는 것이며 그 누구에게도 정확하게 설명해 줄 수 없는 것이 그런 기억들이다. 김연미 시인은 저항할 수 없는 시간의 흐름에 순응하고 그 시간 속에 놓인 존재의 의미를 깊이 새기는 자세를 다양한 텍스트를 통하여 보여 준다. 그러면서도 시간의 경계 너머에 존재하는 간절한 그리움에 또한 주목한다. 김연미 시인의 텍스트에 자주 등장하는 문턱이라는 시어는 경계의 속성에 대해 의문을 제기하는 역할을 맡는다. 시간의 한계 앞에서 좌절하고 그 시간의 흐름에 떠밀려 가듯 동참할 수밖에 없는 것이 우리의 삶이라지만 사무치는 그리움은 그 시간의 위력에 저항하듯 우리 삶에 틈입한다는 것을 보여 준다. 뫼비우스의 띠는 공간의 안과 밖을 구분할 수 없게 만든다. 공간에서와 마찬가지로 시간에 있어서도 과거가 현재로 회기하고 현재가 과거와 손잡을 수 있을까? 그렇다면 기억이란 과거와 현재를 잇는 뫼비우스의 띠에 다름 아닐 것이다. 「뫼비우스의 띠」는 그런 시간의 중첩성에서 기억의 본질을 찾는 텍스트이다. 세월호 희생자들의 넋에 바치는 한 편의 간절한 진혼곡이 예사롭게 들리지 않는다. 위로에 한정되지 않고 기억의 힘을 적시하는 텍스트로 읽히기 때문이다.

낮과 밤의 문턱은 어디쯤이었을까
악몽처럼 뒤집힌 해맑은 영혼들이
잔잔한 포말이 되어
사그라든 그 지점

천일 동안 비 내리고
천일 동안 물에 잠겨
목젖 더 깊숙하게 가라앉던 네 이름

종잇장 하나를 두고도 들리지가 않았지

어느
뱃길을 따라
다시 여기 왔을까
멈춰선 자리에서 시간의 결 헤쳐보면
한 바퀴 세상을 돌아온
영혼들이 있었다

_「뫼비우스의 띠」 전문

낮과 밤의 문턱, 종잇장 하나…. 분리를 보여 주는 시어를 전면 배치한 다음 시인은 간절한 그리움을 노래하는 방식으로 "천일동안 비 내리고 천일 동안 물에 잠겨"라는 구절을 제시한다. 해맑은 영혼들이 포말이 되어 버린 후 남겨진 자들이 흘린 눈물과 그 눈물에 밴 한이 천일이라는 말에 스며 있다. 그러나 시인이 상상하는 공간은 뫼비우스 띠의 공간이다. 매듭도 없이 부드럽게 지면紙面을 휘어 놓으면 안이 곧 밖이 되고 밖은 자연스럽게 돌아 안으로 수렴되는 그런 공간이 탄생한다. "한 바퀴 세상을 돌아온 영혼들"을 위하여 그렇듯 시인은 뫼비우스의 띠로 새로운 공간을 만든다. 뫼비우스의 띠가 생성하는 공간에서 낮과 밤의 문턱이 소멸한다. 수병선 너머로 사라지지 말았어야 할 배 한 척이 다시 뱃길을 거슬러 돌아올 터이다. 한 바퀴 세상을 돌아온 영혼들 또한 그 뱃길 따라와 다시 그 자리에 설 것이다. 그리움이 간절하면 시간의 한계조차 물러서리니 망망대해를 앞에 두고 수평선 너머로 시인은 뫼비우스의 띠를 그려 본다. 간절한 것은 기억으로 남고 기억의 힘은 현실의 공간을 휘어지게 만든다고 시인은 주장하고 있다. 그렇듯 기억은 김연미 시인의 시세계를 지배하는 강렬한 모티프이다.

특히 유년기의 추억은 시인의 상상력의 원천으로 작동하고 있다. 「여기가 거기였을까」는 기억 속에 자리 잡은 지나간 시간들이 시적 화자의 현재에 개입하고 있는 장면을 보여 준다.

고 작은 알몸들은 다 어디로 갔을까
다섯 살 계집애처럼 종알종알 맺혀있다 환하게 손을 놓으며 물속으로
뛰어들던

거슬러서 거슨새미 오른쪽으로 노단새미 주어진 이름대로 흐를 만큼
흘렀는지
물 긷던 새벽별마저 물동이를 버리고

저 모퉁이 돌아서면 새가 날아오를까
아버지 근육 같은 나무뿌리 한쪽을 베고 작은 새 작은 날개를 파닥이고
있었지

여기가 거기였을까
줄거리 띄엄띄엄 풀숲에 길을 지우고 이끼 앉은 시간도 지우고, 저 홀로 눈물에 젖어 무너지는 그때 거기.

다섯 살 계집애, 고 작은 알몸들, 종알종알, 작은 새, 작은 날개…. 시적 화자의 유년 기억은 다양하게 조각난 모습으로 되살아난다. 그 기억의 공간은 작고 연약한 것들로 채워져 있다. 그리고 시적 화자로 하여금 훼손되지 않은 순수성을 유지할 수 있게 지키고 버텨 주는 존재로 아버지가 등장한다. 다섯 살 계집애로 하여금 작은 새의 이미지를 갖게 하였으므로 그 새가 깃들 수 있는 듬직한 나무 한 그루는 가장 자연스러운 아버지의 이미지가 될 터이다. "아버지 근육 같은 나무뿌리 한 쪽을 베고"…. 시인은 근육과 나무뿌리를 병치함으로써 가장 바람직한 아버지의 이미지를 완성한다. 그토록 믿음직한 아버지라는 나무뿌리가 있어 그 뿌리를 베고 작은 새는 날개를 파닥일 수 있었을 것이다. 오늘 문득 다시 그 자리에 돌아와 시인은 '여기가 거기였을까?' 하고 고개를 갸우뚱거리며 혼자 추억을 더듬어 숲을 헤매고 있다. 모퉁이를 돌 때마다 새가 되어 날아오를 유년 시절의 자신의 모습을 찾으며. 그 사이 오랜 세월이 흘렀을 것이다. 주어진 삶의 길을 한 걸음 한 걸음 가볍게 걸어 오늘 다시 어릴 적의 그 숲에 이르렀다. 기억과 함께하는 그 삶은 유연한 시어들의 음악성을 발현시키는 방식으로 그려진다. 물 흐르듯 자연스럽다. 따라 읽노라면 노랫가락처럼 들리지 않겠는가? "거슬러서 거슨새미 오른쪽으로 노단새미 주어진 이름대로 흐를 만큼 흘렀는지"…. 기억은 혼자만의 것이기에 더욱 보배로울지도 모른다. 오로지 그 기억을 간직한 자에게만 소중한 것이 기억의 장소이다. 재현하거나 공유하려 해 보아도 기억의 고갱이는 언제나 휘발성이다. 거죽만 남은 짐승처럼 남는 것이 재현된 기억일 것이다. 그런 배타적 경험을 노래하며 시인은 "저 홀로 눈물에 젖어 무너지는 ㄱ 때 거기"라고 갈무리한다.

어쩌면 주어진 이름대로 흐를 만큼 흐를 수 있는 것은 늘 동화 같은 세상을 꿈꾸고 실현해 보는 삶의 방식으로 인해 가능할지도 모르겠다. 「숨은 그림 스케치」는 추억과 동화가 한 데 얼려 만들어 내는 한 폭 그림 같다.

빨간색 우체통 안에 그리움을 데생해
설렘을 터치하는 손바닥 문패도 달고
명도는 봄 햇살만큼,
휘파람도 그려봐

자연산 색채마다 자연산 추억이 돋아
백 살 된 팽나무와 돌도 안 된 백일홍
마당의
평산에 앉아
별을 찾고 있었던

오밀조밀 오조리*
비 그친 수채화 속
장화신은 고양이가 삐뚤빼뚤 길을 묻다
담쟁이 이파리 사이 숨은 그림이 되었다

*서귀포시 성산일출봉 아래 있는 마을

_「숨은 그림 스케치」 전문

「숨은 그림 스케치」는 동화책의 그림처럼 아기자기하면서도 밝고 환한 색상의 텍스트이다. 기억 속에 자리 잡은 동화 속 장면들이 한데 얼려 나타난다. 동화 속에서나 있을 법한 상상적 존재들이 함께 숨은 그림을 완성하고 있다. 담쟁이 이파리 사이를 들치면 동화 속의 인물들이 몰려나올 것 같다. 행간에 기입된 추억과 동화의 모티프를 찾아내는 것은 오로지 독자의 몫일 터이다.

그렇듯 소중한 기억을 보듬은 채 정갈하게 삶을 갈무리하고자 하는 자세를 시인은 또한 보여 준다. 「한대오름 가는길」을 보자. "내 나이 가을쯤엔 빈숲처럼 고요해질까" 하고 물으며 나이 들면 생각이 깊어져서 고요해질 것을 꿈꾼다. 목소리를 낮추며 그런 고요에 다가가는 삶을 제시한다. 오름에서 마주친 봉분의 이미지가 낮고 낮아져 고요해진 그런 삶을 제시하고 있다.

목소리 낮추고 보니 말년이 더 편안하다는
나직한 봉분 하나가 먼저 앉아
있었다.

_「한대오름 가는 길」 부분

나이 든다는 것은 기억을 늘려 가는 일일 것이다. 시간이란 소중한 기억을 위해 예비된 것이고 고운 기억들이 넉넉한 시간이면 그쯤에서 삶을 마감함 직도 하다고 시인은 이른다. 시간에 대한 의식은 김연미 시인의 여러 텍스트에서 변주되어 나타나고 있거니와 「골목의 봄」에서 가장 선명하게 드러난다.

> 오래된 것들은
> 골목이 되어 갔다
> 직선의 도로 날에 잘려나간 마을 안쪽
> 윤색된 기억의 빛깔은
> 늘 찬란한 봄이었다
>
> 생애의 비밀문자 주름살로 위장하고
> 자벌레 걸음으로 시간의 경계를 넘는
> 할머니 뒷모습에도 나른함이 따르고
>
> 여기서 거기까지
> 몇 생을 돌아야 할까
> 작아지던 골목이 한 점 점이 될 때
> 터질까 사라져버릴까
> 꽃망울 만개한 봄
>
> _「골목의 봄」 전문

시인은 큰 길을 벗어난 골목길을 마주한 채 그 골목길의 형상에서 삶이 소실하게 될 지점을 찾고 있다. 계절로는 꽃 피는 봄이 그렇게 사라져 갈 시간에 부합하는 계절일 것이다. 돌고 돌아가다 보면 골목은 마침내 한 점, 점이 될 것이라고 시인은 노래한다. 꽃망울 터지는 시간에 만개한 꽃 속에서 소멸하기를 시인은 기원한다. 그럴 때 그 사라짐은 기미도 없이 자연스러울 것이기 때문이다. 1연에서는 골목의 이미지를 도입하고 2연에서는 그 골목길에서 발견한 할머니 뒷모습을 그려 낸다. 1연에 등장한 "윤색된 기억의 빛깔"이 선행하는 까닭에 "생애의 비밀문자 주름살"의 등장도 자연스럽다. 그리하여 마침내 3연에서 "여기서 거기까지 몇 생을 돌아야 할까", "터질까 사라져버릴까" 구절이 강한 호소력을 지니게 된다. 골목길을 돌아 나가는 것, 꽃이 활짝 핀 봄날, 골목길 속에서 멀어져 가는 일! 삶의 마지막 시간대는 그런 골목길처럼 친숙하고도 다정할 수도 있겠다. "터질까 사라져버릴까" 하고 노래함으로써 시인은 그 소멸의 순간조차 당당히 받아들일 준비를 하는 듯하다.

4. 꽃잎 같은 시어로 그려 낸 피의 역사

제주 4.3 사건은 제주 시인에게는 언어로 재현해 내어야 할 부채이며 의무이며 사명이라 할 수 있다. 제2차 세계대전이 종식된 이후 아시아 아프리카의 신생 독립국에서는 뜨거운 피의 역사가 전개되었다. 냉전 시대라는 이름을 비웃기라도 하듯 이념을 구호로 내세운 내전과 학살의 시대가 지구상의 여러 곳에서 시작되었다. 제주 4.3 사건 또한 제주인의 집단 기억 속에 남아 있다가 문득문득 다시 출몰하는 현재성의 사건이다. 한라산 골짝마다 삼백여 개의 오름마다 서려 있는 원혼을 달래는 진혼굿을 계속하듯 제주의 시인 작가들은 오늘도 글을 쓴다. 현기영 작가 이후 개인과 집단의 기억을 쓰고 고쳐 쓰는 작업이 부단히 지속되고 있다. 김연미 시인은 단호하고도 고유한 언어와 이미지를 골라 4.3 사건을 우리 시의 전통 속에 재기입한다. 그러나 김연미 시인은 피라거나 학살이라거나 하는 거친 언어들을 반복하지 않는다. 그날 이후 칠십 성상이 뜨고 진 자리에서 세월의 풍화 작용을 견디고 남은 가장 단단한 이미지만을 도려낸다. 그리고 거기 곱게 비단 자락 같은 언어의 옷을 입힌다. 사무친 원한의 옹이는 안으로만 자라난 듯, 거친 항변의 언어를 버리고도 오히려 더욱 강렬한 저항이 가능하다는 것을 보여 준다. 자유를 "피의 냄새"라고 이름 지은 김수영 시인이나, "민주주의여!" 하고 주제를 가림막도 없이 불쑥 던져 놓은 김지하 시인이나 "연련히 꿈도 설워라" 하고 애달파 하던 이영도 시인의 전통과도 결별한다. 김연미 시인은 한 장의 스냅사진 같은 이미지의 단형시조를 제시하며 4.3 사건을 형상화한다. 「북촌 팽나무」를 보자.

피사체 노을 속에
흑백의 미학인가요

차렷 자세 세워 놓고
나를 찍지 마세요

겨누어 나를 향하던

총구들만 같아요

_「북촌 팽나무」 전문

텍스트는 노을빛을 배경으로 하여 선명한 검은 실루엣을 드러내고 있는 팽나무의 이미지로부터 시작된다. 노을의 붉은빛은 곧 4.3의 핏빛 역사를 응축적으로 드러내는 색깔이다. 그 역사를 등 뒤에 거느리고 선 피사체 팽나무는 단순한 검은빛으로만 사진에 등장할 것이다. 후경의 붉은빛이 강렬하면 할수록 피사체의 선은 더욱 확연해지리라. 그러나 팽나무는 역사를 목격하고 증언하는 객체가 아니라 그 역사의 일부가 되어 중장에 다시 등장한다. 의인화된 팽나무의 절규로 중장이 이루어지기 때문이다. 곧게 수직으로 선 팽나무는 차렷 자세로 세워진 역사속의 인물이 되고 사진을 찍는 행위는 곧 총격의 등가물로 변모한다. "나를 찍지 마세요"라는 금지의 명령어! 그것은 저항의 절규에 다름 아니다. 사진을 찍는다는 행위와 사진 찍히는 대상, 사진기를 피사체 앞에 들이대는 자세와 총부리를 피해자에게 들이대는 모양새 사이의 거리는 매우 좁다. 피사체와 피해자는 동류항에 든다. 그 동종성을 찾아내는 시인의 직관이 날카롭다. 초장과 중장에서는 시침 떼듯 노을과 팽나무와 사진만을 노래한다. 종장에 이르러서야 그 노을과 팽나무와 사진 찍기의 모티프가 무엇을 말하기 위해 전면 배치되었는지 비로소 드러낸다. "거누어 나를 향하던"…. 4.3을 말하기 위하여 김연미 시인이 필요로 한 것은 오로지 그 종장의 여덟 자일뿐이다. "겨누어 나를 향하던 총구들" 구절은 그리하여 현기영의 『순이삼촌』에 등장하는 한의 역사를 요약해 낸다. 그 구절을 통해 김석범의 『화산도』에 그려진 해방 이후 제주의 삶이 다시 드러난다. 1949년이 되살아난다.

프로이트는 공포의 근원에는 어렴풋한 기시감이 자리 잡고 있다고 말했다. 노을을 배경으로 한 팽나무 사진 한 장으로 김연미 시인은 70년 전 그 자리에서 이루어졌을 학살의 장면을 되살린다. 무심한 저녁 풍경 속의 나무 한 그루가 섬찟한 기시감을 동반한 공포를 추동한다. 펜이 칼보다 강한 힘을 지닌다면 그것은 정녕 단순한 듯 예사롭지 않은 이런 텍스트 때문일 것이다. 이처럼 강렬한 전언을 이처럼 선연한 언어의 빛깔로 시인이 그려 내기 때문일 것이다.

4.3 사건을 형상화하기 위해 김연미 시인이 취하는 렌즈는 여러 겹이다. 「북촌 팽나무」의 팽나무가 있는 풍경에서 응축된 역사를 발견할 수 있다면 「묘의 급」은 4.3이라는 역사책의 한 페이지를 보여 주는 텍스트이다.

바람도 무장한 채 문틈을 엿보던 밤
덜컥덜컥 동백꽃
영문 없이 떨어진다
만발한 낙화 위에서 울음들이 꺾이고

서론 본론 구분 없이 한 세상이 쓰러지고
떠돌이 작은 별들
일흔 번째 떠도는 동안
이념의 붉은 입자들 한 점으로 뭉쳤을까

묘에도 급이 있었다

돌계단 층이 지듯

버려진 시간만큼씩 등허리 더 굽히고 사는

충혼묘* 현의합장묘

속령이골

골이

깊다.

*1949년 1월 12일 서귀포시 남원읍 의귀리에서 국방 경비대와 무장대의 싸움으로 희생된 국방 경비
  대, 민간인, 무장대의 무덤

_「묘의 급」 전문

시인이 각주에서 밝히듯 제주 남원에는 국방 경비대, 민간인, 무장대
의 무덤이 함께 나란히 놓여 있다. 그 장면을 포착하면서 시인은 그 역
사적 사건의 모순과 복합성과 비극성을 함께 풀어낸다. 서로 다른 지향
점을 지닌 채 동일한 역사의 시간대를 함께 통과한 인물들의 사연을 시
인은 명상한다. 그리고 묘의 급이라는 상징성을 통하여 그 모순의 역사
를 부각시킨다. 충혼묘, 현의합장묘, 속령이골은 서로 다른 세 인물군
에게 주어진 묘의 이름들이다. 역사의 소용돌이 속에서 누군가는 국가
의 명령을 따라 폭도로 상정된 타자들을 희생시켰나. 그리고 또 다른
누군가는 자유와 민족의 이름으로 투쟁하다 죽음의 길을 갔다. 그리고
서로가 서로를 향한 살육을 벌이는 사이 무고한 민간인들도 함께 스러

져 갔다. 그 격동의 역사의 흔적인 듯 이름도 모양새도 다른 묘들이 나란히 한곳에 놓여 있다. 시인은 화해에 이르지 못하였거나 결코 이를 수 없을지도 모를 그 역사의 모순을 시적 언어로 그려 낸다. "충혼묘 현의합장묘/속령이골/골이/깊다"고 노래한다. "속령이골"의 '골'이 "골이 깊다"에서 다시금 등장하게 만든다. 그리하여 말의 유희성을 놓치지 않으면서도 합당한 역사의 서술을 이루어 낸다.

서로 다른 목적을 지닌 채 한데 엉겨 스러져 가야 했던 사람들을 기억하며 그 역사의 아픔을 노래하는 방식도 절묘하다. 우선 1연에서 시인은 "덜컥덜컥 동백꽃 영문 없이 떨어진다"고 노래한다. 동백의 낙화를 형상화한 구절이다. 그러나 단순한 묘사가 아님은 자명하다. 동백은 바람에 영문 없이 떨어질 터이지만 동백의 낙화는 영문도 알지 못한 채 죽음을 맞은 역사 속 인물들을 소환하는 문학적 장치이기도 하다. 공포의 시간대를 준비하기 위하여 시인은 바람의 존재를 시편의 초입에 배치한다. 4.3 사건을 상징할 수 있도록 바람도 무장한 채 문틈을 엿보던 밤이라고 이른다.

명쾌하게 분절되지 않는 이념, 그리고 그 위에 드리운 혼돈의 시간대를 그려 내기 위하여 시인은 또한 노래한다. "서론 본론 구분 없이 한 세상이 쓰러지고", 뉘라 할 것도 없이 앞서거니 뒤서거니 한가지로 무너져 내렸을 사람들… "일흔 번째 떠도는 동안"에서 보이듯 70년의 세월 뒤에 시인은 살육의 역사, 그 흔적을 마주하고 섰다. 어쩌면 기구한 역사를 반복하지 않으리라는 다짐이, 혹은 불운한 시대에 대한 회억이 스며 있는 텍스트이다. 기억 속에서 멀어져 가는 인물들과 사연들이 시인이 바치는 한 줌 언어의 꽃다발 위에 다시 떠돈다. 그렇듯 김연미 시인은 제주 4.3 사건이라는 묵직한 역사책을 어루만지며 갈피갈피 스며 있는 사연들을 자신만의 시선으로 읽어 나간다. 잊히지 말아야 할 인물들을 고유의 방식으로 호명한다. 자신만의 소중한 언어로 역사를 다시 쓴다. 「이덕구를 만나다」를 보자.

그 사람과 나 사이 숨은 길을 찾았다
새로 돋은 나뭇잎에 햇살 듬뿍 내려도
아직은 미덥지 못한 듯
입술 꼭 깨무는 봄에

앞서 누운 조릿대 다시 밟고 오른다
칡감발 슬픔 위에 내 발자국 겹치면
초록색 바람이 분다.
스물아홉 청년 같은

보급품 구하러 나간 동지들은 돌아왔을까
꺾여도 빛이 나던 그 남자 의지처럼
백골의 사금파리가 돌담 위에서 더 희고

감자 몇 개 삶아내던 무쇠 솥도 깨지는 시간
일흔 번째 꽃이 피고 일흔 번째 꽃 지는 동안
그 자리
나를 기다린

한 남자를 만났다.

_「이덕구를 만나다」 전문

　아직은 미덥지 못한 듯 입술 꼭 깨무는 나뭇잎같이 역사 속 인물들의 자리는 불안하다. 아직도 제대로 기억되지 못한 채 떠도는 역사의 조각들로 남아 있다. 그를 호명하며 기억하는 것! 김연미 시인은 제주 시인에게 운명처럼 주어진 그 과제를 하나하나 공들여 수행해 나간다. "그 자리 나를 기다린 한 남자를 만났다"라는 텍스트의 매듭을 보라! 그렇듯 시인은 역사 속으로 걸어 들어가면서 가장 구체적이고 가장 개인적인 방식으로 공적 역사의 틈을 헤집고 든다. 자신의 목소리를 거기 재기입한다.

　제주의 봄, 제주의 4월은 아픈 역사의 땅을 뚫고 피어나는 봄꽃과 더불어 전개된다. 신동엽이 한반도를 노래하며 진달래 산천을 소리쳤다면 그 목소리에 응답하듯 김연미 시인은 「노루귀 산천」을 빚어낸다.

　기다림에 지친 숲이 봄으로 갔어요
　신동엽의 진달래 산천 아직은 먼 삼월 어귀
　노루귀
　분홍 노루귀
　해방구가 여기네요

　마지막 산사람이 귀 한 쪽 열어두고

냉전의 뿌리를 베고 잠이 들던 그 자리

지워진

파편자국에

귀만 남아 피네요

빈숲에 겨누었던 총부리 거두는 봄

햇살 환한 사람들이 한 줄로 찾아와서

노루귀

하얀 노루귀

무릎 꿇고 있네요.

*신동엽의 「진달래 산천」 차용

_「노루귀 산천」 전문

봄은 진달래가 한반도를 뒤덮는 시간, 선혈 같은 붉은빛으로 민주화
의 역사를 상기시키는 시간이다. 그런 봄날, 제주에선 노루귀가 지천에
피어난다. 노루의 귀 솜털같이 보송보송한 꽃잎을 연다. 노루귀 피는
것도 예사로운 일은 아니다. "마지막 산사람이 귀 한 쪽 열어두고"에서
보듯 쫓겨서 산에 들었던 제주 사람의 넋이 피워 내는 꽃이기에 세상
을 향해 열어 둔 "귀 한 쪽"을 닮아 있다. "지워진 파편자국에 귀만 남
아 피네요"에서 보듯 끝내 그는 스러져 갔고 전설처럼 그의 귀를 닮은
꽃이 피어 봄을 알린다. 긴 세월의 흐름 뒤에 아픔도 결이 삭고 이제 봄
은 "총부리 거두는 봄"이 되어 돌아온다. "햇살 환한 사람들이 한 줄로

찾아"오는 그런 봄날이다. 하얀 노루귀 앞에서 모두가 숙연해지는 봄이다. 망각의 겨울이 지나고 기억의 봄이 돌아오는 시간, 제주의 4월은 더욱 밝게 푸르러진 바다와 부드러워진 햇살과 노루귀 산천으로 온다. 반도에서는 4.19의 진달래 산천, 제주에서는 4.3의 노루귀 산천으로 그렇게 해마다 봄이 온다. 역사는 자연 속에서 기억되고 자연은 역사를 품어 더욱 소중해진다. 김연미 시인이 고운 언어로 피의 역사를 노래하는 방식 또한 그러하다. 자연과 역사가 서로를 부축하고 있어 낯설지 않고 무디지 않다. 정교하고 그래서 더욱 애틋하다.

5. 한 편 시를 얻기까지

김연미 시인은 삶의 모든 순간들을 명상하고 반추하며 섬세하게 재현해 낸다. 그의 텍스트에서는 개인적 기억들이 동화 속의 모티프들로 펼쳐지기도 하고 흘러가는 세월들이 고양된 삶을 부축하고 부추기는 동력으로 변모되어 나타나기도 한다. 자신만의 낮고 여린 목소리를 재현의 지팡이로 삼은 채 민족사의 고고학자가 되어 거친 역사의 시간대 속으로 대담하게 걸어 들어가기도 한다. 그 사유와 인식과 자각과 기억의 조각들이 모두 시어로 변모하여 텍스트를 형성한다. 그렇다면 그의 삶은 곧 시를 찾아가는 과정이요 그의 시는 바로 그의 삶, 그 자체일 것이다. 한 편 시를 빚는 과정을 다시 시적 언어로 형상화한 텍스트들은 그러므로 김연미 시인의 자화상으로 보아도 좋을 것이다.

김연미 시인이 선택한 시적 형식이 시조인 까닭에 시조의 형식적 특징에 대한 직관적 이해가 텍스트마다 빛을 발한다. 우리말의 음악성이 넉넉히 발휘되는 텍스트들을 자주 접하게 된다. 시조의 묘미를 살려 내어 완성하고자 하는 자세가 텍스트의 곳곳에 배어 있다. 「밤에 쓰는 시」를 보자.

반전의 종장까지 몇 밤을 지새야 할까
잡어들만 가득한 비릿한 갑판 위엔
마지막 음보 하나가 끝내 빈 칸으로 남고

빠져나간 생각들은 대어로 돌아올 거야
그물코 성긴 틈새를 희망이라 믿으며
더 깊은 어둠 끌어와 불빛들을 밝힌다

_「밤에 쓰는 시」 부분

종장은 시조의 미학을 완성하는 요체이다. 초장과 중장에서 사유와 이미지의 전개가 이어지다가 종장에서는 의도한 바를 깔끔하고도 강하게 전달하고 종결에 이르러야 한다. 종장에서 전개되던 시상의 반전이 일어날 때 시적 효과는 극대화된다. 가장 간절한 말 한마디를 찾아내는 일, 그리고 그것을 종장에 배치하는 일은 오랜 훈련과 타고난 재능이 결합할 때에나 가능한 일이다. "몇 밤을 지새야 할까" 구절은 그 지난한 작업의 과정을 드러내고 있다. 텍스트를 관통하는 것은 물고기 잡는 어부의 이미지이며 잡어와 대어는 시인이 건져 낸 언어들의 등가물이다. 그럴 때 시인의 원고지 혹은 작업실은 비릿한 갑판이 되고 시인의 상상력은 어둠을 밝히는 불빛으로 변한다. 밤낚시의 이미지 속에 텍스트를 구현하고 있으므로 밤에 이루어지는 시 쓰기 작업과 밤낚시의 노역이 또한 평행을 이룬다. 맞서며 텍스트로 하여금 탄탄하게 긴장감을 유지하게 한다. 그물코 성긴 틈새, 빠져나간 생각, 잡어만 가득한 비릿한 갑판…. 현실에서 경험하는 좌절, 낭패, 그리고 당혹감을 텍스트에 충분히 부리면서도 시인은 대어의 꿈과 희망과 불빛을 함께 신기를 잊지 않는다. 만선의 꿈으로 풍어제를 올리는 바닷가 어느 마을에 든 듯하다.

번번이 좌절하지만 결코 물러나지 않는, 신화 속의 시시포스 같은 존재가 시인의 모습일 것이다. 자신만의 시어를 찾아 현실과 상상의 세계를 누비고 다니는 것이 시인의 길일 것이다. 명료하지 않지만 황홀한 아우라로 사로잡고 마는 말, 그 유혹에 단단히 사로잡힌 존재가 시인일 것이다. 그런 시인의 자화상은 「시」에서도 새로운 색채로 다시 등장한다.

당신이 참 낯설다
잘 안다고 생각했는데

사람들은 저마다 다른 별에서 살지

별자리 운세풀이에도 알 수 없던
너의
등

몇 광년 건너가면

옷자락에 닿을까

휘어진 시공간을 빠져나올 수도 없어

창가의

별빛에

기대

잠이 들곤 했었다.

_「시」 전문

"당신이 참 낯설다/잘 안다고 생각했는데"…. 손에 잡힐 듯하면서도 끊임없이 빠져나가는, 바로 눈앞에 나타난 듯 가까웠다가 문득 저만치 멀어져 있는, 그런 멀고도 가까운 사이가 시인과 그의 언어일 것이다. 결코 만만히 자신의 정체를 드러내지 않는 말의 속성에 붙들리는 것이 시인의 운명이다. 그런 존재의 구속감을 김연미 시인은 절묘하게 그려낸다. "휘어진 시공간을 빠져나올 수도 없어"…. 사람들은 저마다 다른 별에서 산다고 시인은 또한 말한다. 자신이 태어난 별에서, 그리고 주어진 시간과 공간 속에서 중력의 지배를 받으면서도 명료한 의식을 지닌 채 버티어 나가야 하는 것이 한 생이라 할 만하다.

「쇳소리로 울다」와 「비닐을 내리다」에서 보듯 시인은 이 시대의 변화하는 삶에도 무심하지 않다. 도저한 자본주의의 시대에 속절없이 무너질 수밖에 없는 삶을 노래하기도 한다. 고유한 삶의 방식을 양보하게 된 이웃의 현실을 보며 시대의 흐름 또한 또 하나의 중력이 되어 개인을 짓누르게 되었음을 그려 낸다.

　김연미 시인은 언어라는 프리즘을 통하여 자신의 삶을 들여다본다. 유년의 기억들을 선명한 색상으로 간직한 채 인생의 고비를 돌아설 때마다 자신이 이른 곳에 표지를 남긴다. 한라산 성판악에서 발견하는 갖은 빛깔의 천 조각처럼 그가 통과해 온 세월의 흔적들이 텍스트에 담겨 있다. 끝없이 하강과 추락을 요구하는 지구의 중력에 당당히 맞서기도 한다. 바람결에 낙화하는 꽃잎들이 바람결에 잠시 솟구쳐 오르듯 인생의 업사이클링을 스스로 주문한다. 그리고 자신에게 주어진 역사의 짐을 져 나르기를 잊지 않는다. 그 무게에 압도된 채 엄살 부리듯 거친 숨결로 절규하지 않는다. 짐을 실은 지게에도 진달래 꽃가지 하나 곁들이듯, 그러면 범나비 호랑나비 그 지게를 따라오듯, 김연미 시인은 노루귀 피는 뜻을 노래한다. 홀로 남은 산의 사내가 감자를 굽곤 하던 솥뚜껑을 그려 낸다. 서정을 통하여 서사가 제대로 전달될 수 있음을 시인은 웅변하고 있다.

　"돌아가지 못한 것들이 하얗게 마르고 있다"(「멸치 떼」), "큰 바위에 큰 파도 작은 바위에 작은 파도"(「2016 겨울바다」) 하고 시인은 또한 노래한다. 바닷바람에 늘 들먹이는 파도도 그 바다의 물고기도 김연미 시인의 눈길 앞에서는 시의 텍스트를 빚는 질료로 변모한다. 숨겨 오던 갖가지 이야기들이 솟구쳐 나와 인생을 노래하고 역사를 노래하게 된다. 그 사연을 그려 내는 시인의 언어는 밤하늘의 별빛처럼 명징하기만 하다. 김연미 시인이 지닌 가장 아름다운 덕목은 쉽게 양보하지 않고 가장 정확한 언어를 찾아내고자 애쓰고 기다리는 것이다. 「밤에 쓰는 시」에서 보듯 빈칸으로 남은 음보 하나를 쉽게 채워 버리지 않는 자세이다. 여기, 넉넉하고도 고유한 그의 시어들이 서로 다시 엉기고 넘나들며 시적 텍스트의 그물코를 완성해 나가고 있다. 시인의 여러 갈래 꿈과 기억과 경험들이 그 시어의 그물에 풍성히 담겨 있다. 다시 봄이다. 사월의 봄 햇살을 다시 맞는다. 그 눈부신 햇살 아래, 『골목의 봄』을 함께 읽는 봄날이다.

기다리며 때론 솟구치리라!

: 서숙금 시인

1. 물 위를 걷는 시간

지구 위에 나무 한 그루가 쓰러지지 않고 서 있을 수 있는 것은 중력 덕분이라고 한다. 사람들이 공중에 떠다니지 않고 나무와 함께 서 있는 것도 중력이 존재하기 때문이라고 한다. 사과나무에서 사과를 떨어지게 하는 힘이 지구의 중력이라고 아이작 뉴턴이 말했었다. 지구가 물체를 끌어당기는 힘, 바로 중력의 작용 덕분에 생명은 유지되는 것이리라. 인생 또한 끝없이 땅으로 끌어내리려는 죽음의 위협적 힘에 저항하고 버텨 가는 날들로 이루어진다고 볼 수 있다. 죽음은 때때로 매혹적이기도 한 모양이다. 소용돌이를 이루며 힘차게 흘러 내려가는 강물 앞에서, 혹은 깊고 푸른 소沼를 굽어보다 뛰어든 목숨이 적지 않으니 말이다. 고요와 적막으로 이끄는 죽음의 유혹이 강한 것에 비례하여 죽음을 외면하고 그 파괴적 힘에 저항하며 살아간다는 것은 더욱 용감한 일이다. 강하고 아름다우며 성스럽기까지 하다. 건조하고도 고통스럽기까지 한 삶의 하루하루를 견디며 자연스러운 삶을 완성해 가는 일이란 참으로 아름다운 것이다. 인생에 있어서 기억과 꿈은 삶을 견디어 나갈 만한 것으로 바꾸어 준다. 기억들은 죽음에 저항할 힘을 우리에게 가져다 준다. 맑고 복되고 따뜻했던 날의 기억이 암울하고 추운 현실을 견딜 수 있게 해 준다. 안데르센 동화의 성냥팔이 소녀가 생각난다. 성냥한 개비에 불을 붙일 때마다 환하게 나타나는 것은 바로 기억의 순간들이다. 기억 속의 따뜻한 음식과 사랑하는 사람들의 얼굴이 소녀로 하여금 살을 파고드는 추위를 잠시나마 이기게 해 준다. 꿈 또한 그러하다. 언젠가는 가벼이 허물 벗고 나비가 되어 날아오르리라는 꿈이야말로 나방으로 하여금 고치 속에서 오래 견딜 수 있게 해 준다.

땅 아래로 생명을 끌어내리고자 하는 힘은 주위에 널려 있다. 서숙금 시인은 우리 삶에서 하강을 유도하는 그 힘을 예민하게 감지하는 시인이다. 다양한 장면들에서 삶을 힘겹게 만드는 힘의 작동을 발견하고 세세히 그려 낸다. 그리고 그 힘에의 저항이 드러나는 순간들을 더 섬세하게 포착하여 재현한다. 소박하고 작은 삶의 내밀한 꿈들을 다양한 메타포를 통하여 그려 낸다. 「몽돌 하루」를 보자. 바닷가의 돌멩이 한 알을 통해 드러나는 삶의 의지를 보자. 돌멩이가 날아올라 물 위를 건너가는 장면이 보여 주는 강한 힘의 솟구침을 함께 지켜보자.

참 오래 견뎠구나 부대낀 시간들아

누군가 찾아와서 수제비 뜨는 날에

종종종

물 위를 걸어

나도 이젠 물색이다

_「몽돌 하루」 전문

　몽돌이란 이름은 참 묘하기도 하다. 그 이름에서 돌멩이에게 주어진 인고의 날들을 고스란히 찾아볼 수 있다. 이름이 몽돌의 운명을 대변하고 있는 듯하다. 바닷가 바위에서 쪼개져 나간 돌멩이들이 몽돌이란 이름으로 함께 모여 있다. 동글동글한 얼굴로 서로 닮아 가며 함께 동글동글한 노래조차 부르는 듯하다. 숱한 세월 파도가 몰려와 부딪치며 모를 닳게 만든다. 파도는 한 번 몰려와 돌멩이들을 때려 주고 다시 물러간다. 그랬다가는 새로이 몰려와 또다시 때려 주기를 반복한다. 그 파도의 힘에 시달리며 견딘 세월 덕에 몽돌은 모서리 하나 없이 동그랗고 매끄러운 존재가 된다. 그렇게 닳아서 해를 받으면 반짝거린다. 그런 몽돌이 분쇄되거나 소멸하지 않는 것은 그에게도 꿈이 있기 때문이다. 어느 날 누군가가 그를 집어 물수제비뜨는 날이 바로 몽돌의 꿈이 실현되는 날이다. 바닷물이 지닌 강한 중력의 힘이 그 순간 오히려 수제비 뜨는 일을 가능하게 해 주는 고마운 존재가 된다. 중력에 정면으로 맞서는 힘을 지닐 때에만 수제비 뜨는 일이 가능해진다. 그때 몽돌은 비로소 물 표면의 저항력을 지지대 삼아 물 위로 튀어 오를 수 있게 되는 것이다. 수제비 뜰 때 날아오르는 몽돌은 찬란한 비상의 이미지를 보여 준다. 한 번 날아오른 다음 바닷물 속으로 뛰어들고 마는 것이 아니라 연이어 작은 포물선을 그려 내며 날아간다. 시인은 그 모습을 그려 종종종 물 위를 걸어간다고 노래한다. 징검다리 건너가듯 연속적인 움직임으로 몽돌은 움직인다. 몽돌의 그 궤적은 과연 물 위를 걷는 모습이다. 잰걸음으로 걸어 종종종이라는 표현을 가능하게 한다. 종종종이라는 의태어가 절묘하게 선택되고 배치되어 몽돌의 물수제비뜨기 이미지가 신선하고도 선명하게 완성됨을 볼 수 있다. 그리하여 결국 몽돌은 그 비상의 끝에 바닷물과의 동일화를 이룬다. "나도 이젠 물색이다"라고 부르짖는다. 당당하게 자신을 주장하는 모습을 보여 준다. "참 오래 견뎠구나 부대낀 시간들아" 하고 초장은 시작된다. 초장의 그 응집된 시상이 종장의 "나도 이젠 물색이다"에서 활짝 핀 꽃송이처럼 만개한다. 석 줄의 행간에 부린 인생의 상징이 예사롭지 않다. 몽돌이 감내했을 오랜 인고의 시간이 물수제비뜨기라는 상승과 부활의 이미지 속에서 한껏 빛을 발한다.

한편 시를 읽는 동안 문득 혜경궁 홍씨의 『한중록』 서사를 연상하게 된다. 아들인 정조의 호위를 받으며 혜경궁이 수원 화성 나들이를 나가던 날의 환한 햇살을 보는 듯하다. 숱한 인고의 세월 뒤에 혜경궁이 느꼈을 감격을 느껴 본다. 한강에 놓인 배다리를 가마 타고 건너며 지난날의 고통과 한의 기억 너머로 무지개처럼 피어났을 그 행복감을 그려 본다. 아프고 쓰라린 기억이 감격과 영광으로 일순 모습을 바꾸는 시간을 되새겨 본다. 사도세자가 뒤주에 갇혀 죽임을 당하던 날, 아들의 손을 잡고 영조에게 엎드려 세자를 살려 달라고 빌던 날, 천둥 치고 벼락

치던 그날들이 변모하여 무지개를 피워 낸다. 서숙금 시인의 「몽돌 하루」에 드러난 물수제비의 시간도 그러하다. 그 짧은 시구에도 사이사이 꿈의 흔적이 배어 있다. 참고 견뎌 가노라면 고통이 변하여 보석으로 바뀌게 되리니…. 「몽돌 하루」의 주제 또한 『한중록』의 그런 약속에 다름 아니다. 삶은 고달파도 견딜 만한 것이라고 두 편의 텍스트는 함께 웅변하고 있다.

2. 당기는 힘과 버티는 힘

서숙금 시인은 다양한 텍스트를 통하여 우리 삶에서 드러나는 자연적인 중력과 그에 대한 저항의 길항관계를 그려 낸다. 서로 충돌하고 조화를 이루지 못하는 욕망들 사이에서, 혹은 쉽게 해결되지 않는 모순 속에서, 또 더러는 응답 없는 기다림과 바람 속에서 삶은 전개된다. 그 삶의 책갈피마다 섧고도 고운 사연들이 숨어 있다. 서로 힘을 겨루고 또 앙버티어 나가다가 때로는 스스로 잦아들기도 한다. 누구에게도 순조로운 삶은 없을 것이다. 누구의 삶도 덜 아프지 않을 것이다. 시인은 스스로, 또 독자에게 그렇게 이르는 듯하다. 함께 마음을 닦으며 삶의 결을 가다듬자고 속삭인다. 「소문」을 보자.

뭉긋하게 달궈도 그 소리에 놀란다
입살에 부대끼다 부풀어서 익어가고

한 됫박

뻥튀기로 터져 여기저기 흩어진다

애 데리고 시집온 새댁이 등뒤로
귓속말 떠돌다가 입방아로 찍어댄다

뿌린 말
손톱만 한데 뜬소문은 한 바가지

남 얘기 재밌다 해도 뒷맛이 서글퍼
들은 말 접어버리니 다시 하얀 식탁보

저녁은
어깨 너머로 낮은 문을 닫는다

_「소문」 전문

시인은 텍스트에서 소문의 정체를 찾아내고 그것을 정확한 상징을 통해 드러내는 날카로운 감각을 보여 준다. 소문이란 한 됫박 뻥튀기로 터져 여기저기 흩어지는 어떤 것이라고 이른다. 소문의 정체를 뻥튀기에 견주는 상상력이 놀라울 따름이다. 손톱 만한 알곡을 통 속에 넣고 열을 오랫동안 가해 주면 알곡은 열에 저항하느라 한껏 부풀어 오르

다 어느 순간 패배를 인정하고 만다. 저항력이 극에 달한 순간 그만 힘
이 다하여 터져 버리게 된다. 그렇게 스스로 증폭되는 힘을 가진 것이
바로 소문이라는 것을 시인은 지적한다. 그리고 그 소문이 지니는 힘에
저항하는 자세를 요구한다. 소문의 근거는 갓 시집온 새댁의 존재이다.
애 데리고 시집온 새댁이라는 것이 한 바가지 가득히 담길 만한 뻥튀기
의 소재가 된다. 알곡 한 알에 가해지는 엄청난 열과 압력이 그 알곡을
뻥튀기로 바꾸어 버리듯 소문 또한 그만큼 강력한 힘을 지닌다. 남다른
삶의 모습을 지닌 여성의 삶에 소문 또한 그녀의 삶을 분쇄할 만한 열
과 압력으로 작용할 것이다. 무슨 사연이 있어 애를 데리고 시집을 온
것인지 시인은 설명하지 않는다. 그러나 그녀의 삶은 필경 상처받은 삶
이리라.

한강의 소설, 『흰』의 한 구절이 생각난다. 상처에 소금을 뿌린다는
말, 그 말을 실감하게 되는 삶의 어느 순간에 대해 한강은 쓴다. 서숙금
시인 또한 시적 텍스트를 통하여 소문이라는 이름으로 상처에 소금을
뿌리는 일의 비정함과 무참함을 그려 낸다. 삶의 미덕이란 상처를 달래
고 회복시키는 데 동참하는 일일 것이다. 타자의 아픔에 공감하고 그
상처를 덮어 주고 감싸 주는 것이 바람직할 터이다. 그러나 사람들은
오히려 자주 남의 상처에 소금을 뿌린다. 한강의 『채식주의자』에서도
볼 수 있듯 인간이 지닌 욕망의 잔혹성은 지구의 중력처럼 자연스럽고
도 태생적인 것으로 우리 내부에 자리 잡고 있는 듯하다. 만연한 그런
욕망의 중력을 자각하고 거기에 저항하지 않는다면 약육강식과 야만의
역사는 멈출 수가 없을 것이다. 잔혹과 비정이야말로 인생 다반사가 되
어 우리의 삶을 송두리째 삼켜 버릴 것이다. "남 얘기 재밌다" 구절은

그런 중력의 자장 속에서 탄생한다. 재미는 인간 욕망이 자연스럽게 작용한 결과로 생성되는 것이다. 그 재미를 경계하지 않으면 누구든 쉽게 동참의 유혹에 끌려들 수 있다. 애써 저항하지 않는다면 이끌릴 수밖에 없는 힘을 지니고 있기 때문이다.

시인은 소극적일지라도 저항하는 자세를 제시해 본다. 들은 말 접어 버리는 것으로 시적 화자는 삶의 고유한 순수성으로 복귀한다. 힘의 소용돌이로부터 벗어나 자신의 원래 모습을 회복하는 것이다. 들은 말 접어 버릴 때에야 비로소 눈에 드는 것, 그것은 다름 아닌 하얀 식탁보이다. 시인은 다시 하얀 식탁보라고 이르며 '다시'를 강조한다. 때 묻지 않은 하얀 식탁보는 때 묻히지 않으려는 마음을 통해서만 하얀 식탁보로 남아 있을 수 있다. 뻥튀기처럼 과장되고 확대된 것은 곧 자신을 서글프게 만든다고 시인은 짐짓 미리 제시한 바 있다. 중력의 힘을 차단한 다음, 그제서야 비로소 편안해지는 마음을 보여 준다. 다시 하얀 식탁보를 마주 대하면서 시적 화자는 아름다운 삶의 한 페이지를 지켜 내기에 이르는 것이다.

그때에야 삶의 하루는 저물어 막을 내린다. 저녁이 온 것이다. 이제 더는 애써 저항할 필요가 없는 때가 찾아왔다. 버티느라 기운을 탕진하지 않아도 좋을 시간이 찾아온 것이다. 사랑과 화해만이 그런 저녁의 평화를 가능하게 만든다. 깊고도 평온한 밤, 그 밤의 부드러움 속에서 비로소 다음 날을 위한 회복의 힘이 생겨난다. 저녁이 주는 평온과 휴식의 이미지는 파블로 네루다Pablo Neruda의 시 「지금 당신은 나의 것And Now You are Mine」에 가장 잘 나타나 있다. 필자 번역으로 한 부분을 보자.

지금 당신은 나의 것

내 꿈들 사이에 당신 꿈 거느린 채 휴식에 들길…

사랑도 아픔도 노동도

모두 잠들어야 하는 시간

이제 밤은 보이지 않는 수레바퀴를 돌리기 시작하는데

당신은 잠든 호박석처럼 내 곁에 순결하게 머무네

And now you're mine

Rest with your dream in my dreams

Love and pain and work should all sleep, now.

The night turns on its invisible wheels,

and you are pure beside me as a sleeping amber

_파블로 네루다, 「지금 당신은 나의 것」 부분, 졸역

네루다가 노래한 저 그윽한 밤의 시간이란 삶의 가장 축복된 시간이다. 모두가 노동을 멈추고 휴식할 수 있는 시간, 아픔은 물론이고 사랑조차도 이제 움직임을 잠시 멈추어도 좋으리라. 저 사랑의 찬가를 보라! 밤이 돌리는 수레바퀴에 실려 꿈속에 펼쳐지는 길을 사랑하는 이와 함께 달콤하게 누리리라는…. 잠들어도 호박석처럼 알뜰한, 그리고 빛나는 존재와 더불어 단둘이서만 그 길을 갈 수 있는 이는 복되리라. 삶의 자세를 단정히 하고 자신을 잘 가누어 가는 이만이 그런 밤의 평화와 휴식을 온전히 누릴 수 있을 것이다. 네루다 시인이 축복된 밤을 노

래한다면 서숙금 시인은 그런 밤을 맞기 위한 낮의 삶을 노래한다. 깨어 있는 낮 시간 동안 자신의 삶을 알뜰히 돌본 자 앞에서만 죽음을 향한 하강의 힘은 소진하여 물러서게 될 것이다. 보이지 않는 수레바퀴를 돌리는 밤의 시간이 찾아올 때 호박석처럼 단단하고 야무진 존재는 그 밤의 결에 제대로 스며들 수 있을 것이다. 그리고 밤의 고요에 걸맞은 행복한 재충전의 시간을 맞게 될 것이다. 서숙금 시인의 텍스트와 네루다의 텍스트를 나란히 펼쳐 둔 채 인생의 낮과 밤을 묵상해도 좋으리라. 낮에는 당당하게 노동하고 아픔과 사랑을 나누리라는 맹세를, 그리고 밤이면 보답처럼 꿈에 들리라는 기대를 가져도 좋으리라.

시인은 갈등하는 힘들 사이에서 속절없이 흘러가는 세월을 그려 내기도 한다. 그 세월에 깃든 삶의 기미를 감지한다. 시간의 흐름과 더불어 사위어 갈 수밖에 없는 삶을 그려 내고 그 흔적들을 하나하나 짚어 본다. 그리고 혹시 남아 있는 속사연은 없는지 그 흔적의 소리에 귀 기울인다. 추수가 끝난 들판에서 이삭줍기하듯 허리를 굽혀 잉여적 존재들의 일상을 살펴본다. 「꽃그림 한 장」을 보자.

철 지난 갖가지 꽃 이름표를 매달고도
그 파마 얼마 줬소? 한 마디가 푸르다
가냘픈
저 제비꽃들
터를 잡은 요양 병실

참 고운 누이였고 포근한 여자였을

통째로 퍼준 사랑 이름도 까먹었다
수많은
두레박질로
말라 버린 우물 속

꽃 시절 그리운지 허기의 숲을 뒤졌는지
포개진 숱한 날을 밑장부터 뽑아들다
토막 난
꽃그림 한 장
잃어버린 제자리

_「꽃그림 한 장」 전문

여성은 흔히 꽃의 이미지로 재현되곤 했다. 동서양을 막론하고 여성을 호명하면서 꽃의 이름을 사용하는 것은 인류의 오랜 전통이었다. 아이리스와 릴리와 로즈마리와 향란과 영연과 꽃님이와…. 그 전통을 배경으로 삼아 요양 병실에서 마주친 노인들을 시인은 가냘픈 저 제비꽃들이라고 부른다. 여성성이 다 소진되고 이미 증발하였어도 그들은 활짝 핀 꽃이었던 날들의 기억을 고스란히 지니고 있다. 그 기억의 힘에 기대어 사는 가냘픈 존재로 남아 있다. 그들에게 이제는 꽃이 아니라고 누가 말할 수 있을 것인가? 철 지난 꽃이어도 꽃이었던 기억이 선명하여 그들은 꽃의 습관을 반복한다. 스스로 꽃이기를 거부할 때까지는 꽃일 수밖에 없는 것이다. 한편으로는 여전히 꽃이면서 철이 지났기에 꽃이 아닐 수도 있다. 그들의 존재는 그런 불안정성을 바탕으로 삼고 있다. 시인이 텍스트에 부리는 시어들도 그런 불안을 드러내기 위해 경계를 넘나든다. 철 지난 제비꽃이 꽃임을 확인하는 구절은 "그 파마 얼마 줬소?"라는 인사말이다. 꽃이었던 시절의 인사말을 노인이 되어서도 아직도 바꾸지 않고 있다. 그러나 다시 "꽃 시절 그리운지" 혹은 "허기의 숲을 뒤졌는지"에 이르면 그들은 꽃이기를 멈춘 존재로 변모한다. "토막 난/꽃그림 한 장" 또한 온전한 꽃이지 못하고 반쯤만 꽃인 그녀들의 모습을 그려 낸다. 그들의 경계적 존재성을 부각시킨다. "수많은/두레박질로/말라 버린 우물 속"이라는 말도 그 경계성의 변주된 묘사에 해당한다. 여성들은 전 생애를 통하여 우물 속 물을 푸듯 여러 존재를 거느리며 먹이고 살렸을 것이다. 이제는 수많은 두레박질 끝에 말라 버린 우물로 그들은 남았다. "말라 버린 우물 속"이라는 표현에서 건조하게 바스러져 가고 있는 그들의 육체가 온전히 드러난다.

결국은 잃어버린 제자리라는 형용 모순의 말은 특히 주목할 만하다. 그 표현은 노인들의 정체성을 집약적으로 드러낸다. 시인은 그 표현을 통하여 요양 병원 노인들이라는 존재가 지닌 여성성의 불안정성을 정확하게 지적한다. 그들의 자리는 과연 어디인가? 시인은 거듭 묻는다. 주체가 주체성을 확립한다는 것은 자신의 자리가 어디인지를 분명히 인지하는 것의 다른 표현이다. 김애란 소설가의 단편 「그곳에 밤, 여기에 노래」에는 "내 자리는 어디입니까?"라는 말이 자주 등장한다. 주인공 조선족 여성이 반복하는 말이다. 사랑하는 한국인 남성에게 그 말을 중국어로 거듭 가르쳐 준다. 그리하여 그녀가 세상을 떠나고 난 후에도 그 의문문은 여전히 그의 기억 속에 머물게 된다. 자신의 자리가 어디냐고 묻는 여성 주인공의 그 언술이야말로 소설의 주제를 드러내는 핵심 요소이다. 그들의 자리는 어디인가? 그들의 제자리는 어디인가? 그 제자리는 아직도 그 자리에 남아 있는가? 아니면 이제 잃어버리고 없는 것인가? 잃어버린 제자리는 과연 제자리일 수 있는가? 제자리를 잃어버렸다면 자리는 이제 없다고 보아도 좋은가? 그런 다양한 질문들이 "잃어버린 제자리"에 담겨 있다. 잃어버린 제자리는 그러므로 요양병원 노인들의 존재 자체를 대변하는 말이 된다. 철 지난 꽃은 여전히 꽃인가? 말라 버린 우물은 우물일 수 있는가? 토막 난 꽃그림은 꽃그림인가, 아닌가? 시인은 거듭 묻고 있다.

생명 가진 누군들 그렇지 않겠는가? 한때는 두레박 넘치도록 물을 풀 수 있었던 넉넉한 우물이었다가 어느 순간 말라 버리는 것. 인생은 누구에게나 그러하다. 밤이 보이지 않는 수레바퀴를 천천히 돌리며 고요와 평온의 시간을 불러오듯 세월의 수레바퀴 또한 낮에도 밤에도 돌고 있다. 그처럼 회전하는 수레바퀴는 결국 우리에게 일순 물기 마르는 시간을 가져다주고 만다. 꽃은 어느 순간 철 지난 꽃이 되고 우물은 마른 우물이 되며 그처럼 생명은 죽음의 힘 앞에 조금씩 무릎을 꿇어 가게 될 것이다. 누군들 그 힘에 완강히 저항할 수 있단 말인가?

서숙금 시인의 텍스트에는 그렇듯 삶의 자연스러운 이치를 긍정하고 수용하는 자세가 또한 잘 드러나 있다. 「퍼즐 조각」은 시간의 흐름에 순응하면서 현재를 수용하려는 태도를 보여 주는 텍스트이다. 곧게 지켜가야 할 것을 지켜 가는 것도 삶의 중요한 자세이지만 어쩔 수 없는 것들을 받아들이는 것도 그만큼 소중한 태도일 것이다. 서숙금 시인은 뜻한 대로 채워지거나 완성되지 않는 퍼즐을 노래한다. 그 퍼즐 조각을 통해 인생의 빈 곳을 노래한다.

어머니 손 흔들던 절절한 애착까지

아들의 허리춤에 꼭 붙어 따라간다

어긋난 생의 조각에 맞춰보는 다짐들

마당에 홍시가 익어갈 때 올게요

반쯤 누운 문짝도 기다림에 절망하고

낱낱이 흩어진 기대 바람만 짝을 맞춘다

_「퍼즐 조각」 전문

잃어버린 퍼즐 조각은 다시는 회복할 수 없는 것과 채워질 수 없는 것의 상징물이다. 지켜지지 않은 약속과 이룰 수 없게 된 기대와 실현되지 않은 꿈과 환상을 드러낸다. 기다림과 기대가 절망으로 이어질 때 반쯤 누운 문짝과 낱낱이 흩어진 기대가 그 절망의 등가물이 되어 등장한다. 짝을 맞추지 못해 비어 있는 퍼즐 조각의 공간, 거기에 바람 한 줄기가 스치고 지나간다. 마치도 맞추지 못한 기대를 대신 맞추어 주기라도 하려는 듯.

잃어버린 것, 회복할 수 없는 것, 사라져 버린 것! 그 또한 인생을 이루는 중요한 부분들이다. 누군가는 그 상실을 서글프게 노래하고 누군가는 그 상실을 못 본 척 외면한다. 누군가는 상실을 받아들이고 그런 상실의 삶도 소중하다는 것을 보여 준다. 다른 누군가는 한사코 거부한다. 인정하지 않는다면 이룰 수 없는 꿈이 연장되기라도 하듯 꿈과 달라진 현실을 멀리한다. 허먼 멜빌Herman Melville의 『필경사 바틀비Bartleby, the Scrivner』는 전자를 생각나게 한다. 기 드 모파상Guy de Maupassant의 「쥘르 삼촌Mon oncle Jules」은 후자를 보여줄 것이다. 주인공 바틀비는 전달되지 못한 편지들을 담당하는 우체부였다. 누군가의 약혼반지가 대상에게 이르지 못한 채 허공 속으로 사라져 버릴 수밖에 없었다는 것을 지켜본 인물이다. 소중한 사랑의 약속이 물거품처럼 사라져 버린 사연을 속속들이 알고 있는 인물이다. 멜빌은 그런 만연한 상실감 속에 일생을 살았을 바틀비의 삶을 탄식한다. 반면 「쥘르 삼촌」은 영락한 삼촌을 외면하는 가족의 모습을 보여 준다. 삼촌은 성공해서 돌아와야만 할 존재로서 한 가족의 희망이며 그들의 실현되지 않은 미래를 상징한다. 그런 그가 실패한 모습으로 나타났을 때 가족은 삼촌의 존재에 대해 인지하기를 거부한다. 그러한 부정이야말로 실현될 수 없는 신화로 하여금 여전히 신화로 남아 있을 수 있게 만드는 유일한 방법이라고 믿는다. 삶에서 소중한 것이 과연 무엇인지 두 텍스트는 함께 묻고 있다.

서숙금 시인은 멜빌의 전통을 잇는 시인이다. 삶의 연약하고 부서지기 쉬운 속성을 노래한다. 그 연약함이 오히려 삶을 아름답게 만드는 것이라고 노래한다. 홍시가 빨갛게 익어도 실현되지 않는 귀환의 약속을 원망 없이 담담히 그려 낸다. 반쯤 누운 문짝과 기대를 낱낱이 흩어지게 만드는 바람을 그려 낸다. 그것으로써 텍스트 속에서 상실의 미장센을 완성한다. 그 장면은 곧 우리 인생의 미장센이기도 하다. 떠나간 이가 돌아오지 않을 것을 알면서도 기다림을 멈출 수 없는 우리의 모습이 거기 있다.

3. 그래도 다시 솟구치리라

「꽃그림 한 장」에서 하강의 기운을 온전히 드러내었다면 서숙금 시인은 「분수를 보다」에서는 다시 상승에의 의지를 보여 준다. 요양 병원의 풍경 속에 남겨진 삶을 성찰한 것이 전자라면 분수가 상징하는 저항의 기운 속에서 삶의 자세를 다시 가다듬는 모습이 후자에서 드러난다. 두 텍스트는 모두 절정의 시간대가 지나간 뒤의 삶을 그려 낸다. 세월의 풍화 작용 속에서 얇아지고 바스러져 가는 생애가 그려지기도 하고 그래도 온 힘을 다해 솟구치려는 의지가 찬양되기도 한다.

물은 높은 곳에서 낮은 곳으로 흐르게 마련이다. 중력에 순응하는 물이 물의 길을 이룬다. 분수는 물의 길을 반대로 돌려놓는 문명의 저항 장치이다. 분수는 낮은 바닥에서 물을 끌어 올린 다음 하늘로 솟구쳐 오르게 만드는 것이다.

오늘만 살다 갈 듯 하루치를 채운다
분수대 앞 저 노인 기억조차 저물어도
솟았다
바닥 친 물방울

하늘까지 닿겠네

벼락 치듯 떨어지니 정신이 번쩍 난다
이것도 불꽃인 듯 기막히게 짜릿해서
부서진
이름이 아른거려
감았던 눈 다시 뜨네

_「분수를 보다」 전문

"솟았다…하늘까지 닿겠네". 중력을 거스르며 날아오르는 물의 비상은 물길을 거슬러 가는 연어의 도약처럼 당당하고 힘에 넘친다. 그 분수 앞에 선 노인의 모습을 시인은 텍스트에 함께 그려 넣고 있다. 기억조차 가물거리는 노인에게 정신이 번쩍 나게 만드는 분수의 힘을 불어넣는다. 불꽃인 듯 기막히게 짜릿함을 느끼도록 만든다. 생명이 남아 있는 동안에는 저항을 계속해 나가야 한다고 시인은 다시 다짐하고 있다. 솟구치는 것을 잊지 않는 것이 삶을 대하는 올바른 자세임을 일깨우고 있다. 분수물이 솟구치는 짧은 순간만이라도 살아 있음을 확인하라고 이른다. 그 짜릿함 속에서 부서진 이름을 떠올리며 감았던 눈을 떠 보라고 외친다. 부서진 이름은 소월의 시를 생각나게 만드는 구절이다. "산산이 부서진 이름이여"로 시작하여 "부르다가 내가 죽을 이름이여"라고 소월은 노래했다. 소월의 그 시상을 이으며 서숙금 시인 또한 잊지 못할 이름과 인생의 의미를 연결한다. 그 이름을 잊지 않는 동안에는 삶은 여전히 소중하다는 것을 일깨운다. 삶의 열정과 욕망이 그이름의 기억 속에 스며 있다고, 그러므로 그 이름으로 인해 삶은 더욱 소중하다고 이른다. 분수는 그런 삶의 에너지를 응축한 상징물이다. 이루지 못한 사랑의 기억을 잃지 않은 채 그 이름을 간직하고 살아가는 것이야말로 분수처럼 멋지게 상승하는 삶이라고 시인은 강조한다. 그처럼 솟구치는 삶의 열정을 보여 주는 또 하나의 텍스트로 「돌섬에 가보자」를 들 수 있다.

거친 바다 건너온다
부딪혀서 깨진 꿈들

비릿한 모래바람
젖은 발목 붙잡아도

한동안 부푼 가슴은 무너져도 또 쌓인다

오뉴월 해안선에
길게 누운 고동 소리

잘 익은 계절 사이
해당화 속을 다독인다

물거울 그 중심에서 우뚝 서는 나의 섬

돌섬은 외로이 홀로 떨어져 앉은 작은 섬이다. 그런 돌섬의 이미지는 서숙금 시인의 시세계를 지배하고 있다고 보아도 좋다. 파도에 늘 부딪히고 그러느라 꿈은 자주 깨어진다고 시인은 이른다. 그러나 시인은 세파에 부대껴도 오롯이 지켜 가는 자존감을 보여 준다. 결코 놓치지도 양보하지도 않아야 할 삶의 꿈과 기대와 독립의 희망을 단호한 목소리로 노래한다. 부푼 가슴은 무너져도 또 쌓인다고 이른다. 물거울 그 중심에서 우뚝 서는 나의 섬! 그 섬은 어떤 도전 앞에서도 굴하지 않는 꼿꼿한 삶의 자세를 보여 준다.

사람들의 관심을 끌지도 않을 만큼 작은 섬 하나가 남해안 가까운 바다에 놓여 있다. 오랜 세월 그 자리에 그대로 머물러 있다. 오뉴월 해당화는 붉게 피어 계절을 알리고 해안을 돌아가는 배는 고동소리 울리며 멀어졌다가 다시 다가온다. 꽃은 무심히 피고 배도 그리 무심히 떠가는데 돌섬 하나가 바다를 지키고 있다. 우뚝 서는 나의 섬이라고 서숙금 시인은 그 섬을 노래한다. 삶이 요구하는 욕망의 충돌 속에서 중심을 지키고 균형을 잃지 않고 상승을 꿈꾼다. 한번 휩쓸리면 쉽게 낡아지기 쉬운 시절이다. 세태에 영합하기를 요구받는 시대, 중력의 세기에 휘말려 들지 않도록 버텨 가는 삶의 모습들을 서숙금 시인의 텍스트는 거듭 보여 주고 있다. 서숙금 시인은 외로운 돌섬의 모습으로 거친 바다를 건너오는 파도를 맞는다. 분수처럼 솟구치려는 열정과 꿈을 잃지 않은 채….

종종종 물 위를 걸어가는, 물수제비 돌멩이 같은 시인이 서숙금 시인

이다. 클리셰, 즉 상투어로 가득한 한국 시단의 바다 위를 종종종 걸어
간다. 팽팽한 저항의 힘으로 물의 표면에 맞서고 있다. 그 힘이 줄어드
는 순간 돌멩이는 물속으로 빠져들고 말 것이다. 끝까지 종종종 걸어,
가장 긴 궤적을 보여 줄 돌멩이 한 알을 꿈꾸어 본다. 삶의 에너지를 끌
어모아 분수처럼 솟구치는 시편들에 영롱한 무지개 함께 아른거리기를
빌어 본다.

시적 공간의 확장과 삶의 상승
: 백순금 시인과 맨발 걷기의 시학

1. 거북이 트랑퀼라

백순금 시인은 우리 삶의 다양한 장면들을 카메라로 사진을 찍는 것처럼 포착해 낸다. 단정하고도 섬세한 언어로 되살린다. 그 삶의 모습들은 진솔하고 담백하며 때론 보잘것없어 보이기도 하고 더러 남루하기까지 하다. 우리는 어떤 대상이나 사건을 두고 시적이라고 표현할 때가 있다. 그때 시적이라는 것의 의미는 현실적이라거나 사실적이라는 것의 대척점에 놓인다. 시적이라는 것은 현실에서는 찾기 어려운 정교하고 아름답고 미묘한 것을 이르는 말로 쓰이곤 한다. 시적이라는 말이 의미하는 바가 그러하다면 백순금 시인의 텍스트는 일견 비시적으로 보이기도 한다. 백순금 시인은 그만 외면하고 싶으리만큼 초라해진 삶과 그 삶이 기대고 있는 인간 육체의 퇴락한 곳들에 현미경을 들이댄다. 그리고는 이미 쇠퇴한 것, 혹은 곧 멸실될 것들을 눈앞에 둔 채

새로운 생의 찬가를 부른다. 참으로 대단한 일이다. 미하엘 엔데^{Michael}
Ende의 『끈기짱 거북이 트랑퀼라^{Tranquilla Trampeltreu}』를 생각나게 한다. 한
번 길을 떠난 후에는 멈추지 않는 것, 거북이처럼 느리더라도 꾸준히
정한 길을 완주해 내는 것의 소중함을 일깨운다. 그런 한결같음이 경건
한 삶의 덕목임을 보여 준다. 거북이 트랑퀼라는 임금님의 혼인 잔치에
참가하기 위해서 길을 나선다. 주위에서 단념하기를 권할 때에도 그는
아랑곳하지 않는다. 처음 길 떠날 때 지녔던 꿈에 한 걸음 더 다가가고
자 가던 발길을 멈추지 않는다.

　트랑퀼라처럼 백순금 시인도 여러 가지 유혹이나 도전에 굴하지 않
고 고개를 넘으며 앞으로 나아간다. 닳아지는 육체를 탓하지 않는다.
결핍을 메우고 땜질하고 더러는 다른 무엇인가로 대체하며 가야 할 길
을 꾸준히 걸어가는 모습을 보여 준다. 세월과 함께 삭고 낡아진 육체
는 오히려 오래 신어 편안한 구두처럼 느껴진다고 이르는 듯하다. 그
낡은 구두는 나그네의 익숙하고 살가운 동반자가 되어 시인의 길을 함
께 간다. 충분히 걸었다. 먼 길을 걸어 왔다. 그러니 이제 그만 세월에
순응하고 쇠락을 받아들이자…. 사위어 가는 생명을 향하여 숱한 이웃
들은 그처럼 속삭인다. 백순금 시인은 그 유혹들을 물리치며 한 걸음
한 걸음 발길을 옮긴다. 『천로역정』의 주인공 같기도 하다. 처음 마음
두었던 곳, 한 생을 두고 기어이 한 번 닿고자 했던 곳을 향해 끈질기게
앞으로 나아간다. 삶이란 마지막 순간까지 경건한 자세로 받들어야 하
는 것이라고 녹자에게 이른다.

　우리 삶의 낡고 비루해진 장면들을 백순금 시인은 생생하게 그려 낸
다. 결코 외면하지 않는다. 상처 나고 고름 든 살을 파헤치며 새살 돋을

자리를 찾는다. 아직 싱싱하게 남아 있는 생명의 기운을 간직하며 막 시들어 버린 것들을 다듬어 낸다. 시인의 언어는 그리하여 육체의 가장 아픈 곳을 재현하는 데에 바쳐지기도 하고 삶의 가장 경건한 순간을 함께 아우르는 데 동원되기도 한다.

세월이 흐르노라면 육체는 그 흐름 속에서 닳아 간다. 살결의 윤기가 가시고 마침내 하나 둘씩 이빨도 잃게 마련이다. 처음 세상에 날 때 지녔던 이를 잃으면 새로운 이를 심어야 한다. 그 장면에서 시인은 꽃 심는 날을 생각한다. 입안에 꽃을 심듯 새 이를 심는다고 표현한다. 잇몸은 꽃이 뿌리 내릴 땅이 되고 새로 심은 이는 피어나는 꽃이 된다. 생명의 불씨가 꺼지지 않고 계속 지펴지게 만드는 한 떨기 꽃송이가 된다. 어쩔 수 없이 노화의 증거들을 대면하는 그런 때 많은 시인들은 흔히 서글픔의 정서를 표현하곤 했다. 젊고 건강했던 날을 그리며 "어즈버, 꿈이런가" 하고 한탄하던 것이 우리 옛 시의 전통이었다. 그러나 그런 순간에 백순금 시인은 봄날 꽃 모종하는 마음을 떠올린다. 생명이 남아 있는 모든 것에 희망의 숨을 불어넣는다.

어물쩍 방치하여 저당 잡힌 입 속을
곡괭이로 파헤치고 망치질 서슴없다
"오늘은 뿌리 박습니다"
꽃 세 송이 심는다

헐거운 땅 골라서 탱탱하게 조인 나사
실한 뿌리 자라도록 간격을 배치하며

시든 꽃 뿌리를 뽑고
야무진 치아 심었다

어렵사리 산을 넘어 돌아온 비탈길에
쇳소리 가득 담은 비대칭 실루엣

정방향
무게중심이
한쪽으로 기운다

_「입안에 꽃을 심다」 전문

　시든 꽃 뿌리를 뽑고 그 자리 새롭고 야무지게 자라날 실한 뿌리를 심을 때 입안은 한 평 꽃밭으로 변한다. 한 사람의 생명을 지켜 줄 새로운 이가 잇몸에 꽃 뿌리처럼 박힌다. 그 꽃밭에서 치과 의사의 작업은 곡괭이질과 망치질이 되고 야무진 치아 하나 심는 일은 탱탱하게 나사를 조이는 일이 된다. 다시 한 세상 거뜬히 살아 볼 만한 자신감과 용기도 함께 뿌리내리고 자리 잡을 것이다. 그러나 그런 기대와 희망에도 불구하고 입안의 꽃이란 한동안은 부자연스럽겠다. 입안에 가꾼 꽃밭에 심은 꽃이 제대로 자리 잡아 환하게 피어날 때까지는 불편하고 어색하겠다. 시인은 그리하여 끝내 한숨 쉬듯 마무리에 이른다. 정방향 무게중심이 한쪽으로 기운다고 토로한다. 낯설고 이질적인 새 육체의 일부가 다시 세월과 함께 살 속에 녹아들 때까지는 계속 그러하리라.

천상천하 유아독존天上天下 唯我獨尊의 삶이라 했다. 삶을 지탱해 주는 몸 또한 그처럼 유일하다. 끊임없이 낡아지고 닳아지는 몸을 다독이고 부축하며 나아가기를 계속하는 것, 스스로 멈출 때까지는 멈추지 않고 계속 나아가는 것, 그것이 우리가 가야 할 삶의 길이리라. 때론 새 꽃 두세 송이 오래된 영토에 심듯 몸의 낡은 부분들을 손질하며 계속 길을 가야 하는 것이리라. 그러노라면 우리 걷는 길이 한결 수월해질 것이기에…. 오늘도 누군가는 나사를 조이며 다시 꽃 몇 송이를 심고 있으리라.

문득 변하고 달라져서 낯설게 느껴지는 몸에 대한 감각을 그리는 또 하나의 텍스트로 「안구건조증—미용일기 6」을 들 수 있다.

초점이 흐릿한 눈 진료 마친 의사가

직업을 버리라고
오랏줄 던지시네

아 잠시 휘청거린다
우지끈 무너진다

접선들로 메꾸어온 순간들이 먹먹하다

나이테 선명하게
반복되는 굴레지만

삼십년 익어가는데
가붓이 넘길 일인가

_「안구건조증—미용일기 6」 전문

「안구건조증—미용일기 6」에서 백순금 시인은 물기 말라서 건조하고 시린 눈을 사실적으로 그려 낸다. 건조해진 눈도 수명을 다한 이도 세월의 흐름과 함께 시적 화자를 찾아온 반갑지 않은 손님들이다. 시인은 그런 손님들을 정중하게 맞아들이는 자세를 보여 준다. 피하거나 외면하지 말고 수용하며 마지막 순간까지 삶을 알뜰히 가꾸어 가자고 이르는 듯하다.

그러나 마침내 가야 할 길을 다 간 후에는 멈추어야 할 순간이 올 것이다. 주어진 한생을 다 살아 낸 다음 맞게 될 그 순간을 시인은 태엽이 다 풀리는 시간이라 부른다. 탄탄하게 감았던 시계태엽은 조금씩 풀리며 째깍째깍 소리를 낸다. 시계의 시간이 흘러가듯 우리 삶의 태엽도 그렇게 풀려 가고 있을 것이다. 육남매를 낳고 기르며 살아왔던 한 생명이 멈추는 순간을 시인은 또한 그려 낸다. 「몸을 허물다」를 보자.

몸집 큰 사랑채를 수술대에 눕혔습니다
황토벽 어룽진 낙서 핏기 없는 주춧돌
살강 위 앉았던
먼지 파랑을 일으킵니다

서까래 잘라내고 환부까지 도려내어

기억의 길이보다 긴 울음 삼켜가며

육남매 묻었던 기억

허물을 벗습니다

가슴을 서슴없이 내어주신 유산은

튼 살갗 지워가며 쇠골을 드러낸 채

단숨에 곤두박질쳐

육중한 몸 감춥니다

바스러진 몸통을 저분저분 뿌리며

소박한 꿈도 접고 저문 생을 지웁니다

오십 년 묵은 태엽이

멈추는 순간입니다

_「몸을 허물다」 전문

시인은 한 생명이 소진하는 때를 오십 년 묵은 태엽이 멈추는 순간이
라고 명명한다. 삶을 지탱해 오던 몸은 몸집 큰 사랑채의 형상으로 텍
스트에 드러나 있다. 황토벽과 주춧돌과 살강의 이미지가 등장하여 몸
집만 덩그러니 큰 사랑채를 보완해 주는 소품의 역할을 맡는다. 어룽진
낙서와 핏기 없는 주춧돌, 그리고 살강 위 앉았던 먼지 등의 묘사가 그
몸이 통과해 온 세월의 흔적을 보여 준다. "서까래 잘라내고 환부까지

도려내어"에 이르면 병들고 허물어져 가는 몸에 대한 묘사를 발견할 수 있다. 첫 연에서 몸집 큰 사랑채로 등장한 몸이기에 서까래를 잘라 낸다는 표현은 사랑채의 이미지와 적절히 맞물린다. 병든 육체 위에 행해진 수술의 은유로서 매우 적합하다.

마침내 가야 할 길을 다 간 다음 한 생이 매듭을 지어야 하는 시간, 크고 작은 움직임들은 모두 멈추게 될 것이다. 그 삶의 주인공이 사랑채 같은 인물이었든 안채 혹은 행랑채 같은 존재였든 정지의 시간은 동일한 비중과 속도로 그들에게 찾아올 것이다. 시인은 삶의 정지점을 태엽이 멈추는 순간이라고 불렀다. 오래도록 한결같이 조금씩 움직이며 서서히 풀려 가던 태엽이 정지하는 순간, 그의 꿈도 삶과 함께 멈추게 될 것이다. 그래서 시인은 노래한다. "소박한 꿈도 접고 저문 생을 지웁니다"…. 텍스트 전편을 통하여 시인은 육체가 서서히 소멸을 향해 가고 있음을 보여 준다. 사랑채에서 시작하여 서까래, 바스러진 몸통으로 이미지는 거듭 변모한다. 삶이 정지하는 시점을 향한 느리고도 슬픈 여정이 그 변화와 더불어 전개된다. 언젠가는 결국 접게 될 것을 접으며 세월과 함께 저문 생을 마침내 지우는 그 순간, 우리는 모두 문득 숙연해질 것이다. 고개를 떨군 채 우리가 지금 여기 살아 있다는 것의 의미를 다시금 되새겨 보게 될 것이다. 그리고 삶과 죽음은 떨어져 존재하는 것이 아니라 함께 맞물려 있는 것임을 다시금 깨닫게 될 것이다. 생사일여生死一如요 우주일화宇宙一花라 했다. 죽음에서 삶이 나오고 삶은 다시 죽음을 향해 나아가는 것이라는 이홍훈 전 대법관의 말이다. "생명체의 생성 기반은 다른 생명체의 죽음으로 마련된 것이며, 나타남과 사라짐, 삶과 죽음의 모든 것이 하나로 연결된 전체"라고 그는 말했다.

그러나 여위고 삭아 가는 것이 인간 육체뿐이겠는가? 우리 몸이 낡아 가는 것처럼 혹은 그보다 더 빠르게 우리를 둘러싼 물상들도 세월의 풍화 작용 속에서 함께 낡아 간다. 삶의 긴 여로를 함께해 준 낡은 승용차를 떠나 보내며 부르는 탄식의 노래, 「굿바이 내 사랑」을 보자.

이다지 오래도록 함께할 줄 몰랐지
눈비 내려도 신발 되어 전천후로 달렸고
뒷목이 뻐근할 때면 부항도 마다 않던

방지턱 넘어설 때 허리 휘는 통증도
가래 끓는 쉰 목소리 긴급처방 달래가며
오르막 그렁거리면 밑불 되어 당겼지

빼곡히 적힌 이력서 열여섯 해 훈장 들고
덤으로 얹어주는 마지막 드라이브
땅거미 깔린 도로를 절룩이며 달린다

_「굿바이 내 사랑」 전문

시인은 열여섯 해 동안 운전해 오던 낡은 승용차를 마주한 채 그 승용차와 함께 달려온 날들을 회상한다. 그동안의 숱한 추억을 이력서의 은유를 도입하여 기록한다. 빼곡히 적힌 이력서라는 이름으로 그 사연을 명명한다. 사람들 사이의 인연, 그 길고 짧음은 아무도 미리 알 길이 없다. 인연이 다하는 날에 이르러서야 그 길이와 깊이를 가늠할 수 있다. 길고도 고운 인연이었다고 혹은 기억하고 싶지 않은 인연이었다고 마지막 순간이 다가와야 비로소 알게 될 것이다. "이다지 오래도록 함께할 줄 몰랐지" 하고 시인은 노래한다. 벗이었다면 잘 익은 포도주처럼 좋은 추억의 벗으로 기억될 만하다. 자신의 인생 여정을 동반해 준 승용차에게 시인은 훈장의 이미지를 덧입힌다. 지나간 세월 속의 사연 많은 기록들, 이력서라는 은유에 더하여 훈장의 은유가 지니는 광채가 참으로 보배롭다. 낡고 오래된 것을 기리는 마음도 더불어 빛난다.

이제 마지막 드라이브의 순간이 남았다. 열여섯 해 전 시운전하여 달리던 길만이 꽃길이겠는가? 덤으로 받는 마지막 드라이브의 길 또한 또 하나의 꽃길일 터이다. 오랜 세월을 거쳐 온 다음에야 비로소 더욱 값진 골동품이 되듯이 세월의 더께를 지닌 채 낡아 버린 승용차 앞에서 시인이 지닌 추억의 시간 또한 빛날 것이다. 이젠 용도를 다하고 수명이 끝난 승용차의 마지막 드라이브 장면이 펼쳐진다. 차는 "절룩이며 달린다"…. 그 절룩임의 은유가 참으로 적절하다. 이제 더 이상은 부드럽게 순하게 달릴 길이 없어진 승용차이다. 그래도 마지막 드라이브를 위해 안간힘을 쓰고 달린다. 절룩이며 달려서 열여섯 해의 세월이 거기 실린다. 시적 화자도 그의 승용차도 이제 더는 젊고 건강하고 활기차지 못하다. 오랜 세월 동안 승용차는 눈비 내려도 신발 되어 전천후로 달렸다. 뒷목이 뻐근할 때면 부항도 마다 않았다. 방지턱 넘어설 때 허리 휘는 통증도 그들은 함께 나누었다. 가래 끓는 쉰 목소리를 내기도 하던 승용차이고 오르막을 오를 때면 그렁거리면서 겨우 올랐던 자동차였다.

오래된 승용차의 마지막 드라이브를 위한 시간이 하루 중 해 질 녘으로 드러나는 것은 그러므로 자연스럽고도 적절해 보인다. 땅거미 깔린 도로를 달림으로써, 그것도 절룩이며 달림으로써 덤으로 주어진 마지막 드라이브의 이미지는 완성된다. 삶이 죽음과 연결된 것이듯, 그러므로 우리는 자연스럽고도 담담하게 그 사실을 받아들여야 하듯 우리가 주변의 것들과 맺은 관계 또한 그러할 것이다. 이제 맡은 역할을 다하고 땅거미 깔린 도로를 힘겹게 승용차는 달려간다. 어둠 속으로 소멸하는 순간이 눈앞에 떠오른다. 그 마지막을 눈물 글썽이며 지켜볼 시적 화자의 모습이 겹쳐서 떠오른다. 땅거미 내린 길에 이윽고 어둠은 깔릴 때 열여섯 해에 걸친 서사는 매듭을 짓게 될 것이다.

백순금 시인이 기억을 간직하는 방식은 그렇듯 사람살이에 대한 예리한 관찰에서 출발하여 주변의 사물들에게로 확장된다. 그리고 다시 사람과 사람 사이의 인연의 문제로 환원되기도 한다. 「봄꽃으로 이울다」는 벗을 잃은 사연을 풀어 낸 텍스트이다.

참나무 등걸 같은 우람한 체격에도
성큼 걷던 돌무더기 넘지 못할 무게였나
헛발을 디딘 꽃줄기 통째로 부러졌다

소탈한 웃음조차 바람이 걷어가지만
넘기는 페이지마다 꽃길*로 다가와서
부재중 뜨는 전화번호 지우질 못한다

수축한 마음 접어 다독이듯 내려놓고
땅속에 떨군 이름 시나브로 지워지길

그림자 태우고 가는 그 꽃길로 배웅한다

*시인인 글벗을 잃었다. 그가 썼던 시의 제목이다.
_「봄꽃으로 이울다」 전문

　시인이면서 시적 화자의 글벗인 소중한 한 존재에 대한 추억을 꽃길
의 이미지를 중심으로 형상화한 텍스트이다. 시적 화자가 소환하는 대
상은 참나무 등걸 같은 우람한 체격의 소유자로 묘사된다. 건강한 육체
를 지녔기에 죽음의 세력 앞에서도 당당했을 인물을 그려 볼 수 있다.
그럼에도 불구하고 죽음 앞에서는 모두가 무력한 존재이다. 헛발 하나
로 인하여 꽃줄기 통째로 부러지듯 그는 그림자 되어 돌아오지 못할 길
로 떠나간다. 전화번호는 이 땅에 둔 채 홀로 다 버리고 떠난다. 시적
화자가 그리움으로 그를 호출할 때 부재중이라는 신호가 나타나서 그
의 부재를 확인해 줄 뿐이다.
　그러나 그가 가는 길은 꽃길이어서 꽃줄기 부러져도 여전히 꽃 사이
로 그는 떠날 것이다. 그림자 되어 시야에서 소멸해 갈 것이다. 문학의
동반자를 배웅하는 쓸쓸함은 그림자라는 어휘가 담보하고 ㄱ에 대한
고운 기억은 꽃길이라는 시어가 간직한다. 이울어야 할 때가 되면 이울
어야 하고 떨어질 때가 되면 떨어져야 하고 떠나야 할 때가 되면 떠나
야 한다. 그것이 자연과 삶의 순리이다. 아일랜드 시인 이번 볼랜드의

시 「꽃송이The Blossom」의 한 구절이 생각난다.

Imagine if I stayed here,

even for the sake of your love,

what would happen to the summer?

To the fruit?

생각해보세요

만약 내가

어머니의 사랑 때문에

여기 머물러 있다면

여름은 어떻게 하지요?

그리고 열매는요?

_이번 볼랜드, 「꽃송이」 부분, 졸역

　이제는 다 자란 딸을 품에서 떠나보낼 준비를 하는 어머니가 시적 화자로 등장하는 텍스트의 한 구절이다. 시적 화자는 아침 일찍 정원에 나와 만개한 사과꽃을 바라보며 그 사과꽃에서 딸의 모습을 발견한다. 딸이 탄생하던 순간을 회상하며 아쉬움을 감당하지 못하는 어머니의 심경이 시편에 먼저 전개된다. 그런 어머니에게 딸은 속삭인다. 봄이 가면 여름이 오고 사과꽃이 떨어진 자리에서 사과 열매가 열리는 것이 자연의 이치라는 것을 일깨운다. 떠나야 할 딸과 져야 할 꽃이 떠나지 못하고 지지 못한다면 계절은 바뀌지 못하고 여름은 찾아올 수 없다. 꽃이 지지 않아 봄이 떠나지 못하면 여름은 봄을 이어 찾아올 수 없고 사과 열매 또한 열릴 수 없다.

이번 볼랜드의 시편에 호응하듯 백순금 시인도 벗을 떠나보내는 노래를 부른다. 제철을 다한 꽃이든 주어진 삶을 다한 생명이든, 이울 때가 되면 이울 것은 이울어야 한다고 이른다. 그 섭리를 받아들이며 시인이 부르는 작별의 노래가 낭랑하게 울린다.

2. 딸과 어머니의 합창

「창포꽃 지다」에 이르면 시인은 자신이 기억하는 어머니의 삶의 장면들을 세밀화로 그려 낸다. 낱낱의 그림들은 섧고도 외로우며 동시에 끈질기고 강렬한 여성의 모습을 보여 준다. 그 장면들은 단지 시적 화자의 어머니의 삶에만 한정되지 않는다. 어머니가 살았던 시대, 그 세대 여성들의 삶 전체를 아우른다. 열두 폭 병풍처럼 펼쳐지는 굽이굽이 맺힌 사연들을 보자.

오달진 손끝으로 집안일을 다잡아

오뉴월 땡볕에도 손끝 야문 어머니는

새까만 쪽머리 얹어 여념 없는 다듬이질

방망이질 내려질 때 내 설움도 후려친다

새파란 날을 세워 흘림체로 잦아드는

무수한 강을 건너서 깊어지는 설움들

몸을 푼 산달에는 미역국이 징하던

달빛조차 푸석하게 저물어 간 쪽방에서

목 놓아 울지도 못한 청자빛 통곡 한마당

_「창포꽃 지다」 전문

　창포꽃의 이미지는 강렬하고도 통합적인 힘으로 텍스트를 묶는다. 텍스트 전체에 봄날, 그것도 여인들이 냇가에 몰려나와 창포에 머리 감는 단오날의 이미지가 배어 있다. 봄이며 단오며 창포며 새까만 쪽머리는 모두 젊고 건강하고 아름다운 여인으로서의 어머니를 드러내는 장치이다. 한 여인의 삶에서 가장 싱싱하고도 아름다운 시절이 바탕 색깔처럼 텍스트에 깔려 있다. 그러나 그런 배경 위에 전개되는 삶의 색채는 바탕 빛과는 대조적이다. 다듬이질과 방망이질이 야문 손끝과 짝을 이루어 손에서 일을 놓은 적이 없는 어머니를 그려 낸다. 집안일도 어머니의 몫이요 출산과 육아도 오로지 어머니의 몫이었던 시절, 혼자 다스러 가야만 했던 삶의 도전들이 다양한 은유를 통해 드러난다. "몸을 푼 산달에는 미역국이 징하"더라고 시인은 어머니의 말을 받아쓴다. 달빛조차 푸석하게 저물어 간 쪽방을 그려 내며 어머니가 혼자 끌어안고 삭였을 외로움과 설움을 대변한다.

사적 공간에 갇힌 여성들에게는 자신에게 주어진 아픔과 슬픔을 달리 위로받고 치유할 길이 없었다. 그들이 자기 몫의 고통과 설움에 맞서는 데에는 아마도 집안일만이 도움이 되었을 것이다. 일이란 참으로 쓸모가 많다. 일은 단지 재화와 용역의 생산에만 기여하는 것이 아니다. 삶의 고통을 망각하게 하는 구실도 한다. 일에 몰두하는 것보다 더 좋은 삶의 위로가 있을 수 있을까? "방망이질 내려질 때 내 설움도 후려친다"고 시인은 노래한다. 신경숙 소설가의 『엄마를 부탁해』에는 분노를 다스리느라 부엌의 접시들을 집어 던져 깨는 어머니의 모습이 등장한다. 심리학자들이 히스테리hysteria라고 명명할 만한 장면이다. 설움을 후려치기 위하여 방망이를 힘차게 두들기고 있을 여인의 모습 또한 접시를 깨면서 분노와 맞서는 모습의 변주로 보인다. 그리하여 신경숙 소설가와 백순금 시인이 그려 낸 어머니의 모습은 역사 서술에서 배제되어 온 여성의 삶을 복원하는 데 기여한다. 남성들이 흔히 간과해 온 모티프들을 그처럼 발굴하여 채록하고 있다. 백순금 시인은 시적 텍스트를 통하여 여성들이 분노와 슬픔을 다스려 온 방식을 역사에 재기입하고 있는 것이다. 그래도 다하지 못한 한과 설움의 노래는 남아 텍스트의 말미에 여운처럼 실려 있다. 목 놓아 울지도 못한 청자빛 통곡 한마당이라고 시인은 쓴다. 소리 없는 통곡이 후속 텍스트에서 다시 터져 나올 것을 예감하게 한다.

그런 인고의 삶은 「가뭄을 읽다」에서도 다시 드러난다. 「가뭄을 읽다」는 혹독한 가뭄 속에서도 좌절하지 않는 생명의 찬가로 읽을 수 있다. 그리고 그 강인한 생명력은 다시금 어머니의 이미지와 연결됨으로써 의미가 더욱 깊어진다.

작살처럼 퍼붓는 따가운 땡볕 줄기
지상에 쏟아지는 검붉은 시간, 맵다

거북등 생살 찢기듯
뭉개지는 농심들

고온에 덴 밭고랑 가쁜 숨 내뱉다가
뒤틀린 목마름에 중심이 휘청일 때

뒤꿈치 휘감는 열기
발자국이 꼬인다

오그라든 잎새들 굽은 어깨 다독여
무딘 호흡 두려워도 버석거린 몸 일으켜

알토란 주먹 쥐고서
뿌리 깊게 내린다

「숨비 소리, 그녀」 또한 제주 여성의 삶을 그림으로써 여성들의 강인함과 생명력을 다시 찬양하는 텍스트이다.

신음소리 절절 끓던 고통스런 밤을 지나
태왁에 몸을 던져 물질하는 아낙네
휘어진 저 숨비소리 제주해녀 요망지다

닻을 내린 하루가 음각으로 비켜서서
거친 포말 부서져도 살찐 봄 담고 담아
짜디짠 등대의 불빛 그녀 등을 훔친다

흔들리는 해초 비켜 미끄덩한 물속을
거꾸로 걸어야만 바르게 사는 거라고
뭉툭한 부리를 쪼아 바다를 캐고 있다

_「숨비 소리, 그녀」 전문

바다 속으로 몸을 던지며 수직으로 하강하는 해녀의 삶을 그리며 거꾸로 걸어야만 바르게 사는 거라고 이른다. 삶의 여러 장면에서 아이러니를 통해 드러나는 작은 진실들을 백순금 시인은 예민하게 포착한다. 모래알 속에 묻힌 사금을 캐듯 집어낸다.

시인은 자신을 포함한 동시대 여성의 삶을 그려 내기도 한다. 어머니 세대의 삶에 이어 현대 여성의 삶 또한 마찬가지로 고통스럽고 서럽다는 것을 보여 준다. 새로운 형태의 도전 앞에서 말 못할 설움은 오히려 깊어진다고 이른다. 「오늘도 사직서를 쓴다」는 육아와 직장 일을 병행해야 하는 현대 여성의 당혹감과 안타까움을 그려 내는 텍스트이다.

아동병원 입원실에 애기울음 쟁쟁거린다
"엄마 나랑 놀아, 가지 마 가지 마"
손등에 주사를 달고 거머쥔다 옷자락을

항생제 과다투여로 고열에 시달리는
세 살배기 가는 팔에 링거액 떨어지면
양손에 조여진 나사 느슨하게 풀어진다

바이어 접할 업무 동료에게 넘기지 못해
울먹이며 수소문한 돌봄이 손에 맡기며
묵직한 발걸음 뗀다 생생한 거짓말로

커리어우먼 자처하며 앙버티며 달려왔지만
멍멍한 울음소리 이명처럼 느껴질 때
깊숙이 써둔 사직서 울컥이며 꺼낸다

_「오늘도 사직서를 쓴다」 전문

어머니의 삶에서는 "다듬이질", "방망이질", "미역국"이 주된 모티프가 되어 그 신산함으로 드러내었다면 "바이어", "돌봄이", "커리어우먼"은 현대 여성이 짊어진 삶의 무게를 드러내는 낱말들이다. 곱고 서정적인 시어가 결코 아니다. 삶의 현장에서 날것으로 캐 온 것이기에 거친 현실을 있는 그대로 보여 준다. 시적 화자는 매일 사직서를 쓰고 업무용 책상 깊숙이 넣어 둔다. 그러나 그 사직서를 제출하기는 참으로 어렵다는 것을 독자들은 미리 안다. 울음소리를 이명처럼 달고 살면서도 누구도 어쩌지 못한다는 것을 잘 알고 있다. 어머니의 후려친 방망이질, 그 등가물은 텍스트에 등장하지 않는다. "울컥이며"라는 시어를 통하여 내리치고 후려칠 연장 하나도 없어 안으로 울음을 삼키고 있는 시적 화자의 모습을 볼 수 있다. 그렇듯 생생한 우리 삶의 한 장면을 백순금 시인은 속속들이 파고들어 캐내며 언어를 통해 다시 그려 내고 있는 것이다.

「국수 삶는 날」에 이르면 일상의 가사 노동을 통해 삶의 지혜를 찾고 인내와 성숙의 시간을 발견하는 여성의 모습을 찾아볼 수 있다.

국수를 삶아놓고 양파를 다듬다가

막막했던 지난날이
움찔움찔 튀어나와

맵고도 알싸했던 둔덕
수증기로 날린다

마음이 칙칙하고 무거울 땐 양파를 깐다

한 겹 두 겹 벗기면서
눈물 콧물 쏙 빼는 거

시간의 물레방아 돌리면
불어터진 면발이 있다

칼칼한 시집살이 둠벙 하나 파는 건

나를 깊이 가뒀다가
몽땅 삭혀 꺼내는 일

퍼 올린 두레박 너머
단내 물씬 배어난다

　　_「국수 삶는 날」 전문

　국수를 삶는 과정이 모두 삶을 살아가는 과정과 평행을 이루고 있음
을 볼 수 있다. 양파 껍질 벗길 때의 눈물도, 불어터진 면발도, 혹은 몽
땅 삭혀 꺼내는 것도 모두 국수 삶는 일이면서 동시에 삶의 경험들이기
도 하다. 국수 삶는 일이 삶의 등가물을 이루고 그 삶의 등가물은 또 문
학 텍스트로 드러난다. 그렇다면 국수 삶는 일은 결국 시 쓰는 일에 다

름 아닐 것이다. 음식의 레시피를 통해 시 쓰기의 과정을 노래하는 텍스트 「레시피」를 상기해 보면 백순금 시인에게는 삶과 시가 결코 분리되지 않는 동체임을 다시 확인할 수 있다.

고통스럽고 슬프지만 중단할 수 없는 것, 삶이란 그런 것이다. 결코 되돌아갈 수도 없는 일방통행로를 가는 것이 인생이다. 시인은 유턴은 없다고 단언한다.

전방을 주시하며 직진으로 달려간다

거친 삶의 보폭만큼 가속 페달 밟아가며

캄캄한 터널을 지나
휘어진 길 덜컹인다

끼어드는 자동차에 소스라치듯 놀라다가

두렵고 지칠 적엔 좌회전 돌렸지만

굽은 길
아무리 달려도
유턴 신호는 없었다

_「유턴은 없다」 전문

"전방", "직진", "가속"···. 삶의 결기를 드러내기 위해 시인이 차용한 자동차 운전의 언어들이다. "캄캄한 터널", "굽은 길", "끼어드는 자동차"···. 다양한 형태로 출현하는, 그러나 결코 동일하게 드러나는 적이 없는 삶의 장애물들을 시인은 그처럼 그려 낸다. 중단할 수도 되돌릴 수도 없는 인생길은 유턴의 이미지에 집약되어 나타난다. 유턴의 불가능성, 그 주제는 백순금 시인이 텍스트 여러 곳에서 보여 준 거북이 트랑퀼라의 이미지를 다시 확인하게 만든다. 누가 뭐라 해도 묵묵히 자신의 꿈을 찾아 한 발 한 발 앞으로 나아가는 자세···. 그 한결같음이란 가장 경건하게 삶을 받드는 방식이 아니겠는가?

3. 맨발로 걷는 길

한결같이 걸을 것, 앞만 보고 걸을 것, 낡아지면 고쳐 가며 걷기를 계속할 것, 그러다가 마침내 시계태엽이 다 풀리듯 마감의 시간이 다가오면 순순히 그 순간을 받아들일 것, 꽃길 속에서 익숙한 것들과 헤어질 것···. 백순금 시인이 보여 준 그런 자세들은 서정성 강한 텍스트들 속에서도 한결같이 드러난다. 「태화강 십리대숲」에서는 달과 강물을 벗삼아 삶의 시름을 달래기도 하고 「앵두꽃 환하다」에 이르면 어린 시절의 기억으로 삶을 향기롭게 만드는 모습을 보여 주기도 한다.

우듬지에 내린 햇발 천천히 비켜갈 때

발끝 모은 이웃끼리 갓 구운 달을 띄워

대숲을 빗질해주는 푸른 바람 길을 낸다

삶의 외길 텅 빈속을 득음으로 채우고

댓잎과 댓잎 사이 소곤대던 밀어들

여름밤 긴 이야기가 대숲에서 쏟아진다

_「태화강 십리대숲」 전문

그곳에 가면 보인다
들린다
설렌다

앵두꽃 등불처럼 환하게 반겨주는
적막이 손을 내미는 영현면 대법리 3번지

여름엔 천렵으로
더위를 잊을 즈음

개울 속의 산 그림자 긴 목을 내밀었고
어스름 저녁놀 따라 물수제비 번져갔다

온 식구 정담 풀던
다 닳은 두레 밥상

삽짝길 걸을수록 오밀조밀 뿌리 내려
끈적한 삶의 무지개 보름달로 떠올랐다

_「앵두꽃 환하다」 전문

　백순금 시인은 포기하지 않고 중단하지도 않고 꾸준히 삶의 길을 가면서도, 고운 정서의 꽃밭 하나 마음속 깊이 품어 가꾸기를 멈추지 않는다.
　그러나 백순금 시의 가장 강한 특징은 우리 삶의 면면에 숨겨진 지혜와 철학, 그리고 아이러니들을 놓치지 않고 포획하는 힘의 표출에서 찾을 수 있을 것이다. 「산보다 높은 곳에」에서 발견하는 아이러니도 그중의 하나이다.

오솔길에 켜진 외등 짧은 그림자 뱉는다
부산한 곤줄박이 날갯짓 솟구칠 때
분양 중 신축 아파트 바벨탑을 세운다
정수리 타고 내려온 호젓한 바람결에
동백꽃 낭자한 하혈 오금이 저려오자
길 위에 찍던 발자국 산 아래로 쏟아진다

문득 바라본 아파트가 앞산보다 높게 섰다

내 잠드는 베갯머리가 저 산보다 높았다니

산보다 더 높은 곳에 둥지 틀고 살았다니…

_「산보다 높은 곳에」 전문

시인은 인간의 오만함을 풍자와 아이러니를 통해 고발한다. 자연 속에 스미고 깃들어 살기보다는 자연에 도전하고 파괴하여 정복하는 현대인의 모습을 비판한다. 고층 아파트가 문명의 오만함을 상징하는 건축물이라고 지적한다. 「스마트폰, 너」 또한 문명 비판의 텍스트로 읽힌다. 문명의 이기를 개발해 놓고는 스스로 그 기계에 구속당하는 인간의 모습을 예민하고도 정확하게 재현하고 있다.

너를 사귀고는 모든 걸 까먹었다
안과에 예약해 둔 날짜도 잊어먹고
머릿속 달달 외우던
전화번호도 까맣다

급하게 외출하며 네가 손에 없을 때
줄줄이 부재중 전화 단톡에 문자까지
너한테 모두 맡겨둔

내 하루가 불안하다

차곡차곡 저장해둔 여백의 비밀까지
통로를 열어가며 손에 꼭 쥐는 연습
내일은 일찍 깨워줘
편안한 잠 청한다

_「스마트폰, 너」 전문

스마트폰에 지배당한 현대인의 모습은 "너한테 모두 맡긴 내 하루가
불안하다"라는 구절에서 가장 선명하게 드러난다. 신뢰하고 의탁하면
서도 불안을 그 대가로 얻게 되는 아이러니가 강렬하게 텍스트를 지배
하고 있다.

그러나 백순금 시인의 삶의 자세와 시 쓰기의 철학을 가장 선명하게
보여 주는 텍스트로는 「나팔꽃 무대」와 「맨발 걷기」를 들 수 있다. 「나
팔꽃 무대」에서는 나팔꽃의 생태를 관찰하며 나날이 조금씩 자신의 공
간을 확장하고 삶을 상승시켜 나가려는 자세를 보여 준다. 「맨발 걷기」
에서는 거북이 트랑퀼라의 모습을 재확인할 수 있다. 한 번 나선 길에
서 멈추지 않는 삶의 자세가 더욱 구체적으로 드러난다. 삶의 군더더기
와 장식들을 모두 드러내고 맨발로 땅을 딛어 나가는 모습에서 종교적
인 경건함조차 느낄 수 있다. 성실히 살아간다는 것은 정직하게 맨발로
걷는 것에서부터 출발하는 것이라고 시인은 이르고 있다.

맨발로 걷는 것은 지친 하루 걷어내기

겹쳐진 마음 열고 속살까지 가 닿기

온전히 숨결 모아서

참진 나를 키우는 것

무거워진 몸을 털어 움켜쥔 맘 내려놓기

자분자분 걸어서 홀가분히 날 때까지

순리로 나를 채찍하고

차근차근 다듬는 것

비움에서 시작하여 포근히 젖기까지

구겨진 언어를 다려 반듯하게 펴질 때

비워낸 나를 읽으며

다독다독 채우는 것

_「맨발 걷기」 전문

자분자분 걷는 것은 삶의 첫 발자국을 떼는 일에 해당한다. 그렇게 자분자분 걷노라면 결국은 차근차근 다듬고 다독다독 채우는 것도 가능하다고 시인은 이른다. 비움을 시작하면 포근히 젖기에 이르기도 하고 비워 낸 다음에야 채우는 것이 가능하다는 것을 또한 보여 준다. 그렇게 걷는 것에서부터 삶은 매일매일 시작하고 다시 시작하게 될 것임을 깨닫게 한다. 여성으로서 감당하는 일상의 작은 일들이 모두 인생철학을 깨우치는 역할을 담당하듯, 그리고 그 깨우침은 다시 문학적 재현의 형식으로 다시 드러나듯 백순금 시인에게는 모든 것이 서로 손에 손잡고 맞물려 있다. 천천히 부단히 걸어서 삶을 값지게 완성하려는 자세는 시인의 텍스트 전편에 드러나 있거니와 맨발로 걷는 것의 의미는 더욱 강렬하다. 「맨발 걷기」에 이르면 걷는다는 행위를 통해 삶의 매 순간이 다시 해석되고 새로워진다는 것을 알 수 있다. 맨발 걷기가 열어 준 갱생의 삶이란 시인에게 새로운 시어로 구성된 문학 텍스트를 안겨 주는 질료라는 점도 자명해진다. 구겨진 언어를 다려 반듯하게 펴질 때…. 맨발로 걸어 삶의 순수성을 회복하고 새로워진 삶을 통해 반듯하게 펴진 언어를 얻게 된다고 시인은 노래하고 있지 않은가.

꿋꿋이 앞만 보고 걷고 또 걸어서 거북이 트랑퀼라는 임금님의 잔치에 참석할 수 있었다. 시인에게 있어서 임금님의 잔치란 무엇일가? 아마도 풍성하고 아름다운 시어로 넘쳐나는 언어의 식탁 아닐까? 백순금 시인이 초대받아 앉을 식탁의 한 자리를 그려 본다. 지금 걷고 있는 길에서 멀지 않은 곳에 궁전이 있는 듯하다. 사막의 신기루처럼 시인의 눈앞에 다가온 듯하다. 이미 오래도록 먼 길을 한결같이 걸어온 시인이기에, 그것도 맨발로 정직하게 걸어왔기에….

*참고한 책: Jody Allen Randolph ed, *Eavan Boland: A Critical Companion*, W.W. Norton & Co. New York, 2007.

1. 세이렌의 탄식

여성, 그 '난독의 텍스트'?: 한분순론

「나는 피가 고와」: 〈시조매거진〉, 2015년 상반기호

「그대 눈빛은」: 한분순, 『저물 듯 오시는 이』, 인간과문학사, 2014

「손톱에 달이 뜬다」: 한분순, 『손톱에 달이 뜬다』, 목언예원, 2012

「목련곡」: 한분순, 『손톱에 달이 뜬다』, 목언예원, 2012

「네 몸엔 바다가 산다」: 한분순, 『손톱에 달이 뜬다』, 목언예원, 2012

「신부」: 한분순, 『손톱에 달이 뜬다』, 목언예원, 2012

「잔상초(殘像抄)」: 한분순, 『저물 듯 오시는 이』, 인간과문학사, 2014

「목숨」: 한분순, 『저물 듯 오시는 이』, 인간과문학사, 2014

「사슬」: 한분순, 『저물 듯 오시는 이』, 인간과문학사, 2014

「살찐 우울」: 한분순, 『손톱에 달이 뜬다』, 목언예원, 2012

쇠공과 발레, 형식과 시적 자유: 정수자 시인의 시세계

「틀 속의 생(生)」: 정수자, 『저물녘 길을 떠나다』, 태학사, 2000

「낙타 혹은 순례자」: 정수자, 『저물녘 길을 떠나다』, 태학사, 2000

「늙은 난쟁이의 꿈」: 정수자, 『저물녘 길을 떠나다』, 태학사, 2000

「저물녘 집을 놓치다」: 정수자, 『저물녘 길을 떠나다』, 태학사, 2000

「아름다운 샛길」: 정수자, 『저물녘 길을 떠나다』, 태학사, 2000

「선인장」: 정수자, 『저물녘 길을 떠나다』, 태학사, 2000

「느티나무 주막」: 정수자, 『저녁의 뒷모습』, 고요아침, 2004

「세상의 흉터」: 정수자, 『저물녘 길을 떠나다』, 태학사, 2000

「소록도 분교」: 정수자, 『저녁의 뒷모습』, 고요아침, 2004

「간이역」: 정수자, 『저물녘 길을 떠나다』, 태학사, 2000

「별먼지」: 정수자, 『저녁의 뒷모습』, 고요아침, 2004

「늙은 봄」: 정수자, 『저녁의 뒷모습』, 고요아침, 2004

「새벽 운문사를 엿보다」: 정수자, 『저녁의 뒷모습』, 고요아침, 2004

「그리운 그 한때」: 정수자, 『저물녘 길을 떠나다』, 태학사, 2000

「제부도」: 정수자, 『저물녘 길을 떠나다』, 태학사, 2000

「동지 무렵」: 한국비평문학회, 『2000년을 대표하는 문제 시 시조』, 한국문학사, 2001

「소나기」: 정수자, 『저물녘 길을 떠나다』, 태학사, 2000

전통(傳統)과 전복(顚覆)의 시학: 정수자의 『허공 우물』을 읽다

「별먼지」: 정수자, 『저녁의 뒷모습』, 고요아침, 2004

「조금」: 정수자, 『허공 우물』, 천년의시작, 2009

「탁발」: 정수자, 『허공 우물』, 천년의시작, 2009

「간이역」: 정수자, 『저물녘 길을 떠나다』, 태학사, 2000

「선인장」: 정수자, 『저물녘 길을 떠나다』, 태학사, 2000

「황홀한 질식」: 정수자, 『허공 우물』, 천년의시작, 2009

「수작(酬酌)」: 정수자, 『허공 우물』, 천년의시작, 2009

「시집을 읽는 시간」: 정수자, 『허공 우물』, 천년의시작, 2009

「너, 이후」: 정수자, 『허공 우물』, 천년의시작, 2009

「아름다운 독」: 정수자, 『허공 우물』, 천년의시작, 2009

「늙은 세탁기와 춤을」: 정수자, 『허공 우물』, 천년의시작, 2009

「공치는 남자」: 정수자, 『허공 우물』, 천년의시작, 2009

「그리운 저녁」: 정수자, 『허공 우물』, 천년의시작, 2009

「촛불의 기억」: 정수자, 『허공 우물』, 천년의시작, 2009

동음을 반복하여 주제를 변주하며: 정수자 시인의 『탐하다』를 읽다

「도라지-어느 위안부의 노래」: 정수자, 『저물녘 길을 떠나다』, 태학사, 2000

「저녁비」: 정수자, 『탐하다』, 서정시학, 2013

「나무의 체위」: 정수자, 『탐하다』, 서정시학, 2013

「그것은」: 정수자, 『탐하다』, 서정시학, 2013

「꽃답」: 정수자, 『탐하다』, 서정시학, 2013

「비의 나그네」: 정수자, 『탐하다』, 서정시학, 2013

「해금을 혀라」: 정수자, 『탐하다』, 서정시학, 2013

「언송(偃松)—세한도 시편」: 정수자, 『탐하다』, 서정시학, 2013

「금강송」: 정수자, 『허공 우물』, 천년의시작, 2009

「장무상망(長毋相忘)—세한도 시편」: 정수자, 『탐하다』, 서정시학, 2013

「홀집—세한도 시편」: 정수자, 『탐하다』, 서정시학, 2013

「우물 치던 날」: 정수자, 『탐하다』, 서정시학, 2013

순한 꿈, 속삭인 흔적, 풀빛 물빛 언어들: 전연희 시인의 시세계

「달빛」: 전연희, 『이름을 부르면』, 목언예원, 2016

「봄 저녁」: 전연희, 『이름을 부르면』, 목언예원, 2016

「교목」: 전연희, 『이름을 부르면』, 목언예원, 2016

「연하다」: 전연희, 『이름을 부르면』, 목언예원, 2016

「그대에게: 시를 만날 때」: 전연희, 『이름을 부르면』, 목언예원, 2016

「느리게 가는 길」: 전연희, 『이름을 부르면』, 목언예원, 2016

「솔숲에 들다」: 전연희, 『이름을 부르면』, 목언예원, 2016

「푸른 고백」: 전연희, 『이름을 부르면』, 목언예원, 2016

「산수유 필 때」: 전연희, 『이름을 부르면』, 목언예원, 2016

「헌 옷에 대한」: 전연희, 『푸른 고백』, 고요아침 2016

「씀바귀 아내」: 전연희, 『이름을 부르면』, 목언예원, 2016

「산란기」: 전연희, 『이름을 부르면』, 목언예원, 2016

「겨울 폭포」: 전연희, 『이름을 부르면』, 목언예원, 2016

산다는 건 애오라지 나를 견디는 일: 하순희 시인의 공간

「으아리꽃」: 하순희, 『종가의 불빛』, 고요아침, 2019

「어머니 설법」: 하순희, 『종가의 불빛』, 고요아침, 2019

「어머니의 유산」: 하순희, 『종가의 불빛』, 고요아침, 2019

「조장—어머니」: 〈시조시학〉, 2008년 여름호

「종가의 불빛」: 하순희, 『종가의 불빛』, 고요아침, 2019

「내 삶이 네게 가닿아」: 하순희, 『종가의 불빛』, 고요아침, 2019

「연가」: 하순희, 『종가의 불빛』, 고요아침, 2019

「황사 속에서」: 하순희, 『종가의 불빛』, 고요아침, 2019

「누대의 전설」: 하순희, 『종가의 불빛』, 고요아침, 2019

「독백」: 하순희, 『종가의 불빛』, 고요아침, 2019

2. 세이렌의 출항

새 경전의 첫 장처럼 새 말로 시작하는 사랑: 정현숙 시인의 시세계

「행복 씨앗」: 정현숙, 『뒷마당 생각』, 두손컴, 2019

「대금산조—이생강 연주」: 정현숙, 『뒷마당 생각』, 두손컴, 2019

「폐교에서」: 정현숙, 『뒷마당 생각』, 두손컴, 2019

「설운 봄」: 정현숙, 『뒷마당 생각』, 두손컴, 2019

「향기 한 줌」: 정현숙, 『뒷마당 생각』, 두손컴, 2019

「여름, 남새밭」: 정현숙, 『뒷마당 생각』, 두손컴, 2019

「연밭」: 정현숙, 『뒷마당 생각』, 두손컴, 2019

「신록에」: 정현숙, 『뒷마당 생각』, 두손컴, 2019

「비, 가뭄 끝에」: 정현숙, 『뒷마당 생각』, 두손컴, 2019

「다시, 가을에」: 정현숙, 『뒷마당 생각』, 두손컴, 2019

「토우—K 시인」: 정현숙, 『뒷마당 생각』, 두손컴, 2019

「눈빛 목례」: 정현숙, 『뒷마당 생각』, 두손컴, 2019

「울산 십리대밭」: 정현숙, 『뒷마당 생각』, 두손컴, 2019

빙산 속의 꽃잎: 박명숙 시인의 시세계

「해인 백중」: 박명숙, 『은빛 소나기』, 책만드는집, 2011

오승철, 「"셔?"」: 〈중앙일보〉, 2010, 12, 16

「꼬리지느러미의 말—오승철의 "셔?"」: 박명숙, 『어머니와 어머니가』, 고요아침, 2013

「찔레꽃 수제비」: 박명숙, 『그늘의 문장』, 동학사, 2018

「지심 동백」: 박명숙, 『어머니와 어머니가』, 고요아침, 2013

「서천」: 박명숙, 『그늘의 문장』, 동학사, 2018

「신발이거나 아니거나」: 박명숙, 『그늘의 문장』, 동학사, 2018

「쪽잠」: 박명숙, 『그늘의 문장』, 동학사, 2018

파도와 외등과 '흘러가는 생': 문순자 시인의 시세계

「허벅장단—친정바다 4」: 문순자, 『아슬아슬』 동학사, 2014

「사수포구 1」: 문순자, 『파랑주의보』, 고요아침, 2007

「4.3 그 다음날」: 문순자, 『왼손도 손이다』, 고요아침, 2016 문순자 『아슬아슬』 동학사, 2014

오승철, 「송당 쇠똥구리」: 오승철, 『누구라 종일 홀리나』, 고요아침, 2009

「파랑주의보 6」: 문순자, 『파랑주의보』, 고요아침, 2007

「파랑주의보 12」: 문순자, 『파랑주의보』, 고요아침, 2007

「사수포구 1」: 문순자, 『파랑주의보』, 고요아침, 2007

「사수포구 2」: 문순자, 『파랑주의보』, 고요아침, 2007

「유목」: 문순자, 『왼손도 손이다』, 고요아침, 2016

「꿀풀」: 문순자, 『왼손도 손이다』, 고요아침, 2016

「새조개」: 문순자, 『아슬아슬』 동학사, 2014

「여자」: 문순자, 『아슬아슬』 동학사, 2014

「왼손도 손이다」: 문순자, 『왼손도 손이다』, 고요아침, 2016

증류된 기억의 시: 문순자 시인의 『어쩌다 맑음』을 읽다

「방애불」: 문순자, 『어쩌다 맑음』, 황금알, 2020

「우도 땅콩」: 문순자, 『어쩌다 맑음』, 황금알, 2020

「꿀풀」: 문순자, 『왼손도 손이다』, 고요아침, 2016

「유목」: 문순자, 『왼손도 손이다』, 고요아침, 2016

「어쩌다 맑음」: 문순자, 『어쩌다 맑음』, 황금알, 2020

「어느 비닐하우스」: 문순자, 『어쩌다 맑음』, 황금알, 2020

「늦눈마저 보내고」: 문순자, 『어쩌다 맑음』, 황금알, 2020

3. 세이렌의 합창

날것의 삶과 퍼덕이는 시: 이애자 시인의 시세계

「장마」: 이애자, 『하늘도 모슬포에선 한눈을 팔더라』, 시와표현, 2016

「모슬포 연가: 새도림, 곱게 저승 가져시냐」: 이애자, 『하늘도 모슬포에선 한눈을 팔더라』, 시
　　　　와표현, 2016

「시린꽃」: 이애자, 『하늘도 모슬포에선 한눈을 팔더라』, 시와표현, 2016

「어머니의 신호등」: 이애자, 『한라, 은하에 걸리어』, 고요아침, 2017

「할망바당」: 이애자, 『한라, 은하에 걸리어』, 고요아침, 2017

「영하권」: 이애자, 『한라, 은하에 걸리어』, 고요아침, 2017

「정육점을 지나다」: 이애자, 『한라, 은하에 걸리어』, 고요아침, 2017

「한라의 띠풀」: 이애자, 『한라, 은하에 걸리어』, 고요아침, 2017

「모슬포의 칠월칠석」: 이애자, 『하늘도 모슬포에선 한눈을 팔더라』, 시와표현, 2016

「깨를 볶다」: 이애자, 『하늘도 모슬포에선 한눈을 팔더라』, 시와표현, 2016

독특한 좌절의 형식: 물엿을 상자에 담는 선안영 시인

「초록 몽유」: 선안영, 『말랑 말랑한 방』, 고요아침, 2016

「잃어버린 지평선」: 선안영, 『말랑 말랑한 방』, 고요아침, 2016

「수제비를 끓이며」: 선안영, 『말랑 말랑한 방』, 고요아침, 2016

「말할 수 없는 저녁」: 선안영, 『거듭 나, 당신께 살러 갑니다』, 발견, 2018

「무월마을 외딴 집」: 선안영, 『거듭 나, 당신께 살러 갑니다』, 발견, 2018

「타다 만 관목 더미」: 선안영, 『거듭 나, 당신께 살러 갑니다』, 발견, 2018

「밤비 소리」: 선안영, 『거듭 나, 당신께 살러 갑니다』, 발견, 2018

「야광별이 빛나는 밤에」: 선안영, 『거듭 나, 당신께 살러 갑니다』, 발견, 2018

신명인 듯 비명인 듯 살에 저민 자문(刺文)인 듯: 한분옥 시인의 시세계

「임이네 1」: 한분옥, 『바람의 내력』 고요아침, 2018

「임이네 2」: 한분옥, 『바람의 내력』 고요아침, 2018

「돌의 표정: 천전리 각석을 보며」: 한분옥, 『바람의 내력』 고요아침, 2018

「여인의 시간: 반구대 암각화」: 한분옥, 『바람의 내력』 고요아침, 2018

「벼루 곁에서」: 한분옥, 『바람의 내력』 고요아침, 2018

「폐사지에서」: 한분옥, 『바람의 내력』 고요아침, 2018

「입덧의 시간은 가고」: 한분옥, 『바람의 내력』 고요아침, 2018

「화인(火印): 선덕의 말」: 한분옥, 『꽃의 약속』 동학사, 2015

「오월 장미」: 한분옥, 『바람의 내력』 고요아침, 2018

「침향(沈香)」: 한분옥, 『꽃의 약속』 동학사, 2015

사랑, 그 지독한 독점의 욕망 너머: 김선화의 시세계

「운명: 진주」: 김선화, 『성탄전야』, 동학사, 2015

「비 갠 후」: 김선화, 『네가 꽃이라면』, 고요아침, 2016

「조약돌」: 김선화, 『성탄전야』, 동학사, 2015

「사랑」: 김선화, 『성탄전야』, 동학사, 2015

「폭우」: 김선화, 『성탄전야』, 동학사, 2015

「다시 봄」: 김선화, 『성탄전야』, 동학사, 2015

「석모도」: 김선화, 『성탄전야』, 동학사, 2015

「꽃차」: 김선화, 『성탄전야』, 동학사, 2015

「장독대」: 김선화, 『성탄전야』, 동학사, 2015

「정경(情景): 천천히, 아주 천천히」: 김선화, 『성탄전야』, 동학사, 2015

「수위조절」: 김선화, 『성탄전야』, 동학사, 2015

「공존」: 김선화, 『성탄전야』, 동학사, 2015

「축제」: 김선화, 『성탄전야』, 동학사, 2015

「6월」: 김선화, 『성탄전야』, 동학사, 2015

「쉿!」: 김선화, 『성탄전야』, 동학사, 2015

참대 갈대 베어낸 길을 맨발로 가는 시인: 알랭 드 보통과 이남순 시인의 대화

「미영밭」: 이남순, 『그곳에 다녀왔다』, 고요아침, 2017

「그곳에 다녀왔다」: 이남순, 『그곳에 다녀왔다』, 고요아침, 2017

「개민들레」: 이남순, 『민들레 편지』, 책만드는집, 2015

「수취인 불명」: 이남순, 『민들레 편지』, 책만드는집, 2015

「섣달그믐」: 이남순, 『민들레 편지』, 책만드는집, 2015

「느티나무 아래」: 이남순, 『민들레 편지』, 책만드는집, 2015

「입동(立冬)」: 이남순, 『민들레 편지』, 책만드는집, 2015

「만월(滿月)」: 이남순, 『민들레 편지』, 책만드는집, 2015

4. 몸에 새긴 지도

몸에 새긴 지도: 김석이 시인의 시세계

「갓길 없음」: 김석이, 『블루문』, 책만드는집, 2016

「곡각지」: 김석이, 『블루문』, 책만드는집, 2016

「나비, 갈대 위를 날다」: 김석이, 『블루문』, 책만드는집, 2016

「햇차 한 모금」: 김석이, 『블루문』, 책만드는집, 2016

「개심사」: 김석이, 『블루문』, 책만드는집, 2016

「사랑」: 김석이, 『블루문』, 책만드는집, 2016

「장아찌」: 김석이, 『블루문』, 책만드는집, 2016

「가제바위」: 김석이, 『블루문』, 책만드는집, 2016

「폭설 한 때」: 김석이, 『블루문』, 책만드는집, 2016

「터널을 뚫다」: 김석이, 『블루문』, 책만드는집, 2016

「일식」: 김석이, 『블루문』, 책만드는집, 2016

「어슷썰기」: 김석이, 『블루문』, 책만드는집, 2016

「바다 나이테」: 김석이, 『블루문』, 책만드는집, 2016

「깻단 터는 날」: 김석이, 『블루문』, 책만드는집, 2016

「지신밟기」: 김석이, 『블루문』, 책만드는집, 2016

"눈 감아라 사랑아": 김영순 시인의 시세계

「꽃 범벅」: 김영순, 『꽃과 장물아비』, 고요아침, 2017

「동행 2」: 김영순, 『꽃과 장물아비』, 고요아침, 2017

「가장 안쪽」: 김영순, 『꽃과 장물아비』, 고요아침, 2017

「꽃추렴」: 김영순, 『꽃과 장물아비』, 고요아침, 2017

「탱자꽃」: 김영순, 『꽃과 장물아비』, 고요아침, 2017

「점집」: 김영순, 『꽃과 장물아비』, 고요아침, 2017

「갑마장길 1—나를 따르지 마라」: 김영순, 『꽃과 장물아비』, 고요아침, 2017

「갑마장길 2—하늘타리꽃」: 김영순, 『꽃과 장물아비』, 고요아침, 2017

「갑마장길 3—눈 감아라 사랑아」: 김영순, 『꽃과 장물아비』, 고요아침, 2017

「갑마장길 4—타래난초」: 김영순, 『꽃과 장물아비』, 고요아침, 2017

「갑마장길 5—꽃향유」: 김영순, 『꽃과 장물아비』, 고요아침, 2017

「갑마장길 7」: 김영순, 『꽃과 장물아비』, 고요아침, 2017

「갑마장 8―말똥비름」: 김영순, 『꽃과 장물아비』, 고요아침, 2017

「첫 농사」: 김영순, 『꽃과 장물아비』, 고요아침, 2017

「콩국」: 김영순, 『꽃과 장물아비』, 고요아침, 2017

「아버지의 일기장 1―동상(凍傷)」: 김영순, 『꽃과 장물아비』, 고요아침, 2017

열정과 권태와 고독과 생명의 가련함을 위하여: 인은주 시인의 시세계

「심장으로 주세요」: 인은주, 『미안한 연애』, 고요아침, 2018

「안심대출」: 인은주, 『미안한 연애』, 고요아침, 2018

「모른다고 말했다」: 인은주, 『미안한 연애』, 고요아침, 2018

「바람의 습격」: 인은주, 『미안한 연애』, 고요아침, 2018

「미안한 연애」: 인은주, 『미안한 연애』, 고요아침, 2018

「찔레꽃」: 인은주, 『미안한 연애』, 고요아침, 2018

「늦은 밤」: 인은주, 『미안한 연애』, 고요아침, 2018

「침몰」: 인은주, 『미안한 연애』, 고요아침, 2018

「저녁에 만난 개들」: 인은주, 『미안한 연애』, 고요아침, 2018

「고양이의 마실」: 인은주, 『미안한 연애』, 고요아침, 2018

「도둑고양이」: 인은주, 『미안한 연애』, 고요아침, 2018

「천지서커스」: 인은주, 『미안한 연애』, 고요아침, 2018

「11월」: 인은주, 『미안한 연애』, 고요아침, 2018

삶과 꿈과 역사, 그리고 빈칸으로 남은 음보 하나: 김연미 시인

「업사이클링」: 김연미, 『오래된 것들은 골목이 되어갔다』, 천년의시작, 2020

「닫혀 있다」: 김연미, 『오래된 것들은 골목이 되어갔다』, 천년의시작, 2020

「뫼비우스의 띠」: 김연미, 『오래된 것들은 골목이 되어갔다』, 천년의시작, 2020

「여기가 거기였을까」: 김연미, 『오래된 것들은 골목이 되어갔다』, 천년의시작, 2020

「숨은 그림 스케치」: 김연미, 『오래된 것들은 골목이 되어갔다』, 천년의시작, 2020

「한대오름 가는 길」: 김연미, 『오래된 것들은 골목이 되어갔다』, 천년의시작, 2020

「골목의 봄」: 김연미, 『오래된 것들은 골목이 되어갔다』, 천년의시작, 2020

「북촌 팽나무」: 김연미, 『오래된 것들은 골목이 되어갔다』, 천년의시작, 2020

「묘의 급」: 김연미, 『오래된 것들은 골목이 되어갔다』, 천년의시작, 2020

「이덕구를 만나다」: 김연미, 『오래된 것들은 골목이 되어갔다』, 천년의시작, 2020

「노루귀 산천」: 김연미, 『오래된 것들은 골목이 되어갔다』, 천년의시작, 2020

「시」: 김연미, 『오래된 것들은 골목이 되어갔다』, 천년의시작, 2020

「한라봉꽃 솎아내며」: 김연미, 『바다쪽으로 피는 꽃』, 이미지북, 2014

「비 온다」: 김연미, 『바다쪽으로 피는 꽃』, 이미지북, 2014

「가을의 쉼표」: 김연미, 『바다쪽으로 피는 꽃』, 이미지북, 2014

「밤에 쓰는 시」: 김연미, 『바다쪽으로 피는 꽃』, 이미지북, 2014

기다리며 때론 솟구치리라!: 서숙금 시인

「몽돌 하루」: 서숙금, 『나도 이젠 물색이다』, 책만드는집, 2020

「소문」: 서숙금, 『나도 이젠 물색이다』, 책만드는집, 2020

「꽃그림 한 장」: 서숙금, 『나도 이젠 물색이다』, 책만드는집, 2020

「퍼즐 조각」: 서숙금, 『나도 이젠 물색이다』, 책만드는집, 2020

「분수를 보다」: 서숙금, 『나도 이젠 물색이다』, 책만드는집, 2020

「돝섬에 가보자」: 서숙금, 『나도 이젠 물색이다』, 책만드는집, 2020

시적 공간의 확장과 삶의 상승: 백순금 시인과 맨발 걷기의 시학

「입안에 꽃을 심다」: 백순금, 『입안에 꽃을 심다』 책만드는집, 2020

「안구건조—미용일기 6」: 백순금, 『입안에 꽃을 심다』 책만드는집, 2020

「몸을 허물다」: 백순금, 『입안에 꽃을 심다』 책만드는집, 2020

「굿바이 내 사랑」: 백순금, 『입안에 꽃을 심다』 책만드는집, 2020

「봄꽃으로 이울다」: 백순금, 『입안에 꽃을 심다』 책만드는집, 2020

「창포꽃 지다」: 백순금, 『입안에 꽃을 심다』 책만드는집, 2020

「가뭄을 읽다」: 백순금, 『입안에 꽃을 심다』 책만드는집, 2020

「숨비 소리, 그녀」: 백순금, 『입안에 꽃을 심다』 책만드는집, 2020

「오늘도 사직서를 쓴다」: 백순금, 『입안에 꽃을 심다』 책만드는집, 2020

「국수 삶는 날」: 백순금, 『입안에 꽃을 심다』 책만드는집, 2020

「유턴은 없다」: 백순금, 『입안에 꽃을 심다』 책만드는집, 2020

「태화강 십리대숲」: 백순금, 『입안에 꽃을 심다』 책만드는집, 2020

「앵두꽃 환하다」: 백순금, 『입안에 꽃을 심다』 책만드는집, 2020

「산보다 높은 곳에」: 백순금, 『입안에 꽃을 심다』 책만드는집, 2020

「스마트폰, 너」: 백순금, 『입안에 꽃을 심다』 책만드는집, 2020

「맨발 걷기」: 백순금, 『입안에 꽃을 심다』 책만드는집, 2020

세이렌의 항해: 박진임 평론집

초판 1쇄 인쇄 2020년 11월 2일
초판 1쇄 발행 2020년 11월 18일

지은이 | 박진임
발행인 | 강봉자, 김은경

펴낸곳 | (주)문학수첩
주소 | 경기도 파주시 문발로 214-12(문발동 511-2) 출판문화단지
전화 | 031-955-4445(마케팅부), 4500(편집부)
팩스 | 031-955-4455
등록 | 1991년 11월 27일 제16-482호

홈페이지 | www.moonhak.co.kr
블로그 | blog.naver.com/moonhak91
이메일 | moonhak@moonhak.co.kr

ISBN 978-89-8392-837-5 04810
     978-89-8392-156-7 (세트)

이 도서의 국립중앙도서관 출판예정도서목록(CIP)은 서지정보유통지원시스템
홈페이지(http://seoji.nl.go.kr)와 국가자료종합목록 구축시스템(http://kolis-
net.nl.go.kr)에서 이용하실 수 있습니다. (CIP제어번호 : CIP2020045714)

＊파본은 구매처에서 바꾸어 드립니다.